Jᴏʜɴ Gʀɪsʜᴀᴍ | La Hermandad

Título original: *The Brethren*

Traducción: Mª Antonia Menini

© 2000 by Belfry Holdings, Inc.
© Ediciones B, S.A., 2005
  Bailén, 84 - 08009 Barcelona (España)
  www.edicionesb.com

Diseño de cubierta: IBD
Fotografía de cubierta: © Ramiro Elena
Diseño de colección: Ignacio Ballesteros

Impreso en Argentina / Printed in Argentine
ISBN: 84-666-1690-X
Depósito legal: B. 597-2005

Impreso por ARTES GRÁFICAS BUSCHI,
Ferré 2250, Buenos Aires, Argentina,
en el mes de mayo de 2005.

JOHN GRISHAM | La Hermandad

1

Para la elaboración de la lista de causas pendientes de juicio, el bufón de la corte vestía su habitual atuendo, que consistía en un gastado y descolorido pijama y unas zapatillas de rizo de color lavanda, sin calcetines. No era el único recluso que desarrollaba sus actividades cotidianas en pijama, pero ningún otro se atrevía a calzar unas zapatillas de color lavanda. Se llamaba T. Karl y en otros tiempos había sido propietario de unos bancos en Boston.

Sin embargo, ni el pijama ni las zapatillas resultaban en absoluto tan inquietantes como la peluca, la cual presentaba una crencha en el centro y se derramaba sobre las orejas en varias capas de apretados bucles que se enroscaban en tres direcciones y le caían pesadamente sobre los hombros. Era de un color gris brillante, casi blanco, y seguía el antiguo modelo de las pelucas de los magistrados ingleses de varios siglos atrás. Un amigo que estaba en la calle la había encontrado en una tienda de disfraces de segunda mano de Manhattan, en el Village.

T. Karl la lucía con gran orgullo en el tribunal y, por curioso que resultara, este elemento se había convertido en parte del espectáculo. En cualquier caso, los demás reclusos se mantenían a cierta distancia de T. Karl, con peluca o sin ella.

Erguido detrás de la desvencijada mesa plegable de la cafetería de la prisión, golpeó el tablero con un mallete de plástico que le servía de martillo, carraspeó para aclararse la chillona voz y anunció con gran dignidad:

—Silencio, silencio, silencio. El Tribunal Federal de Florida inicia la sesión. En pie, por favor.

Nadie se movió o, por lo menos, nadie hizo ademán de levantarse. Treinta reclusos permanecían repantigados en distintas actitudes de descanso en unas sillas de plástico de la cafetería, algunos mirando al bufón de la corte judicial y otros charlando animadamente como si aquel hombre no existiera.

—Que cuantos piden justicia se acerquen un poco más y se jodan —añadió T. Karl.

Ni una sola carcajada. Meses atrás, cuando T. Karl pronunció por primera vez estas palabras, tuvo su gracia. Ahora ya formaban parte del ritual. Se sentó cuidadosamente para que todos apreciaran con absoluta claridad cómo se iban derramando los rizos de la peluca sobre sus hombros, y después abrió un grueso volumen encuadernado en cuero rojo que hacía las veces de registro oficial del tribunal. Se tomaba su trabajo muy en serio.

Entraron tres hombres procedentes de la cocina. Dos de ellos iban calzados. Uno mordisqueaba una galleta salada. El que iba descalzo también llevaba las piernas desnudas hasta las rodillas, por lo que se le veían unos larguiruchos palillos asomando por debajo de la túnica. Tenía las piernas suaves y lampiñas, muy bronceadas por el sol. Lucía un tatuaje de gran tamaño en la pantorrilla izquierda. Era de California.

Los tres llevaban unas viejas túnicas de coro eclesial de color verde claro con ribetes dorados que procedían de la misma tienda que la peluca de T. Karl y eran un regalo navideño de éste. Así conservaba su puesto de oficial de la sala.

Entre el público se oyeron unos susurros y murmullos de desprecio cuando los jueces iniciaron su majestuoso avance sobre el pavimento embaldosado con toda la magnificencia de sus galas mientras las túnicas ondeaban a su alrededor. Los personajes ocuparon sus puestos detrás de una mesa plegable alargada cerca de T. Karl, aunque no demasiado, y se enfrentaron con la asamblea semanal. El bajito y gordinflón se sentó en medio. Se llamaba Joe Roy Spicer y, a falta de alguien mejor, representaba el papel de presidente del tribunal. En su vida anterior, Spicer había sido juez de paz en Misisipí, legalmente elegido por los habitantes de su pequeño condado, pero había sido destituido del cargo tras haber sido sorprendido por los agentes federales quedándose con una parte de los beneficios del bingo de un club de la asociación benéfica masónica de los Shriners*.

—Siéntense, por favor —indicó, aunque no había nadie en pie.

Los jueces modificaron la posición de las sillas plegables y ahuecaron sus túnicas hasta conseguir que éstas cayeran debidamente a su alrededor. El director adjunto permanecía de pie a un lado, ignorado por los reclusos. Lo acompañaba un guardia uniformado. La Hermandad se reunía semanalmente con permiso de las autoridades de la cárcel. Atendía casos, mediaba en las disputas, resolvía pequeñas diferencias entre los muchachos y, en términos generales, actuaba como un factor estabilizador entre la población reclusa.

Spicer examinó la lista, una pulcra hoja de papel impresa manualmente preparada por T. Karl.

—El tribunal inicia su sesión —declaró.

A su derecha se sentaba el californiano, el honorable

* *Ancient Arabic Order of Nobles of the Mystic Shrine.* (Antigua Orden Arábiga de los Nobles del Santuario Místico.) *(N. de la T.)*

Finn Yarber, de sesenta años, con una pena de siete años por delito de fraude fiscal, de la que había cumplido dos. Una venganza, proclamaba él a los cuatro vientos. Una cruzada de un gobernador republicano que había conseguido unir a los votantes en una campaña orientada a la destitución del magistrado del Tribunal Supremo de California. La piedra angular de la campaña había sido la oposición de Yarber a la pena de muerte y la arbitrariedad que había demostrado en los aplazamientos de todas las ejecuciones. La gente quería sangre, Yarber se la negó, los republicanos organizaron un escándalo mayúsculo y la destitución fue un éxito aplastante. Lo echaron a la calle, donde se pasó algún tiempo dando tumbos hasta que, al final, los inspectores de Hacienda empezaron a hacer preguntas. Su currículo: licenciado por la Universidad de Stanford, procesado en Sacramento, condenado en San Francisco y posteriormente recluido en una prisión federal de Florida. A pesar de los dos años de encierro, Finn no había logrado superar su amargura. Seguía creyendo en su inocencia y soñaba con aplastar a sus enemigos. Sin embargo, los sueños se estaban desvaneciendo. Se pasaba mucho rato solo en la pista de atletismo, protestando por su destino y soñando con otra vida.

—Primer caso: Schneiter contra Magruder —anunció Spicer como si estuviera a punto de empezar un importante juicio antimonopolio.

—Schneiter no está —informó Beech.

—¿Dónde se ha metido?

—En la enfermería. Otra vez cálculos en la vesícula. Lo acabo de dejar allí.

Hatlee Beech era el tercer miembro del tribunal. Se pasaba casi todo el día en la enfermería por culpa de las almorranas, las jaquecas o las amigdalitis. Beech, de cincuenta y seis años, era el más joven de los tres y, como le faltaban todavía nueve años de condena, estaba convencido de que acabaría sus días entre rejas. Había sido juez federal en Tejas Este, un implacable conservador con profundos conocimientos de las Sagradas Escrituras, muy aficionado a utilizar citas bíblicas en los juicios. Había tenido aspiraciones políticas, una espléndida familia y dinero procedente de los negocios petrolíferos de la familia de su mujer. Había tenido también un problema con la bebida, un vicio secreto hasta que un día arrolló a dos excursionistas en Yellowstone. Ambos resultaron muertos. El vehículo que conducía pertenecía a una señora con quien no estaba casado. La encontraron desnuda en el asiento delantero y tan borracha que apenas podía tenerse en pie.

Lo condenaron a doce años de prisión.

Joe Roy Spicer, Finn Yarber, Hatlee Beech. El Tribunal Inferior del Norte de Florida, más conocido como la Hermandad de Trumble, una prisión federal de régimen especial sin vallas, torres de vigilancia ni alambradas eléctricas. Si era preciso cumplir condena, mejor hacerlo por la vía federal y en un lugar como Trumble.

—¿Lo declaramos en rebeldía? —le preguntó Spicer a Beech.

—No, aplácelo hasta la semana que viene.

—De acuerdo. No creo que vaya a ninguna parte.

—Protesto —dijo Magruder desde su lugar entre el público.

—Lo siento —replicó Spicer—. Se aplazará hasta la semana que viene.

Magruder se levantó.

—Es la tercera vez que se aplaza. Yo soy el querellante. Yo lo demandé. Se refugia en la enfermería cada vez que nos reunimos.

—¿Cuál es el motivo de la disputa? —preguntó Spicer.

—Diecisiete dólares y dos revistas —dijo T. Karl, tratando de ser servicial.

—Eso es mucho dinero, ¿verdad? —comentó Spicer. En Trumble diecisiete dólares eran motivo más que suficiente para presentar una denuncia.

Finn Yarber ya empezaba a cansarse. Se acarició la poblada barba gris y arañó con las largas uñas de la otra mano la superficie de la mesa. Después hizo crujir ruidosamente los dedos gordos de los pies, doblándolos contra el suelo, en un eficaz y pequeño ejercicio de habilidad que atacaba los nervios de cualquiera. En su otra vida, cuando ostentaba títulos —Señor Magistrado del Tribunal Supremo de California—, solía presidir los juicios calzado con sandalias de cuero sin calcetines para ejercitar los dedos gordos durante las aburridas discusiones verbales.

—Que se aplace —decidió.

—Una justicia aplazada es una justicia negada —replicó solemnemente Magruder.

—Vaya, qué original —apostilló Beech—. Una semana más de aplazamiento y después declararemos a Schneiter en rebeldía.

—Así se ordena —dijo Spicer con determinación.

T. Karl lo anotó en el registro de los juicios pendientes. Magruder volvió a sentarse, indignado. Había presentado su querella en el Tribunal Inferior, entregándole a T. Karl un resumen de una página de su alegato contra Schneiter. Sólo una página. La Hermandad no soportaba el papeleo. Con una página se conseguía que el tribunal atendiera tu caso. Schneiter había replicado con seis páginas de invectivas, todas ellas descartadas de un plumazo por T. Karl.

Las normas eran muy sencillas. Alegatos breves, sin obligación de presentar pruebas con anterioridad a la celebración del juicio. Justicia rápida. Decisiones en el acto, todas ellas vinculantes para las partes sometidas a la jurisdicción del tribunal. Nada de recursos: de todas formas no había dónde presentarlos. A los testigos no se les tomaba juramento para que dijeran la verdad. La mentira ya se daba por descontada. A fin de cuentas, aquello era una cárcel.

—¿Cuál es el siguiente? —preguntó Spicer.

T. Karl dudó un instante antes de contestar.

—Es el caso del Mago.

La sala quedó súbita y momentáneamente en silencio hasta que, de pronto, las sillas de plástico de la cafetería se adelantaron en una ruidosa ofensiva. Los reclusos corrieron y se agitaron hasta que T. Karl les advirtió:

—¡No se acerquen más!

Se encontraban a menos de seis metros del tribunal.

—¡Mantengamos las formas!

La cuestión del Mago llevaba varios meses enconada en Trumble. El Mago era un joven estafador de Wall Street que había timado a unos acaudalados clientes. Cuatro millones de dólares se habían esfumado y corrían rumores de que el Mago los había escondido en alguna isla y los administraba desde su encierro en Trumble. Le quedaban seis años de condena y estaría a punto de cumplir los cuarenta cuando le concedieran la libertad condicional. Todo el mundo pensaba que estaba cumpliendo tranquilamente su condena hasta que llegara el resplandeciente día de su libertad, en que, siendo todavía muy joven, pudiera volar en un avión privado hacia la playa donde le esperaba el dinero.

En el interior de la cárcel la leyenda había crecido, en parte porque el Mago se mantenía al margen de los demás y se pasaba largas horas estudiando gráficos financieros y técnicos, y leyendo incomprensibles publicaciones de carácter económico. Hasta el director había tratado de convencerlo con halagos para que le facilitara información acerca del mercado bursátil.

Un ex abogado apodado el Tramposo había conseguido acercarse en cierto modo al Mago y convencerlo de que asesorara a un club de inversores que se reunía semanalmente en la capilla de la cárcel. En representación de los miembros del club, el Tramposo se estaba querellando ahora contra el Mago por fraude.

El Tramposo se acomodó en la silla de los testigos e inició su relato. Allí prescindían de las habituales normas procesales y de la presentación de pruebas para llegar rápidamente a la verdad, cualquiera que fuera la forma que ésta asumiera.

—O sea que voy al Mago y le pregunto qué opina de ValueNow, una nueva empresa *on-line*, sobre la cual había leído un artículo en *Forbes* —explicó el Tramposo—. Estaba a punto de cotizar en bolsa y a mí me gustaba la idea que presidía dicha empresa. El Mago dijo que haría averiguaciones. La cosa quedó así. Un tiempo después fui y le pregunté:

»—Oye, Mago, ¿qué sabes de ValueNow?

»Me dijo que, a su juicio, era una empresa muy sólida y que las acciones subirían como la espuma.

—Yo no dije eso —se apresuró a intervenir el Mago, sentado solo al otro lado de la sala con los brazos cruzados sobre el respaldo de la silla que tenía delante.

—Ya lo creo que lo dijiste.

—No es cierto.

—Bueno, pues cuando me reuní de nuevo con los del club, les informé de que el Mago nos aconsejaba que compráramos y decidimos comprar unas cuantas acciones de ValueNow. Sin embargo, los pequeños inversores no pudieron llevar a cabo la transacción porque la oferta ya estaba cerrada. Acudí otra vez al Mago, el que está allí sentado, y le dije:

»—Oye, Mago, ¿tú crees que podrías conseguir que tus amiguetes de Wall Street utilizaran su influencia para conseguirnos unas cuantas acciones de ValueNow?

»Y el Mago me contestó que sí.

—Eso es mentira —dijo el Mago.

—Silencio —exigió el presidente Spicer—. Ya le tocará a usted el turno.

—Miente —repitió el Mago.

En caso de que el Mago tuviera dinero, nunca llegaría a averiguarse, al menos allí dentro. En su celda de dos metros y medio por tres y medio no había más que montones de publicaciones financieras y económicas. Ningún equipo de alta fidelidad, ventilador, libros, cigarrillos, ninguna de las habituales comodidades de que disfrutaban casi todos los demás. Lo cual echaba leña al fuego de su leyenda. Se le consideraba un tacaño, un tipo raro que ahorraba hasta el último céntimo y que sin duda lo escondía todo en una isla.

—Sea como fuere —prosiguió el Tramposo—, la cuestión es que decidimos arriesgarnos y ocupar una buena posición en ValueNow. Nuestra estrategia consistía en liquidar los valores que teníamos en cartera y fusionarnos.

—¿Fusionarse? —preguntó el juez Beech.

El Tramposo hablaba como si fuera el administrador de una cartera que manejara miles de millones de dólares.

—Exactamente, fusionarnos. Pedimos prestado cuanto pudimos a familiares y amigos y logramos reunir casi mil dólares.

—Mil dólares —repitió el juez Spicer. No estaba mal para un trabajo desde allí dentro—. ¿Qué ocurrió a continuación?

—Le dije al Mago, ése de allí, que estábamos prepa-rados para la operación y le pregunté si podría conse-guirnos las acciones. Eso fue un martes. La oferta era el viernes. El Mago me aseguró que no habría ningún pro-blema. Aseguró que tenía un amigo en Goldman Sux, o un sitio por el estilo, que se encargaría de lo nuestro.

—Eso es mentira —replicó el Mago desde el otro la-do de la sala.

—En fin, el miércoles vi al Mago en el patio este y le pregunté qué tal iba lo de las acciones. Me contestó que todo iría sobre ruedas.

—Eso es mentira.

—Tengo un testigo.

—¿Quién? —preguntó el juez Spicer.

—Picasso.

Picasso estaba sentado detrás del Tramposo, como los restantes seis miembros del club de inversiones. Pi-casso levantó la mano a regañadientes.

—¿Es eso cierto? —preguntó Spicer.

—Sí —contestó Picasso—. El Tramposo le pregun-tó por las acciones. El Mago contestó que las consegui-ría, que todo iría sobre ruedas.

Picasso actuaba como testigo en muchos juicios y había sido sorprendido mintiendo más veces que la ma-yoría de los reclusos.

—Prosiga —indicó Spicer.

—La cuestión es que el jueves no conseguí localizar al Mago en ningún sitio. Me evitaba.

—No es verdad.

—El viernes las acciones salieron a bolsa. El precio era de veinte dólares por acción, el precio al que las hu-biéramos podido comprar si el Señor Wall Street hubie-ra cumplido lo prometido. Abrieron a sesenta dólares, se pasaron casi todo el día en ochenta y, al cierre, valían setenta. Nuestros planes eran vender cuanto antes. Hubiéramos podido comprar cincuenta acciones a veinte dólares, venderlas a ochenta y marcharnos con tres mil dólares de beneficios.

Los actos de violencia eran poco frecuentes en Trumble. Por tres mil dólares no te mataban, pero desde luego te podían romper unos cuantos huesos. El Mago había tenido suerte hasta entonces. No se había producido ninguna agresión.

—¿Y ustedes creen que el Mago les debe estos hipotéticos beneficios? —preguntó el ex magistrado Finn Yarber, que ahora se estaba arrancando los pelos de las cejas.

—Vaya si lo creemos. Mire, lo más repugnante de todo es que el Mago se compró acciones de ValueNow para él.

—Eso es una mentira cochina —intervino el Mago.

—Moderen su lenguaje, por favor —exigió el juez Beech.

Si uno quería perder un juicio ante la Hermandad, le bastaba con ofender a Beech con su lenguaje.

El Tramposo y su grupo habían difundido el rumor de que el Mago se había comprado acciones. Aunque no existía prueba alguna de ello, la historia había corrido como la pólvora y los reclusos la habían repetido tan a menudo que al final se convirtió en un hecho indiscutible. Encajaba muy bien con la situación.

—¿Eso es todo? —preguntó Spicer al Tramposo.

El Tramposo quería profundizar un poco más en otras cuestiones, pero la Hermandad no tenía paciencia con los querellantes pelmazos, y mucho menos con los ex abogados que todavía evocaban sus tiempos de gloria. En Trumble había por lo menos cinco y figuraban constantemente en la lista de juicios pendientes.

—Creo que sí —contestó el Tramposo.

—¿Qué tiene usted que alegar? —preguntó Spicer al Mago.

Éste se levantó y se acercó un poco al tribunal. Miró enfurecido a sus acusadores, al Tramposo y a su banda de perdedores. Después se dirigió al tribunal.

—¿Dónde están las pruebas?

El juez Spicer bajó inmediatamente la mirada, esperando la ayuda de sus compañeros. En su calidad de juez de paz, carecía de preparación jurídica. Ni siquiera había terminado el bachillerato y se había pasado veinte años trabajando en la tienda de su padre. De allí le habían venido los votos. Spicer se fiaba de su sentido común, que a menudo no coincidía con la ley. De las cuestiones relacionadas con la teoría jurídica ya se encargaban sus dos compañeros.

—Están donde nosotros decimos —contestó el juez Beech, saboreando aquella discusión con un corredor de bolsa acerca de las normas procesales del tribunal.

—¿Pruebas claras y convincentes? —preguntó el Mago.

—Tal vez, pero no en este caso.

—¿Por encima de cualquier duda razonable?

—Probablemente, no.

—¿Predominio de la evidencia?

—Ahora ya se está usted acercando un poco más.

—En ese caso, ellos carecen de prueba alguna —dijo el Mago, gesticulando como un mal actor de un culebrón televisivo.

—¿Por qué no se limita a exponernos su versión de los hechos? —le invitó Beech.

—Con mucho gusto. ValueNow era una típica oferta *on-line*, mucha publicidad, mucha tinta roja en los libros. Es cierto que el Tramposo habló conmigo, pero, para cuando efectué las llamadas, la oferta ya estaba cerrada. Llamé a un amigo y éste me dijo que no era posible acercarse a las acciones. Hasta los grandes inversores habían quedado excluidos.

—¿Y eso cómo es posible? —preguntó el juez Yarber.

La sala enmudeció. Cuando el Mago hablaba de dinero, todo el mundo escuchaba.

—Ocurre constantemente en las OPAS, la oferta pública de acciones.

—Ya sabemos lo que es una OPA —dijo Beech.

Estaba claro que Spicer no lo sabía. En la zona rural del estado de Misisipí no había mucho de eso. El Mago se relajó un poquito.

Podía deslumbrarlos con sus conocimientos, ganar aquella pesadez de juicio y después regresar a su cueva y no hacerles el menor caso.

—La OPA de ValueNow la llevaba el banco de inversiones de Bakin-Kline, una pequeña empresa de San Francisco. Se ofrecían cinco millones de acciones. Bakin-Kline vendió con anterioridad prácticamente todo el paquete a sus clientes preferentes y amigos de tal manera que la mayoría de las grandes empresas de inversión no tuvo ocasión de adquirir ninguna acción. Es una estrategia habitual.

Los jueces y los reclusos, incluso el bufón de la corte, estaban pendientes de todas sus palabras.

—Es absurdo pensar que un patán expulsado del colegio de abogados que ahora se encuentra en la cárcel leyendo un ejemplar atrasado de *Forbes* esté en disposición de comprar acciones de ValueNow por valor de mil dólares.

En aquel momento, a todos les pareció efectivamente absurdo. El Tramposo echaba chispas y los miembros de su club empezaban a culparle de lo ocurrido.

—Y usted, ¿compró alguna? —preguntó Beech.

—Por supuesto que no. No pude ni acercarme. Además, casi todas las empresas de alta tecnología y *on-line* se crean con dinero un poco raro. Yo procuro mantenerme apartado de ellas.

—¿Cuáles son sus preferencias? —se apresuró a preguntar Beech, sin poder reprimir su curiosidad.

—Valores. Inversiones a largo plazo. No tengo prisa. Mire, eso es un juicio espurio que se han sacado de la manga unos chicos que querían obtener unas ganancias fáciles. —Señaló con la mano al Tramposo, medio hundido en su silla. El Mago parecía perfectamente creíble y sincero.

La denuncia del Tramposo se basaba en rumores, conjeturas y el testimonio de Picasso, un recluso con fama de embustero.

—¿Cuenta usted con algún testigo? —le preguntó Spicer.

—No lo necesito —contestó el Mago, que volvió a sentarse.

Los tres jueces garabatearon algo en sendos pedazos de papel.

Las deliberaciones eran rápidas y los veredictos instantáneos. Yarber y Beech le pasaron los suyos a Spicer, quien anunció:

—Por dos votos contra uno, fallamos en favor del acusado. Se desestima la acusación. ¿El siguiente?

En realidad, la votación había sido unánime, pero, oficialmente, todos los veredictos eran de dos votos contra uno. Ello permitía que cada uno de los tres jueces dispusiera de cierto margen de maniobra en caso de que más tarde alguien decidiera vengarse.

Sin embargo, la Hermandad estaba muy bien considerada en Trumble. Sus decisiones eran rápidas y todo lo justas que cabía esperar.

De hecho, sus miembros eran extremadamente precisos en sus apreciaciones, a pesar de los endebles testimonios que a menudo escuchaban. Spicer llevaba años presidiendo pequeños juicios en la trastienda del local que su familia tenía en un pueblo. Olía a un mentiroso a quince metros de distancia.

Beech y Yarber se habían pasado toda la carrera en las salas de justicia y no toleraban las habituales tácticas de argumentos engañosos y demoras.

—Eso es todo por hoy —dijo T. Karl—. Aquí terminan las causas del día.

—Muy bien. Se aplaza la vista hasta la próxima semana.

T. Karl se puso en pie y los rizos de la peluca se balancearon de nuevo sobre sus hombros.

—Se aplaza la vista —repitió—. Todos en pie, por favor.

Nadie se levantó ni se movió mientras los miembros de la Hermandad abandonaban la sala. El Tramposo y su banda habían formado un corrillo, planeando sin duda su siguiente querella. El Mago se retiró a toda prisa.

El director adjunto y el guardia se fueron sin que nadie se diera cuenta. Los juicios semanales eran uno de los mejores espectáculos en Trumble.

2

A pesar de que llevaba dieciocho años trabajando en el Congreso, Aaron Lake seguía circulando por Washington con su automóvil particular. No necesitaba ni quería chófer, asistente ni guardaespaldas. A veces, un becario lo acompañaba y tomaba notas, no obstante, por regla general, a Lake le encantaba la tranquilidad de circular en medio del tráfico de Washington, escuchando una interpretación de guitarra clásica en su equipo estereofónico. Muchos de sus amigos, sobre todo los que habían alcanzado la categoría de «Señor Presidente» o «Señor Vicepresidente», disponían de vehículos más grandes con chófer. Y algunos hasta tenían limusinas.

Lake no. Lo consideraba una pérdida de tiempo, dinero e intimidad. Si alguna vez alcanzaba un cargo más elevado, no quería que le colgaran alrededor del cuello la carga de un chófer. Por otra parte, le gustaba la soledad. Su despacho era un manicomio. Tenía a quince personas subiéndose por las paredes, atendiendo los teléfonos, abriendo carpetas, sirviendo a la gente de Arizona que lo había enviado a Washington. Otras dos personas se dedicaban exclusivamente a reunir fondos. Tres becarios que le habían asignado sólo servían para entorpecer el paso por los estrechos pasillos y hacerle perder más tiempo del que se merecían.

Era viudo y vivía en Georgetown, en una pequeña y

preciosa casa particular con la que estaba muy encariñado. Llevaba una existencia muy discreta, aunque de vez en cuando hacía alguna incursión en el ambiente social que tanto les había gustado a él y a su difunta esposa en los primeros tiempos.

Ahora circulaba por la carretera de circunvalación en medio del lento y cauteloso tráfico provocado por una ligera nevada. Superó rápidamente los controles de seguridad de la sede central de la CIA en Langley y se alegró al ver la plaza de aparcamiento preferente que lo esperaba, junto con dos guardias de seguridad vestidos de paisano.

—El señor Maynard lo está esperando —anunció uno de ellos con semblante grave, abriéndole la portezuela del vehículo mientras el otro tomaba su portafolios. El poder tenía sus ventajas.

Lake jamás se había reunido con el director de la CIA en Langley. Habían hablado un par de veces en la Colina del Capitolio años atrás, cuando el pobre hombre aún podía valerse por sí mismo. Teddy Maynard iba en silla de ruedas y sufría constantes dolores, y hasta los senadores se trasladaban a Langley siempre que él los necesitaba. Había llamado a Lake media docena de veces a lo largo de catorce años, pero Maynard era un hombre muy ocupado. De las cargas más livianas solían ocuparse sus colaboradores.

Las barreras de seguridad se derrumbaron alrededor del congresista mientras éste y sus escoltas se iban adentrando en las profundidades del cuartel general de la CIA en Langley. Para cuando Lake llegó a la suite de despachos del señor Maynard, caminaba tan erguido que casi parecía más alto e incluso se daba un poco de aires. Imposible evitarlo. El poder intoxicaba. Teddy Maynard lo había mandado llamar.

En el interior de la estancia, una espaciosa sala cuadrada y sin ventanas conocida extraoficialmente como «el búnker», el director permanecía a solas, contemplando con expresión ausente una gigantesca pantalla que mostraba el inmovilizado rostro del congresista Aaron Lake. Era una fotografía reciente, tomada tres meses atrás en una comida organizada para recaudar fondos, en la que Lake se había tomado media copa de vino y un poco de pollo asado al horno, había renunciado al postre y había regresado a casa solo para acostarse antes de las once. La fotografía llamaba la atención porque Lake era tremendamente atractivo, con su cabello pelirrojo claro sin apenas canas —un cabello sin baño de color ni tinte—, el neto y poblado perfil de su cuero cabelludo, sus ojos azul oscuro, su barbilla vigorosa y su impecable dentadura. Tenía cincuenta y tres años y el tiempo lo trataba muy bien. Hacía treinta minutos al día de ejercicio en una máquina de remar y su índice de colesterol era de 160. No se le conocía ni un solo vicio. Le gustaba la compañía de las mujeres, sobre todo cuando era importante que lo vieran con alguna. Su pareja habitual era una viuda de sesenta años de Bethesda cuyo difunto marido había ganado una fortuna como miembro de un *lobby*.

Sus padres habían muerto. Su única hija trabajaba de profesora en una escuela de Santa Fe. Su mujer, con la que había estado veintinueve años casado, había muerto en 1996 de cáncer de ovarios. Un año más tarde, su cocker spaniel de trece años murió también y el congresista Aaron Lake empezó a vivir auténticamente solo. Era católico, aunque eso ya no importara demasiado, e iba a misa por lo menos una vez a la semana. Teddy pulsó un botón y el rostro desapareció de la pantalla.

Lake era un desconocido más allá de la carretera de

circunvalación, sobre todo porque había conseguido controlar su ego. En caso de que aspirara a algún cargo más importante, lo disimulaba muy bien. Su nombre se había mencionado en cierta ocasión como candidato al cargo de gobernador de Arizona, pero a él le gustaba demasiado Washington. Le encantaba Georgetown —la muchedumbre, el anonimato, la vida urbana—, los buenos restaurantes, las pequeñas librerías abarrotadas de libros y los bares donde servían café exprés. Le gustaba el teatro y la música, y él y su difunta esposa jamás se habían perdido ningún acontecimiento del Kennedy Center.

En la Colina del Capitolio, Lake tenía fama de ser un brillante congresista, muy trabajador, capaz de expresarse con claridad, absolutamente honrado, leal y escrupuloso hasta el exceso. Debido al hecho de que su distrito era la sede de cuatro importantes empresas de armamento vinculadas al Departamento de Defensa, se había convertido en un experto en el tema. Era presidente del Comité de Servicios Armados del Congreso y, en su condición de tal, había conocido a Teddy Maynard.

Teddy volvió a pulsar el botón y apareció el rostro de Lake. En su calidad de veterano de las guerras de espionaje, Teddy raras veces se arredraba. Había esquivado balas, se había ocultado debajo de puentes y congelado en las montañas, había sido envenenado por dos espías checos, recibido un disparo por traidor en Bonn y aprendido siete idiomas, había combatido en la guerra fría, había tratado de impedir que estallara una conflagración y había vivido más aventuras que diez agentes juntos; sin embargo, cuando contemplaba el ingenuo rostro del congresista Aaron Lake, se le formaba un nudo en el estómago.

Él —la CIA— estaba a punto de hacer algo que la Agencia jamás había hecho.

Habían empezado con cien senadores, cincuenta gobernadores y cuatrocientos treinta y cinco congresistas, todos ellos probables sospechosos, y ahora sólo quedaba uno. El representante de Arizona, Aaron Lake.

Teddy pulsó otro botón y la pared se quedó en blanco. Tenía las piernas cubiertas con una manta. Cada día vestía lo mismo: un jersey azul marino de cuello de pico, una camisa blanca y una pajarita en tonos discretos. Se acercó con su silla de ruedas a un lugar muy próximo a la puerta y se dispuso a recibir a su candidato.

Durante los ocho minutos de espera, a Lake le ofrecieron un café y un bollo, que rechazó. Medía más de metro ochenta, pesaba ochenta kilos y cuidaba mucho su aspecto. Si hubiera aceptado el bollo, Teddy se hubiera sorprendido. Que ellos supieran, Lake jamás tomaba azúcar. Jamás.

Pero el café estaba muy cargado y, mientras se lo iba tomando, repasó la pequeña investigación que había llevado a cabo por su cuenta. El tema de la reunión era la alarmante cantidad de artillería del mercado negro que llegaba a los Balcanes. Lake llevaba dos memorándums, ochenta páginas a doble espacio de datos que había estado recopilando hasta las dos de la madrugada. No sabía muy bien por qué razón el señor Maynard quería que acudiera a Langley para hablar de aquel asunto, pero se había hecho el firme propósito de estar preparado.

Se oyó el amortiguado sonido de un timbre, se abrió la puerta y apareció el director de la CIA en su silla de ruedas y envuelto en una manta. En su rostro se apreciaban claramente las huellas que habían dejado sus setenta y cuatro años de existencia. Sin embargo, su apretón de manos era muy enérgico, probablemente a causa del esfuerzo que tenía que hacer para desplazarse en la silla. Lake lo siguió al interior del despacho y dejó a los dos pitbulls universitarios montando guardia en la puerta.

Se sentaron frente a frente, a ambos lados de una mesa muy larga que llegaba hasta el fondo de la estancia, donde un gran paño de pared de color blanco hacía las veces de pantalla. Después de unos breves preliminares, Teddy pulsó un botón y apareció otro rostro. Otro botón y las luces se amortiguaron. A Lake le encantó... Pulsando unos botoncitos, aparecían de inmediato unas imágenes de alta tecnología. La estancia debía de tener micrófonos ocultos y la suficiente ferretería electrónica como para controlar su pulso desde nueve metros de distancia.

—¿Lo reconoce? —preguntó Teddy.

—Es posible. Creo haber visto esta cara en algún sitio.

—Es Natli Chenkov. Un ex general. En la actualidad es miembro de lo que queda del Parlamento ruso.

—Conocido también como Natty —dijo orgullosamente Lake.

—El mismo. Comunista de la línea dura, estrechos vínculos con los militares, mente privilegiada, un ego descomunal, ambicioso, despiadado y, en estos momentos, el hombre más peligroso del mundo.

—Eso no lo sabía.

Un clic, otro rostro, éste como esculpido en piedra, bajo una vistosa gorra de desfile.

—Éste es Yuri Goltsin, el segundo de a bordo de lo que queda del ejército ruso. Chenkov y Goltsin tienen grandes planes. —Otro clic, un mapa de una parte de Rusia, al norte de Moscú—. Están almacenando armas en esta región —dijo Teddy—. En realidad, se las están robando a ellos mismos, saqueando el ejército ruso, pero lo principal es que las compran en el mercado negro.

—¿Y de dónde sacan el dinero?

—De todas partes. Cambian petróleo por radares israelíes. Se dedican al narcotráfico y compran tanques chinos a través de Pakistán. Chenkov mantiene estrechas relaciones con ciertos mafiosos, uno de los cuales ha adquirido recientemente una fábrica en Malaysia que sólo se dedica a la fabricación de rifles de asalto. Es todo muy complicado. Chenkov es muy listo, tiene un privilegiado coeficiente de inteligencia. Probablemente es un genio.

Teddy Maynard era un genio, y si él le otorgaba semejante título a otro, el congresista Lake no tenía más remedio que aceptarlo.

—¿A quién piensan atacar?

Teddy rechazó la pregunta: aún no estaba preparado para responder.

—Observe la ciudad de Vologda. Se encuentra a unos ochocientos kilómetros al este de Moscú. La semana pasada localizamos sesenta misiles Vetrovs en un almacén. Como sabe, un Vetro...

—Es el equivalente de nuestro Tomahawk Cruise, pero sesenta centímetros más largo.

—Exactamente. Añadidos a los que han trasladado a aquel lugar en los últimos noventa días, suman trescientos. ¿Ve la ciudad de Rybinsk, justo al norte de Vologda?

—Conocida por su plutonio.

—Sí, lo hay a toneladas. Suficiente para fabricar diez mil cabezas nucleares. Chenkov, Goltsin y los suyos controlan toda la zona.

—¿Que la controlan?

—Sí, a través de una red de mafiosos y unidades locales del ejército. Chenkov tiene a su gente en su sitio.

—¿Para qué?

Teddy pulsó un botón y la pared se quedó en blanco,

aunque las luces no aumentaron de intensidad, de tal forma que, cuando habló desde el otro lado de la mesa, lo hizo casi envuelto en tinieblas.

—El golpe está a la vuelta de la esquina, señor Lake. Nuestros peores temores se están haciendo realidad. Todos los aspectos de la sociedad y de la cultura rusa se están resquebrajando y desmoronando. La democracia es un chiste. El capitalismo es una pesadilla. Pensábamos que podríamos Mcdonalizar aquel condenado lugar y ha sido un desastre. Los trabajadores no cobran, a pesar de que son los más afortunados porque tienen empleo. El veinte por ciento de la población activa carece de un puesto de trabajo. Los niños se mueren por falta de medicamentos. Y muchos adultos también. Un diez por ciento de la población vive sin hogar. Un veinte por ciento padece hambre. La situación se agrava día a día. Las mafias han saqueado el país. Creemos que se han robado y sacado de sus fronteras por lo menos quinientos mil millones de dólares. No se vislumbra ninguna mejora. El momento es propicio para la aparición de un hombre fuerte, un nuevo dictador que prometa devolver la estabilidad a la población. El país pide a gritos un jefe y Chenkov ha llegado a la conclusión de que él mismo se encargará del asunto.

—Ya tiene el ejército.

—Tiene el ejército: lo único que necesita. El golpe será incruento porque la gente ya se encuentra preparada. Acogerá con los brazos abiertos a Chenkov, que encabezará el desfile hacia la plaza Roja y nos desafiará a nosotros a que nos interpongamos en su camino. Volveremos a ser los malos.

—Y volverá la guerra fría —dijo Lake casi en un susurro.

—De fría, nada. Chenkov quiere expandirse y recuperar la antigua Unión Soviética. Necesita desesperadamente dinero en efectivo y lo tomará en forma de tierras, fábricas, petróleo y cosechas. Provocará pequeños enfrentamientos regionales que ganará sin el menor esfuerzo. —Apareció otro mapa. El audiovisual le mostró a Lake la primera fase del nuevo orden mundial. Teddy no omitía una sola palabra—. Supongo que invadirá todos los estados bálticos y derribará gobiernos en Estonia, Letonia, Lituania, etcétera. Después se desplazará al antiguo bloque oriental y concertará alianzas con algunos comunistas de allí.

El congresista se quedó sin habla mientras contemplaba la expansión de Rusia. Las predicciones de Teddy parecían seguras y muy precisas.

—¿Y los chinos? —preguntó Lake.

Pero Teddy aún no había terminado de hablar de la Europa del Este. Hizo otro clic y el mapa cambió.

—Aquí es donde nos van a absorber.

—¿En Polonia?

—Sí. Es lo que siempre ocurre. Ahora Polonia pertenece a la OTAN por una maldita razón que no entiendo. Imagínese. Polonia comprometiéndose a protegernos a nosotros y a Europa. Chenkov consolida el antiguo territorio de Rusia y dirige una nostálgica mirada hacia el oeste. Lo mismo que Hitler, sólo que éste anhelaba el este.

—¿Por qué le iba a interesar Polonia?

—¿Por qué le interesaba Polonia a Hitler? Se interponía entre su persona y Rusia. Odiaba a los polacos y estaba dispuesto a iniciar una guerra. A Chenkov le importa un bledo Polonia, simplemente desea controlarla como parte de su plan de destruir la OTAN.

—¿Está dispuesto a correr el riesgo de una tercera guerra mundial?

Tras pulsar varios botones, la pantalla volvió a convertirse en una pared. Se volvieron a encender las luces. La introducción audiovisual había terminado y ya era hora de iniciar una conversación todavía más seria. Teddy experimentó una punzada de intenso dolor en las piernas y no pudo evitar fruncir el ceño.

—No puedo responder a esta pregunta —reconoció—. Sabemos muchas cosas, pero ignoramos lo que piensa este hombre. Actúa con mucho sigilo, va colocando a la gente en su sitio y preparándolo todo. No será algo completamente inesperado, ¿sabe?

—Por supuesto que no. Llevamos ochenta años haciendo estos mismos pronósticos hipotéticos, siempre con la esperanza de que no se cumplan.

—Pero ya se están cumpliendo, señor congresista. Mientras nosotros hablamos, Chenkov y Goltsin se dedican a eliminar a sus adversarios.

—¿Qué programa piensan seguir?

Teddy se rebulló bajo la manta, tratando de cambiar de posición para aliviar el dolor.

—Es difícil decirlo. Si es listo, y en efecto lo es, esperará a que estallen disturbios en las calles. Creo que dentro de un año Natty Chenkov será el hombre más famoso del mundo.

—Un año —murmuró Lake casi para sí mismo, como si acabaran de comunicarle su propia condena a muerte.

Se produjo una prolongada pausa mientras se imaginaba el fin del mundo. Y Teddy dejó que lo hiciera. Ahora el nudo que éste tenía en el estómago se había reducido significativamente de tamaño. Lake le caía bien. Era atractivo, inteligente y sabía expresar con claridad sus ideas. Habían hecho la elección más acertada.

Era apto para ser elegido.

Tras una ronda de cafés y una llamada telefónica que Teddy debió atender —era del vicepresidente—, ambos reanudaron su pequeña conferencia y siguieron adelante. El congresista se alegró de que Teddy pudiera dedicarle tanto tiempo. Venían los rusos y, sin embargo, aquel hombre parecía muy tranquilo.

—No hace falta que le comente la escasa preparación de nuestros militares —dijo en tono muy serio.

—Escasa preparación, ¿para qué? ¿Para la guerra?

—Tal vez. Si no estamos preparados, es muy posible que se produzca una guerra. Si nos mostramos fuertes, evitaremos el enfrentamiento. Ahora mismo, el Pentágono no podría actuar como lo hizo en la guerra del Golfo, en 1991.

—Estamos al setenta por ciento —dijo Lake con seguridad. Era su terreno.

—Pero, con un setenta por ciento, estallará la guerra, señor Lake. Chenkov invierte hasta el último céntimo que roba en armamento nuevo. En cambio, nosotros recortamos los presupuestos y nos dedicamos a reducir la capacidad de nuestros militares. Queremos apretar botones y arrojar bombas inteligentes para que no se derrame ni una sola gota de sangre norteamericana. Chenkov contará con dos millones de soldados desesperados, dispuestos a luchar y morir en caso necesario.

Por un instante, Lake se sintió orgulloso. Había tenido el valor de votar en contra del último presupuesto porque éste reducía el gasto militar. Los habitantes de su estado se hallaban furiosos.

—¿Y no podría usted poner al descubierto los planes de Chenkov? —preguntó.

—No. Rotundamente, no. Contamos con un estupendo servicio de espionaje. Si ahora nos enfrentamos a él, se dará cuenta de que lo sabemos todo. Es el juego del espionaje, señor Lake. Sería precipitado convertirlo ahora en un monstruo.

—Entonces, ¿qué plan tiene usted? —se atrevió a preguntar Lake.

Era una presunción preguntarle a Teddy cuáles eran sus proyectos. La reunión ya había alcanzado su objetivo. Un nuevo congresista había sido suficientemente informado. A Lake podían pedirle en cualquier momento que se retirara para dar paso al presidente del comité de cualquier otra cosa.

Pero Teddy tenía grandes planes y estaba deseando exponerlos.

—Sólo faltan dos semanas para las primarias de New Hampshire. Tenemos a cuatro republicanos y a tres demócratas que prometen todos lo mismo. No hay ni un solo candidato que se proponga aumentar los gastos de Defensa. Tenemos un superávit presupuestario, oh, milagro de los milagros, y a todo el mundo se le ocurren cientos de ideas sobre cómo emplearlo. Son un hatajo de imbéciles. Hace algunos años teníamos enormes déficits presupuestarios y el Congreso se gastaba el dinero con más rapidez de lo que se tardaba en imprimirlo. Ahora disponemos de un superávit y ellos se están dando un atracón.

El congresista Lake apartó momentáneamente la mirada y después decidió dejarlo correr.

—Perdone —dijo Teddy, cayendo en la cuenta de lo que acababa de decir—. El Congreso en su conjunto es irresponsable, pero también disponemos de excelentes congresistas.

—No es preciso que me lo diga.

—En cualquier caso, aquello está lleno de clones. Hace un par de semanas teníamos otros corredores marchando en cabeza. Se están arrojando barro y apuñalándose unos a otros, y todo de cara al cuadragésimo cuarto estado más grande del país. Absurdo. —Teddy hizo una pausa y esbozó una mueca mientras trataba de modificar la posición de sus piernas inválidas—. Necesitamos a alguien nuevo, señor Lake, y consideramos que ese alguien debe ser usted.

La primera reacción de Lake fue contener una carcajada, cosa que consiguió con una sonrisa y un carraspeo. Luego procuró recuperar la compostura.

—Será una broma —comentó.

—Usted sabe que no bromeo, señor Lake —observó Teddy con la cara muy seria.

No cabía la menor duda de que Aaron Lake había caído en una trampa muy bien tendida.

El congresista carraspeó y finalizó la tarea de recuperar la compostura.

—De acuerdo, le escucho.

—Es muy sencillo. De hecho, la belleza del plan estriba en su simplicidad. Ya ha llegado usted tarde para presentarse en las primarias de New Hampshire; aunque no importa. Deje que el resto de la pandilla se líe a puñetazos por allí. Espere a que todo termine y entonces sorpréndalos a todos, anunciando su candidatura a la presidencia. Muchos se preguntarán: «Pero ¿quién demonios es este Aaron Lake?» Perfecto. Eso es precisamente lo que pretendemos. Muy pronto lo sabrán.

»En un principio, su proyecto constará de un único elemento: todo girará en torno a los gastos militares. Usted es un profeta de catástrofes y hará toda suerte de horribles predicciones acerca de la creciente debilidad de nuestras fuerzas armadas. Cuando exija duplicar los gastos militares, conseguirá que todos le escuchen.

—¿Duplicar?

—Espectacular, ¿verdad? Consigue despertar el interés. Usted los duplicará durante los cuatro años de su mandato.

—Pero ¿por qué? Necesitamos aumentar los gastos de Defensa, pero el doble me parece excesivo.

—No lo es si debemos combatir en otra guerra, señor Lake. Una guerra en la que pulsaremos botones y lanzaremos misiles Tomahawk por millares, a un millón de dólares la pieza. Recuerde que el año pasado casi se nos acabó el material en todo aquel jaleo de los Balcanes. No disponemos de suficientes efectivos en cada uno de los tres cuerpos del ejército, señor Lake, y usted es consciente de ello. Las fuerzas armadas necesitan toneladas de dinero en efectivo para reclutar a los jóvenes. Nos falta de todo: soldados, misiles, carros blindados, aviones y portaaviones. Chenkov se está preparando mientras nosotros perdemos el tiempo. Nosotros seguimos reduciendo gastos y, como sigamos con la misma política en la próxima Administración, estamos perdidos.

Teddy levantó la voz casi con rabia y cuando terminó con las palabras «estamos perdidos», Aaron Lake experimentó casi la sensación de que la tierra temblaba bajo sus pies a causa de los bombardeos.

—¿Y de dónde vamos a sacar el dinero? —preguntó.

—El dinero, ¿para qué?

—Para los gastos de armamento.

Teddy soltó un bufido de desagrado antes de contestar.

—Del mismo sitio de donde sale siempre. ¿Es preciso que le recuerde, señor, que disponemos de un superávit?

—En resumen, que se trata de gastar el superávit.

—Por supuesto que sí. Mire, señor Lake, no se preocupe por el dinero. Poco después de que usted lo anuncie, le pegaremos un susto de muerte al pueblo norteamericano. Al principio, la gente pensará que está usted medio loco, un chalado de Arizona, empeñado en fabricar todavía más bombas. Pero nosotros les provocaremos un sobresalto. Crearemos una crisis al otro lado del mundo y, de repente, todo el mundo dirá que Aaron Lake es un profeta. La cuestión es la elección del momento más oportuno. Si pronuncia usted un discurso acerca de lo débiles que somos en Asia, casi nadie le hará caso. Pero si creamos por allí una situación de máxima gravedad, todo el mundo querrá hablar con usted. Eso es lo que ocurrirá a lo largo de toda la campaña. Crearemos tensión con este propósito. Divulgaremos informes, crearemos situaciones, manipularemos los medios de difusión, pondremos en apuros a sus adversarios. Francamente, señor Lake, no me parece tan difícil.

—Habla como si ya lo hubiera hecho antes.

—No. Hemos hecho algunas manipulaciones insólitas, siempre en nuestro afán de proteger este país, pero nunca hemos tratado de influir en unas elecciones presidenciales.

Teddy lo admitió casi con pesar.

Lake empujó lentamente su asiento hacia atrás, se levantó, estiró los brazos y las piernas y, sin apartarse de la mesa, se dirigió al fondo de la estancia. Se notaba los pies pesados. El pulso se le había desbocado. La trampa se había disparado y él había quedado atrapado.

Regresó a su asiento.

—No dispongo de fondos suficientes —objetó, mirando hacia el otro lado de la mesa.

Sabía que sus palabras serían recibidas por alguien que ya había tenido en cuenta el asunto.

Teddy sonrió, asintió con un gesto y fingió reflexionar. La casa de Lake en Georgetown valía cuatrocientos mil dólares. Éste tenía aproximadamente la mitad de dicha cantidad en fondos de pensiones y otros cien mil dólares en bonos municipales. No había contraído deudas importantes. En la cuenta de su reelección había cuarenta mil dólares.

—Un candidato rico no resultaría atractivo —señaló Teddy, tendiendo la mano hacia otro botón—. El dinero no constituirá un obstáculo, señor Lake —añadió en tono mucho más animado—. Obligaremos a las fábricas de armamento que trabajaban para el Departamento de Defensa a que lo paguen. Fíjese en eso —añadió, agitando la mano derecha como si Lake no supiera muy bien hacia dónde mirar—. El año pasado la industria aeroespacial y la de armamento ganaron casi doscientos mil millones de dólares. Tomaremos simplemente una pequeña fracción de esta cantidad.

—¿Qué fracción?

—La que usted necesite. Basándonos en un cálculo realista, les podemos sacar cien millones de dólares.

—Pero no es posible ocultar cien millones de dólares.

—No esté tan seguro de eso, señor Lake. Y no permita que este asunto le quite el sueño. Nosotros nos encargaremos del dinero. Usted pronuncie discursos, haga la publicidad y dirija la campaña. El dinero se recibirá a paletadas. Cuando llegue noviembre, los electores norteamericanos estarán tan aterrorizados ante la posibilidad de una apocalíptica guerra definitiva que no les importará lo que gaste usted. Será una victoria aplastante.

En resumen: Teddy Maynard le estaba ofreciendo una aplastante victoria. Lake permaneció sentado en silencio, impresionado, casi aturdido, contemplando todo aquel dinero, allá arriba en la pared, ciento noventa y cuatro mil millones destinados a armamento y proyectos aeroespaciales. El año anterior el presupuesto para gastos militares había ascendido a doscientos setenta mil millones de dólares. Si se duplicara la suma hasta quinientos cuarenta mil millones de dólares en cuatro años, las fábricas de armamento volverían a hacer el agosto. ¡Y no digamos los empleados! ¡Los salarios se pondrían por las nubes y habría trabajo para todo el mundo!

El candidato Lake sería acogido con un abrazo por los ejecutivos, que tenían el dinero, y por los sindicatos, que tenían los votos. Cuando el sobresalto inicial empezó a desvanecerse, el plan de Teddy resultó mucho más claro. Cobrar dinero a los que se van a beneficiar. Asustar a los votantes para que corran a las urnas. Alcanzar una victoria aplastante. Y salvar con ello el mundo.

Teddy le dejó reflexionar un instante y después añadió:

—Lo haremos casi todo a través de los CAP, los comités de acción política. Los sindicatos, los ingenieros, los ejecutivos, las coaliciones empresariales... no faltan grupos políticos. Y crearemos otros.

Lake ya los estaba creando. Centenares de CAP, con más dinero del que jamás se hubiera invertido en ninguna elección. El sobresalto había desaparecido por entero y había sido sustituido por la emoción que le suscitaba la idea. Millares de preguntas se agolpaban en su mente: ¿Quién será mi vicepresidente? ¿Quién dirigirá la campaña? ¿Y el jefe del estado mayor? ¿Dónde me anunciaré?

—Puede que dé resultado —dijo, procurando controlar sus sentimientos.

—Pues claro que dará resultado, señor Lake. Confíe en mí. Llevamos bastante tiempo planeándolo.

—¿Cuántas personas están al corriente?

—Muy pocas. Ha sido usted cuidadosamente elegido, señor Lake. Hemos examinado a muchos posibles candidatos y su nombre siempre ocupaba el primer lugar. Hemos investigado sus antecedentes.

—Un poco aburridos, ¿verdad?

—Más bien sí. Aunque me preocupa un poco su relación con la señora Valotti. Se ha divorciado un par de veces y es aficionada a los analgésicos.

—No sabía que tuviera una relación con la señora Valotti.

—Ha sido usted visto con ella hace poco.

—O sea que me han estado vigilando, ¿no es cierto?

—¿Acaso esperaba otra cosa?

—Supongo que no.

—La acompañó usted a una gala benéfica en favor de las mujeres oprimidas de Afganistán. No me haga reír.

Las palabras de Teddy se volvieron repentinamente cortantes y sarcásticas.

—En realidad no me apetecía ir.

—Pues no vaya más. Manténgase alejado de estas bobadas. Déjelas para Hollywood. Valotti sólo será una fuente de problemas.

—¿Alguien más? —preguntó Lake, considerablemente a la defensiva.

Su vida privada había sido bastante aburrida desde que falleciera su mujer. De repente, se enorgulleció de ello.

—Pues no —contestó Teddy—. La señora Benchly parece bastante estable y es una acompañante encantadora.

—Vaya, hombre, muchas gracias.

—Lo machacarán con la cuestión del aborto, pero no será el primero.

—Es un tema muy sobado —dijo Lake.

Y él ya estaba harto de bregar con él. Había estado a

favor y en contra del aborto, se había mostrado duro y blando con los derechos de la reproducción, en favor de la elección y de la infancia, había sido antifeminista y profeminista. En los catorce años que llevaba en el Congreso, lo habían perseguido en el campo minado del aborto y cada nuevo movimiento estratégico lo había dejado malparado.

El aborto ya no le daba miedo, por lo menos de momento. Le preocupaba mucho más que la CIA hubiera metido las narices en su vida.

—¿Qué me dice de Green Tree? —preguntó.

Teddy agitó la mano derecha como si la cosa careciera de importancia.

—Ocurrió hace veintidós años. Nadie resultó condenado. Su socio se declaró en quiebra y fue procesado, pero el jurado lo dejó en libertad. El tema saldrá a relucir, porque todo lo hace. Pero, mire, señor Lake, nosotros nos encargaremos de desviar la atención hacia cualquier otro lugar. El hecho de presentarse en el último momento ofrece una ventaja. La prensa no dispondrá de mucho tiempo para escarbar en la basura.

—No estoy casado. Jamás ha resultado elegido un presidente sin esposa.

—Es usted viudo, fue el marido de una dama encantadora y muy respetada. Eso no tiene importancia. Confíe en mí.

—Pues, ¿qué le preocupa?

—Nada, señor Lake, nada en absoluto. Es usted un candidato sólido y muy elegible. Nosotros crearemos las situaciones y el temor y nos encargaremos de reunir el dinero.

Lake volvió a levantarse y empezó a deambular por la estancia, alisándose el cabello, rascándose la barbilla y tratando de aclararse las ideas.

—Tengo muchas preguntas —dijo.

—A lo mejor yo puedo contestar a algunas. Mañana volveremos a reunirnos aquí mismo, a la misma hora. Consúltelo con la almohada, señor Lake. El tiempo apremia, pero supongo que antes de tomar una decisión como ésta un hombre debe disponer de veinticuatro horas.

Teddy lo dijo con una sonrisa en los labios.

—Me parece una idea sensacional. Déjeme pensarlo. Mañana le daré mi respuesta.

—Nadie sabe que hemos mantenido esta pequeña charla.

—Por supuesto que no.

En cuanto a espacio, la sección jurídica ocupaba exactamente una cuarta parte de los metros cuadrados de toda la biblioteca de Trumble. Se encontraba en un rincón, separada por un tabique de ladrillo rojo y cristal, realizada con muy buen gusto a costa del contribuyente. En su interior, se apretujaban las estanterías repletas de manoseados libros, sin apenas espacio para que los reclusos pudieran moverse. Adosados a las paredes había unos escritorios con máquinas de escribir y ordenadores, y suficiente material de investigación como para que aquello pareciera la biblioteca de una gran empresa.

La Hermandad imponía su ley en la sección jurídica. Todos los reclusos estaban autorizados a utilizarla, naturalmente, pero una norma tácita establecía que era preciso solicitar permiso para entrar y permanecer un rato allí dentro. Puede que no se tratara exactamente de pedir permiso, pero, por lo menos, convenía que se notificara.

El juez Joe Roy Spicer de Misisipí ganaba cuarenta centavos a la hora barriendo los suelos y ordenando los escritorios y las estanterías. Vaciaba también las papeleras y, en general, estaba considerado un cerdo en el desempeño de estas serviles tareas. El juez Hatlee Beech de Tejas era el bibliotecario oficial y, con sus cincuenta centavos a la hora, era el mejor pagado. Se mostraba muy meticuloso con sus «volúmenes» y a menudo discutía con Spicer por la forma en que éste los trataba. El juez Finn Yarber, ex magistrado del Tribunal Supremo de California, cobraba veinte centavos a la hora como técnico de informática. Su paga ocupaba el último lugar de la escala porque apenas sabía nada de ordenadores.

En un día normal, los tres se pasaban entre seis y ocho horas en la biblioteca jurídica. Cuando un recluso de Trumble tenía algún problema legal, concertaba una cita con un miembro de la Hermandad y visitaba la pequeña suite. Hatlee Beech era un experto en veredictos, sentencias y recursos. Finn Yarber se ocupaba de casos de declaraciones de quiebra, divorcios y pensiones por alimentos de hijos. Roy Spicer carecía de preparación jurídica oficial y no estaba especializado en nada. Por otra parte, tampoco le interesaba estarlo. Se encargaba de los casos de estafas.

Unas estrictas normas prohibían que los miembros de la Hermandad cobraran honorario alguno por su labor jurídica, pero las estrictas normas significaban muy poco. A fin de cuentas, todos ellos eran delincuentes convictos y, si podían embolsarse discretamente un poco de dinero adicional, todos contentos. Las sentencias constituían una fuente de ingresos muy importante. Aproximadamente una cuarta parte de los reclusos que ingresaban en Trumble habían sido condenados indebidamente. Beech podía revisar el caso en un santiamén y encontrar alguna forma de defensa. Un mes atrás, había conseguido rebajarle cuatro años de pena a un joven que había recibido una condena de quince. La familia había accedido a pagar y la Hermandad se había embolsado cinco mil dólares, los honorarios más altos que jamás hubieran cobrado. Spicer se encargaba de hacer llegar las cantidades a una cuenta bancaria secreta a través de un abogado de Neptune Beach.

En la zona posterior de la sección jurídica, había una reducida sala de conferencias situada detrás de las estanterías y apenas visible desde la estancia principal. La puerta tenía una gran ventana acristalada, pero nadie se tomaba la molestia de mirar a través de ella. Allí se reunían los miembros de la Hermandad para tratar discretamente de sus asuntos. La consideraban su despacho.

Spicer acababa de entrevistarse con el abogado que gestionaba los asuntos de los miembros de la Hermandad y había recibido la correspondencia, unas cartas francamente interesantes. Cerró la puerta y sacó un sobre de una carpeta. La agitó en la mano para que Beech y Yarber la vieran.

—Es amarilla —dijo—. ¿A que es bonita? Es para Ricky.

—¿De quién es? —preguntó Yarber.

—De Curtis de Dallas.

—¿El banquero? —preguntó Beech, rebosante de emoción.

—No, Curtis es propietario de varias joyerías. Prestad atención. —Spicer desdobló la carta, escrita también en un papel de color amarillo claro, carraspeó y empezó a leer—: «Querido Ricky: Tu carta del 8 de enero me ha hecho llorar. La tuve que leer tres veces antes de poder dejarla. Pobre chico. ¿Por qué te tienen ahí dentro?»

—¿Dónde está? —preguntó Yarber.

—Ricky está encerrado en una elegante clínica de desintoxicación que costea su acaudalado tío. Lleva un año encerrado, está curado y totalmente desintoxicado, pero los malvados que dirigen aquel lugar no lo quieren soltar hasta el mes de abril porque le han estado cobrando veinte mil dólares al mes al ricachón de su tío, el cual sólo quiere que lo tengan encerrado y no le envía dinero para gastos. ¿Recordáis algo de todo eso?

44

—Ahora sí.

—Participasteis en la simulación legal. ¿Puedo seguir?

—Por favor.

Spicer reanudó la lectura.

—«Estoy tentado de tomar un avión y enfrentarme personalmente con esos malvados. ¡Y tu tío, qué desastre! Los ricachones como él creen que el dinero lo es todo y no quieren complicarse la vida. Tal como ya te dije, mi padre tenía bastante dinero, pero era la persona más miserable que he conocido. Me compraba cosas, por supuesto..., objetos que no significaban nada cuando desaparecían. Sin embargo, jamás tenía tiempo para mí. Era un enfermo como tu tío. Te adjunto un cheque por valor de mil dólares, por si necesitaras algo del economato.

»Ricky, estoy deseando verte en abril. Ya le he dicho a mi mujer que aquel mes habrá una exposición internacional de brillantes en Orlando y ella no ha mostrado el menor interés en acompañarme.»

—¿En abril? —preguntó Beech.

—Pues sí. Ricky está seguro de que lo soltarán en abril.

—Qué enternecedor —dijo Yarber con una sonrisa—. ¿Y Curtis tiene mujer e hijos?

—Curtis tiene cincuenta y ocho años, tres hijos adultos y dos nietos.

—¿Dónde está el cheque? —preguntó Beech.

Spicer pasó las hojas de papel de carta y llegó a la segunda página.

—«Tenemos que asegurarnos de que puedas reunirte conmigo en Orlando —leyó—. ¿Estás seguro de que te soltarán en abril? Por favor, dime que sí. Pienso en ti a todas horas. Guardo tu fotografía escondida en el cajón de mi escritorio y, cuando contemplo tus ojos, sé que deberíamos estar juntos.»

—Qué asco —comentó Beech sin dejar de sonreír—. Y eso que el tipo es de Tejas.

—Estoy seguro de que en Tejas hay muchos mariquitas —señaló Yarber.

—¿Y en California no?

—El resto no son más que efusiones sentimentales —añadió Spicer, echando un rápido vistazo.

Más tarde ya tendrían tiempo más que suficiente para leer la carta. Sostuvo en alto el cheque de mil dólares para que sus compañeros lo vieran. Cuando llegara el momento propicio, se lo pasarían de tapadillo a su abogado y éste lo depositaría en su cuenta secreta.

—¿Cuándo le vamos a dar la lección? —preguntó Yarber.

—Dejemos que se intercambien unas cuantas cartas más. Ricky necesita desahogarse un poco más, contando sus desventuras.

—Quizás algún guardia le podría pegar una paliza o algo por el estilo —apuntó Beech.

—Allí no hay guardias —replicó Spicer—. No olvides que es una clínica de desintoxicación de lo más moderno. Tienen asesores.

—Pero son unas instalaciones cerradas, ¿no? Eso significa que hay verjas y vallas, lo cual quiere decir que tiene que haber también un par de guardias. ¿Y si a Ricky lo atacara en la ducha o en el vestuario algún matón que deseara su cuerpo?

—Debemos descartar la agresión sexual —dijo Yarber—. Curtis se podría llevar un susto y pensar que Ricky ha contraído una enfermedad o algo por el estilo.

El discurso se prolongó durante unos cuantos minutos más, en cuyo transcurso los jueces fueron proponiendo nuevas desgracias para el desdichado Ricky. Su fotografía había sido sacada del tablón de anuncios de otro recluso y copiada por el abogado de los jueces en una imprenta rápida, y ahora ya había sido enviada a más de una docena de amigos epistolares de toda Norteamérica. La fotografía mostraba a un apuesto y sonriente graduado universitario ataviado con una túnica azul marino, birrete y toga, que sostenía un diploma en la mano.

Acordaron que Beech dedicara unos cuantos días a inventarse una nueva historia y escribiera después el borrador de la siguiente carta a Curtis. Beech era Ricky y, en aquel momento, el inexistente y atormentado muchacho estaba contando sus desgracias a ocho corresponsales distintos que se compadecían de su situación. El juez Yarber era Percy, otro joven encerrado por un asunto de drogas, pero que ahora ya se había rehabilitado, estaba a punto de alcanzar la libertad y buscaba a algún rico y adinerado protector con quien compartir unos interesantes momentos. Percy había echado ocho anzuelos en el agua y estaba enrollando lentamente los sedales.

Joe Roy Spicer carecía de habilidad en la escritura. Coordinaba el timo, colaboraba en urdir la trama, se encargaba de que los relatos resultaran verosímiles y se reunía con el abogado que les llevaba la correspondencia. Además, administraba el dinero.

Sacó otra carta y anunció:

—Ésta, Señorías, es de Quince.

Todo se paralizó mientras Beech y Yarber contemplaban la misiva. Quince era un próspero banquero de una pequeña localidad de Iowa, según las seis cartas que éste y Ricky se habían intercambiado. Como a todos los demás, lo habían encontrado en la sección de anuncios de contactos de una revista gay que ahora ocultaban en la biblioteca jurídica. Había sido su segunda presa, pues la primera había resultado levemente sospechosa y la habían descartado. La imagen que Quince había enviado había sido tomada junto a un lago y en ella aparecía sin camisa, con la prominente tripa al aire, unos brazos escuálidos y un cabello con profundas entradas, típico de un hombre de cincuenta y un años... rodeado por toda su familia. La fotografía era muy mala y Quince la debía de haber elegido porque en ella no habría sido fácil identificarlo en caso de que alguien hubiera intentado hacerlo.

—¿La quieres leer, Ricky? —preguntó Spicer, entregándole la carta a Beech, el cual la tomó y estudió el sobre.

Un simple sobre blanco sin remite con la dirección escrita a máquina.

—¿Tú la has leído? —preguntó Beech.

—No. Léela tú.

Beech sacó lentamente una hoja de papel blanco escrita en apretados párrafos a un solo espacio con una vieja máquina de escribir. Carraspeó antes de empezar:

—«Querido Ricky, ya está hecho. Me parece increíble, pero lo he conseguido. Utilicé un teléfono público y un giro postal para que no quedara ninguna pista, creo que no he dejado ningún rastro. La compañía que me aconsejaste en Nueva York fue estupenda, discreta y muy útil. Para serte sincero, Ricky, me pegué un susto de muerte. Jamás en la vida se me hubiese ocurrido hacer una reserva en un crucero gay. ¿Y sabes una cosa? Fue emocionante y estoy muy orgulloso de mí mismo. Tenemos un camarote con suite, mil dólares por noche, y ya estoy deseando que llegue el momento.»

Beech hizo una pausa y miró por encima de sus gafas de lectura apoyadas hacia el centro de la nariz. Sus dos compañeros sonreían, saboreando las palabras.

Siguió adelante:

—«Zarparemos el 10 de marzo y se me ha ocurrido una idea sensacional. Llegaré a Miami el 9, o sea que no dispondremos de mucho tiempo para estar juntos y conocernos. Nos reuniremos en nuestra suite del barco. Yo subiré primero a bordo, firmaré en el registro, pediré que sirvan el champán en la cubitera y te esperaré. ¿A que será divertido, Ricky? Tres días para nosotros solos. Propongo que no salgamos del camarote.»

Beech no pudo por menos de sonreír mientras sacudía la cabeza en gesto asqueado. Prosiguió:

—«Estoy muy emocionado pensando en nuestro viajecito. Al final, he decidido descubrir quién soy yo en realidad y tú me has infundido el valor que necesitaba para dar el primer paso. Aunque todavía no nos conocemos, Ricky, jamás podré agradecerte cuanto has hecho por mí.

»Por favor, escríbeme inmediatamente para confirmarlo todo. Cuídate mucho, Ricky, amor mío. Con todo mi cariño, Quince.»

—Nauseabundo —dijo Spicer, pero su comentario no sonó muy convincente. Tenían demasiadas cosas que hacer.

—Vamos a desplumarlo —dijo Beech.

Los demás se mostraron inmediatamente de acuerdo.

—¿Cuánto? —preguntó Yarber.

—Por lo menos quinientos mil dólares —contestó Spicer—. Su familia es propietaria de bancos desde hace un par de generaciones. Sabemos que su padre sigue en el negocio y, como imaginaréis, al viejo le daría un ataque si quedaran al descubierto las preferencias sexuales de su chico. Quince no puede permitirse el lujo de que lo aparten del opulento tren de vida de su familia y pagará cuanto le pidamos. Es una situación perfecta.

Beech ya estaba tomando notas, al igual que Yarber. Spicer empezó a deambular por la pequeña estancia, cual si se tratara de un oso que se acercara cautelosamente a su presa. Las ideas surgieron muy despacio y también la forma de expresarlo, las opiniones y la estrategia, pero poco a poco la carta adquirió forma.

Beech leyó el borrador.

—«Querido Quince: Me ha encantado recibir tu carta del 14 de enero. No sabes cuánto me alegro de que hayas hecho la reserva para el crucero gay. Será estupendo. Sin embargo, existe un problema. Yo no podré acompañarte por dos motivos. Primero: porque no me soltarán hasta dentro de unos cuantos años. Esto es una cárcel, no una clínica de desintoxicación. Además, yo disto mucho de ser gay. Tengo mujer y dos hijos, y justo en este momento están pasando por graves apuros económicos debido a mi reclusión. Y aquí es donde entras tú, Quince. Necesito una parte de tu dinero. Quiero cien mil dólares. Lo vamos a llamar el dinero del silencio. Tú lo envías, yo me olvido del asunto de Ricky y del crucero gay, y nadie en Bakers, Iowa, se enterará jamás del asunto. Tu mujer, tus hijos, tu padre y el resto de tu familia no sabrán lo de Ricky. Si no me mandas el dinero, inundaré tu pequeña ciudad con copias de tus cartas.

»Esto se llama chantaje, Quince, y te encuentras metido hasta el cuello. Se trata de algo cruel, miserable y ruin, pero me importa un bledo. Necesito dinero y tú lo tienes.»

Beech hizo una pausa y miró a su alrededor, buscando la aprobación de sus compañeros.

—Es preciosa —suspiró Spicer, que ya soñaba con gastarse el botín.

—Es repugnante —dijo Yarber—. ¿Y si se suicida?

—Un suceso altamente improbable —observó Beech.

Releyeron el mensaje y se preguntaron si el momento era propicio. En ningún momento se refirieron al carácter ilegal de su estafa ni al castigo que recibirían si los descubrían. Habían descartado semejantes discusiones varios meses atrás, cuando Joe Roy Spicer había convencido a los otros dos de que se asociaran con él. Los riesgos eran insignificantes en comparación con los posibles beneficios. No era probable que los pardillos que estaban metidos en aquel lío acudieran a la policía y denunciaran la extorsión.

Sin embargo, aún no habían desplumado a nadie. Mantenían correspondencia con aproximadamente una docena de posibles víctimas, todas ellas hombres de mediana edad que habían cometido el error de contestar a este sencillo anuncio:

> Veinteañero blanco, soltero,
> busca amable y discreto caballero,
> entre 40 y 50 años, para correspondencia.

Aquel pequeño anuncio en letra menuda impresa de la última página de una revista destinada al público homosexual había generado sesenta respuestas. Spicer se había encargado de separar el grano de la paja e identificar a los objetivos acaudalados. Aunque al principio la tarea le había parecido repugnante, después le hizo gracia. Ahora aquella actividad se había convertido en un negocio, pues estaban a punto de conseguir cien mil dólares de un hombre absolutamente inocente.

Su abogado se quedaría con un tercio, un porcentaje que correspondía a la comisión habitual en tales casos, pero que, aun así, a ellos les daba mucha rabia. Sin embargo, no les quedaba más remedio. Era un elemento esencial en sus tejemanejes.

Se pasaron una hora redactando la carta de Quince, después decidieron consultarlo con la almohada y ultimar la versión definitiva al día siguiente. Había otra carta de un hombre que utilizaba el seudónimo de Hoover. Era la segunda que le enviaba a Percy y en ella se pasaba cuatro párrafos hablando de la observación de pájaros. Yarber se vería obligado a estudiar algo de ornitología antes de contestar como Percy y comentar su gran interés por el tema. Estaba claro que Hoover tenía miedo hasta de su sombra. No revelaba ningún dato personal ni se refería para nada al dinero.

La Hermandad decidió que había que darle un poco más de cuerda; hablarle de aves y después llevarlo poco a poco al tema de la compañía física. En caso de que Hoover no respondiera a la insinuación y no revelara nada acerca de su situación económica, lo dejarían correr.

En la Dirección de Prisiones, Trumble se calificaba oficialmente de «campamento». Semejante denominación significaba que el recinto carecía de vallas, alambradas, torres de vigilancia y guardias con rifles dispuestos a cazar a quienes intentaran fugarse. Un campamento tenía unas medidas de seguridad mínimas, por lo que cualquier recluso podía largarse sin más, si quisiera.

En Trumble había mil reclusos, pero muy pocos se fugaban.

Era un lugar mucho más agradable que la mayoría de escuelas estatales. Dormitorios con aire acondicionado, una pulcra cafetería que servía tres abundantes comidas al día, una sala de pesas, un salón de billar, mesas para jugar a las cartas, frontón, voleibol, pista de atletismo, biblioteca, capilla, clérigos siempre a la disposición de los reclusos, asesores, expertos en rehabilitación de personas inadaptadas, horario de visitas ilimitado.

Trumble era de lo mejorcito para los reclusos, todos ellos catalogados como de bajo riesgo. Un ochenta por ciento de ellos se encontraba allí por delitos relacionados con sustancias ilegales. Un cuarenta por ciento había atracado bancos sin causar daño ni asustar siquiera a nadie. Los demás eran profesionales cuyos delitos variaban entre timos de poca monta y la estafa que había cometido el doctor Floyd, un cirujano cuyo consultorio había defraudado a la Seguridad Social más de seis millones de dólares en veinte años.

En Trumble no se toleraba la violencia y las amenazas eran insólitas. Había muchas normas y en general la dirección no tenía dificultades en conseguir que los reclusos las cumplieran. Como hicieras algo, te echaban de allí y te enviaban a un centro penitenciario corriente, con alambradas y guardias que trataban a la población reclusa con muy malos modos.

Los reclusos de Trumble se atenían a las normas de buen grado y contaban los días que les faltaban para salir.

La actividad delictiva en el ámbito de la cárcel había sido un hecho inaudito hasta la llegada de Joe Roy Spicer. Antes de su caída, Spicer había oído contar historias acerca de la estafa de Angola, nombre del siniestro penal del estado de Luisiana. Algunos reclusos habían elaborado un plan de chantaje a homosexuales y, cuando los atraparon, ya habían conseguido setecientos mil dólares de sus víctimas.

Spicer procedía de un condado rural situado muy cerca de la frontera de Luisiana y la estafa de Angola era muy conocida en la zona donde él vivía. Jamás hubiera imaginado que algún día la llevaría a cabo. Sin embargo, una mañana se despertó en una cárcel federal y decidió timar a todo bicho viviente que se pusiera a tiro.

Cada día a la una de la tarde caminaba por la pista, generalmente solo y siempre con una cajetilla de Marlboro.

Antes de ingresar en prisión, llevaba diez años sin fumar; ahora consumía dos cajetillas al día. Para compensar los daños que causaba a sus pulmones, se dedicaba a caminar. En treinta y cuatro meses, había paseado casi dos mil kilómetros y había perdido ocho kilos, aunque probablemente no debido al ejercicio, según opinaba él, sino a la prohibición del consumo de cerveza.

Treinta y cuatro meses de caminar y fumar, y todavía le quedaban veintiuno.

Noventa mil dólares de dinero robado en un bingo estaban en el patio posterior de su casa, cerca de un cobertizo de herramientas, enterrados en una especie de cámara acorazada de hormigón de fabricación casera, acerca de la cual su mujer no sabía nada. Ella le había ayudado a gastar el resto del botín, unos ciento ochenta mil dólares en total, pero los federales sólo habían logrado localizar la mitad. Se habían comprado unos Cadillacs, habían volado a Las Vegas en primera clase desde Nueva Orleans y los casinos los habían paseado en limusinas y hospedado en suites de lujo.

En caso de que le quedaran algunos sueños, uno de ellos era el de convertirse en tahúr profesional con un cuartel general cerca de Las Vegas, pero conocido y temido en todos los casinos del país. Su juego preferido era el blackjack. A pesar de haber perdido montañas de billetes estaba plenamente convencido de que era capaz de ganar a cualquier casa. Había varios casinos del Caribe que jamás había visto. En Asia la situación se estaba poniendo al rojo vivo. Viajaría por todo el mundo en primera clase con su mujer —o sin ella—, se instalaría en hoteles de lujo, utilizaría el servicio de habitaciones y aterrorizaría a cualquier croupier que fuera lo bastante tonto como para repartirle cartas.

Sacaría noventa mil dólares del patio posterior, los

añadiría a su participación en la estafa de Angola y se trasladaría a vivir a Las Vegas. Con su mujer o sin ella. Su esposa llevaba cuatro meses sin visitarlo en Trumble, a pesar de que, al principio, lo iba a ver cada tres semanas. En sus pesadillas, se la imaginaba cavando en el patio trasero en busca de su tesoro escondido. Estaba casi seguro de que ella no sabía nada acerca del dinero, pero siempre quedaba espacio para la duda. Se había pasado dos noches bebiendo antes de que lo enviaran a la cárcel y había dicho algo acerca de los noventa mil dólares, aunque no recordaba las palabras exactas. Por mucho que se esforzara, no lograba recordar lo que le había contado a su mujer.

Tras recorrer el primer kilómetro, encendió otro Marlboro. A lo mejor, ella se había echado novio. Rita Spicer era una mujer atractiva, con algunos michelines en determinados puntos, nada que noventa mil dólares no pudieran remediar. ¿Y si ella y su nuevo amor hubieran descubierto el dinero y se lo estuvieran gastando? Una de las peores y más repetidas pesadillas de Joe Roy parecía sacada de una mala película: Rita y un varón desconocido cavaban como fieras con unas palas bajo la lluvia. Ignoraba a qué obedecía el detalle de la lluvia, pero siempre era de noche en medio de una tormenta y, bajo los relámpagos, él los veía caminar chapoteando entre el barro del patio, cada vez más cerca del cobertizo de herramientas.

En otro sueño, el misterioso novio se encontraba a bordo de un bulldozer, apartando montones de tierra en la granja de los Spicer mientras Rita, muy cerca de allí, le iba señalando distintos lugares con una pala.

Joe Roy estaba ansioso por disponer del dinero. Ya se imaginaba los billetes en sus manos. Robaría y cometería todos los chantajes que pudiera mientras contaba los días que le faltaban para salir de Trumble y después recuperaría su botín y se largaría a Las Vegas. Nadie en su ciudad disfrutaría el placer de señalarlo con el dedo y murmurar: «Ahí va el bueno de Joe Roy. Creo que ya ha salido de la cárcel.» Ni hablar.

Viviría por todo lo alto. Con su mujer o sin ella.

4

Teddy echó un vistazo a los frascos de píldoras alineados junto al borde de su mesa cual si fueran unos pequeños
verdugos preparados para librarle de sus padecimientos.
York estaba sentado frente a él, leyéndole sus notas.

—Ha estado hablando hasta las tres de la madrugada
con amigos suyos de Arizona —dijo York.

—¿Quiénes son?

—Bobby Lander, Jim Gallison, Richard Hassel, el
grupito de siempre. La gente que le apoya con fondos.

—¿Dale Winer?

—Sí, con ése también —dijo York, sorprendiéndose
de la memoria de Teddy.

Teddy se estaba frotando las sienes, con los ojos cerrados. Entre ellas, en lo más profundo de su cerebro,
conservaba los nombres de los amigos de Lake, los que
lo apoyaban con sus donaciones, los confidentes, los colaboradores de sus campañas y los viejos profesores del
instituto. Todo ello cuidadosamente archivado y listo para ser utilizado en caso necesario.

—¿Algo que resulte sospechoso?

—Pues no. Las típicas preguntas de un hombre que
se enfrenta con una situación tan inesperada. Sus amigos
se han sorprendido e incluso escandalizado, y en general se han opuesto al plan, pero seguro que cambiarán de
parecer.

—¿Hicieron alguna pregunta sobre el dinero?

—Por supuesto que sí. Él se ha mostrado evasivo, pero ha dicho que no sería un problema. Ellos le han expresado sus dudas.

—¿Ha guardado nuestros secretos?

—Totalmente.

—¿Temía que nosotros lo estuviéramos escuchando?

—No creo. Efectuó once llamadas desde su despacho y ocho desde su casa. Ninguna desde los móviles.

—¿Algún fax o e-mail?

—Ninguno. Se pasó dos horas con Schiara, su...

—Jefe de estado mayor.

—Exacto. Ambos se dedicaron a planear la campaña. Schiara quiere dirigirla. Les gusta Nance, de Michigan, como candidato a la vicepresidencia.

—No es una mala elección.

—Parece apropiado. Ya lo estamos investigando. Se divorció a los veintitrés años, pero de eso hace ya treinta.

—No hay problema. ¿Está dispuesto Lake a aceptar?

—Sin duda. Es un político de raza y le hemos prometido las llaves del reino. Ya está escribiendo los discursos.

Teddy tomó una pastilla de un frasco y se la tragó sin ayuda de ningún líquido. Frunció el ceño como si fuera amarga. Después se pellizcó las arrugas de la frente y dijo:

—York, dígame por qué no encontramos ningún fallo en este hombre. ¿No guarda ningún esqueleto en el armario?

—Ninguno, jefe. Llevamos seis meses examinando su ropa interior sucia. No hay nada que nos pueda perjudicar.

—No piensa casarse con ninguna imbécil, ¿verdad?

—No; sale con varias mujeres, pero nada serio.

—¿Sexo con sus becarias?

—Ni hablar. Su comportamiento es intachable.

Estaban repitiendo un diálogo que habían mantenido muchas veces. Una más no vendría mal.

—¿No habrá hecho negocios sospechosos en otra vida?

—Su vida es ésta, jefe. No tiene otra.

—¿Bebida, droga, medicamentos con receta, juegos a través de Internet?

—No, señor. Es muy honrado, no bebe, es recto, inteligente, todo lo cual llama considerablemente la atención.

—Hablemos con él.

Aaron Lake fue escoltado una vez más hasta la misma estancia de las profundidades de Langley, esta vez acompañado por tres corpulentos jóvenes que lo protegían como si acechara algún peligro en cada esquina. Caminaba todavía más erguido que la víspera, con la cabeza más levantada y la espalda bien recta. Su estatura parecía crecer de hora en hora.

Saludó una vez más a Teddy y estrechó su encallecida mano y después siguió a la silla de ruedas cubierta por la manta hasta el búnker y se sentó al otro lado de la mesa. Ambos intercambiaron unas bromas. York lo observaba todo desde una sala del fondo del pasillo, donde tres monitores conectados con cámaras ocultas transmitían todas las palabras y hasta el menor movimiento. Al lado de York había dos hombres que se pasaban el rato estudiando cintas de personas que hablaban, respiraban, movían las manos, los ojos y los pies, tratando de averiguar el mensaje que se ocultaba tras cada gesto.

—¿Pudo dormir anoche? —preguntó Teddy, consiguiendo esbozar una sonrisa.

—La verdad es que sí —mintió Lake.

—Muy bien. Deduzco que está dispuesto a aceptar el trato.

—¿El trato? Yo no sabía que fuera exactamente un trato.

—Pues sí, señor Lake, eso es exactamente. Nosotros le garantizamos que resultará elegido y usted promete duplicar los gastos de armamento y prepararse para enfrentarse con los rusos.

—En tal caso, acepto.

—Muy bien, señor Lake. Me alegro muchísimo. Será usted un excelente candidato y un magnífico presidente.

Las palabras resonaron en los oídos de Lake sin que éste consiguiera creerlas. El presidente Lake. El presidente Aaron Lake. Había paseado por su alcoba hasta las cinco de la madrugada, tratando de convencerse de que le estaban sirviendo en bandeja la Casa Blanca. Le parecía demasiado fácil.

Por mucho que lo intentara, no conseguía olvidar toda la parafernalia. El Despacho Oval. Todos aquellos aviones y helicópteros. Los viajes por todo el mundo. Los centenares de ayudantes enteramente a su servicio. Las cenas de Estado con las personas más poderosas de la tierra.

Y, por encima de todo, un lugar en la historia.

Pues sí, Teddy ya podía contar con el trato.

—Vamos a hablar de la campaña propiamente dicha —dijo Teddy—. Creo que debería usted anunciarla dos días después de New Hampshire. Dejemos que se calmen un poco los ánimos. Que los ganadores disfruten de sus quince minutos de gloria y que los perdedores arrojen un poco más de barro, y luego hagamos el anuncio.

—Me parece un poco precipitado —objetó Lake.

—No disponemos de mucho tiempo. Dejamos New

Hampshire y nos preparamos para Arizona y Michigan el 22 de febrero. Es absolutamente imprescindible que gane usted en esos dos estados. Cuando lo haya hecho, se convertirá en un sólido candidato y estará preparado para la cita de marzo.

—Yo había pensado hacer el anuncio en mi estado natal. En algún lugar de Phoenix.

—Michigan es mejor. Es un estado más grande: tiene cincuenta y ocho delegados, en comparación con los veinticuatro de Arizona. En su estado se esperará su victoria. Si gana en Michigan el mismo día, será un candidato al que habrá que tener en cuenta. Anúncielo primero en Michigan y, horas más tarde, hágalo en su distrito.

—Excelente idea.

—Hay una fábrica de helicópteros en Flint, D-L Trilling. Tienen un hangar enorme y cuatro mil trabajadores. Puedo hablar con el director general.

—Contrátelo —dijo Lake en la certeza de que Teddy ya había hablado con el director.

—¿Puede empezar a rodar spots electorales pasado mañana?

—Puedo hacer lo que convenga —contestó Lake, que se sentía como si tomara asiento en el puesto de copiloto. La identidad del conductor del autobús estaba cada vez más clara.

—Con su autorización, contrataremos los servicios de un grupo asesor externo para que se encargue de los anuncios y la publicidad. Sin embargo, aquí tenemos los mejores profesionales y no le van a costar ni un centavo. Aunque ya sabe usted que el dinero no representa ningún problema.

—Creo que con cien millones nos arreglaremos.

—Supongo que sí. En cualquier caso, hoy mismo empezaremos a trabajar en los anuncios de televisión.

61

Creo que le gustarán. Son lo más lúgubre y dramático que se pueda usted imaginar... La triste situación de nuestras fuerzas armadas y las graves amenazas exteriores. La gente se pegará un susto de muerte. Insertaremos su nombre, su rostro y unas breves palabras suyas y, en un abrir y cerrar de ojos se habrá usted convertido en el político más famoso del país.

—La fama no gana elecciones.

—No, desde luego. Pero el dinero sí. Con dinero se compran la televisión y las encuestas, y asunto concluido.

—Me gustaría creer que el programa también es importante.

—Lo es, señor Lake, y el nuestro lo es mucho más que la rebaja de los impuestos, la acción positiva, el aborto, la confianza, los valores familiares y todas las demás memeces que se oyen por ahí. Nuestro mensaje es de vida y muerte. Nuestro mensaje cambiará el mundo y protegerá nuestra prosperidad. Eso es lo único que nos interesa realmente.

Lake asentía en señal de aprobación. Con tal de que se protegiera la economía y se mantuviera la paz, los votantes norteamericanos elegirían a cualquiera.

—Tengo al hombre ideal para dirigir la campaña —dijo Lake, deseoso de aportar algo.

—¿Quién?

—Mike Schiara, mi jefe de estado mayor. Es mi asesor más cercano y confío plenamente en él.

—¿Alguna experiencia en el ámbito nacional? —preguntó Teddy, sabiendo muy bien que no la tenía.

—No, pero está muy capacitado.

—Muy bien. La campaña es suya.

Lake sonrió mientras asentía simultáneamente con la cabeza. Le encantaba haberlo oído. Estaba empezando a dudarlo.

—¿Y el vicepresidente? —preguntó Teddy.

—Tengo un par de nombres. El senador Nance de Michigan es un viejo amigo mío. Y está también el gobernador Guyce, de Tejas.

Teddy escuchó los nombres e hizo una estudiada pausa. No eran unas malas elecciones, en realidad, pero Guyce no daría resultado. Era un niño bien que se había pasado su época de estudiante patinando, se había dedicado a jugar al golf entre los treinta y los cuarenta años y después se había gastado un montón de dinero de su padre en comprarse el cargo de gobernador del estado para cuatro años. Además, no tendrían que preocuparse por Tejas.

—Me gusta Nance —dijo Teddy.

«Pues será Nance», estuvo casi a punto de responder Lake.

Se pasaron una hora hablando de dinero, de la primera fase de comités de acción política y de la forma de evitar que la aceptación de millones instantáneos suscitara recelos. Después vendría el segundo paso: los fabricantes de armamento. Y, a continuación, el tercer momento: la aparición de dinero y de otras cuestiones de imposible identificación.

Habría una cuarta oleada de la que Lake no tendría conocimiento. Dependiendo de cuáles fueran los resultados de las encuestas, Teddy Maynard y su organización estarían preparados para arrastrar literalmente cajas llenas de dinero hasta las sedes de los sindicatos, las iglesias frecuentadas por la población negra y las asociaciones blancas de Veteranos de Guerras Extranjeras en lugares como Chicago, Detroit y Memphis, y en todo el Sur. Trabajando con las asociaciones locales que ya estaban identificando, estarían preparados para comprar todos los votos que pudieran encontrar.

Cuanto más reflexionaba Teddy acerca de su plan, tanto más se convencía de que el señor Aaron Lake ganaría las elecciones.

El pequeño bufete legal de Trevor se encontraba en Neptune Beach, a varias manzanas de Atlantic Beach, aunque, en realidad, nadie hubiera podido determinar dónde terminaba una playa y empezaba la otra. Jacksonville quedaba a quince kilómetros al oeste y avanzaba inexorablemente hacia el mar minuto a minuto. El despacho era una vivienda veraniega reformada y, desde el destartalado porche de la parte de atrás, Trevor veía la playa y el océano y oía los chillidos de las gaviotas. Le parecía increíble que ya llevara doce años en aquella casa alquilada. Al principio, le gustaba esconderse en el porche, lejos de los clientes y el teléfono, contemplando embobado las plácidas aguas del Atlántico a dos manzanas de distancia.

Él era de Scranton y, como todos los pinzones de las nieves, al final se había hartado de contemplar el mar, pasear descalzo por la playa y echar migas de pan a los pájaros. Ahora prefería perder el tiempo encerrado en su despacho.

A Trevor le causaban pavor las salas de justicia y los jueces. Esta característica insólita y en cierto modo encomiable lo obligaba a ejercer la abogacía de una manera distinta. Tenía que limitarse a cuestiones de papeleo: venta de inmuebles, testamentos, préstamos, distribuciones por zonas, insignificantes aspectos de la profesión de los que nadie le había hablado en la facultad. De vez en cuando, se encargaba de algún caso relacionado con la droga, siempre y cuando éste no entrañara la celebración de un juicio, y había sido precisamente uno de sus infortunados clientes de Trumble quien lo había puesto en contacto con el honorable Joe Roy Spicer. En un santiamén se había convertido en el abogado oficial de Spicer, Beech y Yarber. La Hermandad, tal como los llamaba Trevor. Era algo así como un correo. Les hacía llegar cartas como si se tratara de documentos legales, protegiéndolas con el carácter confidencial de la relación entre abogado y cliente. Por otra parte, también sacaba a escondidas sus misivas. No les daba ningún consejo y ellos tampoco se lo pedían. Administraba su cuenta bancaria en una isla y atendía las llamadas telefónicas de las familias de sus clientes de Trumble. Era la tapadera de sus sucios manejos y, de esta forma, evitaba las salas de justicia y todo el personal relacionado con ellas, cosa que a él le convenía.

También participaba en sus actividades delictivas y sabía que, en caso de que éstas se descubrieran, lo hubieran acusado sin la menor dificultad, pero eso no le preocupaba. La estafa Angola era sensacional, pues sus víctimas no podían denunciarla. A cambio de unos buenos honorarios con posibles beneficios, estaba dispuesto a arriesgarse con la Hermandad.

Salió de su despacho sin fijarse en su secretaria y se alejó sigilosamente en su Volkswagen Escarabajo reformado de 1970 sin aire acondicionado. Bajó por la First Street hacia Atlantic Boulevard y vio el mar por detrás de los chalets, las casitas y las viviendas de alquiler. Llevaba unos viejos pantalones caqui, camisa blanca de algodón, pajarita amarilla y chaqueta azul de lino y algodón, todo sumamente arrugado. Pasó por delante de Pete's Bar and Grill, el bar más antiguo de todas las playas y también su preferido, a pesar de que los estudiantes ya lo habían descubierto. Tenía una antigua cuenta pendiente de trescientos sesenta y un dólares, casi toda de litronas Coors y daiquiris de limón, y estaba deseando saldar la deuda.

Viró al oeste para entrar en Atlantic Boulevard y empezó a abrirse camino entre el tráfico para dirigirse a Jacksonville. Maldijo los interminables barrios residenciales, el caos circulatorio y los vehículos con matrícula canadiense. Llegó finalmente a la vía de circunvalación, se dirigió al norte pasando por delante del aeropuerto y no tardó en penetrar en la llana campiña de Florida.

Cincuenta minutos después aparcó en Trumble. «Me encanta el sistema federal», se repitió una vez más. Un gran aparcamiento cerca de la entrada principal, zonas esmeradamente ajardinadas, cuidadas a diario por los propios reclusos, y modernos y bien conservados edificios.

—Hola, Mackey —saludó al guardia blanco de la puerta—. Hola, Vince.

En el mostrador de la entrada Rufus radiografió su cartera de documentos mientras Nadine preparaba el papeleo de su visita.

—¿Qué tal se porta el contrabajo? —le preguntó a Rufus.

—Ya no muerde —contestó Rufus.

Ningún abogado en la breve historia de Trumble había visitado aquella cárcel tan a menudo como Trevor. Volvieron a fotografiarlo, le marcaron el dorso de la mano con tinta invisible y lo hicieron pasar a través de dos puertas y un corto pasillo.

—Hola, Link —le dijo al siguiente guardia.

—Buenos días, Trevor —contestó el funcionario.

Link se encargaba del área de las visitas, un enorme espacio abierto con muchas sillas tapizadas y máquinas expendedoras adosadas a una pared, una zona de juegos infantiles y un pequeño patio exterior, en el que dos personas podían sentarse a una mesa de picnic y conversar un rato. Todo estaba limpio, reluciente y totalmente vacío. Era un día laborable. Los sábados y los domingos se llenaba de gente, pero durante el resto de la semana Link contemplaba un espacio desierto.

Se dirigieron a la sala de abogados, uno de los distintos cuartitos privados con puertas con pestillo y unas ventanas a través de las cuales Link podía vigilar en caso de que lo considerara necesario. Joe Roy Spicer estaba esperando, ocupado en la lectura de la sección de deportes del periódico, donde se calibraban las posibilidades de los equipos universitarios de baloncesto. Trevor y Link entraron juntos en el cuartito y muy rápidamente el primero sacó dos billetes de veinte dólares y se los dio al guardia. Las cámaras del circuito cerrado no captaban sus movimientos siempre y cuando se situaran justo junto a la puerta. Como parte de la rutina, Spicer fingió no darse cuenta de la transacción.

Después el abogado abrió la cartera de documentos y Link fingió examinar su contenido. Lo hizo sin tocar nada. Trevor sacó un gran sobre sellado de papel grueso en el que se leía: «Documentos Legales.» Link lo tomó y lo palpó para comprobar que sólo contenía papeles y no un arma o un frasco de pastillas, y se lo devolvió. Lo habían hecho docenas de veces.

Las normas de Trumble exigían que un guardia estuviera presente en la estancia cuando se sacaban todos los documentos y se abrían todos los sobres. No obstante, los dos billetes de veinte dólares permitían que Link saliera de la estancia y se situara al otro lado de la puerta simplemente porque en aquel momento no había nada más que vigilar. El guardia estaba al corriente del tráfico de cartas, pero le importaba un bledo. Mientras Trevor no introdujera armas o droga, él no pensaba intervenir. La verdad era que en aquel lugar imperaban una serie de normas absurdas. Se reclinó contra la puerta y no tardó en quedarse adormilado y echar una de sus habituales cabezadas.

En la sala de abogados apenas se realizaba actividad jurídica alguna. Spicer aún estaba ocupado leyendo las tablas de clasificaciones. Casi todos los reclusos recibían con agrado a los visitantes. Spicer sólo soportaba al suyo.

—Anoche recibí una llamada del hermano de Jeff Daggett —dijo Trevor—. El chico de Coral Gables.

—Lo conozco —dijo Spicer, que finalmente soltó el periódico al vislumbrar dinero en el horizonte—. Le condenaron a doce años por un asunto de droga.

—Sí. Su hermano dice que en Trumble hay un ex juez federal que ha echado un vistazo a su historial y cree que podría conseguir que le rebajaran unos cuantos años. El juez quiere cobrar honorarios, por lo que Daggett ha llamado a su hermano y éste se ha puesto en contacto conmigo.

Trevor se quitó la arrugada chaqueta azul y la arrojó sobre una silla. Spicer aborrecía su pajarita.

—¿Cuánto pueden pagar?

—¿Tenéis ya establecida alguna tarifa? —preguntó Trevor.

—Puede que Beech la tenga, no sé. En general procuramos cobrar cinco mil dólares por una reducción de entre dos y cinco años.

Spicer lo dijo como si durante años hubiera ejercido como abogado penalista en los tribunales federales. En realidad, la única ocasión en que había pisado una sala federal había sido el día en que lo habían condenado.

—Lo sé —asintió Trevor—. No estoy muy seguro de que puedan pagar cinco mil. Al chico lo defendió un abogado de oficio.

—Pues sácales todo lo que puedas, pero que entreguen por lo menos un anticipo de mil. No es mal chico.

—Te estás ablandando, Joe Roy.

—Al contrario: me estoy volviendo más malo.

En efecto. Joe Roy era el administrador de la Hermandad. Yarber y Beech eran inteligentes y habían cursado estudios, pero estaban demasiado hundidos por su situación como para conservar alguna ambición. Spicer, que carecía de preparación académica y no era demasiado inteligente, tenía suficiente capacidad de manipulación para impedir que sus hermanos se desviaran. Mientras ellos cavilaban, él soñaba con la libertad.

Joe Roy abrió una carpeta y sacó un cheque.

—Son mil dólares para la cuenta. Proceden de un tipo de Tejas apellidado Curtis.

—¿Qué posibilidades ofrece?

—Creo que muy buenas. Ya estamos preparados para desplumar a Quince, el de Iowa.

Joe Roy sacó un bonito sobre de color lavanda muy bien sellado y dirigido a Quince Garbe en Bakers, Iowa.

—¿Cuánto? —preguntó Trevor, tomando el sobre.

—Cien mil.

—¡Caray!

—Los tiene y pagará. Le he dado instrucciones para la transferencia. Avisa al banco.

En los veintitrés años que llevaba ejerciendo como abogado, Trevor jamás había cobrado unos honorarios que superaran los treinta y tres mil dólares. De repente, los vio, los tocó y, aunque trató de contenerse, empezó a gastarlos... Treinta y tres mil dólares simplemente por enviar unas cartas de acá para allá.

—¿De verdad crees que dará resultado? —preguntó, pagando mentalmente su cuenta del Pete's Bar y diciéndole a MasterCard que tomara el cheque y lo ingresara. Conservaría el mismo automóvil, su querido Escarabajo, pero, a lo mejor, instalaría aire acondicionado.

—Pues claro que sí —contestó Spicer sin el menor asomo de duda.

Tenía otras dos cartas, ambas escritas por el juez Yarber en su papel del joven Percy, el de la clínica de desintoxicación.

Trevor las tomó ansiosamente.

—Esta noche Arkansas juega en Kentucky —dijo Spicer, regresando a su periódico—. La diferencia es de catorce. A ti, ¿qué te parece?

—Mucho menos que eso. Los de Kentucky se crecen cuando juegan en casa.

—¿Apuestas algo?

—¿Y tú?

Trevor tenía un corredor de apuestas en el Pete's Bar y, aunque apenas jugaba, había aprendido a seguir los consejos del juez Spicer.

—Yo apuesto cien por Arkansas —dijo Spicer.

—Creo que yo haré lo mismo.

Se pasaron media hora jugando al blackjack bajo la ocasional mirada desaprobadora de Link. Estaba prohibido jugar a las cartas durante las visitas, pero ¿qué más daba? Joe Roy jugaba fuerte porque se estaba entrenando para su siguiente carrera. El póquer y el gin rummy eran los preferidos en la sala de recreo, y a menudo Spicer tenía problemas para encontrar a un contrincante para una partida de blackjack.

Trevor no era muy hábil en el juego, pero siempre estaba dispuesto a echar una partidita. A juicio de Spicer, ésa era la única cualidad que lo salvaba.

5

El anuncio tuvo el aire festivo de una gran victoria electoral, en medio de un ondear de banderas rojas, blancas y azules, de cintas colgadas del techo y marchas militares que resonaban a pleno volumen por todo el hangar. Se exigió la presencia de los cuatro mil empleados de D-L Trilling y, para levantarles el ánimo, se les prometió un día más de vacaciones. Se les pagaron las ocho horas a un jornal medio de 22,40 dólares, pero a la dirección no le importaba, pues habían encontrado a su hombre. La improvisada tarima levantada a toda prisa también estaba envuelta en banderas y en ella se apretujaban los ejecutivos de la empresa, sonriendo de oreja a oreja y aplaudiendo a rabiar mientras la música enardecía a la multitud. Tres días atrás nadie había oído hablar de Aaron Lake. En ese momento aquel hombre se había convertido en su salvador.

No cabía duda de que tenía pinta de candidato, con el nuevo corte de pelo que había sugerido un asesor y el traje marrón oscuro que aconsejó otro. Sólo Reagan había podido llevar trajes marrones y había alcanzado dos aplastantes victorias.

Cuando finalmente apareció Lake y cruzó con paso decidido el estrado, repartiendo enérgicos apretones de manos entre ejecutivos de la empresa a los que jamás volvería a ver, los trabajadores enloquecieron de entusiasmo. El volumen de la música se había elevado cuidadosamente algo por encima de lo habitual, siguiendo las indicaciones de un asesor de sonido perteneciente al equipo de técnicos que los colaboradores de Lake habían contratado para aquel acto por veinticuatro mil dólares. Aunque dadas las circunstancias el dinero carecía de importancia.

Los globos empezaron a caer como el maná y, siguiendo las indicaciones recibidas, algunos trabajadores empezaron a pincharlos, de tal forma que durante unos segundos en el hangar reinó un estruendo semejante al de la primera oleada de un ataque por tierra. Preparaos. Preparaos para la guerra. Votad por Lake, antes de que sea demasiado tarde.

El director general de Trilling lo abrazó como si ambos fueran miembros de la misma asociación estudiantil, a pesar de que se habían conocido hacía apenas dos horas. Después el director subió a la tribuna de oradores y esperó a que cesara el alboroto. Consultando las notas que había recibido la víspera por fax, se lanzó a una entusiasta y generosa presentación de Aaron Lake, el futuro presidente de la nación. Como siguiendo un apunte, las salvas de aplausos lo interrumpieron cinco veces antes de terminar.

Lake saludaba con el ademán de un héroe conquistador mientras aguardaba detrás del micrófono. Después, eligiendo el momento más propicio, avanzó un paso y anunció:

—Me llamo Aaron Lake y me presento como candidato a la presidencia.

Más ensordecedores aplausos. Más marchas militares. Más globos cayendo desde lo alto.

Cuando le pareció que ya había suficiente fanfarria, dio comienzo a su discurso. El núcleo de su propuesta, la plataforma electoral, la única razón de que se presentara como candidato era el tema de la seguridad nacional. Inmediatamente después empezó a soltar los datos de unas alarmantes estadísticas, en las que se demostraba hasta qué extremo la Administración del Estado había reducido el potencial de las fuerzas armadas. Ante este punto, cualquier otra cuestión carecía de excesiva importancia, declaró con contundencia. Si entramos en una guerra que no podemos ganar, nos olvidaremos de todas las discusiones sobre el aborto, el racismo, las armas de fuego, la acción positiva y los impuestos. ¿Y el tema de los valores familiares? Si empezamos a perder a nuestros hijos e hijas en combate, entonces sí habrá familias con auténticos problemas.

Lake lo hizo muy bien. El discurso, escrito por él mismo, había sido revisado por unos asesores, mejorado por otros profesionales y presentado la víspera a Teddy Maynard en su soledad de las profundidades de Langley. Teddy le había dado el visto bueno, tras hacer unos pequeños retoques.

Arrebujado en sus mantas, Teddy había presenciado el espectáculo con inmenso orgullo. York permanecía en silencio a su lado, como de costumbre. Ambos solían sentarse solos para contemplar en las pantallas cómo el mundo se iba haciendo cada vez más peligroso.

—Es el hombre ideal —dijo en determinado momento York, hablando en voz baja.

Teddy asintió con la cabeza y hasta consiguió esbozar una leve sonrisa.

A medio discurso, Lake se enfureció muy convincentemente con los chinos.

—¡Durante un período de más de veinte años, hemos permitido que nos robaran el cuarenta por ciento de nuestros secretos nucleares! —declaró en medio de los indignados murmullos de los trabajadores—. ¡Nada menos que el cuarenta por ciento! —gritó.

En realidad, la cifra se acercaba al cincuenta por ciento, pero Teddy había decidido rebajarla un poco. La CIA había sido acusada de parte del robo perpetrado por los chinos.

Aaron Lake se pasó cinco minutos despotricando contra los chinos, sus saqueos y su escalada militar sin precedentes. Teddy había sugerido esta estrategia. Utilizar a los chinos y no a los rusos para asustar a los votantes norteamericanos; no dar ninguna pista; reservar la verdadera amenaza para más tarde, cuando la campaña ya estuviera en marcha.

La elección del momento más propicio por parte de Lake había sido casi perfecta. La frase clave con la que remató su discurso suscitó una salva de aplausos. Cuando prometió duplicar el presupuesto de defensa en los primeros cuatro años de su mandato, los cuatro mil trabajadores de D-L Trilling que se dedicaban a fabricar helicópteros estallaron en gritos de júbilo y aprobación.

Teddy lo contempló todo en silencio, enorgulleciéndose de su creación. Habían conseguido oscurecer el espectáculo de las primarias de New Hampshire, limitándose a prescindir de él. El nombre de Lake no figuraba en las papeletas y era el primer candidato en muchas décadas que se jactaba de ello.

«¿Qué más me da New Hampshire? —se comentaba que había dicho—. Ganaré en todo el resto del país.»

Lake terminó en medio de ensordecedores vítores y volvió a estrechar la mano de todos los presentes en el estrado. La CNN regresó a su estudio, donde los presentadores de noticias se pasarían quince minutos contando a la audiencia lo que acababan de presenciar.

En su mesa, Teddy pulsó unos botones y la pantalla cambió.

—Ya tenemos el producto terminado —dijo—. La primera entrega.

Era un anuncio de televisión para el candidato Lake y empezaba con una fugaz visión de una hilera de ceñudos generales chinos que presenciaban hieráticos un desfile militar mientras una impresionante muestra de armamento discurría ante sus figuras. «¿Cree usted que el mundo es un lugar más seguro?», preguntaba una profunda y siniestra voz en off. Después, una breve visión de los locos del mundo presente, todos ellos presenciando los desfiles de sus ejércitos: Saddam Hussein, Gaddafi, Milosevic, Kim Yong, de Corea del Norte. Hasta al pobre Fidel Castro, con los restos de su heterogéneo ejército avanzando con paso cansino por las calles de La Habana, se le concedía una décima de segundo. «Ahora nuestras fuerzas armadas no serían capaces de actuar como en 1991 durante la guerra del Golfo», añadía la voz con la misma gravedad que si ya se hubiera declarado otra guerra. Después, una explosión, un hongo atómico, seguido por millares de indios bailando por las calles. Otra explosión y los pakistaníes bailaban en la casa del vecino.

«China quiere invadir Taiwán —proseguía la voz mientras un millón de soldados asiáticos marchaban, marcando impecablemente el paso—. Corea del Norte quiere anexionarse Corea del Sur —añadía la voz mientras los carros blindados avanzaban por la Zona Desmilitarizada—. Y Estados Unidos es siempre un blanco fácil.»

El narrador era sustituido de inmediato por otra voz más aguda y el anuncio pasaba a una especie de vista del Congreso, en la que un general cubierto de medallas se dirigía a un subcomité de investigación. «Ustedes, los congresistas —decía el general—, reducen cada año el gasto militar. El actual presupuesto de defensa es más bajo que el de hace quince años. Sin embargo, ustedes esperan que estemos preparados para una guerra en Corea, en Oriente Próximo y ahora en la Europa del Este, a pesar de que nuestro presupuesto es cada vez más reducido. Nos enfrentamos a una situación crítica.» El anuncio parecía interrumpirse en un fundido en negro. A continuación, se oía de nuevo la primera voz diciendo: «Hace doce años había dos superpotencias. En la actualidad no existe ninguna.» Acto seguido, aparecía el atractivo rostro de Aaron Lake y el anuncio terminaba con la frase: «Vota a Lake, antes de que sea demasiado tarde.»

—No me acaba de gustar —comentó York tras una pausa.

—¿Por qué no?

—Demasiado negativo.

—Bueno. Le hace sentirse incómodo, ¿verdad?

—Muchísimo.

—Muy bien. Nos pasaremos una semana inundando la televisión de anuncios y supongo que las escasas posibilidades de Lake serán todavía más escasas. Los anuncios harán que la gente se inquiete y que Lake no guste.

York ya sabía lo que vendría a continuación. La gente se inquietaría, efectivamente, y los anuncios no serían de su agrado. Sin embargo, al cabo de un tiempo la gente se asustaría y, finalmente, Lake se convertiría en un profeta. Teddy jugaba la baza del miedo.

Había dos salas de televisión, una en cada ala de Trumble; dos pequeñas estancias sin apenas mobiliario en las que los reclusos podían fumar y disfrutar de los programas que decidían los guardias. No había mandos a distancia... Al principio lo habían probado, pero causaba demasiados problemas. Los peores enfrentamientos se producían cuando los muchachos no lograban ponerse de acuerdo acerca de lo que querían ver. Al final se decidió que los guardias eligieran.

Las normas prohibían que los reclusos dispusieran de sus propios televisores.

Casualmente, al guardia que estaba de servicio le gustaba el baloncesto. En la ESPN transmitían un partido universitario y la estancia estaba atestada de reclusos. Hatlee Beech aborrecía el deporte y se encontraba solo en la otra sala, tragándose una estúpida comedia de situación tras otra. Cuando era juez y trabajaba doce horas al día, jamás miraba la televisión: no tenía tiempo para ello. En el despacho de su casa seguía con la labor hasta muy entrada la noche mientras todos los demás permanecían pegados a la pantalla en la franja horaria de más audiencia. Ahora, mientras contemplaba todas aquellas idioteces, se daba cuenta de la suerte que había tenido. En muchos sentidos.

Encendió un cigarrillo. Llevaba sin fumar desde la universidad y, durante los dos primeros meses de estancia en Trumble, había resistido la tentación. Luego el tabaco le ayudó a soportar el aburrimiento, pero sólo se fumaba una cajetilla al día. La tensión arterial le subía y bajaba. Tenía un historial familiar de propensión a las dolencias cardíacas. A sus cincuenta y seis años y teniendo en cuenta que aún le quedaban nueve por cumplir, estaba seguro de que saldría con los pies por delante.

Tres años, un mes, una semana; Beech seguía contando los días que llevaba dentro comparándolos con los que le faltaban por cumplir. Justo cuatro años atrás se le empezaba a considerar un joven y estricto juez federal que llegaría muy lejos. Cuatro podridos años. Cuando viajaba de una sala a la siguiente en Tejas Este, lo hacía con un chófer, una asistente, un secretario de juzgado y un alguacil. Al entrar en una sala, la gente se levantaba en señal de respeto. Los abogados lo admiraban por su imparcialidad y por la importancia del trabajo que llevaba a cabo. Su mujer era muy antipática, aunque, gracias a los intereses petroleros que había aportado al matrimonio, Beech había conseguido una convivencia pacífica. Aunque algo frío, su matrimonio se mantenía estable y ambos tenían motivos para enorgullecerse de sus tres hijos, que habían iniciado carreras universitarias. Él y su mujer habían capeado algunos temporales muy violentos y estaban decididos a envejecer juntos. Ella aportaba dinero. Él, a su vez, prestigio. Juntos habían educado a sus hijos. ¿Qué más podía pedir?

La cárcel no, por supuesto.

Cuatro desdichados años.

La bebida había aparecido como por arte de magia. Tal vez se debió al estrés del trabajo, o a la tensión de las discusiones con su mujer. Durante años, tras haber terminado la carrera, había sido lo que se considera un bebedor social, nada grave. Desde luego, no se trataba de un adicto. Una vez, cuando sus hijos eran pequeños, su mujer se los había llevado en un viaje de dos semanas a Italia. Beech se quedó solo y la experiencia le encantó. Por alguna razón que jamás había conseguido comprender o recordar, había vuelto al bourbon. Bebía en grandes cantidades y a partir de ese momento ya no pudo detenerse. El bourbon se convirtió en un elemento importante. Lo guardaba en su estudio y lo bebía a escondidas por la noche. El matrimonio dormía en camas separadas y su mujer raras veces lo sorprendía.

El viaje a Yellowstone había sido para asistir a unas

jornadas judiciales de tres días. Había conocido a la joven en un bar de Jackson Hole. Después de pasarse varias horas bebiendo, ambos tomaron la fatal decisión de salir a pasear. Mientras él conducía, ella se desnudó sin ningún motivo especial. No habían hablado para nada de sexo y, en aquel momento, él no se encontraba con ánimos para nada.

Los dos excursionistas eran del distrito de Columbia, unos estudiantes que regresaban del bosque. Ambos murieron en el acto, atropellados al borde de una estrecha carretera por un conductor en estado de embriaguez que no los había visto. Encontraron el vehículo de la joven en una cuneta. Beech permanecía abrazado al volante, paralizado. Ella estaba desnuda y había perdido el conocimiento.

Beech no recordaba nada. Cuando despertó horas más tarde, vio por primera vez el interior de una celda.

—Será mejor que se vaya acostumbrando —le advirtió el sheriff con una mirada de desprecio.

Beech pidió todos los favores que pudo y echó mano de todas las influencias imaginables, aunque en vano. Dos muchachos habían resultado muertos. Lo habían sorprendido con una mujer desnuda. El dinero del petróleo pertenecía a su mujer, por cuyo motivo sus amigos huyeron como perros asustados. Al final, nadie apoyó al honorable Hatlee Beech.

Tuvo suerte de que lo condenaran a doce años. La Asociación de Madres contra los Conductores Ebrios y la Asociación de Estudiantes contra los Conductores Ebrios protestaron delante del palacio de justicia cuando él hizo su primera aparición oficial. Pedían que lo condenaran a cadena perpetua. ¡Perpetua!

Él, nada menos que el honorable Hatlee Beech, estaba acusado de doble homicidio y no había defensa posible. Llevaba el suficiente alcohol en la sangre como para haber matado a una tercera persona. Un testigo declaró haberle visto circular a gran velocidad contra dirección.

Recordando lo ocurrido, había tenido suerte de que su delito ocurriera en territorio federal. De lo contrario, lo habrían enviado a algún penal del estado, donde la situación hubiera sido mucho peor. Por mucho que dijeran, los federales sabían dirigir una cárcel.

Mientras fumaba solo en la penumbra, viendo una comedia escrita por críos de doce años en horario de máxima audiencia, reparó en un anuncio político, uno de los muchos que se ofrecían por aquellas fechas. Era un espacio que jamás había visto antes, unas breves y amenazadoras escenas acompañadas por una siniestra voz que vaticinaba espantosas desgracias en caso de que la sociedad no se apresurara a fabricar más bombas. Estaba muy bien hecho, duraba un minuto y medio, costaba una fortuna y transmitía un mensaje que a nadie le apetecía oír. Vota a Lake antes de que sea demasiado tarde.

¿Quién demonios era Aaron Lake?

Beech conocía bien el mundillo político, que en otros tiempos había sido su mayor afición. En Trumble era conocido porque siempre estaba atento a los acontecimientos de Washington. Era uno de los pocos que se interesaban por lo que ocurría allí.

¿Aaron Lake? A Beech no le sonaba de nada. Qué estrategia tan rara: entrar en la carrera como un desconocido después de las primarias de New Hampshire. Nunca faltan payasos que aspiran a ser presidente.

Su mujer lo echó de casa antes de que se declarara culpable de doble homicidio. Como es natural, estaba más furiosa por lo de la mujer desnuda que por la muerte de los dos excursionistas. Los hijos se pusieron de parte de su mujer porque el dinero era suyo y porque él había estropeado toda su vida. No les costó tomar la decisión.

La sentencia definitiva de divorcio se dictó una semana después de su ingreso en Trumble.

El menor de sus hijos lo había visitado un par de veces en tres años, un mes y una semana, aunque siempre de tapadillo para que su madre no se enterara, ya que se lo había prohibido. Después las familias de los jóvenes muertos presentaron una querella contra él por homicidio culposo. Sin amigos dispuestos a brindarle apoyo, trató de defenderse él mismo desde la cárcel. Sin embargo, no había gran cosa que defender. Un tribunal lo condenó a pagar cinco millones de dólares de indemnización. Presentó un recurso desde Trumble y lo perdió; y finalmente presentó otro.

En la silla que tenía al lado, junto a los cigarrillos, había un sobre que el abogado Trevor le había entregado hacía un rato. El tribunal había rechazado su último recurso. En ese momento la sentencia era definitiva.

En realidad no le importaba, porque también se había declarado en quiebra. Él mismo había mecanografiado los papeles en la biblioteca jurídica, los había presentado junto con una declaración de indigencia y los había enviado al mismo juzgado de Tejas donde antaño fuera un dios. Declarado culpable, divorciado, expulsado del colegio de abogados, encarcelado, demandado y más pobre que una rata.

Casi todos los perdedores de Trumble aceptaban su situación porque sus caídas habían sido muy breves. Casi todos eran reincidentes que habían perdido su tercera y cuarta oportunidad. A casi todos les gustaba aquel maldito lugar porque era mejor que cualquier otra prisión que hubieran visitado.

Sin embargo, Beech había perdido demasiadas cosas y había caído muy bajo. Apenas cuatro años atrás tenía una mujer millonaria, tres hijos que lo amaban y un hogar precioso en una pequeña localidad. Era un juez federal nombrado por el presidente de la nación con carácter vitalicio, ganaba ciento cuarenta mil dólares al año, una suma que a pesar de estar muy por debajo de los beneficios que percibía su mujer por sus intereses en la industria petrolera, no era en absoluto un mal sueldo. Lo llamaban a Washington dos veces al año para celebrar reuniones en el Departamento de Justicia. Beech era un hombre importante.

Un viejo amigo suyo abogado lo había visitado un par de veces de camino hacia Miami, donde estaban sus hijos, y había permanecido con él el tiempo suficiente como para comunicarle las novedades. En general se trataba de bobadas, pero corrían insistentes rumores de que la ex señora Beech estaba saliendo con otro. Con sus millones y su atractivo, era sólo cuestión de tiempo.

Otro anuncio. Otra vez «Vota a Lake antes de que sea demasiado tarde». Éste empezaba con un vídeo borroso de unos hombres armados que avanzaban por el desierto, efectuando regates, disparando y sometiéndose a una especie de instrucción.

A continuación, el siniestro rostro de un terrorista —cabello, ojos y tez oscuros, con toda evidencia un extremista islámico— diciendo en árabe con subtítulos en inglés: «Mataremos a los americanos dondequiera que estén. Moriremos en nuestra guerra santa contra el gran Satán.» Acto seguido, unos rápidos vídeos de edificios en llamas. Bombardeos de embajadas. Autobuses repletos de turistas. Los restos de un avión diseminados por un prado.

Finalmente, el agradable rostro del señor Aaron Lake en persona. Miró a Hatlee Beech directamente a los ojos y dijo: «Soy Aaron Lake y es probable que usted no me conozca. Me presento como candidato a la presidencia porque tengo miedo. Miedo de China, de la Europa del Este y de Oriente Próximo. Tengo miedo de un mundo peligroso. Miedo de lo que les ha ocurrido a nuestras fuerzas armadas. El año pasado el Gobierno de la nación tuvo un enorme superávit; sin embargo, destinó menos fondos a defensa que hace quince años. Estamos satisfechos de la situación porque nuestra economía se mantiene fuerte. Sin embargo, el mundo actual es mucho más peligroso de lo que imaginamos. Nuestros enemigos son legión y nosotros no somos capaces de protegernos. Si resulto elegido, duplicaré los gastos de Defensa durante mi permanencia en el cargo.»

Ni rastro de sonrisa ni de cordialidad. Era el simple mensaje de un hombre que habla en serio. Una voz en off decía: «Vota a Lake antes de que sea demasiado tarde.»

No está mal, pensó Beech.

Encendió otro cigarrillo, el último de la noche, y contempló el sobre que reposaba en la silla de al lado: las dos familias le exigían cinco millones de dólares. Los pagaría si pudiera. Jamás había visto a aquellos chicos antes de arrollarlos.

El periódico del día siguiente publicaba sus fotografías, un chico y una chica. Dos universitarios alegres que disfrutaban del verano.

Echaba de menos el bourbon.

Para evitar el pago de la mitad de aquella cantidad disponía del recurso de declararse insolvente. Sin embargo, la otra mitad correspondía a la demanda por daños y perjuicios, y no cabía declarar insolvencia. Y así sería dondequiera que fuera, que, en su opinión, era a ninguna parte.

Tendría sesenta y cinco años cuando terminara de cumplir la condena, pero para entonces ya habría muerto. Saldría de Trumble metido en una caja, lo enviarían a su Tejas natal y lo enterrarían detrás de la iglesita rural donde había sido bautizado. Tal vez alguno de sus hijos le costeara una lápida.

Beech abandonó la sala sin apagar el televisor. Ya eran casi las diez, hora de apagar la luz. Compartía la litera con Robbie, un muchacho de Kentucky que había allanado doscientas cuarenta viviendas antes de que lo atraparan. Vendía armas, microondas y equipos estereofónicos para pagarse la cocaína.

Robbie era ya un veterano con cuatro años en Trumble y, por su mayor antigüedad, había elegido la litera de abajo. Beech se acostó en la de arriba.

—Buenas noches, Robbie —dijo, y apagó la luz.

—Buenas noches, Hatlee —contestó su compañero en un susurro.

A veces, ambos charlaban un rato en la oscuridad. Teniendo en cuenta que las paredes eran de hormigón y la puerta de metal, sus palabras no saldrían de los confines de la pequeña celda.

Robbie había cumplido veinticinco años y no abandonaría Trumble hasta los cuarenta y cinco. Veinticuatro años: uno por cada diez casas.

El rato que se tardaba en conciliar el sueño era lo peor del día. Los reclusos evocaban el pasado con toda claridad: los errores, el sufrimiento, los «quizá» y los «ojalá». Por mucho que lo intentara, Hatlee no podía limitarse a cerrar los ojos y dormirse. Primero debía castigarse. Tenía una nieta a la que jamás había visto, y siempre empezaba por ella. Después recordaba a sus tres hijos. Y aunque para él su mujer era agua pasada, siempre pensaba en su dinero. Y los amigos... Ah, los amigos. ¿Dónde estaban cuando los necesitó?

Llevaba tres años entre rejas y, puesto que no veía

futuro, sólo le quedaba el pasado. Hasta el pobre Robbie, el de abajo, soñaba con volver a empezar a los cuarenta y cinco años. No así Beech. A veces casi ansiaba la cálida tierra de Tejas, amontonada sobre su cuerpo detrás de la iglesita.

Seguro que alguien le costearía una lápida.

6

Para Quince Garbe el 3 de febrero sería el peor día de su vida. De hecho, si su médico se hubiera encontrado en la ciudad, habría sido el último. No había conseguido que le recetaran unos somníferos y carecía de valor suficiente para pegarse un tiro.

Todo había empezado muy bien, con un desayuno tardío, un cuenco de cereales, solo junto a la chimenea de su estudio. La mujer con quien llevaba veintiséis años casado ya había abandonado la ciudad para dedicar un nuevo día a las meriendas benéficas, la recogida de fondos y la frenética actividad de voluntariado que la mantenía ocupada y apartada de él.

Estaba nevando cuando Quince salió de su soberbia y pretenciosa casa en las afueras de Bakers, Iowa, para recorrer los diez minutos que lo separaban de su lugar de trabajo en su lujoso Mercedes negro de once años de antigüedad. Era un hombre importante en la ciudad, un Garbe, miembro de la familia propietaria del banco desde hacía varias generaciones. Aparcó en la plaza que tenía reservada en la parte posterior de la entidad financiera que daba a Main Street y dio un rápido rodeo para acercarse a la oficina de correos, cosa que hacía un par de veces por semana. Desde hacía años era titular de un apartado de correos, lejos de su mujer y, sobre todo, de su secretaria.

Como era muy rico y en Bakers, Iowa, los ricos resultaban más bien escasos, raras veces se detenía a hablar con sus vecinos. Le importaba un bledo el qué dirán. Los habitantes de la ciudad adoraban a su padre y eso bastaba para que los negocios del banco fueran viento en popa.

Pero, cuando muriera el viejo, ¿se vería obligado a cambiar de actitud? ¿Tendría que sonreír por las calles de Bakers y hacerse socio del Rotary Club fundado por su abuelo?

Quince estaba harto de que su seguridad dependiera de los caprichos del público. Estaba harto de confiar en que su padre sabría contentar a los clientes. Estaba harto del banco y de Iowa, de la nieve y de su mujer, y lo que más deseaba aquella mañana de febrero era una carta de su amado Ricky. Una breve y amable nota que confirmara la cita. Y sobre todo, pasar tres cálidos días en un romántico crucero con Ricky. Si todo iba bien, tal vez no regresara jamás.

En Bakers vivían dieciocho mil habitantes y, por consiguiente, en la central de correos de Main solía haber bastante ajetreo. Siempre había un funcionario distinto detrás del mostrador. De esta manera había alquilado el apartado: había esperado a que hubiera otro funcionario. El nombre oficial del arrendatario era CMT Investments. Se encaminó directamente a la casilla situada a la vuelta de la esquina, en una pared donde se alineaban otras cien.

Encontró tres cartas y, mientras las tomaba y se las guardaba a toda prisa en el bolsillo del abrigo, el corazón le dio un brinco en el pecho al descubrir que una de ellas era de Ricky. Salió corriendo a Main Street y entró en su banco cuando daban las diez de la mañana. Su padre ya llevaba cuatro horas allí, sin embargo hacía tiempo que ambos habían dejado de discutir a propósito del horario laboral. Siguiendo su costumbre, se detuvo junto a la mesa de su secretaria para quitarse a toda prisa los guantes, como si lo esperaran asuntos de la máxima importancia. Ella le entregó la correspondencia y un par de mensajes telefónicos, y le recordó que faltaban dos horas para su almuerzo con un corredor inmobiliario local.

Cerró la puerta de su despacho, arrojó los guantes a un lado y el abrigo a otro, y abrió el sobre de la carta de Ricky. Se acomodó en el sofá y se puso las gafas de lectura, respirando afanosamente no tanto por el esfuerzo del paseo como por la emoción. Estaba al borde de la excitación cuando empezó a leer.

Las palabras lo golpearon como balas. Tras leer el segundo párrafo, emitió un extraño y doloroso quejido, seguido de un «Oh, Dios mío» y, finalmente, un prolongado y sibilante «Hijo de puta».

Calma, se dijo, la secretaria siempre está con el radar puesto. La primera lectura le provocó un sobresalto; la segunda, una sensación de incredulidad. La realidad empezó a imponerse a la tercera lectura. Entonces le empezaron a temblar los labios. No llores, maldita sea, se ordenó.

Arrojó la carta al suelo y empezó a dar vueltas alrededor de su escritorio, procurando no mirar los sonrientes rostros de su mujer y sus hijos. Veinte años de fotografías de promociones estudiantiles y de miembros de su familia se alineaban en un estante bajo la ventana. Miró a través del cristal y contempló la nevada, que se había intensificado. Las aceras aparecían ya blancas. Santo Dios, cuánto aborrecía aquel pueblucho. Había soñado con escaparse a una playa, donde retozaría con un guapo y joven compañero para, quizá, no regresar jamás a casa.

Las circunstancias habían cambiado drásticamente.

¿Se trataba de una broma, una burla? Enseguida

comprendió que no. La estafa resultaba demasiado coherente. La frase final se le antojaba demasiado perfecta. Era la trampa de un auténtico profesional.

Se había pasado la vida debatiéndose contra sus propios deseos, y justo cuando había tenido el valor suficiente para entreabrir la puerta del armario, un estafador le pegaba un tiro entre los ojos. Estúpido, estúpido, mil veces estúpido. Se lo había puesto en bandeja.

Unos pensamientos inconexos atravesaron su mente mientras contemplaba la nevada. El suicidio era la respuesta más fácil, pero su médico no estaba y la verdad era que tampoco se veía con valor suficiente. Por lo menos, no en aquel momento. Ignoraba de dónde sacaría los cien mil dólares y cómo los enviaría sin despertar sospechas. El viejo hijo de puta del despacho de al lado le pagaba una miseria y le controlaba hasta el último centavo. Su mujer insistía en poner al día las cuentas. Aunque tenían algún dinerillo en fondos de inversión, no podía retirarlo sin que ella se enterara. La vida de un acaudalado banquero en Bakers, Iowa, significaba un título y un Mercedes, una enorme casa con la hipoteca pagada y una mujer que se dedicaba a actividades benéficas. ¡Oh, cuánto ansiaba escapar de todo aquello!

Se iría a Florida de todos modos, localizaría al remitente de la carta, se enfrentaría con el estafador, descubriría su intento de chantaje y procuraría que se hiciera justicia. Él, Quince Garbe, no había cometido ningún crimen. Seguro que aquello era un delito. Podía contratar los servicios de un investigador y quizá de un abogado para que lo defendiera. Estaba dispuesto a llegar hasta el fondo de aquella estafa.

Aunque consiguiera reunir el dinero y lo transfiriera según las instrucciones, abriría la puerta para que Ricky, fuera quien fuese aquel cabrón de Ricky, exigiera más.

¿Qué impediría al estafador seguir chantajeándolo una y otra vez?

Si tuviera el valor de huir de allí a pesar de todo, correría a Kay West o a algún otro lugar cálido donde jamás nevara, y viviría como le diera la real gana sin importarle que los pobres desgraciados de Bakers, Iowa, se pasaran medio siglo criticándolo. Pero no tenía el valor de hacerlo, y eso era precisamente lo que más le dolía.

Sus hijos lo miraban con sus pecosas sonrisas y sus dientes presos entre los alambres de la ortodoncia. Sumido en un profundo abatimiento, comprendió que buscaría el dinero y lo enviaría siguiendo exactamente las instrucciones recibidas. Tenía que protegerlos. Ellos no eran culpables de nada.

Las acciones del banco valían unos diez millones de dólares y todas ellas estaban férreamente controladas por el viejo que en aquellos momentos estaba despotricando en el pasillo. El viejo tenía ochenta y un años y gozaba de una salud de hierro, pero la edad no perdona. Cuando desapareciera, Quince tendría que competir con su hermana de Chicago, pero el banco sería suyo. Vendería el maldito banco con toda la rapidez que pudiera y se largaría de Bakers con unos cuantos millones de dólares en el bolsillo. Hasta que llegara ese momento, no obstante, se vería obligado a hacer lo de siempre: contentar al viejo.

El hecho de que un estafador obligara a Quince a salir del armario destrozaría a su padre y él ya podría despedirse de las acciones. Su hermana de Chicago se quedaría con todo.

Cuando cesó el griterío del pasillo, abrió la puerta y pasó por delante de su secretaria para ir a tomarse un café. Apenas la miró cuando regresó a su despacho, cerró la puerta, leyó la carta por cuarta vez y trató de ordenar sus pensamientos. Encontraría el dinero, lo enviaría siguiendo las instrucciones y confiaría y rezaría con toda su alma para que Ricky desapareciera. Si no se cumplían sus ruegos, si el chantajista pedía más, él llamaría a su médico y se tomaría unas pastillas.

El corredor de fincas con quien tenía que almorzar era un sujeto muy lanzado que corría riesgos y tomaba atajos, probablemente un estafador. Quince empezó a elaborar planes. Ambos concertarían unos cuantos préstamos algo dudosos; sobrevalorarían unos terrenos, prestarían el dinero, los venderían a un testaferro, etc. El corredor de fincas ya sabría cómo hacerlo.

Quince encontraría el dinero.

Los apocalípticos anuncios de la campaña de Lake cayeron como un mazazo, al menos en la opinión pública. Aunque las encuestas de la primera semana mostraban un espectacular aumento del reconocimiento del nombre, desde un dos a un veinte por ciento, los anuncios no gustaban a nadie. Infundían temor y a la gente no le gustaba pensar en guerras, terrorismo o cabezas nucleares trasladadas a través de las montañas en plena noche. La población veía los anuncios (hubiera sido imposible no verlos) y oía el mensaje, pero en general al electorado no le gustaba que lo molestaran. Todos estaban demasiado ocupados ganando dinero y gastándolo. Las cuestiones que se planteaban cuando la economía iba viento en popa se limitaban a los temas de siempre: los valores familiares y la bajada de impuestos.

Los primeros que entrevistaron al candidato Lake lo trataron como si se tratara de un simple fenómeno pasajero hasta que éste anunció en directo que su campaña había recibido más de once millones de dólares en menos de una semana.

—Esperamos recibir veinte millones en dos semanas —declaró sin la menor jactancia y fue entonces cuando empezaron a publicarse las auténticas noticias.

Teddy Maynard le había asegurado que el dinero estaría allí.

Dado lo inaudito de aquel hecho, al final de aquel día, en Washington no se hablaba de otra cosa. El entusiasmo se desbordó cuando dos de las tres cadenas entrevistaron a Lake en directo, en los programas de noticias vespertinos. Estuvo sensacional; atractiva sonrisa, lisonjeras palabras, espléndido traje y corte de pelo impecable. Era el candidato idóneo.

La confirmación definitiva de que Aaron Lake tenía posibilidades se produjo aquel mismo día algo más tarde, cuando uno de sus adversarios lo atacó. El senador Britt, de Maryland, llevaba un año luchando y había alcanzado un sólido segundo puesto en New Hampshire. Había conseguido reunir nueve millones, había invertido mucho más y se había visto obligado a dedicar la mitad del tiempo de que disponía a recaudar fondos en lugar de hacer campaña. Estaba harto de suplicar, de verse obligado a reducir el número de colaboradores, cansado de preocuparse por los anuncios de la televisión. Cuando un periodista le comentó el tema de Lake y sus veinte millones de dólares, Britt contestó:

—Es dinero sucio. Ningún candidato honrado es capaz de reunir semejante suma en tan poco tiempo.

Britt estaba estrechando manos bajo la lluvia, a la entrada de una planta química de Michigan.

La prensa acogió con entusiasmo el comentario acerca del dinero sucio y no tardó en extenderlo por doquier.

Aaron Lake había llegado.

El senador Britt de Maryland tenía otros problemas, aunque procuraba olvidarlos.

Nueve años atrás había recorrido el Sudeste Asiático para comprobar algunos hechos sobre el terreno. Como siempre, él y sus compañeros del Congreso volaron en primera clase, se hospedaron en hoteles de cinco estrellas y comieron langosta mientras trataban de estudiar la pobreza de la región y de llegar hasta el fondo de la agria controversia provocada por la empresa Nike y su utilización de mano de obra barata extranjera. Al comienzo de la gira, Britt había conocido a una chica en Bangkok y, fingiendo encontrarse indispuesto, decidió quedarse mientras sus compañeros proseguían el viaje de comprobación de datos en Laos y Vietnam.

Lo que empezó como una aventura se convirtió rápidamente en un romántico idilio, por lo que el senador Britt tuvo que obligarse a regresar a Washington. Dos meses después regresó a Bangkok por un asunto urgente pero secreto, según le dijo a su mujer.

En nueve meses efectuó cuatro viajes a Tailandia, todos en primera clase y a expensas de los contribuyentes, lo que hasta para los trotamundos del Senado resultaba excesivo. Britt utilizó su influencia en el Departamento de Estado y todo parecía indicar que Payka viajaría a Estados Unidos.

Jamás llegó a hacerlo. Durante la cuarta y última cita, Payka confesó que estaba embarazada. Era católica y no cabía la posibilidad de un aborto. Britt trató de librarse de ella, dijo que necesitaba tiempo para pensarlo y después huyó de Bangkok en mitad de la noche. Los viajes de comprobación de datos habían terminado.

En los comienzos de su carrera en el Senado, Britt, que solía fiscalizar muy estrictamente los gastos de la Administración, consiguió aparecer en uno o dos titulares de prensa por sus críticas contra el despilfarro de la CIA. Teddy Maynard no dijo ni una sola palabra, pero no le gustó aquel acto de exhibicionismo. Se desempolvó la delgada ficha del senador Britt y se le concedió prioridad y, cuando éste viajó a Bangkok por segunda vez, la CIA viajó con él. Sometieron a vigilancia el hotel en el que los dos tortolitos pasaron tres días. Los fotografiaron en lujosos restaurantes. Lo presenciaron todo. Britt fue estúpido e imprudente.

Más tarde, cuando nació el niño, la CIA se hizo con el historial del hospital y con los datos médicos necesarios para realizar un análisis de sangre y de ADN. Payka conservó su empleo en la embajada y era fácil de localizar.

Cuando el niño contaba un año, fue fotografiado sentado sobre el regazo de Payka en un parque de la ciudad. Se hicieron otras fotografías y, a los cuatro años, el niño empezó a mostrar cierto parecido con el senador Dan Britt, de Maryland.

Su papá se había ido hacía mucho tiempo. El interés de Britt por la comprobación de datos en el Sudeste Asiático menguó considerablemente y el senador dirigió su atención a otras delicadas zonas del mundo. A su debido tiempo, contrajo la enfermedad de la ambición presidencial, una vieja dolencia que tarde o temprano acaba afectando a todos los senadores. Jamás volvió a tener noticias de Payka y no le resultó difícil olvidar aquella pesadilla.

Britt tenía cinco hijos legítimos y una mujer que hablaba por los codos. El senador Britt y su esposa formaban un equipo y juntos encabezaban la férrea defensa de los valores familiares y del «¡Salvemos a nuestros hijos!». Juntos escribieron un libro sobre la forma de educar a los niños en una cultura norteamericana decadente, a pesar de que el mayor de sus vástagos contaba apenas trece años. Cuando el presidente pasó por una apurada situación a causa de sus desdichadas aventuras sexuales, el senador Britt se convirtió en la encarnación de la integridad en Washington.

Él y su mujer tocaban la fibra sensible y los conservadores empezaron a soltar dinero. Le fue bien con los comités políticos de Iowa y alcanzó un honroso segundo puesto en New Hampshire, pero se le estaba acabando el dinero y los resultados de las encuestas empeoraban cada vez más.

Pero aún tendría que bajar más. Tras un brutal día de campaña, sus colaboradores se instalaron en un hotel de Dearborn, Michigan, para pasar una corta noche de descanso. Fue allí donde el senador se vio cara a cara con su sexto hijo, aunque no en persona.

El agente se llamaba McCord y llevaba una semana siguiendo a Britt con unas credenciales de prensa falsas. Aunque según él trabajaba para un periódico de Tallahassee, en realidad era agente de la CIA desde hacía once años. Había tantos reporteros alrededor de Britt que a nadie se le ocurrió comprobar esta cuestión.

McCord trabó amistad con un ayudante de alto rango de Britt y, mientras ambos se tomaban unas copas a última hora de la noche en el bar del Holiday Inn, reveló que estaba en posesión de un secreto capaz de hundir al candidato Britt que, por lo visto, había recibido de un candidato rival, el gobernador Tarry. Se trataba de un cuaderno de apuntes, cada una de cuyas páginas era una bomba: una declaración jurada de Payka en la que ésta revelaba todos los detalles de su relación; dos fotografías del niño, que por entonces contaba siete años, la última de ellas sacada un mes atrás, en las que no cabía la menor duda del acusado parecido con su padre; los resultados de unos análisis de sangre y de ADN que establecían un incuestionable vínculo entre padre e hijo; y los datos de los viajes que demostraban con toda claridad que el senador Britt se había gastado treinta y ocho mil seiscientos dólares de dinero de los contribuyentes en su aventura en el otro extremo del mundo.

El trato era muy sencillo y directo: si se retiraba inmediatamente de la campaña, la historia jamás llegaría a divulgarse. El sentido de la ética impedía al periodista McCord difundir semejante basura.

El gobernador Tarry lo mantendría todo en secreto si Britt desaparecía. Si abandonaba la carrera presidencial, ni siquiera la señora Britt llegaría a enterarse.

Poco después de la una de la madrugada, hora de Washington, Teddy Maynard recibió la llamada de McCord. El paquete ya se había entregado. Britt tenía intención de convocar una rueda de prensa al mediodía del día siguiente.

Maynard tenía fichas que recopilaban los secretos oscuros de centenares de políticos pasados y presentes. Como grupo, los políticos eran una presa fácil. Bastaba con colocar en su camino a una bella mujer para que se pudiera incluir un dato en la ficha. Cuando este recurso no daba resultado, el dinero era la solución infalible. Bastaba con observarlos cuando viajaban, cuando coqueteaban con los miembros de sus *lobbys*, cuando alcahueteaban con cualquier gobierno extranjero que tuviera la astucia de enviar montones de dinero a Washington o cuando organizaban sus campañas y comités de recogida de fondos. Bastaba con observarlos para que los expedientes engrosaran invariablemente. Teddy deseó que los rusos fueran tan fáciles de manejar.

A pesar del desprecio que le inspiraba la clase política, Teddy respetaba a unos pocos. Aaron Lake era uno de ellos. Nunca perseguía a las mujeres, no bebía ni tenía otros vicios, jamás parecía interesado por el dinero y no le gustaba exhibirse.

Cuanto más observaba a Lake, tanto más le gustaba.

Tomó su última pastilla de la noche y se dirigió con su silla de ruedas a la cama. Britt había desaparecido. Menos mal. Lástima que no pudiera filtrar su historia, de todos modos. El muy hipócrita y santurrón se merecía un buen vapuleo. Mejor que la guardes para mejor ocasión, pensó. Si algún día el presidente Lake necesitaba a Britt, entonces el chiquito de Tailandia les vendría como anillo al dedo.

7

Picasso se había querellado contra Sherlock y otros acusados cuyo nombre no se citaba, exigiendo que estos reclusos fueran amonestados en un intento de evitar que se mearan sobre sus rosales. Un poco de orina desviada no iba a perturbar la paz de Trumble, pero se daba el caso de que Picasso también pedía quinientos dólares en concepto de daños y perjuicios. Quinientos dólares eran harina de otro costal.

La discusión llevaba enconada desde el verano anterior, cuando Picasso había sorprendido a Sherlock in fraganti, por lo que, al final, el director adjunto había decidido intervenir, pidiendo a la Hermandad que resolviera la disputa. Se presentó la querella y entonces Sherlock contrató a un antiguo abogado llamado Ratliff, que cumplía condena por fraude fiscal, para que con su actuación provocara dilaciones, demoras, aplazamientos y presentara fútiles alegaciones, tal como suelen hacer los que ejercen la abogacía en el mundo exterior. Sin embargo, la Hermandad no aprobaba las tácticas de Ratliff y el panel de jueces no apreciaba demasiado a Sherlock ni a su abogado.

La rosaleda de Picasso era una franja de tierra primorosamente cuidada, situada junto al gimnasio. Habían sido necesarios tres años de guerras burocráticas para convencer a algún oscuro funcionario de nivel medio de

Washington de que semejante afición tenía y siempre había tenido un carácter terapéutico, pues Picasso padecía varios trastornos. Una vez aprobada la creación del jardín, el director adjunto dio por zanjada la cuestión y Picasso se entregó en cuerpo y alma a la tarea.

Se hizo enviar las rosas desde un proveedor de Jacksonville, lo cual exigió a su vez otro montón de papeleo.

Su verdadero trabajo, en el que ganaba treinta centavos a la hora, era el de lavaplatos de la cafetería. El director había rechazado su petición de ser clasificado como jardinero, por cuyo motivo las rosas se consideraban un hobby. Durante la temporada, Picasso atendía su pequeña franja de tierra, que cultivaba, cavaba y regaba. Incluso a primera y última hora del día hablaba con sus flores.

Las rosas en cuestión eran de la variedad Belinda's Dream, de color rosa pálido y no demasiado bonitas, pero a Picasso le encantaban a pesar de todo. Cuando las flores llegaron desde el proveedor de Jacksonville, todo Trumble se enteró. Picasso las plantó amorosamente en la parte anterior y en el centro de su jardín.

Sherlock empezó a mearse encima de ellas por simple gusto. De todos modos, no apreciaba a Picasso porque era un embustero y el hecho de mearse encima de sus rosas le parecía lo más indicado. Otros imitaron su ejemplo. Sherlock los animaba a hacerlo, asegurándoles que con ello aportaban un abono a los rosales.

Las Belindas empezaron a perder el color y a marchitarse y Picasso se horrorizó. Un confidente deslizó una nota por debajo de su puerta y el secreto se descubrió. Su amado jardín se había convertido en el urinario preferido de muchos reclusos. Dos días más tarde, Picasso tendió una emboscada a Sherlock, lo sorprendió en plena labor y ambos, que eran unos hombres regordetes de mediana edad, se enzarzaron en una violenta pelea.

Las flores adquirieron una apagada tonalidad amarillenta y Picasso presentó una denuncia. Cuando finalmente se produjo el juicio, tras varios meses de aplazamientos provocados por Ratliff, los miembros de la Hermandad ya estaban hasta el gorro. Habían asignado discretamente el caso al juez Finn Yarber, cuya madre era una experta en rosas y, tras haberse pasado varias horas investigando, éste informó a los otros dos de que la orina no modificaba el color de las flores. Así pues, dos días antes de la celebración del juicio, los jueces tomaron una decisión: amonestarían a Sherlock y a los demás guarros para que dejaran de regar las rosas de Picasso, pero no exigirían el pago de ninguna indemnización por daños y perjuicios.

Se pasaron tres horas oyendo a unos hombres hechos y derechos discutiendo acerca de quién había meado dónde y cuándo y con cuánta frecuencia. En distintos momentos Picasso, que actuaba como abogado de la acusación, estuvo a punto de echarse a llorar mientras pedía a sus testigos que delataran a sus compañeros. Ratliff, el abogado de la defensa, se mostró cruel y agresivo y abusó de las redundancias hasta el extremo de que, pasada una hora, todo el mundo convino en que merecía haber sido expulsado del colegio de abogados, cualesquiera que hubieran sido sus delitos.

El juez Spicer se pasó el rato estudiando las puntuaciones de los partidos de baloncesto universitario. Cuando no podía establecer contacto con Trevor, hacía apuestas ficticias sobre todos los partidos. En dos meses y sobre el papel, había ganado nada menos que tres mil seiscientos dólares. Las cosas le iban viento en popa, ganaba a las cartas y en las apuestas deportivas, y por la noche le costaba conciliar el sueño, imaginando su nueva vida de jugador profesional en Las Vegas o las Bahamas. Con su mujer o sin ella.

El juez Beech frunció el ceño como si se hallara sumido en una profunda reflexión judicial mientras fingía tomar exhaustivas notas, aunque en realidad se dedicaba a escribir otra carta a Curtis en Dallas. Curtis aún no había tenido tiempo de contestar a la última carta, pero los miembros de la Hermandad habían decidido lanzarle nuevamente el anzuelo. Escribiendo en su papel de Ricky, Beech le explicaba que un depravado guardia de la unidad de desintoxicación lo estaba amenazando con toda suerte de viles ataques físicos en caso de que él no le entregara una cierta cantidad de «dinero de protección». Ricky necesitaba cinco mil dólares para librarse de aquella bestia. ¿Se los prestaría Curtis?

—¿No podríamos abreviar un poco? —preguntó Beech, interrumpiendo una vez más al ex abogado Ratliff.

Cuando era juez en la vida real, dominaba como nadie el arte de leer revistas mientras escuchaba distraídamente la monótona voz de los abogados en presencia de los jurados. Una sonora y oportuna advertencia del juez hacía que todo el mundo se espabilara.

«Aquí se entregan a un juego perverso —escribió—. Llegamos hechos pedazos. Poco a poco, nos lavan, nos secan y nos recomponen pieza a pieza. Nos despejan la cabeza, nos enseñan a ser disciplinados y confiados, y nos preparan para nuestro regreso a la sociedad. En todo el proceso se muestran muy atentos; sin embargo, permiten que estos matones ignorantes que vigilan el recinto nos amenacen, a pesar de que seguimos siendo muy frágiles y de que con ello se destruye lo que tanto nos ha costado conseguir. Ese hombre me da mucho miedo, de manera que los ratos que debería dedicar a tomar el sol o hacer ejercicio los paso escondido. No puedo dormir. Quisiera beber y drogarme para huir de esta pesadilla. Por favor, Curtis, préstame los cinco mil dólares para que pueda quitarme a este tío de encima, terminar mi rehabilitación y salir entero de aquí. Cuando nos reunamos, quiero estar sano y en plena forma.»

¿Qué pensarían sus amigos? El honorable Hatlee Beech, juez federal, escribiendo como un marica y sacándoles dinero a unas personas inocentes.

No obstante, él ya no tenía amigos. No se regía por ninguna norma. La ley a la que tanto adoraba antaño le había colocado donde estaba, que, en aquellos momentos, era la cafetería de la cárcel, vestido con una vieja y desteñida túnica de cantor del coro de una iglesia negra, escuchando cómo un hato de enfurecidos delincuentes discutía sobre unas meadas.

—Ya me ha formulado usted la pregunta ocho veces —ladró Ratliff, que sin duda habría estado viendo demasiadas series malas de abogados por la tele.

Puesto que el caso había sido asignado al juez Yarber, lo menos que se hubiera podido esperar de él era que fingiera que prestaba atención. Sin embargo, no lo hacía: las apariencias le importaban un comino. Como de costumbre, iba desnudo bajo la túnica y, sentado con las piernas cruzadas, se estaba limpiando las largas uñas de los dedos de los pies con un tenedor de plástico.

—¿Crees que se volverían de color marrón si me cagara encima de ellas? —le preguntó Sherlock a gritos a Picasso mientras los presentes en la cafetería estallaban en sonoras carcajadas.

—Modere ese lenguaje —le advirtió el juez Beech.

—Orden en la sala —dijo T. Karl, el bufón de la sala, bajo su reluciente peluca gris. No le correspondía a él pedir orden en la sala, pero como era una función que se le daba muy bien, los miembros de la Hermandad hacían la vista gorda—. Orden, caballeros —añadió, golpeando la mesa con el martillo.

«Ayúdame, por favor, Curtis —escribió Beech—. No tengo a nadie más a quien recurrir y me estoy desmoronando otra vez. Temo que acabaré por derrumbarme. Temo no poder salir jamás de este lugar. Date prisa.»

Spicer apostó cien dólares por Indiana sobre Purdue, Duke sobre Clemson, Alabama sobre Vandy y Wisconsin sobre Illinois. Pero ¿qué sabía él del equipo de baloncesto de Wisconsin?, se preguntó. No importaba. Era un jugador profesional de primera. Si los noventa mil dólares seguían enterrados detrás del cobertizo de herramientas, en cuestión de un año los convertiría en un millón.

—Ya basta —exigió el juez Beech, levantando las manos.

—Yo también he oído suficiente —dijo Yarber, olvidándose de las uñas de los dedos de los pies mientras se inclinaba sobre la mesa.

Los miembros de la Hermandad se reunieron para deliberar como si el resultado pudiera sentar un importante precedente o, por lo menos, ejercer un profundo impacto en el futuro de la jurisprudencia norteamericana. Fruncieron el ceño, se rascaron la cabeza y hasta parecieron discutir acerca de los méritos del caso. Entretanto, el pobre Picasso, sentado solo, parecía al borde de las lágrimas, totalmente agotado por las tácticas de Ratliff.

El juez Yarber carraspeó e inició su dictamen:

—Por una votación de dos contra uno, hemos llegado a una decisión. Amonestamos a todos los reclusos que orinan sobre las malditas rosas. Cualquiera que sea sorprendido haciéndolo será condenado a pagar una multa de cincuenta dólares. Los daños no se cuantifican en este momento.

Eligiendo hábilmente el momento más propicio, T. Karl golpeó la mesa con su martillo y gritó:

—El tribunal levanta la sesión hasta nuevo aviso. Pónganse todos en pie.

Como era de esperar, nadie se movió.

—Quiero presentar recurso —gritó Picasso.

—Hazlo —intervino Sherlock.

—El fallo debe de haber sido una maravilla —observó Yarber, recogiéndose la túnica mientras se levantaba—. Ambas partes han quedado insatisfechas.

Beech y Spicer también se levantaron y, acto seguido, los miembros de la Hermandad se retiraron solemnemente de la cafetería. Un guardia se acercó a los litigantes y a los testigos y les dijo:

—El juicio ha terminado, muchachos. Hay que volver al trabajo.

El director gerente de Hummand, una empresa de Seattle que se dedicaba a la fabricación de misiles y aparatos de perturbación de radar, era un antiguo congresista que había mantenido estrechas relaciones con la CIA. Teddy Maynard lo conocía muy bien. Cuando el director gerente anunció en el transcurso de una rueda de prensa que su empresa aportaría cinco millones de dólares a la campaña de Lake, la CNN interrumpió un documental sobre la liposucción para transmitir el acto en directo. Cinco mil trabajadores de Hummand habían extendido un cheque de mil dólares por barba, el máximo permitido por la legislación federal. El director, que guardaba los cheques en una caja, los mostró a las cámaras y, acto seguido, subió a bordo de un jet de la Hummand para dirigirse a Washington y entregarlos en el cuartel general de Lake.

Si sigues el camino del dinero, encontrarás al ganador. Desde el anuncio de Lake, más de once mil trabajadores de fábricas de armamento y de la industria aeroespacial de treinta estados habían aportado más de ocho millones de dólares. El servicio de correos estaba entregando los cheques en cajas. Los sindicatos habían aportado otro tanto y habían prometido otros dos millones más. El equipo de Lake contrató a una empresa del distrito de Columbia para que llevara las cuentas.

El director gerente de Hummand llegó a Washington en medio del mayor revuelo que cupo organizar. Lake se encontraba a bordo de otro avión privado recién alquilado por cuatrocientos mil dólares al mes. Cuando llegó a Detroit, se encontró con dos flamantes Suburbans negros, recién alquilados por mil dólares mensuales cada uno. Ahora Lake disponía de escolta, un grupo de personas que lo acompañaba a todas partes. Estaba seguro de que no tardaría en acostumbrarse, pero, al principio, eso de tener siempre gente a su alrededor lo sacaba un poco de quicio. Eran unos jóvenes de semblante severo con pequeños micrófonos en los oídos y armas muy pegadas al cuerpo. Dos agentes del servicio secreto volaban con él y otros tres lo esperaban con los Suburbans.

Llevaba consigo a Floyd, un administrativo de su despacho del Congreso. Floyd era un joven un poco lerdo de una conocida familia de Arizona que sólo servía para hacer recados. Floyd, que se había convertido en el chófer del candidato, se sentó al volante de uno de los Suburbans, mientras Lake se acomodaba en el asiento del acompañante y los dos agentes y una secretaria se sentaban detrás. Dos ayudantes y tres agentes ocuparon el otro Suburban y todos juntos se dirigieron al centro de Detroit, donde los esperaban unos relevantes periodistas de la televisión local.

Lake no tenía tiempo para pronunciar discursos electorales, recorrer los barrios, comer barbo o permanecer de pie bajo la lluvia a la entrada de grandes fábricas. No podía pasear ante las cámaras ni organizar concentraciones en las ciudades o permanecer de pie entre los escombros de los guetos, censurando los erróneos criterios seguidos por la Administración. No disponía de tiempo para cumplir todo el programa que se espera de un candidato. Había entrado tarde en la carrera, sin preparación previa de ningún tipo ni base popular ni respaldo local. Lake poseía un rostro atractivo y una agradable voz, vestía con elegancia, transmitía un mensaje urgente y disponía de paletadas de dinero.

Si con la compra de la televisión se podían ganar unas elecciones, Aaron Lake estaba a punto de conseguir un nuevo empleo.

Llamó a Washington, habló con el hombre que se encargaba de las cuestiones económicas y éste le comunicó la noticia del anuncio de los cinco millones de dólares. Jamás había oído hablar de Hummand.

—¿Es una empresa pública? —preguntó.

No, le contestaron. Muy privada. Algo menos de mil millones de ventas anuales. Estaba considerada una empresa innovadora en equipos de perturbación de radar. Podría ganar miles de millones si el hombre adecuado se tomara en serio a las fuerzas armadas y volviera a invertir en serio.

Ahora tenía en sus manos diecinueve millones de dólares, todo un récord. Y estaban revisando las previsiones. Su campaña recaudaría treinta millones de dólares en sus primeras dos semanas.

No había manera de gastar tanto dinero con semejante rapidez. Cerró el móvil y se lo devolvió a Floyd, el cual estaba totalmente concentrado en el tráfico.

—A partir de ahora, utilizaremos helicópteros —indicó Lake a su secretaria, quien se apresuró a anotar la orden. Conseguir helicópteros.

Lake se ocultó tras sus gafas de sol y trató de analizar la cuestión de los treinta millones de dólares. La transición de ahorrador conservador a candidato derrochador había resultado un poco incómoda, aunque era preciso ganar el dinero. No se lo habían arrancado a los contribuyentes sino que ellos se lo habían entregado voluntariamente. Era capaz de justificarse. Una vez elegido, retornaría su lucha en favor de los trabajadores.

De nuevo recordó a Teddy Maynard, sentado en alguna oscura estancia de las profundidades de Langley, con las piernas envueltas en una manta, esbozando muecas de dolor, echando mano de todas las influencias que podía y consiguiendo que el dinero lloviera desde el cielo. Lake jamás sabría las cosas que estaba haciendo Teddy por él, y tampoco quería saberlas.

El jefe de las Operaciones de Oriente Próximo se llamaba Lufkin, un hombre que llevaba veinte años en la Agencia y en quien Teddy tenía depositada toda su confianza. Catorce horas atrás, estaba en Tel Aviv. Ahora se encontraba en el despacho de Teddy, aparentemente despierto y descansado. Tenía que comunicar su mensaje personalmente, sin hilos, señales o satélites. Y lo que ambos dijeran jamás se volvería a repetir. Era lo que se venía haciendo desde hacía muchos años.

—Va a producirse un ataque contra nuestra embajada en El Cairo —anunció Lufkin.

Teddy no reaccionó visiblemente: no frunció el ceño, ni se sorprendió, ni parpadeó; nada. Había recibido noticias semejantes muchas veces.

—¿Yidal?

—Sí. Su principal lugarteniente fue visto en El Cairo la semana pasada.

—¿Quién lo vio?

—Los israelíes. También han seguido la pista de dos camiones cargados de explosivos procedentes de Trípoli. Al parecer todo está preparado.

—¿Cuándo?

—Es inminente.

—¿Hasta qué punto?

—Cuestión de una semana, calculo.

Teddy se tiró del lóbulo de una oreja y cerró los ojos. Lufkin procuró no mirar y se guardó mucho de formular alguna pregunta. Pronto regresaría a Oriente Próximo. Y esperaría. Puede que el ataque contra la embajada ocurriera sin previo aviso. Docenas de personas morirían y resultarían heridas. Los rescoldos del cráter que se abriría en la ciudad arderían varios días y, en Washington, unos dedos señalarían y se lanzarían acusaciones. Se volvería a echar la culpa a la CIA.

Sin embargo, nada de todo aquello preocupaba a Teddy Maynard. Tal como Lufkin había tenido ocasión de comprobar, a veces Teddy necesitaba causar el terror para alcanzar los fines que se proponía.

También cabía la posibilidad de que la embajada se salvara y de que los comandos egipcios que actuaban en colaboración con Estados Unidos frustraran el ataque. Entonces la CIA sería alabada por la excelente labor de sus servicios de espionaje. Aunque tampoco eso preocuparía a Teddy.

—¿Está usted seguro? —preguntó.

—Sí, todo lo seguro que uno puede estar en estas situaciones.

Como es natural, Lufkin no sospechaba que, en

aquellos momentos, el director estaba intrigando para favorecer la elección de un presidente. Lufkin apenas había oído hablar de Aaron Lake. Y la verdad era que le importaba bien poco quién ganara las elecciones. Llevaba en Oriente Próximo el tiempo suficiente como para saber que en aquella zona no importaba demasiado quién dirigiera la política estadounidense.

Tenía que marcharse en cuestión de tres horas, en un Concorde que lo trasladaría a París, donde permanecería un día antes de viajar a Jerusalén.

—Vaya a El Cairo —le dijo Teddy sin abrir los ojos.

—Muy bien. ¿Y qué hago allí?

—Esperar.

—Esperar, ¿qué?

—Esperar a que la tierra se estremezca. No se acerque a la embajada.

La reacción inicial de York fue de horror.

—Pero Teddy, no puede presentar este anuncio, hombre —dijo—. Yo lo clasificaría para mayores de dieciocho años. Jamás había visto tanta sangre.

—Pues a mí me gusta —dijo Teddy, pulsando una tecla del mando a distancia—. Una campaña de anuncios para mayores de dieciocho años. Jamás se ha hecho nada parecido.

Lo volvieron a pasar. Empezaba con el fragor de una bomba, después, varias escenas de cuarteles de la marina estadounidense; humo, escombros, caos, en Beirut, marines sacados de entre los escombros, cuerpos mutilados, una pulcra hilera de marines muertos. El presidente Reagan dirigiéndose a la prensa y jurando venganza, aunque la amenaza sonaba hueca. A continuación, la imagen de un soldado norteamericano de pie entre dos pistoleros enmascarados. Una siniestra y profunda voz en off decía: «Desde el año 1980, millares de ciudadanos estadounidenses han muerto asesinados en actos terroristas en todo el mundo.» Otra escena del estallido de una bomba, más sangre y más aturdidos supervivientes, más humo y caos. «Siempre juramos vengarnos. Siempre amenazamos con descubrir y castigar a los culpables.» Unas breves imágenes del presidente Bush prometiendo en dos ocasiones distintas acciones de represalia... Otro ataque, más cuerpos. Un terrorista junto a la portezuela de un vehículo, arrastrando fuera el cuerpo de un soldado norteamericano. El presidente Clinton, casi con lágrimas en los ojos y la voz entrecortada, decía: «No descansaremos hasta descubrir a los culpables.» Finalmente, el atractivo pero serio rostro de Aaron Lake miraba serenamente a la cámara y entraba en los hogares de los telespectadores. «El caso es que nunca emprendemos acciones de represalia. Reaccionamos con palabras, nos indignamos y amenazamos, pero, en realidad, enterramos a nuestros muertos y nos olvidamos de ellos. Los terroristas están ganando la batalla porque no tenemos el valor de responder. Cuando yo sea presidente, utilizaremos nuestras nuevas fuerzas armadas en la lucha contra el terrorismo, dondequiera que se encuentre. Ninguna muerte de un ciudadano estadounidense quedará impune, lo prometo. No seremos humillados por esos pequeños ejércitos de tres al cuarto que se ocultan en las montañas. Acabaremos con ellos.»

El anuncio duraba exactamente sesenta segundos, los costes habían sido muy bajos porque Teddy ya disponía de las filmaciones y, en un plazo de cuarenta y ocho horas, se emitiría en la franja horaria de máxima audiencia.

—No sé qué quiere que le diga, Teddy —dijo York—. Me parece horripilante.

—Vivimos en un mundo horripilante.

A Teddy le gustaba el anuncio y eso era lo único que importaba. Lake había manifestado ciertos reparos ante tanta sangre, pero enseguida lo habían convencido. Un treinta por ciento de ciudadanos sabía quién era, aunque los anuncios aún no eran del agrado del electorado.

Esperemos un poco, se repetía Teddy una y otra vez. Esperemos a que haya más cadáveres.

Trevor estaba saboreando un *latte* doble de esos que vendían en Beach Java para llevar, y dudaba sobre si añadirle un par de generosos tragos de licor Amaretto para eliminar las telarañas matinales de su cerebro cuando se recibió la llamada. Su pequeño despacho no disponía de sistema de interfono, aunque maldita la falta que le hacía. Jan le comunicaba los mensajes a grito pelado desde el pasillo y él le contestaba también a gritos cuando le daba la gana. Él y su secretaria particular llevaban ocho años chillándose mutuamente.

—¡Es un banco de las Bahamas! —anunció Jan.

Trevor estuvo a punto de derramar el café con leche cuando corrió al teléfono.

Era Britt, cuyo acento se había suavizado con el aire de las islas. Se acababa de recibir una importante transferencia de un banco de Iowa.

Hasta qué punto era importante, preguntó él, cubriéndose la boca para que Jan no le oyera.

Cien mil dólares.

Trevor colgó, añadió tres buenos tragos de Amaretto al café con leche y se bebió a sorbos la reconfortante bebida mientras sonreía como un tonto, mirando a la pared. A lo largo de su carrera jamás había cobrado unos honorarios que se acercaran ni por asomo a los treinta y tres mil dólares. Una vez había resuelto un caso de accidente de automóvil por veinticinco mil dólares, había cobrado unos honorarios de siete mil quinientos dólares y se los había pateado en un par de meses.

Jan no sabía nada acerca de la cuenta en las islas ni de la estafa que habían organizado, por lo que Trevor se vio obligado a esperar una hora, efectuar toda una serie de inútiles llamadas telefónicas y fingir estar muy ocupado antes de anunciar que tenía un asunto muy importante en Jacksonville y que más tarde lo necesitaban en Trumble. A la secretaria le dio igual. Trevor desaparecía cada dos por tres y ella tenía muchas lecturas aguardando.

El abogado se dirigió a toda prisa al aeropuerto, estuvo a punto de perder el vuelo, se bebió dos cervezas durante el viaje de media hora a Fort Lauderdale y otras dos durante el trayecto a Nassau. Una vez en tierra, se acomodó en el asiento posterior de un taxi, un Cadillac modelo 1974 pintado de oro, sin aire acondicionado y cuyo conductor también había bebido lo suyo. La atmósfera era muy cálida y húmeda, el tráfico avanzaba muy lentamente y, cuando llegaron al centro y se detuvieron cerca del Geneva Trust Bank Building, Trevor ya tenía la camisa pegada a la espalda.

Dentro, tras una prolongada espera, apareció el señor Brayshears, que acompañó a Trevor a su pequeño despacho. Allí le mostró un papel en el que figuraban los detalles: transferencia de cien mil dólares desde el First Iowa Bank de Des Moines, enviados por una entidad llamada CMT Investments. El destinatario era otra entidad genérica llamada Boomer Realty, Ltd. Justamente, *Boomer* era el nombre del perro de caza preferido de Joe Roy Spicer.

Trevor firmó los impresos necesarios para la transferencia de veinticinco mil dólares a una cuenta aparte que tenía en el Geneva Trust, donde ingresaba el dinero que ocultaba a su secretaria y a Hacienda. Los restantes ocho mil le fueron entregados en efectivo, en el interior de un grueso sobre. Se lo guardó en el bolsillo de sus pantalones caqui, estrechó la delicada mano de Brayshears y abandonó a toda prisa el edificio. Sintió la tentación de quedarse un par de días, buscarse una habitación en un hotel a primera línea de mar, tumbarse junto a la piscina y pasarse las horas muertas bebiendo ron hasta que se negaran a servirle más. La tentación era tan poderosa que estuvo a punto de dar media vuelta al llegar al aeropuerto y correr a tomar otro taxi para regresar a la ciudad. Sin embargo, meditó la cuestión y esta vez decidió no despilfarrar el dinero.

Dos horas después se encontraba de nuevo en el aeropuerto de Jacksonville, haciendo planes mientras se bebía un café bien cargado para despejarse. Se dirigió a Trumble, llegó allí a las cuatro y media y tuvo que pasarse casi media hora esperando a Spicer.

—Qué agradable sorpresa —dijo secamente Spicer al entrar en la sala de los abogados.

Trevor no llevaba ninguna cartera de documentos, por lo que el guardia no tuvo que inspeccionar nada y se limitó a darle unas palmadas en los bolsillos antes de abandonar la estancia. El dinero en efectivo estaba muy bien escondido debajo de la alfombrilla de su Escarabajo.

—Hemos recibido cien mil dólares de Iowa —anunció Trevor, mirando al suelo.

De repente, Spicer se alegró de ver a su abogado. Le había molestado que Trevor hubiese utilizado el plural y le molestaba la elevada comisión que cobraría. Sin embargo, la estafa no se hubiera podido realizar sin la ayuda exterior y, como de costumbre, el abogado era un mal necesario. De momento, podían fiarse de Trevor.

—¿Está en las Bahamas?

—Sí. Lo acabo de dejar allí. El dinero está muy bien guardado, sesenta y siete mil dólares, ni uno más ni uno menos.

Spicer respiró hondo y saboreó la victoria. Le correspondía un tercio del botín, veintidós mil dólares y pico. ¡Ya era hora de mandar unas cuantas cartas más!

Se introdujo la mano en el bolsillo de su camisa verde aceituna, del uniforme de la cárcel, y sacó un recorte doblado de periódico. Extendió los brazos, lo estudió un instante y dijo:

—El equipo de Duke juega en la pista del Tech esta noche. Apuesta cinco mil dólares a que el Tech gana o pierde por menos de once.

—¿Cinco mil?

—Sí.

—Yo nunca he apostado cinco mil en ningún partido.

—¿Qué clase de corredor de apuestas tienes?

—Una mierda de corredor.

—Mira, si es un corredor, sabrá cómo actuar. Ponte en contacto con él en cuanto puedas. A lo mejor tendrá que llamar a unas cuantas personas, pero podrá hacerlo.

—Bueno, de acuerdo.

—¿Puedes volver aquí mañana?

—Probablemente, sí.

—¿Cuántos clientes te han pagado treinta y tres mil dólares?

—Ninguno.

—¿Lo ves?, o sea que ven mañana a las cuatro. Te tendré preparadas unas cartas.

Spicer abandonó a toda prisa el edificio de la administración de la cárcel, limitándose a saludar con un movimiento de la cabeza al guardia que se encontraba junto a una ventana. Cruzó con determinación el cuidado césped mientras el sol de Florida calentaba la acera que rodeaba el edificio, a pesar de que estaban en febrero. Sus compañeros se hallaban enfrascados en sus tranquilas tareas de la biblioteca jurídica, solos como siempre, por lo que Spicer no dudó en anunciarles:

—¡Ya tenemos los cien mil del viejo Quince de Iowa!

Las manos de Beech se quedaron paralizadas sobre el teclado. Éste miró por encima de sus gafas de lectura boquiabierto de asombro, y consiguió preguntar:

—¿Estás de broma?

—No. Acabo de hablar con Trevor. El dinero se ha transferido según las instrucciones y ha llegado a las Bahamas esta mañana. Nuestro pequeño Quincy lo ha conseguido.

—Volvamos a desplumarlo —intervino Yarber antes de que los demás tuvieran tiempo de pensarlo.

—¿A Quince?

—Pues claro. Los primeros cien han sido muy fáciles. Vamos a seguir exprimiéndolo. ¿Qué perdemos con ello?

—Nada en absoluto —dijo Spicer, sonriendo. Sólo deseaba haberlo propuesto él en primer lugar.

—¿Cuánto? —preguntó Beech.

—Probemos con cincuenta —contestó Yarber, inventándose las cantidades como si todo fuera posible.

Los otros dos asintieron con un gesto, pensando en los siguientes cincuenta mil. Después Spicer asumió el liderazgo de la situación.

—Vamos a organizarnos. Creo que Curtis, el de Dallas, ya está a punto de caramelo. Volveremos a exprimir a Quince. La cosa está dando resultado y creo que tendríamos que cambiar de estrategia y mostrarnos un poco más agresivos, no sé si me explico. Analicemos uno por uno a nuestros amigos epistolares y vayamos intensificando la presión.

Beech se apartó del ordenador y alargó la mano hacia una carpeta. Yarber empezó a ordenar su escritorio. Su pequeña estafa siguiendo el modelo de Angola acababa de recibir una nueva inyección de fondos y el aroma del dinero mal adquirido resultaba embriagador.

Volvieron a leer todas las cartas antiguas y empezaron a redactar otras nuevas. Llegaron a la rápida conclusión de que necesitaban más víctimas. Insertarían más anuncios en las últimas páginas de aquellas revistas.

Trevor consiguió llegar hasta el Pete's Bar and Grill justo a tiempo para la *happy hour*, que en Pete's empezaba a las cinco de la tarde y duraba hasta el primer altercado. Encontró a Prep, un estudiante de segundo año de carrera de treinta y dos años, jugando a billar a veinte dólares la partida. Los fondos cada vez más menguados de Prep habían obligado al abogado de su familia a pasarle una asignación de dos mil dólares mensuales, siempre y cuando siguiera matriculado en la universidad como estudiante en régimen de plena dedicación. Prep era también el corredor de apuestas más ocupado de Pete's, y cuando Trevor le dijo que deseaba apostar un montón de dinero en el partido de baloncesto entre Duke y el Tech, preguntó:

—¿Cuánto?

—Quince mil dólares —contestó Trevor, tragándose de golpe la cerveza.

—¿Hablas en serio? —preguntó Prep, aplicando tiza al taco mientras miraba alrededor de la mesa envuelta en humo de tabaco.

Trevor jamás había apostado más de cien dólares en ningún partido.

—Sí.

Otro trago directamente de la botella. Intuía que tendría suerte. Si Spicer tenía el valor de jugarse cinco mil dólares, él duplicaría la apuesta. Acababa de ganar treinta y tres mil dólares libres de impuestos. ¿Qué más daba que perdiera diez mil? De todos modos, era lo que le hubiera correspondido a Hacienda.

—Tengo que hacer una llamada —dijo Prep, al tiempo que sacaba el móvil.

—Date prisa. El partido empieza dentro de media hora.

El barman era un sujeto de la zona que, a pesar de no haber salido jamás del estado de Florida, tenía una desmedida afición al fútbol australiano. La televisión estaba transmitiendo un partido de las antípodas y Trevor tuvo que entregarle veinte dólares para que cambiara de canal y pusiera el que transmitía los partidos de baloncesto universitario.

Con una apuesta de quince mil dólares por el Georgia Tech, no era posible que Duke no hubiera fallado ni un solo enceste, por lo menos, en la primera mitad. Trevor pidió una bolsa de patatas fritas y empezó a trasegar una botella de cerveza tras otra, procurando no prestar la menor atención a Prep, quien lo observaba todo en silencio, de pie en un oscuro rincón junto a la mesa de billar.

En la segunda mitad, Trevor estuvo a punto de sobornar de nuevo al barman para que volviera al partido de fútbol australiano. Estaba cada vez más borracho y, cuando sólo faltaban diez minutos para el final del encuentro, empezó a maldecir en voz alta a Joe Roy Spicer sin importarle quién le oyera. ¿Qué sabría aquel palurdo de baloncesto universitario? Duke ganaba por veinte puntos cuando sólo faltaban nueve minutos para el final, pero el escolta del Tech empezó a animarse y clavó cuatro triples seguidos.

Faltaba sólo un minuto para el final y el partido estaba empatado. Había superado la diferencia. Pagó la cuenta, le entregó al barman una propina de cien dólares y, antes de salir, le dirigió a Prep un saludo de enteradillo que éste respondió levantando el dedo corazón.

En la fría oscuridad, Trevor bajó por Atlantic Boulevard lejos de las luces, pasando por delante de las baratas y apiñadas casas de alquiler de vacaciones, y de las pequeñas y cuidadas viviendas de jubilados con sus impecables céspedes y sus muros recién pintados, y bajó los gastados peldaños de madera que conducían a la playa, donde se quitó los zapatos y empezó a pasear por la orilla. La temperatura era de unos ocho grados, nada insólito en febrero en Jacksonville, por lo que no tardó en sentir los pies húmedos y fríos.

Aunque apenas notaba la incomodidad... Cuarenta y tres mil dólares libres de impuestos en un solo día, todos ellos a escondidas del Estado. El año anterior había ganado veintiocho mil dólares después de pagar los impuestos y eso que no había parado de trabajar, bregando con los clientes demasiado pobres o demasiado tacaños como para pagar, luchando con los corredores de fincas de tres al cuarto y los banqueros, discutiendo con su secretaria y procurando buscar todos los atajos posibles para pagar menos a Hacienda.

Ah, la emoción del dinero fácil. Al principio, la pequeña estafa de la Hermandad le había inspirado cierto recelo, pero en ese momento la idea le parecía genial. Chantajear a los que no podían protestar. Brillante.

A la vista de los resultados, él sabía que Spicer aumentaría la presión. Las cartas se multiplicarían, las visitas a Trumble menudearían. Qué demonios, no le importaría trasladarse allí a diario, introducir y sacar cartas de tapadillo y sobornar a los guardias.

Chapoteó con los pies en el agua mientras el viento empezaba a soplar cada vez con más intensidad y las olas se acercaban rugiendo a la orilla.

Pero todavía mejor se le antojaba la idea de chantajear a los chantajistas, unos estafadores condenados por los tribunales que en modo alguno podrían tomar represalias. La idea era tan perversa que casi se avergonzaba de ella, pero no cabía duda de su indiscutible validez. Se mantendrían abiertas todas las alternativas. ¿Desde cuándo los ladrones destacaban por su honradez?

Necesitaba un millón de dólares, ni más ni menos. Había realizado los cálculos infinidad de veces mientras se dirigía en su automóvil a Trumble, mientras bebía cerveza en el Pete's o permanecía sentado en su despacho con la puerta cerrada. Un cochino millón de dólares para cerrar su miserable despacho de mierda, devolver la licencia de abogado, comprarse una embarcación de vela y pasarse toda una eternidad navegando por el Caribe.

Estaba más cerca que nunca de conseguirlo.

El juez Spicer dio otra vuelta en la litera de abajo. El sueño era una dádiva muy insólita en aquella estancia, tumbado en su minúsculo camastro mientras un pequeño y maloliente compañero de habitación llamado Alvin roncaba por encima de él. Alvin se había pasado varias décadas vagabundeando por toda Norteamérica, pero, en los últimos tiempos, se había hartado de ser mendigo y solía pasar hambre. Su delito había sido atracar a un cartero rural en Oklahoma. Él mismo había facilitado su propia detención, entrando en la delegación del FBI en Tulsa y declarando: «He sido yo.» El FBI dedicó seis horas a tratar de quitarse de encima el delito. Hasta el juez se percató de que Alvin lo había planeado todo. Aquel tipo quería dormir en una cárcel federal y no en una cárcel del estado, de eso ni hablar.

El sueño tardaba en llegar más que de costumbre porque a Spicer le preocupaba el tema del abogado. Ahora que la estafa ya estaba en marcha, habría un montón de dinero rondando por ahí. Y mucho más ya en camino. Cuanto más dinero recibiera Boomer Realty en las Bahamas, tanta mayor sería la tentación de Trevor. Él y sólo él les podía robar el botín y marcharse tan campante.

Sin embargo, la estafa sólo era factible con la ayuda de un cómplice exterior. Alguien tenía que introducir y sacar a escondidas la correspondencia. Alguien había de cobrar el dinero.

Tenía que haber algún medio de prescindir del abogado y Joe Roy estaba firmemente decidido a encontrarlo. No le importaba pasarse un mes sin pegar ojo. Ningún picapleitos de mierda se iba a quedar con un tercio de su dinero y a robarle después el resto.

9

El Comité de Acción Política de Defensa, el CAP-D, tal como inmediatamente se dio a conocer por doquier, hizo su clamorosa entrada en el sombrío y corrupto mundo de las finanzas políticas. Jamás en la historia política reciente había habido un comité de acción política que hubiera gozado de un respaldo tan poderoso.

La semilla inicial del dinero la había sembrado un financiero de Chicago llamado Mitzger, un ciudadano con doble nacionalidad estadounidense e israelí. Éste había aportado el primer millón, que había durado aproximadamente una semana. Otros acaudalados judíos habían sido atraídos rápidamente a la causa, pero sus personalidades se escondían detrás de las empresas y las cuentas bancarias de los paraísos fiscales. Teddy Maynard era consciente de los peligros que hubiera entrañado el hecho de que un grupo de millonarios judíos aportara abiertamente dinero de forma organizada a la campaña de Lake. De ahí que hubiera dejado en manos de unos viejos amigos suyos de Tel Aviv la administración del dinero en Nueva York.

Mitzger era un liberal en materia política, pero, para él, nada podía ser más importante que la seguridad de Israel. Aaron Lake se mostraba excesivamente moderado en cuestiones sociales, pero también se tomaba muy en serio el tema de las fuerzas armadas. La estabilidad de

Oriente Próximo dependía de que Estados Unidos fuera una nación fuerte, por lo menos a juicio de Mitzger.

Alquiló una suite en el Willard del distrito de Columbia, y a las doce del día siguiente ya había alquilado toda una planta de un edificio comercial cerca del Aeropuerto Internacional Dulles. Sus colaboradores de Chicago trabajaron durante veinticuatro horas seguidas resolviendo toda la miríada de detalles necesarios para poder equipar en tan breve lapso mil quinientos metros cuadrados de superficie con la tecnología más moderna. A las seis de la mañana desayunó con Elaine Tyner, una abogada y miembro de un destacado grupo de presión, perteneciente a un gran bufete jurídico de Washington que ella misma había levantado con su férrea voluntad y sus numerosos clientes del sector del petróleo. Tenía sesenta años y estaba considerada la persona más influyente de la ciudad. Mientras tomaban unos bollos y un zumo de naranja, Tyner accedió a representar al CAP-D a cambio de un anticipo de quinientos mil dólares. Su bufete enviaría inmediatamente a veinte abogados y otros tantos administrativos a la nueva sede del CAP-D, donde uno de sus socios asumiría el mando. Una sección se dedicaría exclusivamente a la recogida de fondos, mientras que otra analizaría el apoyo del Congreso a Lake y, poco a poco, iniciaría el delicado proceso de obtener el respaldo de senadores, representantes e incluso gobernadores. La tarea no sería nada fácil, pues casi todos ellos ya estaban comprometidos con otros candidatos. Una tercera sección se dedicaría exclusivamente a investigación: armamento, costes, nuevos aparatos y dispositivos, armas futuristas, innovaciones rusas y chinas... cualquier cuestión que el candidato Lake necesitara saber.

La propia Tyner se encargaría de obtener fondos de gobiernos extranjeros, una de sus especialidades. Mantenía estrechos vínculos con las autoridades de Corea del Sur, cuyos intereses llevaba una década representando en Washington. Conocía a diplomáticos, hombres de negocios y peces gordos de todo tipo. Pocos países podían dormir más tranquilos que Corea del Sur al contar con el apoyo de unas fuerzas armadas norteamericanas renovadas.

—Estoy segura de que podremos sacarles por lo menos cinco millones de dólares —declaró en tono confiado—. Inicialmente, por lo menos.

Elaboró mentalmente una lista de veinte empresas británicas y francesas, una cuarta parte de cuyas ventas anuales correspondía al Pentágono. Empezaría a trabajar con ellas inmediatamente. Tyner era en aquellos momentos la encarnación del típico abogado de Washington. Llevaba quince años sin pisar una sala de justicia y todos los acontecimientos mundiales más importantes que tenían su origen en los confines de la carretera de circunvalación la afectaban en mayor o menor medida.

Se enfrentaba a un desafío sin precedentes: la elección de un ignoto candidato de última hora cuyo nombre, de momento, era conocido por un treinta por ciento del electorado, un doce por ciento del cual se mostraba de acuerdo con sus planteamientos. Sin embargo, a diferencia de otras estrellas fugaces que aparecían y se desvanecían en el firmamento político, este candidato a la presidencia disponía de unas cantidades de dinero aparentemente ilimitadas. Tyner había recibido en multitud de ocasiones generosas remuneraciones para que propiciara la elección o la derrota de montones de políticos y estaba plenamente convencida de que el dinero siempre acababa venciendo. Con dinero, era capaz de conseguir la elección o la derrota de cualquiera.

Durante su primera semana de existencia, el CAP-D hizo gala de una energía desbordante. La sede estaba abierta las veinticuatro horas del día y los colaboradores de Tyner habían sentado allí sus reales para iniciar la ofensiva. Los que se dedicaban a la recaudación de dinero elaboraron en sus ordenadores una impresionante lista de trescientos diez mil trabajadores contratados por horas en industrias de armamento y afines, e inmediatamente empezaron a ejercer presión sobre ellos en demanda de dinero. En otra lista figuraban los nombres de veintiocho mil administrativos de industrias de armamento que ganaban más de cincuenta mil dólares anuales. A éstos se les dirigió otra clase de ruego.

Los asesores del CAP-D identificaron a los cincuenta miembros del Congreso en cuyos distritos había más puestos de trabajo relacionados con la industria de armamento. Treinta y siete de ellos optaban a la reelección, lo cual facilitaría la tarea. EL CAP-D buscaría el apoyo popular, el de los trabajadores de la industria de armamento y sus jefes, y organizaría una campaña telefónica generalizada en apoyo de Aaron Lake y en favor de un aumento de los gastos de defensa. Seis senadores de estados estrechamente vinculados a la industria armamentista habían tropezado con una dura oposición en noviembre, y Elaine Tyner había previsto reunirse con cada uno de ellos para compartir un almuerzo.

En Washington no suelen pasar inadvertidas tan elevadas sumas de dinero. Un novato congresista de Kentucky, uno de los más insignificantes de entre los cuatrocientos treinta y cinco que formaban la Cámara, estaba buscando desesperadamente fondos para luchar contra una campaña aparentemente ya perdida en su distrito. Nadie había oído hablar del pobre chico. Se había pasado los primeros dos años en el Congreso sin abrir la boca y ahora sus adversarios del distrito habían encontrado a un oponente de talla. Nadie le daría ni un centavo. Había oído rumores y localizó a Elaine Tyner. La conversación entre ambos se desarrolló más o menos de la manera siguiente:

—¿Cuánto dinero necesita? —le preguntó Elaine.

—Cien mil dólares.

Lo expuso casi con miedo, pero ella ni siquiera parpadeó.

—¿Puede apoyar a Aaron Lake en su carrera hacia la presidencia?

—Apoyaré a cualquiera siempre que el precio sea adecuado.

—Muy bien. Nosotros aportaremos doscientos mil dólares y dirigiremos su campaña.

—Lo dejo enteramente en sus manos.

No todo resultó tan fácil, pero el CAP-D consiguió ocho elementos de apoyo en sus primeros días de existencia. Todos ellos eran congresistas poco importantes que habían colaborado con Lake y le tenían simpatía. La estrategia era reunirlos a todos delante de las cámaras una o dos semanas antes del gran «Supermartes», 7 de marzo. Cuantos más, mejor.

Sin embargo, casi todos ellos ya se habían comprometido con otros candidatos.

Tyner se reunió a toda prisa con ellos, hasta el punto que llegó a tener tres almuerzos de trabajo al día, todo ello a cuenta del CAP-D. Su objetivo era conseguir que toda la ciudad se enterara de la llegada de su nuevo cliente, quien disponía de elevadas sumas de dinero y montaba un caballo desconocido que muy pronto adelantaría a todos los demás. En una ciudad donde los rumores eran una industria de por sí, no tuvo la menor dificultad en difundir su mensaje.

La mujer de Finn Yarber se presentó sin previo aviso en Trumble, su primera visita en diez meses. Calzaba unas gastadas sandalias de cuero, lucía una manchada falda de tela vaquera, una holgada blusa adornada con abalorios y plumas de ave, y toda suerte de adornos hippies alrededor del cuello, las muñecas y el pelo. Llevaba el cabello cortado a cepillo y las axilas sin depilar, y su aspecto seguía siendo el de la cansada y exhausta refugiada de los años sesenta que, en realidad, jamás había dejado de ser. Finn no se alegró en absoluto cuando le anunciaron que su mujer lo esperaba en la parte anterior del edificio de la cárcel.

Se llamaba Carmen Topolski-Yocoby, un nombre muy complicado que ella había utilizado como arma durante buena parte de su vida de adulta. Era una abogada feminista radical de Oakland especializada en la defensa de las lesbianas que presentaban denuncias por acoso sexual en sus puestos de trabajo. Por consiguiente, todas sus clientes eran mujeres indignadas que se enfrentaban a unos patronos indignados. Su trabajo era una auténtica putada.

Llevaba treinta años casada con Finn... casada, aunque no siempre había convivido con él. Él había estado con otras mujeres y ella con otros hombres. En cierta ocasión, en su época de recién casados, habían vivido en una casa llena de gente, donde las parejas cambiaban cada semana. Ambos iban y venían. Durante seis años habían seguido una caótica monogamia y habían tenido dos hijos, ninguno de los cuales valía para gran cosa.

Se habían conocido en los campos de batalla de Berkeley en 1965, cuando ambos protestaban contra la guerra y otras lacras, estudiaban Derecho y estaban comprometidos con el elevado campo moral de los cambios sociales. Buscaban con denuedo el apoyo de los votantes.

Luchaban por la dignidad de los trabajadores inmigrantes. Habían sido detenidos durante la ofensiva del Tet en Vietnam. Se encadenaban a las secuoyas. Combatían la cristianización de las escuelas. Presentaban querellas en favor de las ballenas. Participaban en las manifestaciones de San Francisco en defensa de todas las causas.

También bebían sin medida, asistían con entusiasmo a toda clase de fiestas y disfrutaban de la cultura de la droga; entraban y salían, se acostaban por ahí con quien les apetecía y todo les parecía de maravilla, pues eran ellos los que definían su propia moralidad. Qué demonios, luchaban en favor de los mexicanos y de las secuoyas, ¿qué más se podía pedir? ¡Tenían que ser necesariamente buenas personas!

Sin embargo, ya estaba harto.

Ella se avergonzaba de que su marido, un hombre brillante que había tenido un tropiezo en su camino hacia el Tribunal Supremo de California, estuviera ahora encerrado en una cárcel federal. Por su parte, él se alegraba de que la cárcel estuviera en Florida y no en California, de lo contrario, tal vez ella lo hubiera visitado más a menudo. Aunque al principio lo recluyeron en un centro cerca de Bakersfield, no tardó en conseguir que lo trasladaran a otro sitio.

Jamás se escribían ni se llamaban. Ella estaba de paso porque tenía una hermana en Miami.

—Qué bronceado tan favorecedor —comentó ella—. Tienes muy buen aspecto.

Pues tú te estás arrugando como una ciruela pasa, pensó él. Qué barbaridad, qué aspecto tan avejentado y cansado tenía.

—¿Qué tal te va la vida? —le preguntó sin que, en realidad, le importara.

—Estoy muy ocupada. Trabajo mucho.

—Eso es bueno.

Era bueno que trabajara y se ganara la vida, algo que sólo había hecho muy de vez en cuando a lo largo de los años. A Finn le quedaban cinco años para poder sacudirse el polvo de Trumble de sus resecos y descalzos pies. No tenía la menor intención de regresar junto a su mujer ni a California. Si lograba sobrevivir, cosa que cada día se le antojaba más difícil, saldría de allí a los sesenta y cinco años. Su sueño era encontrar un lugar donde ni Hacienda ni el FBI ni ninguna de aquellas amenazadoras organizaciones del Estado tuviera la menor jurisdicción. Finn aborrecía tanto su país que tenía previsto renunciar a su nacionalidad y buscarse cualquier otra.

—¿Sigues bebiendo? —le preguntó a su mujer.

Él no, claro, aunque de vez en cuando conseguía que algún guardia le facilitara un poco de hierba.

—Sigo sin beber, pero gracias por preguntármelo.

Todas las preguntas eran mordaces y todas las respuestas tenían un tono similar. Finn se estaba preguntando en serio la razón de aquella visita, y no tardó en averiguarla.

—He venido a pedirte el divorcio —le anunció.

Él se encogió de hombros como diciendo: «¿Qué más da?»

—Seguramente no es mala idea —se limitó a responder, en cambio.

—He encontrado a otra persona —le explicó ella.

—¿Hombre o mujer? —preguntó él, más que nada por curiosidad. Ya nada le extrañaba.

—Un hombre más joven.

Finn volvió a encogerse de hombros.

—Adelante, hija. No será el primero —le dijo casi en un susurro.

—No empecemos —replicó ella.

129

Bien por Finn. Siempre había admirado la desbordante sexualidad de su mujer y su incansable vigor, pero le costaba imaginarse a aquella vieja dedicándose a determinadas actividades con regularidad.

—Si me traes los documentos, te los firmaré —le dijo.

—Los recibirás dentro de una semana. Será una separación muy sencilla porque últimamente apenas hemos compartido nada.

En el punto culminante de su carrera hacia el poder, el juez Yarber y la señora Topolski-Jocoby habían solicitado conjuntamente una hipoteca para la adquisición de una casa en la zona del puerto deportivo de San Francisco. El documento, debidamente expurgado de tal forma que no contuviera el menor rastro de patrioterismo, sexismo, racismo o discriminación por edad y cuidadosamente redactado por unos aterrorizados abogados californianos que temían ser denunciados por algún alma ofendida, revelaba una diferencia de casi un millón de dólares entre el activo y el pasivo.

Aunque en realidad aquella suma no le importaba a ninguno de ellos. Estaban demasiado ocupados luchando contra los intereses de las empresas madereras y los agricultores sin escrúpulos, etc. En realidad, se habían enorgullecido de ser tan pobres.

En California, el régimen de gananciales aseguraba el reparto equitativo de los bienes. El proceso de divorcio sería sencillo por muchos motivos.

Había uno que Finn jamás mencionaría. La estafa Angola estaba generando dinero, sucio y oculto, lejos del alcance de cualquier voraz organismo. Doña Carmen jamás se enteraría de su existencia.

Finn ignoraba si habría alguna manera de que el largo brazo de la ley matrimonial llegara hasta una cuenta bancaria secreta en las Bahamas, pero no tenía la menor intención de averiguarlo. Cuando le entregaran los documentos, estaría encantado de firmarlos.

Ambos consiguieron mantener una charla de unos cuantos minutos acerca de los viejos amigos, una conversación bastante breve, por cierto, pues casi todas sus amistades habían desaparecido. Cuando se despidieron, lo hicieron sin tristeza ni remordimiento. Su matrimonio se había acabado hacía mucho tiempo, y ellos se alegraban de que así hubiera sido.

Él le deseó suerte sin darle tan siquiera un abrazo de despedida y regresó a la pista de atletismo, donde se quitó la ropa hasta quedarse en calzoncillos y se pasó una hora caminando bajo el sol.

10

Lufkin estaba terminando su segundo día de estancia en El Cairo con una cena en la terraza de un café de Shari' el-Corniche, en la zona de la llamada Ciudad Jardín. Se tomó un café muy cargado y contempló a los comerciantes que cerraban sus tiendas... Vendían alfombras, cacharros de cobre, bolsas de cuero y lencería de lino de Pakistán..., todo para los turistas. A menos de seis metros de distancia, un anciano vendedor ambulante desmontó cuidadosamente su puesto y abandonó el lugar sin dejar la menor huella.

Lufkin interpretaba muy bien su papel de árabe moderno: pantalones blancos, chaqueta clara color caqui y un blanco sombrero de ala flexible muy encasquetado sobre los ojos. Contemplaba el mundo desde detrás de sus gafas de sol. Tenía el rostro y los brazos muy bronceados y llevaba el cabello oscuro muy corto.

Hablaba perfectamente el árabe y se movía con toda soltura de Beirut a Damasco y El Cairo.

Había alquilado una habitación en el hotel El-Nil, a orillas del Nilo, a seis apiñadas manzanas de distancia. Mientras paseaba por la ciudad, de pronto se le acercó un alto y delgado extranjero de porte aristocrático que hablaba inglés con cierta dificultad. Ambos se conocían lo bastante como para confiar el uno en el otro y reanudaron el paseo como si tal cosa.

—Creemos que ésta será la noche —dijo el contacto, con los ojos protegidos también por unas gafas de sol.

—Siga.

—Hay una recepción en la embajada.

—Lo sé.

—Sí, un buen decorado. Mucho tráfico. La bomba estará en una furgoneta.

—¿Qué clase de furgoneta?

—No lo sabemos.

—¿Algo más?

—No —dijo el hombre, que acto seguido se perdió entre la muchedumbre.

Lufkin se bebió una Pepsi en el bar de un hotel y estuvo a punto de llamar a Teddy. Sin embargo, hacía cuatro días que le había visto en Langley y Teddy no había vuelto a establecer contacto con él. Había ocurrido lo mismo otras veces. Teddy no pensaba intervenir. Últimamente El Cairo se había convertido en un lugar peligroso para los occidentales y nadie hubiera podido reprochar a la CIA que no impidiera el ataque. Se producirían las habituales acusaciones y declaraciones, pero el terror sería rápidamente empujado hacia las profundidades de la memoria nacional y posteriormente olvidado. Tenían una campaña entre manos y, de todos modos, el mundo se movía a gran velocidad. Con tantos ataques, asaltos y absurda violencia no sólo dentro de las fronteras, sino también en el extranjero, el pueblo norteamericano se había insensibilizado. Noticias las veinticuatro horas del día, constantes puntos conflictivos, siempre una crisis en algún lugar del mundo. Reportajes de última hora, un sobresalto por aquí y otro por allá hasta que, al final, uno se veía incapaz de seguir el ritmo de los acontecimientos.

Lufkin abandonó el bar y se dirigió a su habitación.

Desde su ventana del cuarto piso la ciudad se extendía interminablemente, construida a lo largo de los siglos sin orden ni concierto. El tejado de la embajada norteamericana se encontraba directamente delante de él, a un kilómetro y medio de distancia.

Abrió un libro de bolsillo de Louis L'Amour y esperó el comienzo de los fuegos artificiales.

La furgoneta era una Volvo de dos toneladas cargada hasta los topes con mil doscientos kilos de explosivos plásticos fabricados en Rumania. Su portezuela anunciaba alegremente los servicios de una conocida empresa de *catering* de la ciudad que solía visitar casi todas las embajadas occidentales. Estaba aparcada cerca de la entrada de servicio, ubicada en el sótano.

El conductor de la furgoneta era un corpulento y jovial egipcio, a quien los marines que custodiaban la embajada norteamericana llamaban Shake. El hombre pasaba a menudo por allí yendo y viniendo de los acontecimientos sociales con comida y provisiones. En ese momento Shake yacía muerto en el suelo de su furgoneta, con una bala alojada en el cerebro. A las diez y veinte se activó la bomba mediante un mando a distancia, accionado por un terrorista oculto en la otra acera. Tras pulsar los botones correspondientes, éste se agachó detrás de un automóvil, sin atreverse a mirar.

La explosión arrancó por la base las columnas que sustentaban el edificio y la embajada se inclinó hacia un lado. Llovieron cascotes a varias manzanas de distancia. Casi todos los edificios cercanos sufrieron daños estructurales y estallaron los cristales de todas las ventanas en un radio de quinientos metros.

Lufkin se había quedado adormilado en su sillón

cuando se produjo la explosión. Se levantó de un salto, se acercó al estrecho balcón y contempló la nube de polvo. El tejado de la embajada ya no resultaba visible. En cuestión de segundos se alzaron unas llamas y empezaron a oírse los interminables aullidos de las sirenas. Lufkin apoyó el sillón contra la barandilla del balcón y se sentó, dispuesto a esperar. No podría dormir. Seis minutos después de la deflagración, se interrumpió el fluido eléctrico en la Ciudad Jardín y El Cairo quedó a oscuras, exceptuando el resplandor anaranjado de la embajada estadounidense.

Llamó a Teddy.

Cuando el técnico encargado de proteger a Teddy confirmó a Lufkin que la línea era segura, se oyó la voz del viejo con tanta claridad como si ambos estuvieran hablando entre Nueva York y Boston.

—Sí, Maynard al habla.

—Estoy en El Cairo, Teddy. En estos momentos nuestra embajada está desapareciendo entre el humo.

—¿Cuándo ha ocurrido?

—Hace menos de diez minutos.

—¿Ha sido muy grande la...?

—Resulta difícil decirlo. Me encuentro en un hotel, a un kilómetro y medio de distancia. Impresionante, diría yo.

—Llámeme dentro de una hora. Esta noche yo me quedaré aquí, en mi despacho.

—Muy bien.

Teddy se acercó con su silla de ruedas a un ordenador, pulsó unas cuantas teclas y, en cuestión de segundos, localizó a Aaron Lake. El candidato se encontraba de camino entre Filadelfia y Atlanta, a bordo de su flamante y

135

reluciente avión. Lake llevaba un teléfono en el bolsillo, una segura unidad digital del tamaño de un encendedor.

Teddy marcó más números, llamó al teléfono y se dirigió al monitor.

—Señor Lake, soy Teddy Maynard.

Quién más hubiera podido ser, pensó Lake. Nadie más estaba en disposición de utilizar aquel teléfono.

—¿Está usted solo? —preguntó Maynard.

—Un momento.

Teddy esperó y después se oyó de nuevo la voz.

—Ahora estoy en la cocina —dijo Lake.

—¿Su nave dispone de cocina?

—Sí, una pequeña cocina. Es un aparato muy bonito, señor Maynard.

—Bien. Mire, siento molestarlo, pero acabo de recibir una noticia. Han hecho estallar una bomba en la embajada estadounidense en El Cairo hace un cuarto de hora.

—¿Quién ha sido?

—Eso no lo pregunté.

—Perdón.

—La prensa lo acosará. Dedique unos momentos a preparar unos cuantos comentarios. Será un buen momento para expresar preocupación por las víctimas y sus familiares. No se extienda demasiado en política, pero mantenga una línea dura. Ahora sus anuncios han resultado ser proféticos y sus palabras se repetirán muchas veces.

—Ahora mismo me pongo en ello.

—Llámeme cuando llegue a Atlanta.

—No se preocupe.

Cuarenta minutos después, Lake y su grupo aterrizaron en Atlanta. La prensa había sido debidamente informada de su llegada y, con el revuelo que se había armado en El Cairo, un numeroso grupo aguardaba al candidato. Aún no se habían recibido imágenes en directo de la embajada, pero varias agencias de noticias ya hablaban de los «centenares» de muertos que se habían producido.

En la pequeña terminal destinada a los vuelos privados, Lake compareció ante un ansioso grupo de periodistas, algunos con cámaras y micrófonos, otros con pequeños magnetófonos y otros con simples cuadernos de apuntes. Habló en tono solemne y sin utilizar notas:

—En este momento, tenemos que rezar por los que han resultado heridos y muertos en este acto bélico. Nuestros pensamientos y nuestras plegarias están con ellos y con sus familias, así como con los equipos de rescate. No quisiera politizar este suceso, pero sí diré que es absurdo que este país tenga que sufrir una vez más a manos de unos terroristas. Cuando yo sea presidente, ninguna vida norteamericana desaparecerá sin explicación. Utilizaré nuestro nuevo poder militar para localizar y aniquilar cualquier grupo terrorista que ataque a ciudadanos estadounidenses inocentes. Eso es todo lo que tengo que decir.

Se retiró sin prestar atención a los gritos y las preguntas de la jauría de reporteros.

Brillante, pensó Teddy, contemplando la escena en directo desde su búnker. ¡Soberbio! Se felicitó de nuevo a sí mismo por haber elegido a un candidato tan maravilloso.

Cuando Lufkin volvió a llamar, ya era pasada la medianoche en El Cairo. Por fin se habían extinguido los incendios y estaban sacando los cuerpos tan rápido como era posible. Muchos cadáveres habían quedado sepultados bajo los escombros. Él se encontraba a una manzana de distancia, detrás de una barricada del ejército, contemplando aquel horror rodeado por miles de personas.

La escena era caótica, el aire estaba saturado de humo y polvo. Lufkin había contemplado los efectos de muchas bombas a lo largo de su carrera, pero lo de allí era muy grave, según describió. Teddy se desplazó en su silla de ruedas y se llenó otra taza de café descafeinado. Los siniestros anuncios de Lake aparecerían en la franja horaria de mayor audiencia. Aquella misma noche la campaña invertiría tres millones de dólares en un diluvio de temor y apocalíptica desesperación que se extendería de costa a costa. Los anuncios aparecerían al día siguiente y se advertiría de antemano a los telespectadores. Por respeto a los muertos y a sus familias, la campaña de Lake suspendería provisionalmente sus profecías. Como era de esperar, las opiniones favorables al candidato Lake subieron como la espuma. Faltaba menos de una semana para las primarias de Arizona y Michigan.

Las primeras imágenes que se recibieron de El Cairo fueron las de un acosado reportero situado de espaldas a una barricada del ejército, vigilado por unos soldados de rostro ceñudo que podían abrir fuego contra él en cualquier momento si trataba de acercarse. Se oían sirenas por todas partes y se veían disparos de flashes. Sin embargo, el reportero no sabía casi nada. Una bomba de gran potencia había estallado en la embajada a las diez y media de la noche, cuando estaba a punto de comenzar una recepción; se ignoraba el número de bajas, aunque sin duda serían muchas, aseguraba el periodista. La zona había sido acordonada por el ejército y, como medida de precaución, se había cerrado el espacio aéreo, por lo que, lamentablemente, no se podrían obtener imágenes desde un helicóptero. De momento, nadie se había atribuido la responsabilidad del atentado, aunque, por si acaso, él mencionaba los nombres de tres grupos radicales que solían ser sospechosos.

—Podría ser alguno de estos tres o bien otro —decía el reportero, tratando de aportar alguna explicación.

No habiendo ninguna posibilidad de filmar la carnicería y puesto que ya no tenía nada más que añadir, el corresponsal se dedicó a comentar lo peligroso que estaba resultando Oriente Próximo, ¡como si eso fuera una novedad y él estuviera allí para informar acerca de aquel hecho!

Lufkin llamó sobre las ocho de la mañana, hora del distrito de Columbia, para poner en conocimiento de Teddy que no habían localizado al embajador estadounidense en Egipto y que se temía que se encontrara sepultado bajo los escombros. Por lo menos, eso se rumoreaba en la calle. Mientras hablaba con Lufkin por teléfono, Teddy contemplaba la imagen sin sonido del reportero; otra pantalla mostraba un apocalíptico anuncio de Lake. Escombros, carnicería, cadáveres, radicales autores de otro ataque, e inmediatamente después, la suave pero severa voz de Aaron Lake prometiendo venganza.

Qué gran habilidad en la elección del momento más propicio, pensó Teddy.

Un ayudante despertó a Teddy a medianoche con un té con limón y un bocadillo vegetal. Como le ocurría a menudo, éste se había quedado dormido en su silla de ruedas, con todas las pantallas de televisión encendidas pero sin sonido. Cuando el ayudante se retiró, pulsó un botón y escuchó.

Ya había amanecido en El Cairo. Seguían sin localizar al embajador, por lo que las suposiciones de que se encontraba bajo los escombros parecían confirmarse.

Teddy no conocía al embajador en Egipto, un perfecto desconocido al que todos los reporteros calificaban de héroe y presentaban como un gran patriota. Su muerte no preocupaba especialmente a Teddy, a pesar de que suscitaría un aumento de las críticas contra la CIA. También añadiría gravedad al ataque que, según las previsiones, serviría para beneficiar a Aaron Lake.

Hasta el momento, se habían recuperado sesenta y un cadáveres. Las autoridades egipcias acusaban a Yidal, el sospechoso más probable porque su pequeño ejército había colocado bombas en tres embajadas occidentales en el transcurso de los últimos dieciséis meses y porque pedía abiertamente la guerra contra Estados Unidos. El último dossier de la CIA sobre Yidal le atribuía treinta soldados y un presupuesto anual de unos cinco millones de dólares, casi todos ellos procedentes de Libia y de Arabia Saudí. Sin embargo, las filtraciones a la prensa hablaban de un ejército de unos mil hombres y unos fondos ilimitados, destinados a aterrorizar a occidentales inocentes.

Los israelíes sabían qué desayunaba Yidal y dónde. Lo hubieran podido detener una docena de veces, pero, hasta la fecha, éste había librado su pequeña guerra lejos del ojo del huracán. Mientras se limitara a asesinar a norteamericanos y a ciudadanos occidentales, a los israelíes les daba igual. En realidad les convenía que Occidente odiara a los radicales islámicos.

Teddy comió muy despacio y echó otra cabezadita. Lufkin llamó antes del mediodía desde El Cairo para comunicar que los equipos de rescate habían recuperado los cadáveres del embajador y de su esposa. El número de víctimas mortales se elevaba a ochenta y cuatro; todos ellos norteamericanos menos once.

Las cámaras mostraban a Aaron Lake a la entrada de una fábrica de Marietta, Georgia, estrechando manos en la oscuridad mientras cambiaba el turno. Al ser preguntado por los acontecimientos de El Cairo, declaró:

—Hace dieciséis meses, estos mismos criminales hicieron estallar sendas bombas en dos de nuestras embajadas y mataron a treinta norteamericanos; nosotros no hemos hecho nada para pararles los pies. Actúan con impunidad porque nos falta el compromiso para luchar. Cuando yo sea presidente, declararé la guerra a estos terroristas e impediré que prosigan las matanzas.

La dureza de su lenguaje resultaba contagiosa y, cuando Estados Unidos se despertó con la terrible noticia de El Cairo, el país tuvo que soportar todo un insolente coro de amenazas y ultimátums por parte de los restantes siete candidatos. En esas circunstancias hasta los más moderados parecían pistoleros.

11

En Iowa nevaba de nuevo. Un constante remolino de viento y nieve enfangaba las calles y las aceras, y hacía que Quince Garbe volviera a soñar con una playa. Se cubrió el rostro en Main Street como si deseara protegerse del frío, aunque en realidad lo hizo para no hablar con nadie. No quería que nadie le viera correr una vez más a la oficina de correos.

Había recibido una carta. Otra de aquéllas. Sintió el corazón en un puño y se le paralizaron las manos cuando la descubrió allí, entre otras inofensivas cartas de correo basura, como si se tratara de la nota de un viejo amigo. Se volvió a mirar por encima de ambos hombros —como un ladrón atenazado por el remordimiento—, la tomó rápidamente y se la guardó en un bolsillo del abrigo.

Su mujer estaba en el hospital, organizando una fiesta para niños minusválidos, y en casa no había más que una criada que se pasaba el día durmiendo la siesta en el lavadero. Llevaba ocho años sin aumentarle el sueldo. Regresó muy despacio a casa en su automóvil, luchando contra la nieve y la ventisca, maldiciendo al estafador que había invadido su vida bajo la estratagema del amor, e imaginándose el contenido de la carta cuyo peso le resultaba cada vez más insoportable.

Cuando entró en la casa armando el mayor ruido posible no vio ni rastro de la criada. Subió a su dormitorio, situado en el primer piso, y cerró la puerta. Bajo el colchón guardaba una pistola. Arrojó el abrigo y los guantes sobre un sillón, hizo lo mismo con la chaqueta y después se sentó en el borde de la cama y examinó el sobre.

El mismo papel color lavanda, la misma caligrafía, todo idéntico, con un matasellos de Jacksonville de dos días atrás. Lo rasgó y sacó una única hoja.

Querido Quince,

Muchas gracias por el dinero. Para que no pienses que soy un sinvergüenza total, creo que deberías saber que el dinero ha ido a parar a mi mujer y a mis hijos. Lo están pasando muy mal: mi reclusión los ha dejado en la miseria. Mi mujer está en tratamiento médico por depresión y no puede trabajar. Mis cuatro hijos comen gracias a la asistencia social y a los bonos para alimentos.

(Cien mil dólares permitirán que engorden un poco, pensó Quince.)

Viven en un piso de protección oficial y no disponen de ningún medio de transporte seguro. Por consiguiente, gracias una vez más por tu ayuda. Con cincuenta mil dólares más podrán saldar las deudas y empezar a ahorrar para los estudios.

Seguiremos las mismas normas de siempre; las mismas instrucciones de transferencia; las mismas amenazas de revelar tu vida secreta si no se recibe inmediatamente el dinero. Hazlo ahora mismo, Quince, y te juro que ésta será mi última carta.

Gracias una vez más, Quince.

Con todo mi cariño,

Ricky

Se dirigió al cuarto de baño y sacó del botiquín el Valium de su mujer. Tomó dos pastillas, aunque estuvo tentado de tragárselas todas. Necesitaba descansar un rato, pero no podía tumbarse en la cama porque arrugaría la colcha y alguien le haría preguntas. Por consiguiente, se echó en la raída pero limpia alfombra del suelo y esperó a que las pastillas surtieran efecto.

Había suplicado y arañado cuanto pudo e incluso había llegado a mentir, todo para pedir prestada la primera entrega de Ricky. En ese momento no tenía la menor posibilidad de sacar otros cincuenta mil dólares de una cuenta personal que ya había sufrido varios atracos y todavía se tambaleaba al borde de la insolvencia. Su preciosa y enorme casa estaba asfixiada por la hipoteca que le había concedido su padre, quien también se ocupaba de firmar los cheques de las pagas. Sus automóviles eran grandes y de importación, pero tenían muchos kilómetros y no valían gran cosa. ¿Qué habitante de Bakers, Iowa, estaría dispuesto a comprar un Mercedes de once años de antigüedad?

¿Y si robara el dinero? El chantajista llamado Ricky se limitaría a darle las gracias y a pedirle más.

Todo había terminado. Ya era hora de tomarse las pastillas. Ya era hora de pegarse un tiro.

El sonido del teléfono lo sobresaltó. Sin pensar, se levantó a toda prisa del suelo y tomó el aparato.

—¿Diga? —gruñó.

—¿Dónde demonios estás?

Era su padre, hablando en aquel tono que él conocía tan bien.

—Es que... no me encuentro bien —consiguió balbucir, consultando su reloj de pulsera y recordando de repente su cita de las diez y media con un importante inspector de la AFDB.

—Me importa un bledo cómo te encuentres. El señor Colthurst de la Aseguradora Federal de Depósitos Bancarios lleva un cuarto de hora esperando en mi despacho.

—Es que estoy vomitando, papi —dijo, avergonzándose una vez más de la palabra «papi». A sus cincuenta y un años, seguía llamándolo así.

—Mientes. ¿Por qué no has llamado si estabas indispuesto? Gladys me ha dicho que te vio poco antes de las diez dirigiéndote a la oficina de correos. ¿Qué es lo que está pasando aquí?

—Perdona. Tengo que ir al lavabo. Te llamo luego.

Colgó.

El Valium le estaba haciendo un efecto parecido al de una agradable bruma mientras permanecía sentado en el borde de la cama, contemplando los cuadraditos de color lavanda diseminados por el suelo. El tranquilizante entorpecía sus razonamientos.

¿Y si escondía las cartas y luego se mataba? En la nota de su suicidio echaría buena parte de la culpa a su padre. La muerte no era una perspectiva totalmente desagradable: ya basta de matrimonio, basta del banco, basta de su papi, basta de aquel pueblucho, basta de esconderse en el armario.

No obstante, echaría de menos a sus hijos y a sus nietos.

¿Y si aquel monstruo de Ricky no se enteraba de su suicidio y enviaba otra carta, y él acababa viéndose descubierto de todos modos mucho tiempo después de su entierro?

La siguiente insensatez que se le ocurrió fue la de ponerse de acuerdo con su secretaria, una mujer en quien confiaba hasta cierto punto. Le revelaría la verdad y le pediría que le escribiera una carta a Ricky, comuni-

145

cándole la noticia de su suicidio. Juntos, él y su secretaria, podrían montar la farsa de su muerte y, al mismo tiempo, buscar alguna manera de vengarse de Ricky.

Sin embargo, prefería morir antes que contarle nada a su secretaria.

La tercera idea se le ocurrió cuando el Valium ya estaba en pleno apogeo, y le provocó una sonrisa. ¿Por qué no intentar ser un poco honrado?

La idea era escribir una carta a Ricky y declararse insolvente. Ofrecerle otros diez mil dólares y asegurarle que no disponía de nada más. Si Ricky estaba decidido a destruirlo, él, Quince, no tendría más remedio que ir a por Ricky. Informaría al FBI, éste localizaría el origen de las cartas y al destinatario de las transferencias bancarias y ambos arderían juntos.

Se pasó treinta minutos dormitando en el suelo y después tomó la chaqueta, los guantes y el abrigo. Salió de casa sin ver a la criada. Mientras circulaba en su automóvil en dirección al centro, deseando tener valor suficiente para enfrentarse con la verdad, reconoció en voz alta que lo único que le interesaba era el dinero. Su padre tenía ochenta y un años. Las acciones del banco valían unos diez millones de dólares. Algún día todo sería suyo. Le convenía portarse como un buen chico hasta que tuviera el dinero en sus manos, y entonces viviría como le diera la real gana.

No vayas a perder el dinero.

Coleman Lee era propietario de un chiringuito de tacos en una zona peatonal de las afueras de Gary, Indiana, un sector de la ciudad en el que predominaba la población mexicana. Coleman tenía cuarenta y ocho años, se había divorciado un par de veces décadas atrás y no tenía hijos, a Dios gracias. Debido a todos los tacos que se zampaba, había engordado mucho: caminaba con paso cansino, le colgaba la tripa y tenía unas anchas y mofletudas mejillas. Coleman no era guapo y se sentía muy solo.

Sus empleados eran principalmente muchachos mexicanos, todos ellos inmigrantes ilegales, a los que, tarde o temprano, él intentaba acosar o seducir, o como demonios se pudieran calificar sus torpes avances. Raras veces lo lograba y los cambios de personal eran frecuentes. El negocio tampoco iba demasiado bien, porque la gente hablaba y Coleman no estaba muy bien considerado. A nadie le gustaba comprar comida a un pervertido.

Tenía alquilados dos apartados de correos en la oficina de correos del otro extremo de la zona peatonal, uno para el negocio y otro para sus pasatiempos privados. Coleccionaba material pornográfico y acudía a recogerlo casi a diario a la oficina de correos. El cartero que prestaba servicio en su edificio de apartamentos era un tipo un poco raro y algunos asuntos era preferible llevarlos con la mayor discreción posible.

Echó a andar por la sucia acera que bordeaba el aparcamiento, pasando por delante de las tiendas donde vendían zapatos y cosméticos con descuento, del establecimiento de vídeos pornográficos de donde lo expulsaron en una ocasión y de una delegación de la asistencia social que se acababa de abrir en los barrios periféricos gracias a la intervención de un político que andaba a la desesperada caza de votos. La oficina de correos estaba llena de mexicanos que se pasaban allí dentro las horas porque en la calle hacía frío.

El material que Coleman recogió aquel día eran dos revistas de porno duro que le enviaban en unos sobres marrones sin ninguna indicación y una carta que le resultaba vagamente conocida. Era un sobre cuadrado de color amarillo sin remite y con matasellos de Atlantic Beach, Florida. Ah, sí, ahora lo recordaba. El joven Percy, el de la clínica de desintoxicación.

Al volver al pequeño despacho que tenía entre la cocina y la despensa, echó un rápido vistazo a las revistas, no halló nada nuevo y las dejó en un montón junto con otras cien. Abrió la carta de Percy. Como las dos anteriores, estaba escrita en letras de imprenta y dirigida a Walt, el nombre que Coleman utilizaba para recoger toda la pornografía. Walt Lee.

Querido Walt,

Me gustó mucho tu última carta. La he leído varias veces. Escribes muy bien. Tal como ya te dije, llevo aquí casi dieciocho meses y me siento muy solo. Guardo tus cartas debajo del colchón y, cuando me siento auténticamente triste, las leo una y otra vez. ¿Dónde aprendiste a escribir de esta manera? Por favor, envíame otra cuanto antes.

Con un poco de suerte, me soltarán en abril. No sé muy bien adónde iré ni qué haré. Te aseguro que me da miedo pensar que, cuando salga de aquí después de casi dos años, no habrá nadie que me espere. Me gustaría que para entonces siguiéramos carteándonos.

Me estaba preguntando, y la verdad es que me avergüenza mucho pedírtelo, pero, puesto que no tengo a nadie más, lo haré de todos modos y te ruego que no tengas ningún reparo en decirme que no, pero ¿podrías prestarme mil dólares?

Tenemos una pequeña librería y tienda de música, en la que nos permiten comprar ediciones de bolsillo y discos a crédito y, bueno, llevo tanto tiempo aquí que tengo una factura pendiente que no veas.

Si puedes hacerme el préstamo, te lo agradecería mucho. De lo contrario, también lo comprenderé.

Gracias por estar ahí, Walt. Por favor, escríbeme pronto. Guardo tus cartas como un tesoro.

Con todo mi cariño,

Percy

¿Mil dólares? ¿Qué clase de cuento era ése? A Coleman todo aquello le sonaba a timo. Rompió la carta y la arrojó a la basura.

—Mil dólares —murmuró para sus adentros mientras alargaba de nuevo la mano hacia las revistas.

Curtis no era el verdadero nombre del joyero de Dallas. Curtis le iba que ni pintado cuando se carteaba con Ricky, el de la clínica de desintoxicación, pero en realidad él se llamaba Vann Gates.

El señor Gates tenía cincuenta y ocho años; en apariencia estaba felizmente casado, era padre de tres hijos y abuelo de dos nietos, y él y su mujer eran propietarios de seis joyerías en la zona de Dallas, todas ellas en centros comerciales. En teoría, tenían dos millones de dólares y todo lo habían ganado con el sudor de su frente. Se habían comprado una nueva casa muy bonita en Highland Park, con dormitorios separados en extremos opuestos de la casa. Ambos se reunían en la cocina para tomar un café, y en el estudio para ver la televisión y disfrutar un rato de la compañía de los nietos.

El señor Gates realizaba ocasionales escapadas, pero siempre con muchas precauciones. Nadie lo sospechaba. Su correspondencia con Ricky era su primer intento de encontrar el amor a través de los anuncios clasificados y, de momento, estaba encantado con los resultados. Había alquilado un apartado de correos en una oficina situada cerca de uno de los centros comerciales y utilizaba el nombre de Curtis V. Cates.

El sobre de color lavanda estaba dirigido a Curtis Cates y, al principio, mientras lo abría con sumo cuidado, no imaginó que hubiera ocurrido nada. Otra de las encantadoras cartas de su amado Ricky.

Sin embargo, en cuanto leyó las primeras palabras, fue como si le fulminara un rayo:

Querido Vann Gates,

La fiesta ha terminado, amigo. Yo no me llamo Ricky y tú no eres Curtis. No soy un marica en busca de amor. Tú, en cambio, guardas un terrible secreto, que sin duda querrás mantener a buen recaudo. Te escribo para ayudarte.

Éste es el trato: haz una transferencia por valor de cien mil dólares al Geneva Trust Bank de Nassau, Bahamas, cuenta n.º 144-DXN-9593, a nombre de Boomer Realty, Ltd., n.º de ruta 392844-22.

¡Hazlo inmediatamente! Esto no es una broma. Es una estafa y tú has caído en la trampa. Si dentro de diez días no se recibe el dinero, le enviaré a tu mujer, Glenda Gates, un paquetito con las copias de todas tus cartas, fotografías, etcétera.

Manda el dinero y yo desapareceré sin más.

Con todo mi cariño,

Ricky

Con tiempo, Vann consiguió encontrar el nudo I-635 de Dallas y no tardó en llegar al nudo I-820 de Fort Worth y volver de nuevo a Dallas, conduciendo a una velocidad exacta de ochenta kilómetros por el carril de la derecha sin que le importara en absoluto la cantidad de vehículos que se acumulaban a su espalda. Si las lágrimas hubieran servido de algo, se hubiera dado un buen hartón de llorar. No hubiera tenido el menor reparo en ello, sobre todo en la intimidad de su Jaguar.

Sin embargo estaba demasiado furioso como para entregarse a las lágrimas, demasiado furioso como para sentir dolor. Y tenía demasiado miedo de perder el tiempo anhelando reunirse con alguien que no existía. Tenía que emprender una acción, rápida, decisiva y reservada.

Pero al final la pena fue más fuerte, de modo que se detuvo en el arcén con el motor en marcha. Todos aquellos maravillosos sueños protagonizados por Ricky, todas las incontables horas que se había pasado contemplando su bello rostro con aquella sonrisa ligeramente asimétrica, y leyendo sus cartas —tristes, divertidas, desesperadas, esperanzadas—, ¿cómo era posible que la palabra escrita pudiera transmitir tantas emociones? Se había aprendido prácticamente de memoria las cartas.

Era sólo un chico, joven y viril, solitario, pero necesitado de una compañía de cierta edad. El Ricky al que él había aprendido a amar necesitaba el amoroso abrazo de un hombre maduro, y él, Curtis / Vann, llevaba varios meses forjando planes. La excusa de la exposición de brillantes en Orlando cuando su mujer se fuera a casa de su hermana en El Paso. Había preparado minuciosamente todos los detalles y no había dejado ningún cabo suelto.

Al final, rompió a llorar. El pobre Vann derramó lágrimas sin el menor recato y sin avergonzarse de ello. Nadie le veía; los demás vehículos pasaban zumbando por su lado a ciento treinta kilómetros por hora.

Como todos los amantes despechados, juró vengarse. Localizaría a aquel ser inmundo, a aquel monstruo que se había hecho pasar por Ricky y le había destrozado el corazón.

Cuando se empezó a calmar, pensó en su mujer y en su familia y aquella presencia lo ayudó sobremanera a secarse las lágrimas. Ella se quedaría con las seis joyerías, los dos millones y la nueva casa con dormitorios separados, y a él sólo le correspondería el ridículo, el desprecio y los chismorreos de una ciudad muy aficionada a las habladurías. Sus hijos seguirían el mismo camino que el dinero y, a lo largo de toda su vida, sus nietos oirían comentarios despectivos acerca de su abuelo.

Estaba circulando una vez más por el carril de la derecha a ochenta por hora, de nuevo pasó por Mesquite y releyó la carta mientras los mastodontes de dieciocho ruedas le adelantaban rugiendo.

No tenía a nadie a quien llamar, no conocía a ningún banquero de confianza a quien encomendarle la comprobación de los datos de la cuenta de las Bahamas, no disponía de ningún abogado a quien pedir consejo, no tenía ningún amigo a quien contarle su triste historia.

Para un hombre que había llevado una doble vida con tanta discreción, el dinero no significaría un obstáculo insalvable. Su mujer controlaba hasta el último centavo tanto en casa como en las tiendas y, por esta razón, Vann se las había ingeniado para esconder ciertas cantidades de dinero. Lo hacía con piedras preciosas, rubíes, perlas y algunas veces pequeños diamantes que apartaba a un lado y más tarde vendía en efectivo a otros comerciantes. Guardaba cajas llenas de dinero, cajas de zapatos cuidadosamente apiladas en la caja fuerte de un diminuto almacén en Plano. Dinero en efectivo para después del divorcio. Dinero en efectivo para su siguiente vida, cuando se fuera a navegar con Ricky por todo el mundo y se lo gastara todo en una travesía sin fin.

—¡Hijo de la grandísima puta! —masculló entre dientes. Y lo repitió una y otra vez.

¿Por qué no escribir a aquel estafador y declararse insolvente? ¿O amenazarlo con denunciar su miserable método de chantaje? ¿Por qué no oponer resistencia?

Porque el muy hijo de puta sabía muy bien lo que hacía. Había conseguido identificarlo hasta el extremo de conocer su verdadero nombre y el de su mujer. Sabía que tenía dinero.

Enfiló el camino de la entrada de su casa y vio a Glenda barriendo la acera.

—¿Dónde estabas, cariño? —le preguntó jovialmente su mujer.

—Haciendo unos recados —contestó él con una sonrisa en los labios.

—Pues has tardado mucho —comentó ella sin interrumpir su tarea.

Estaba hasta la coronilla. ¡Le controlaba todos los movimientos! Se había pasado treinta años dominado por su mujer, vigilado por el cronómetro que ella tenía en la palma de la mano.

Le dio un leve beso en la mejilla por simple costumbre, bajó al sótano, cerró la puerta y rompió nuevamente a llorar. Aquella casa era su prisión (con los siete mil ochocientos dólares mensuales que pagaba de hipoteca, así la percibía). Su mujer era la carcelera, la que tenía las llaves.

Su única posibilidad de escapar se acababa de venir abajo y había sido sustituida por un desalmado chantajista.

12

Ochenta ataúdes requerían mucho espacio. Estaban todos perfectamente alineados, impecablemente envueltos en banderas de color rojo, blanco y azul, todos de la misma longitud y anchura. Habían llegado hacía treinta minutos a bordo de un aparato de carga de las fuerzas aéreas y habían sido sacados del interior con gran pompa y ceremonia. Casi mil familiares y amigos sentados en sillas plegables colocadas sobre el suelo de hormigón del hangar contemplaban con profunda emoción el mar de banderas que se extendía ante sus ojos. Su número sólo era superado por el de los periodistas, todos ellos mantenidos a raya detrás de los acordonamientos y la policía militar.

Hasta para un país acostumbrado a los inútiles espectáculos de la política exterior, el número resultaba impresionante. Ochenta norteamericanos, ocho británicos y ocho alemanes... ningún francés, porque éstos estaban boicoteando todos los actos diplomáticos de los países occidentales en El Cairo. ¿Por qué quedaban todavía ochenta norteamericanos en la embajada pasadas las diez de la noche? Era la pregunta del momento, pero, hasta entonces, nadie había ofrecido una respuesta satisfactoria. Muchos de los que tomaban semejantes decisiones yacían ahora en sus ataúdes. La mejor teoría que circulaba por el distrito de Columbia era la de que la empresa de *catering* había llegado con retraso y la banda de música aún más tarde.

Sin embargo, los terroristas habían demostrado sin el menor asomo de duda que estaban en condiciones de actuar en cualquier momento, por consiguiente, ¿qué más daba la hora en que el embajador y su mujer, el personal, los restantes diplomáticos y los invitados hubieran decidido dar comienzo a la recepción?

La segunda gran pregunta del momento era, de entrada, por qué razón en concreto había ochenta diplomáticos en la embajada de El Cairo. El Departamento de Estado aún no había dado ninguna respuesta.

Tras la interpretación de unas marchas fúnebres por parte de una banda de las fuerzas aéreas, el presidente tomó la palabra. Se le quebró la voz e incluso consiguió soltar un par de lagrimitas, pero, después de ocho años de comedia, su interpretación ya no impresionaba a nadie. Ya había prometido venganza demasiadas veces, por cuyo motivo optó por centrarse en el consuelo, el sacrificio y una vida mejor en el más allá.

El secretario de Estado pronunció los nombres de los muertos en una morbosa letanía destinada a subrayar la solemnidad del momento. Los sollozos se incrementaron. Después, un poco más de música. El discurso más largo corrió a cargo del vicepresidente, recién llegado de la contienda electoral y rebosante de un nuevo compromiso para la erradicación del terrorismo de la faz de la tierra. Aunque jamás en su vida había vestido un uniforme militar, parecía ansioso de empezar a arrojar granadas.

Lake los había movilizado a todos.

Lake contempló la luctuosa ceremonia mientras volaba de Tucson a Detroit, adonde llegaría con retraso para participar en otra ronda de entrevistas. Le acompañaba su experto en encuestas, un mago recién incorporado al equipo que se había convertido en su sombra. Mientras Lake y sus colaboradores veían las noticias de la televisión, el experto en encuestas trabajaba febrilmente en la pequeña mesa de conferencias, sobre la cual descansaban dos ordenadores portátiles, tres teléfonos y más listados de los que hubieran sido capaces de digerir diez personas juntas.

Faltaban tres días para las primarias de Arizona y Michigan y las encuestas indicaban que Lake seguía ganando puestos, sobre todo en su estado natal, donde mantenía una reñida contienda con el gobernador Tarry de Indiana, quien durante mucho tiempo se había mantenido en cabeza. En Michigan, Lake se encontraba diez puntos por debajo de éste, pero la gente lo escuchaba. La masacre de El Cairo lo estaba favoreciendo enormemente.

El gobernador Tarry se había lanzado de repente a una desesperada campaña de recogida de fondos. Aaron Lake, no. El dinero le llegaba con más rapidez de lo que él alcanzaba a gastar.

Cuando el vicepresidente terminó finalmente su discurso, Lake se apartó de la pantalla, regresó a su sillón reclinable de cuero y tomó un periódico. Un colaborador le sirvió un café que él se tomó mientras contemplaba las llanuras de Kansas desde mil quinientos metros de altura. Otro miembro de su equipo le entregó un mensaje que, al parecer, exigía una llamada urgente del candidato. Lake miró a su alrededor y contó a trece personas, aparte de los pilotos. Lake, un particular que seguía echando de menos a su mujer, no se acababa de acostumbrar a aquella ausencia absoluta de intimidad. Se desplazaban en grupo, cada media hora hablaba con alguien, todas sus acciones estaban coordinadas por un comité, todas las entrevistas iban precedidas de conjeturas por escrito acerca de las preguntas y las respuestas sugeridas. Cada noche disponía de seis horas para disfrutar de la soledad en su habitación de hotel, aunque si él lo hubiera permitido, los del Servicio Secreto hubieran pasado la noche a su lado en el suelo. Debido al cansancio, dormía como un bebé. Sus únicos momentos de tranquila reflexión se reducían al tiempo que pasaba en el cuarto de baño, cuando se duchaba o utilizaba el retrete.

Sin embargo, no se engañaba. Él, Aaron Lake, el discreto congresista de Arizona, se había convertido de la noche a la mañana en todo un fenómeno. Él atacaba con fuerza mientras los demás titubeaban. Recibía dinero a manos llenas. La prensa lo seguía como una jauría. Sus palabras se citaban por doquier. Tenía amigos muy poderosos y, a medida que las piezas del rompecabezas iban encajando, la nominación para la candidatura presidencial parecía cada vez más factible. Un mes atrás, ni siquiera hubiera soñado con semejante posibilidad.

Lake saboreaba el momento. La campaña era una locura, pero él controlaba el ritmo. Reagan, un presidente que trabajaba de nueve a cinco, había resultado mucho más eficaz que Carter, un auténtico adicto al trabajo. Tú procura llegar a la Casa Blanca, se repetía una y otra vez, aguanta a todos estos necios, supera las primarias, sopórtalo todo con una sonrisa y un comentario ingenioso, y no tardarás en sentarte en la cima, en el Despacho Oval, con el mundo a tus pies.

Entonces disfrutaría de su intimidad.

Teddy, sentado con York en su búnker, contemplaba en directo la escena que se desarrollaba en la base de las fuerzas aéreas de Andrews. Cuando la situación se complicaba, prefería la compañía de York. Las acusaciones habían sido tremendas. Se necesitaban chivos expiatorios y muchos de los idiotas que corrían desaforados tras las cámaras echaban la culpa de lo ocurrido a la CIA, como siempre.

¡Si ellos supieran!

Al final, Teddy reveló a York la advertencia de Lufkin, y York lo comprendió perfectamente. Por desgracia, habían pasado otras veces por la misma situación. Cuando uno controla el mundo, no le queda más remedio que sacrificar a algunos agentes por el camino, y tanto Teddy como York habían compartido muchos momentos de tristeza contemplando las imágenes de los féretros cubiertos por las banderas mientras eran sacados de los C-130 como mudos testigos de otra estrepitosa derrota en el extranjero. La campaña de Lake sería el último esfuerzo de Teddy por salvar vidas norteamericanas.

No era probable que se produjera un fracaso. El CAP-D había recaudado más de veinte millones de dólares en dos semanas, y en aquellos momentos los estaba repartiendo por todo Washington. Había reclutado a veintiún congresistas para que respaldaran a Lake, con un coste total de seis millones de dólares. Sin embargo, el mayor logro hasta la fecha había sido el senador Britt, el ex candidato y padre de un pequeño tailandés. Cuando abandonó su carrera hacia la Casa Blanca, Britt debía casi cuatro millones de dólares y no disponía de ningún plan viable para saldar aquel déficit. El dinero no suele acompañar a los que lían el petate y se van a casa. Elaine Tyner, la abogada que dirigía el CAP-D, se reunió con el senador Britt. Tardó menos de una hora en cerrar un trato con él. El CAP-D pagaría todas las deudas de su campaña a lo largo de un período de tres años, y a cambio él prestaría públicamente su apoyo a Aaron Lake, procurando que su decisión alcanzara la mayor resonancia posible.

—¿Habíamos elaborado una previsión de bajas? —le preguntó York.

—No —contestó Teddy al cabo de un rato.

Las conversaciones entre ambos nunca eran apresuradas.

—¿Por qué tantas?

—Mucha bebida. Ocurre constantemente en los países árabes. Es una cultura distinta, la vida resulta muy aburrida y, cuando nuestros diplomáticos organizan una recepción, suelen pasarse con las copas. Muchos de los muertos estaban considerablemente borrachos.

Transcurrieron varios minutos.

—¿Dónde está Yidal? —preguntó York.

—Ahora mismo, en Irak. Ayer, en Túnez.

—Me parece que deberíamos pararle los pies.

—Lo haremos el año que viene. Será el gran momento del presidente Lake.

Doce de los dieciséis congresistas que apoyaban a Lake llevaban camisa azul, hecho que no pasó inadvertido a Elaine Tyner. Solía fijarse en aquel tipo de detalles. Cuando un político del distrito de Columbia se acercaba a una cámara, lo más seguro era que se hubiera puesto su mejor camisa azul de algodón. Los otros cuatro llevaban camisa blanca.

Los colocó delante de los periodistas en un salón de baile del hotel Willard. El miembro de más antigüedad, el representante Thurman de Florida, abrió el acto dan-

do la bienvenida a la prensa a aquel importante acontecimiento. Utilizando unas notas preparadas, expresó su
opinión acerca del estado de la situación internacional,
comentó los hechos de El Cairo, China y Rusia, y señaló
que el mundo era un lugar mucho más peligroso de lo
que parecía. Soltó las habituales estadísticas acerca de la
reducción de los gastos de Defensa y después se lanzó a
un prolongado soliloquio acerca de su íntimo amigo Aaron Lake, un hombre al que llevaba diez años sirviendo y
a quien conocía como si fuera de su propia familia. El
mensaje de Lake no resultaba agradable, sin embargo re-
vestía una importancia trascendental.

Thurman, que se había apartado de las filas del gobernador Tarry de muy mala gana y con cierto remordimiento, había llegado a la convicción, después de un largo y doloroso examen de conciencia, de que Aaron Lake
era la pieza necesaria para la salvación de la nación. Lo
que Thurman se abstuvo de decir era que, según las más
recientes encuestas, Lake estaba ganando muchos puntos en Florida, allá por Tampa-St. Pete.

El micrófono pasó a continuación a un congresista
de California. Éste no añadió nada nuevo, pero consiguió pasarse diez minutos divagando. En su distrito del
norte de San Diego había cuarenta y cinco mil trabajadores de la industria aeroespacial y de armamento y,
por lo visto, todos ellos habían escrito o llamado. No le
había sido difícil convertirse; la presión de su distrito y
los doscientos cincuenta mil dólares de Elaine Tyner y el
CAP-D habían bastado para que se movilizara.

Cuando se inició la tanda de ruegos y preguntas, los
dieciséis congresistas se agruparon en su afán de contestar e intervenir, no fuera a ser que sus rostros no aparecieran en la foto.

A pesar de que no había ningún presidente de comité, el grupo resultaba bastante impresionante y todos sus miembros consiguieron transmitir la idea de que Aaron Lake era un candidato válido, a quien conocían y en quien confiaban plenamente. Un hombre necesario para la nación. Un hombre que podía ser elegido.

El acto, muy bien organizado y muy bien cubierto por todos los medios de difusión, se convirtió inmediatamente en una gran noticia. Elaine Tyner tenía preparados otros cinco para el día siguiente y se reservaría al senador Britt para la víspera del gran Supermartes.

La carta que guardaba Ned en la guantera era de Percy, el joven Percy de la clínica de desintoxicación, que le enviaba la correspondencia a través de Laurel Ridge, Apartado de Correos 4585, Atlantic Beach, Florida 32233.

Ned se encontraba en Atlantic Beach, llevaba dos días allí con la carta y estaba firmemente decidido a localizar al joven Percy, pues todo aquello le resultaba de lo más sospechoso. No tenía nada mejor que hacer. Estaba retirado, tenía un montón de dinero, carecía prácticamente de familia y, además, en Cincinnati estaba nevando. Había alquilado una habitación en el Sea Turtle Inn, a pie de playa, y por la noche efectuaba un recorrido por los bares de Atlantic Boulevard. Había encontrado dos restaurantes estupendos, unos pequeños locales abarrotados de preciosas chicas y encantadores muchachos. Había descubierto el Pete's Bar and Grill a una manzana de distancia, y las dos últimas noches había salido de allí haciendo eses a causa de las numerosas cervezas frías de barril que se había echado al coleto. El Sea Turtle se encontraba justo a la vuelta de la esquina.

De día, Ned se dedicaba a vigilar la oficina de correos,

un moderno edificio de ladrillo y cristal situado en First Street, una vía paralela a la playa. En la pared junto con otras ochenta, a medio camino del suelo, se encontraba una pequeña casilla sin ranura, la 4585. La había examinado, había intentado abrirla con unas llaves y un trozo de alambre y hasta había hecho averiguaciones en el mostrador de la entrada. No podía decirse que los funcionarios de correos lo hubieran atendido con diligencia. El primer día, antes de marcharse, había introducido por debajo de la puerta de la casilla un trozo de seis centímetros de hilo fino de color negro, que hubiese pasado inadvertido a los ojos de cualquier posible observador. Sin embargo, este sencillo truco le permitiría averiguar si alguien controlaba la correspondencia.

En el interior de la casilla había una carta en un sobre de alegre color rojo que él mismo había enviado tres días atrás desde Cincinnati, antes de desplazarse a toda prisa al sur. En ella le adjuntaba a Percy un cheque de mil dólares, pues el chico los necesitaba para comprarse toda una serie de artículos de bellas artes. En una carta anterior, Ned le había revelado que en otros tiempos había sido propietario de una moderna galería de arte en Greenwich Village. Era una trola descomunal, pero es que él también dudaba de todo lo que le contaba Percy.

Ned había sospechado desde el principio. Antes de contestar al anuncio, había tratado de comprobar la existencia de Laurel Ridge, la lujosa clínica de desintoxicación donde presuntamente se encontraba Percy. Tenía un teléfono, un número privado que no había conseguido averiguar a través del servicio de información de la compañía telefónica. Tampoco figuraba la dirección. Percy le había explicado en su primera carta que era un lugar ultrasecreto debido a que muchos de sus pacientes eran altos ejecutivos de importantes empresas y altos funcionarios gubernamentales, que de una manera o de otra habían sucumbido a las sustancias químicas ilegales. La cosa sonaba razonable y el chico se expresaba con mucha claridad.

Y tenía una cara preciosa. Por eso él le había seguido escribiendo. Todos los días admiraba su fotografía.

La petición de dinero lo había pillado por sorpresa y, como se aburría y no tenía nada que hacer, había decidido dirigirse en automóvil a Jacksonville.

Desde su plaza de aparcamiento, agazapado detrás del volante de su automóvil de espaldas a First Street, podía vigilar la pared de los apartados de correos y ver entrar y salir a la gente. La probabilidad era muy remota, pero qué caray. Utilizaba unos pequeños prismáticos plegables y, en distintos momentos, había observado que alguien lo miraba al pasar. Al cabo de dos días, empezó a cansarse, pese a su creciente convicción de que alguien acudiría a recoger su carta. Tenía que haber alguien que comprobara la correspondencia por lo menos una vez cada tres días. Los pacientes de una clínica de desintoxicación debían de recibir mucha correspondencia, ¿no? ¿O acaso era simplemente la tapadera de un timador que se pasaba una vez a la semana por allí para ver quién había caído en la trampa?

El estafador apareció a última hora de la tarde del tercer día. Aparcó un Escarabajo junto al vehículo de Ned y entró en la oficina de correos. Vestía unos arrugados pantalones de algodón y una camisa blanca, sombrero de paja y pajarita, y tenía todo el aire desaliñado de un supuesto bohemio de playa.

Trevor había disfrutado de un largo almuerzo en el Pete's, había dormido la mona de sus excesos alcohólicos echando una siesta de una hora en su escritorio y ahora se estaba empezando a despabilar poco a poco para efectuar su habitual ronda de inspección. Insertó la llave en la casilla 4585 y sacó un montón de correspondencia, casi toda de correo basura que tiró a la papelera mientras abandonaba el edificio, examinando las cartas.

Ned observó todos sus movimientos. Tras haberse pasado tres días más aburrido que una ostra, le emocionaba que su vigilancia hubiera dado resultado. Siguió al Escarabajo y, al ver que el vehículo se detenía y que su conductor entraba en un pequeño y ruinoso bufete jurídico, siguió adelante, rascándose la sien mientras repetía una y otra vez:

—¿Un abogado?

Llegó a la autopista A1A que bordeaba la costa, dejó a su espalda los caóticos suburbios de Jacksonville, pasó por Vilano Beach, Crescent Beach, Beverly Beach y Flagler Beach y, finalmente, se detuvo en el Holiday Inn de las afueras de Port Orange. Pasó por el bar antes de subir a su habitación.

No era la primera vez que se enfrentaba a una estafa. En realidad, era la segunda. También se había olido la primera antes de salir perjudicado. Mientras se tomaba el tercer martini, juró que sería la última.

13

La víspera de las primarias de Arizona y Michigan, la campaña de Lake desató en los medios de difusión una guerra relámpago como jamás se hubiera visto en ninguna elección presidencial. Por espacio de dieciocho horas, ambos estados sufrieron constantes bombardeos de publicidad. A veces los mensajes duraban sólo quince segundos, poco más que la imagen de su agradable rostro y la promesa de un liderazgo decisivo en un mundo más seguro. Otros eran documentales de un minuto acerca de los peligros de la posguerra fría. Otros dirigían agresivas y descaradas amenazas a los terroristas del mundo: como matéis a la gente por el simple hecho de ser ciudadana de Estados Unidos, lo pagaréis muy caro. El recuerdo de lo sucedido en El Cairo estaba todavía muy reciente y las amenazas daban directamente en el blanco.

Aquella atrevida campaña había sido creada por expertos asesores publicistas y su único inconveniente podía ser la saturación. Sin embargo, Lake era un personaje demasiado nuevo como para producir aburrimiento, y tanto menos en aquellos momentos. Su campaña de televisión en los dos estados costó la exorbitante suma de diez millones de dólares.

Los anuncios siguieron apareciendo con un ritmo un poco más pausado durante el horario de votación del martes 22 de febrero, y cuando cerraron los colegios electorales, los analistas de las respuestas dadas por los votantes a la salida vaticinaron que Lake se alzaría con la victoria en su estado natal y obtendría un segundo puesto en Michigan. A fin de cuentas, el gobernador Tarry era de Indiana, otro estado del Medio Oeste, y en el transcurso de los tres meses anteriores se había pasado varias semanas en Michigan.

No obstante, se hizo patente que eso no bastó. Los votantes de Arizona se habían decantado por su hijo nativo y a los de Michigan también les había gustado el nuevo candidato. Lake obtuvo el sesenta por ciento de los votos en Arizona y el cincuenta y cinco por ciento en Michigan, donde el gobernador Tarry sólo alcanzó un miserable treinta y uno por ciento. Se había roto el equilibrio entre los contendientes.

Fue una pérdida devastadora para el gobernador Tarry, a sólo dos semanas del gran Supermartes y tres semanas del siguiente reto.

Lake siguió el recuento de los votos desde el avión que había despegado de Phoenix, donde se había votado a sí mismo. Cuando faltaba una hora para su llegada a Washington, el comentarista de la CNN lo declaró el ganador sorpresa de Michigan, y su equipo de colaboradores descorchó unas botellas de champán. Lake saboreó aquel momento e incluso se permitió el lujo de tomar un par de copas.

Lake había hecho historia. Nadie había empezado tan tarde y había llegado tan lejos con tanta rapidez. A bordo del aparato y a media luz, él y sus colaboradores escucharon a los expertos analistas de cuatro cadenas distintas, quienes manifestaban su asombro ante la gesta de aquel hombre. El gobernador Tarry se mostró cortés, aunque expresó su preocupación por las grandes sumas de dinero que estaba gastando su hasta entonces desconocido adversario.

Lake conversó amablemente con el pequeño grupo de periodistas que lo esperaban en el Aeropuerto Nacional Reagan y después se dirigió en otro Suburban negro al cuartel general de su campaña nacional, donde agradeció el esfuerzo de sus espléndidamente pagados colaboradores y les dijo que se fueran a dormir un poco.

Ya era casi medianoche cuando llegó a su bonita casa de la calle Treinta y cuatro de Georgetown, cerca de la avenida Wisconsin. Dos agentes del Servicio Secreto bajaron del vehículo que seguía a Lake y otros dos lo esperaban en los peldaños de la entrada. Se había negado rotundamente a cumplir la petición oficial de colocar guardias en el interior de su casa.

—No les quiero ver a ustedes rondando por ahí —dijo con aspereza al llegar a la puerta.

Le molestaba su presencia, ignoraba sus nombres y no le importaba resultar antipático. Por lo que a él respectaba, eran simplemente unos anónimos «ustedes», dicho con el mayor desprecio posible.

Una vez dentro, se dirigió a su dormitorio y se cambió de ropa. Apagó las luces como si se hubiera acostado, esperó cinco minutos, bajó sigilosamente al estudio para comprobar que nadie estaba atisbando por la ventana y bajó otro tramo de escaleras que conducía al pequeño sótano.

Se encaramó a una ventana y salió a la frialdad de la noche cerca del pequeño patio. Se detuvo un momento, aguzó el oído, no percibió nada, abrió una cerca de madera y echó a correr entre los dos edificios que había detrás de su casa. Salió a la calle Treinta y cinco, solo en la oscuridad, vestido con un chándal y con una gorra deportiva bien encasquetada sobre la frente. Tres minutos después ya estaba en M Street, entre el gentío. Tomó un taxi y se perdió en la noche.

Teddy Maynard se había acostado razonablemente satisfecho con las dos primeras victorias de su candidato, pero lo despertaron con la noticia de que algo había fallado. Cuando entró en su búnker a las seis y diez de la mañana, estaba más asustado que enfurecido, a pesar de que sus emociones habían recorrido toda la escala de sentimientos en el transcurso de la hora anterior. York lo estaba esperando junto con un supervisor llamado Deville, un nervioso hombrecillo que debía de haberse pasado muchas horas conectado con los dispositivos de escucha.

—Oigámoslo —rezongó Teddy, que siguió avanzando en su silla de ruedas en busca de un poco de café.

Deville fue el encargado de dar la noticia.

—A las doce y dos minutos de esta madrugada se despidió de los agentes del Servicio Secreto y entró en su casa. A las doce y diecisiete salió por un ventanuco del sótano. Como es natural, habíamos colocado micrófonos y temporizadores en todas las puertas y ventanas. Habíamos alquilado una casa al otro lado de la calle y estábamos alerta, porque lleva ya seis días lejos de su casa. —Deville mostró una especie de pequeña píldora del tamaño de un comprimido de aspirina—. Este pequeño dispositivo se llama T-Dec. Lo hemos colocado en las suelas de todos sus zapatos, incluso en las de sus zapatillas deportivas. Por consiguiente, si no va descalzo, sabemos en todo momento dónde se encuentra. En cuanto el pie ejerce presión, el dispositivo emite una señal que se difunde hasta doscientos metros de distancia sin necesidad de transmisor. Cuando cesa la presión del pie, sigue emitiendo señales por espacio de quince minutos. Lo desmodulamos y lo localizamos en M Street. Iba vestido con un chándal y una gorra deportiva echada sobre los ojos. Ya teníamos dos automóviles a punto cuando subió a un taxi. Lo seguimos hasta un centro comercial de Chevy Chase. Mientras el taxi esperaba, entró en un lugar llamado Mailbox America, uno de esos nuevos servicios de mensajería. Algunos de ellos, incluido éste, están abiertos las veinticuatro horas del día para la recogida de correspondencia. Permaneció en el establecimiento menos de un minuto, justo el tiempo suficiente para abrir su casilla con una llave, sacar varios envíos, tirarlo todo y subir de nuevo al taxi. Uno de nuestros automóviles lo siguió de nuevo hasta M Street, donde bajó y volvió a entrar a escondidas en su casa. El otro vehículo se quedó junto a la empresa de mensajería. Revisamos la papelera que hay junto a la entrada y encontramos seis cartas de correo basura, evidentemente suyas. La dirección es Al Konyers, Apartado 455, Mailbox America, 39380, Western Avenue, Chevy Chase.

—O sea que no encontró lo que buscaba, ¿verdad? —preguntó Teddy.

—En principio, tiró todo lo que había en la casilla. Aquí está el vídeo.

Una pantalla bajó desde el techo mientras la iluminación se amortiguaba. La filmación estaba realizada desde el otro extremo de un aparcamiento y se concentraba en la figura de Aaron Lake enfundado en un holgado chándal mientras desaparecía doblando una esquina y entraba en Mailbox America. A los pocos segundos, Lake volvía a salir, examinando los papeles y las cartas que sostenía en la mano derecha. Se detenía brevemente en la entrada y después lo arrojaba todo a una papelera grande.

—¿Qué demonios está buscando? —murmuró Teddy para sus adentros.

Lake abandonaba el edificio y volvía a subir rápidamente al taxi. La cinta se detuvo y volvieron a encenderse las luces.

Deville reanudó su relato.

—Estamos seguros de que encontramos todas las cartas que recibió. Llegamos allí en cuestión de segundos y nadie entró en el local mientras esperábamos. Eran las doce y cincuenta y ocho minutos. Una hora después, volvimos a entrar y codificamos la cerradura del apartado 455 para poder acceder a la casilla siempre que sea necesario.

—Compruébenlo a diario —ordenó Teddy—. Hagan un inventario de toda la correspondencia. Excluyan la propaganda, pero, cuando llegue algo, quiero saberlo.

—Descuide. El señor Lake volvió a entrar a través de la ventana del sótano a la una y veintidós minutos, y permaneció el resto de la noche en la casa, donde sigue estando en estos momentos.

—Eso es todo —dijo Teddy.

Deville se retiró.

Transcurrió un minuto mientras Teddy removía el café con la cucharilla.

—¿Cuántas direcciones tiene?

York ya esperaba la pregunta. Consultó unas notas.

—Recibe casi toda la correspondencia personal en su casa de Georgetown. Tiene por lo menos dos direcciones en la colina del Capitolio, una en su despacho y otra en el Comité de las Fuerzas Armadas. Tiene tres despachos en su estado natal de Arizona. Ésta es la sexta dirección, que nosotros sepamos.

—¿Por qué iba a necesitar una séptima?

—Lo ignoro, pero no será para nada bueno. Un hom-

170

bre que no tiene nada que ocultar no utiliza un seudónimo ni una dirección secreta.

—¿Cuándo alquiló el apartado?

—Seguimos trabajando en ello.

—Puede que lo alquilara tras decidir presentarse como candidato a la presidencia. La CIA se ha convertido en su sombra, y a lo mejor le parece que lo estamos controlando todo. A lo mejor considera que tiene derecho a disfrutar de un poco de intimidad y por eso ha alquilado un apartado. Tal vez tenga alguna novia que se nos ha pasado por alto. A lo mejor le gustan las revistas o los vídeos de guarrerías, ese tipo de material que se envía por correo.

—Puede ser —asintió York tras una prolongada pausa—. Pero ¿y si hubiera alquilado el apartado hace meses, mucho antes de entrar en la carrera presidencial?

—En tal caso, no se estaría escondiendo de nosotros. Se estaría escondiendo del mundo y su secreto sería auténticamente espantoso.

Ambos reflexionaron en silencio sin atreverse a hacer ninguna conjetura. Decidieron intensificar la vigilancia y registrar el apartado dos veces al día. Lake abandonaría la ciudad en cuestión de horas para presentar batalla en otras primarias y ellos tendrían el apartado a su entera disposición.

A no ser que otra persona recogiera la correspondencia en su nombre.

Aaron Lake era el hombre del momento en Washington. Desde su despacho de la colina del Capitolio concedió amablemente entrevistas en directo a todos los programas de noticias matinales. Recibió a senadores y a otros miembros del Congreso, tanto a amigos como a antiguos enemigos, todos ellos ansiosos de expresarle su alegría y su enhorabuena. Almorzó con su equipo de colaboradores de la campaña y mantuvo prolongadas reuniones acerca de la estrategia. Tras una rápida cena con Elaine Tyner, que le comunicó la sensacional noticia de las montañas de dinero que estaba recibiendo el CAP-D, abandonó la ciudad y voló a Syracuse, donde tenía previsto preparar los planes para las primarias de Nueva York.

Una gran multitud le dio la bienvenida. A fin de cuentas, en ese momento el que marchaba en cabeza era él.

14

Las resacas se estaban convirtiendo en algo tan frecuente que, cuando Trevor abrió los ojos a un nuevo día, pensó que tenía que moderarse. No puedes pasarte todas las noches en Pete's bebiendo cervezas con los estudiantes y viendo en la televisión partidos de baloncesto que te importan un bledo, por el simple hecho de haber apostado mil dólares en ellos. La víspera había sido el equipo de Logan State contra no recordaba quién, un equipo que llevaba un uniforme verde. ¿A quién coño le importaba el Logan State?

A Joe Roy Spicer, a ése sí le importaba. Spicer había apostado quinientos dólares, él había añadido mil dólares de su bolsillo y el Logan les había permitido ganar la apuesta. La semana anterior, Spicer había acertado en diez partidos sobre doce. Había ganado tres mil dólares y él, siguiendo alegremente sus consejos, se había embolsado cinco mil quinientos. El juego estaba resultando una actividad más rentable que el ejercicio de la abogacía. ¡Y los ganadores los elegía otra persona, no él!

Se dirigió al cuarto de baño y se lavó la cara sin mirarse al espejo. La taza del retrete estaba atascada desde la víspera y, mientras él recorría su desordenada vivienda en busca de un desatascador, sonó el teléfono. Era su ex esposa, una mujer a la que odiaba y que lo detestaba a su vez. Cuando oyó su voz, comprendió que necesitaba dinero. Le dijo que no con muy malos modos y se fue a la ducha.

En el despacho la situación era todavía peor. Los miembros de una pareja que se estaba divorciando llegaron en dos vehículos separados para terminar de negociar los términos del acuerdo sobre los bienes. Los objetos por los que estaban discutiendo eran insignificantes —unas cazuelas, unas sartenes, una tostadora—, pero como no tenían nada, por algo tenían que discutir. Cuantas menos cosas tenían, tanto más acerbas eran las discusiones.

El abogado se presentó con una hora de retraso, pero ellos habían aprovechado el rato para ir calentándose poco a poco. Cuando llegaron al punto de ebullición, Jan los tuvo que separar. La mujer estaba aparcada en el despacho de Trevor cuando éste entró a trompicones por la puerta de atrás.

—¿Dónde demonios se había metido usted? —le preguntó ella, levantando la voz lo suficiente como para que el marido la oyera desde el otro extremo de la casa.

Avanzando a grandes zancadas por el pasillo, el marido pasó por delante de Jan, que no hizo el menor intento de seguirlo, e irrumpió en el pequeño despacho de Trevor.

—¡Llevamos una hora esperando! —le gritó.

—¡Silencio los dos! —gritó Trevor a su vez. Jan abandonó el edificio. Los clientes se sorprendieron del volumen de su voz—. ¡Siéntense! —ordenó a pleno pulmón, y ambos se sentaron en las dos únicas sillas que había—. ¡Pagan quinientos dólares por una mierda de divorcio y se creen los amos de esta casa!

La pareja contempló los enrojecidos ojos del abogado y su congestionado rostro, y llegó a la conclusión de que aquel hombre no estaba para bromas. El teléfono empezó a sonar, pero nadie lo atendió. Trevor sintió náuseas, salió rápidamente del despacho, cruzó el pasillo y entró en el cuarto de baño, donde vomitó procurando hacer el menor ruido posible. No pudo echar el agua y la cadenita metálica tintineó inútilmente en el pequeño depósito.

El teléfono seguía sonando. Bajó tambaleándose por el pasillo para despedir a Jan y, al no encontrarla, él también abandonó la casa. Bajó a la playa, se descalzó y chapoteó con los pies desnudos en la fría agua salada.

Dos horas más tarde, Trevor estaba sentado inmóvil en su despacho con la puerta cerrada para que no entrara ningún cliente. Mantenía los pies descalzos apoyados sobre el escritorio y aún tenía arena alojada entre los dedos. Necesitaba echar una siesta y tomarse un trago. Miró al techo, tratando de establecer las prioridades.

Sonó el teléfono, esta vez debidamente atendido por Jan, que aún conservaba su puesto de trabajo a pesar de que en secreto ya examinaba los anuncios de ofertas.

Era Brayshears, desde las Bahamas.

—Tenemos una transferencia, señor —le dijo éste.

Trevor se levantó de un salto.

—¿Cuánto?

—Cien mil, señor.

Trevor consultó su reloj. Disponía de aproximadamente una hora para tomar un vuelo.

—¿Puede recibirme a las tres y media? —preguntó.

—Por supuesto que sí, señor.

Colgó el aparato y le gritó a la secretaria, que se encontraba en la parte anterior de la casa:

—Cancele mis citas de hoy y mañana. Me voy.

—No tiene ninguna cita —le respondió Jan también

175

a gritos—. Está usted perdiendo dinero con más rapidez que nunca.

Trevor no quería discutir. Salió por la puerta trasera dando un portazo y se alejó en su automóvil.

El avión con destino a Nassau hizo una escala en Fort Lauderdale, aunque Trevor apenas se enteró. Tras tomarse rápidamente un par de cervezas, se quedó dormido como un tronco. Se tomó otras dos mientras sobrevolaban el Atlántico, y un auxiliar de vuelo tuvo que despertarlo cuando el avión ya estaba vacío.

La transferencia era de Curtis, el tipo de Dallas, tal como él esperaba. Se había efectuado a través de un banco de Tejas a la cuenta de Boomer Realty, Ltd., del Geneva Trust Bank de Nassau. Trevor retiró el tercio que le correspondía, ingresó veinticinco mil dólares en su cuenta secreta y se llevó ocho mil en efectivo. Le dio las gracias al señor Brayshears, comentó que esperaba volver a verle muy pronto y abandonó el edificio haciendo eses.

Ni siquiera consideró la idea de regresar a casa. Se dirigió a la zona comercial, donde nutridas manadas de turistas estadounidenses ocupaban las aceras. Necesitaba unos pantalones cortos, un sombrero de paja y un bronceador.

Al final, consiguió llegar a la playa, donde encontró alojamiento en un bonito hotel a doscientos dólares por noche, pero ¿qué más daba? Se untó con aceite y se tumbó al borde de la piscina, muy cerca del bar. Una camarera calzada con sandalias le sirvió las bebidas.

Despertó cuando ya había oscurecido, bastante encarnado pero no quemado. Un guardia de seguridad lo acompañó a su habitación, donde se desplomó sobre la cama para sumirse acto seguido en su coma. El sol ya había vuelto a salir cuando empezó a moverse de nuevo.

Tras aquel largo período de descanso, se despertó

con la cabeza sorprendentemente despejada y con mucho apetito. Comió un poco de fruta y fue a echar un vistazo a las embarcaciones de vela, no exactamente para comprarse una sino para estudiar los detalles. Una embarcación de nueve metros de eslora sería suficiente, del tamaño ideal para que pudiera manejarla por sí solo y vivir en ella. No habría pasajeros; simplemente el patrón, saltando de isla en isla. La más barata que encontró valía noventa mil dólares y precisaba de unas cuantas reparaciones.

Al mediodía ya estaba de nuevo tumbado al borde de la piscina, tratando de calmar a un par de clientes a través de su móvil, aunque sin demasiado interés. La misma camarera le sirvió otro trago. Cuando no hablaba por teléfono, se ocultaba detrás de unas gafas de sol y trataba de asimilar las cantidades. A decir verdad, todo aquello le estaba resultando maravillosamente aburrido.

El mes anterior se había embolsado unos ochenta mil dólares en trapicheos libres de impuestos. ¿Podría seguir al mismo ritmo? En caso afirmativo, en un año ganaría un millón de dólares, podría dejar su despacho y lo que quedaba de su carrera, comprarse un barquito y lanzarse a navegar.

Por primera vez, el sueño le pareció casi factible. Se veía a sí mismo al timón, descalzo y sin camisa, con una cerveza fría en la mano, deslizándose por el agua de St. Barts a St. Kitts, de Nevis a St. Lucia, de una isla a otras mil, con la vela mayor hinchada por el viento y sin tener que preocuparse por nada. Cerró los ojos y deseó con más anhelo que nunca poder realizar la escapada.

Sus propios ronquidos lo despertaron. Las sandalias estaban cerca. Pidió una copa de ron y consultó su reloj.

Dos días después Trevor consiguió regresar finalmente a Trumble. Llegó allí con una mezcla de sentimientos contradictorios. Por una parte, estaba deseando recoger la correspondencia y contribuir al éxito de la estafa, deseaba que el chantaje siguiera adelante y que les siguiera lloviendo el dinero. Sin embargo, por otra parte era consciente de que se había retrasado y sabía que el juez Spicer no estaría muy contento.

—¿Dónde demonios te habías metido? —le regañó Spicer en cuanto el guardia abandonó la sala de abogados. Por lo visto, era la pregunta de rigor últimamente—. Me he perdido tres partidos por tu culpa, y eso que había elegido a los ganadores.

—En las Bahamas. Acabamos de recibir cien mil de Curtis, el de Dallas.

El estado de ánimo de Spicer cambió súbitamente.

—¿Has tardado tres días para comprobar la transferencia de las Bahamas?

—Necesitaba un poco de descanso. Ignoraba que tuviera que pasar por aquí cada día.

Spicer se estaba ablandando por momentos. Acababa de embolsarse otros veintidós mil dólares. Los tenía a buen recaudo junto con el resto del botín en un lugar donde nadie los encontraría. Mientras le entregaba al abogado otro montón de preciosos sobres, pensó en la manera en que se gastaría el dinero.

—Vaya, qué laboriosos —comentó Trevor, tomando las cartas.

—¿De qué te quejas? Ganas más que nosotros.

—Yo tengo mucho más que perder que vosotros.

Spicer le entregó una hoja de papel.

—He elegido diez partidos. Apuesto quinientos en cada uno.

Estupendo, pensó Trevor. Otro largo fin de semana

en el Pete's, tragándome un partido tras otro. Bueno, había cosas peores. Jugaron unas cuantas partidas de black-jack a un dólar la mano hasta que el guardia interrumpió la reunión.

El director y sus superiores de la Dirección de Prisiones de Washington habían comentado las visitas cada vez más frecuentes de Trevor. Se habían intercambiado algunos mensajes, habían comentado la posibilidad de establecer alguna limitación, pero finalmente desestimaron la idea. Las visitas carecían de importancia y, además, el director no quería enfrentarse a los miembros de la Hermandad. ¿Por qué buscar problemas?

El abogado era inofensivo. Tras efectuar algunas llamadas a la zona de Jacksonville, llegaron a la conclusión de que Trevor era prácticamente un desconocido y probablemente no tenía nada mejor que hacer que visitar la sala de abogados de una prisión.

El dinero infundió nueva vida a Beech y Yarber. Para gastárselo era imprescindible que pudieran meterle mano, lo cual exigiría que algún día salieran de allí convertidos en hombres libres, libres de hacer lo que les diera la gana con su cada vez más cuantiosa fortuna.

Con los aproximadamente cincuenta mil dólares que ahora tenía en el banco, Yarber estaba ocupado en la tarea de prepararse una cartera de inversiones. Era absurdo dejar el dinero en la cuenta a un cinco por ciento anual, aunque fuera un dinero libre de impuestos. Un día no muy lejano, invertiría en fondos más arriesgados y lucrativos, sobre todo de Extremo Oriente. Asia volvería a florecer y su montoncito de dinero mal adquirido se beneficiaría de aquella prosperidad. Le quedaban cinco años, y si hasta entonces ganaba entre un doce y un quince por

ciento, los cincuenta mil dólares se convertirían aproximadamente en cien mil cuando saliera de Trumble. No
sería un mal comienzo para un hombre de sesenta y cinco
años si, tal como esperaba, gozaba de buena salud.

Pero si él (y Percy y Ricky) pudieran seguir añadiendo dinero a la fuente de ingresos principal, cuando lo
soltaran tal vez se habría convertido en un hombre muy
rico. Cinco cochinos años... Pensaba con horror en los
meses y las semanas. Ahora se preguntaba de repente
si tendría tiempo suficiente para chantajear a la gente y
obtener todo el dinero que necesitaba. En su papel de
Percy se estaba carteando con más de veinte personas de
todo el país. No había dos que vivieran en la misma ciudad. La misión de Spicer consistía en mantener a las víctimas separadas. Habían utilizado los mapas de la biblioteca jurídica para cerciorarse de que ni Percy ni Ricky se
estuvieran carteando con hombres que vivieran cerca.

Cuando no escribía cartas, Yarber fantaseaba con el
dinero. Por suerte, los documentos del divorcio de su
mujer habían ido y venido en un santiamén. En cuestión
de unos meses, volvería a ser oficialmente soltero y, cuando le concedieran la libertad condicional, ella ya haría
tiempo que se habría olvidado de él. No tendría que compartir nada con nadie. Sería libre de alejarse sin ninguna
atadura.

Cinco años, pero le quedaba todavía mucho que hacer. Había reducido el consumo de azúcar y caminaba
dos kilómetros más cada día.

En la oscuridad de la litera superior, en sus noches
de insomnio, Hatlee Beech había hecho los mismos cálculos que sus compañeros. Con cincuenta mil dólares en
la mano, buscando unos buenos intereses en algún sitio y
añadiendo a la suma principal todo el dinero que lograran exprimirles a la mayor cantidad de víctimas posible,

algún día habría amasado una fortuna. A Beech le quedaban nueve años, una maratón que, al principio, le había parecido interminable. Sin embargo, en aquel momento un rayo de esperanza despuntaba en el horizonte. La condena a muerte que le había caído encima se estaba convirtiendo poco a poco en una época de cosecha. Haciendo unos cálculos más bien conservadores, aunque la estafa sólo le reportara cien mil dólares anuales durante los siguientes nueve años, más unos buenos intereses, cuando atravesara brincando la verja de la prisión, a los sesenta y cinco años, sería multimillonario.

Tal vez conseguiría dos millones, o tres, o a lo mejor incluso cuatro.

Ya lo tenía todo previsto: como le encantaba Tejas, se iría a vivir a Galveston, se compraría una de aquellas antiguas casas victorianas cerca del mar e invitaría a sus amigos a que pasaran a saludarlo y admiraran su riqueza. Que se fuera a la mierda el Derecho; él dedicaría doce horas al día a invertir su dinero, a que rindiera intereses para que, cuando cumpliera los setenta años, tuviera más dinero que su ex mujer.

Por primera vez en muchos años, Hatlee Beech pensó que quizá viviría hasta los sesenta y cinco, y tal vez hasta los setenta.

Él también prescindió de la ingestión de azúcar y mantequilla, y redujo el consumo de cigarrillos a la mitad con la intención de recuperar cuanto antes la buena forma física. Juró que no se acercaría a la enfermería y que dejaría de hablar de pastillas. Adquirió la costumbre de caminar un kilómetro y medio al día bajo el sol como su compañero de California. Y siguió escribiendo cartas, él y Ricky las siguieron escribiendo.

El juez Spicer, que ya tenía motivos más que sobrados para ello, empezó a sufrir insomnio. No porque se sintiera culpable, solo o humillado, ni tampoco porque lo deprimiera la indignidad de la reclusión. Todo se debía simplemente a que se dedicaba a contar el dinero, a hacer malabarismos con las tasas de rendimiento y a analizar las diferencias de puntuación de los equipos de baloncesto. Puesto que sólo le quedaban veintiún meses, ya empezaba a vislumbrar el final.

Su encantadora esposa Rita había acudido a verlo la semana anterior y ambos habían pasado cuatro horas juntos en dos días. Se había cortado el cabello, había abandonado la bebida, había adelgazado siete kilos y había prometido que estaría todavía más delgada cuando fuera a recogerlo a la entrada de la cárcel en cuestión de menos de dos años. Tras haber pasado cuatro horas con ella, Joe Roy llegó al convencimiento de que los noventa mil dólares seguían enterrados detrás del cobertizo de las herramientas.

Se irían a vivir a Las Vegas, se comprarían un nuevo apartamento y mandarían a la mierda al resto del mundo.

Sin embargo, el hecho de que la estafa funcionara tan bien se estaba convirtiendo en un nuevo motivo de preocupación. Él sería el primero en abandonar Trumble, y estaba claro que lo haría sin volver la mirada atrás. Pero ¿y el dinero que seguirían ganando los demás cuando él se marchara de allí? En caso de que la estafa les siguiera reportando dinero, ¿qué ocurriría con la parte que le correspondiera de las futuras ganancias, un dinero que él tenía perfecto derecho a embolsarse? A fin de cuentas, la idea había sido suya, él la había copiado del penal de Luisiana. Al principio, Beech y Yarber incluso se habían mostrado un poco reacios.

Tenía tiempo para inventarse una estrategia de salida como también lo tenía para encontrar la manera de deshacerse del abogado. Aunque, por supuesto, le costaría unas cuantas horas de sueño.

Beech leyó la carta de Quince Garbe, de Iowa:

—«Querido Ricky (o quien coño seas): ya no me queda dinero. Los primeros cien mil dólares los pedí prestados a un banco utilizando una memoria general falsa. Ni siquiera sé cómo los voy a devolver. Mi padre es el dueño de nuestro banco y de todo el dinero. ¿Por qué no le escribes unas cuantas cartas, grandísimo ladrón? Podría reunir diez mil dólares siempre y cuando quedara claro que el chantaje terminará aquí. Estoy al borde del suicidio, o sea que no me agobies demasiado. Eres escoria y lo sabes. Espero que te atrapen. Sinceramente, Quince Garbe.»

—Parece que está bastante desesperado —comentó Yarber, levantando la vista de su montón de cartas.

—Dile que aceptaremos veinticinco mil —dijo Spicer con un mondadientes colgando de su labio inferior.

—Le escribiré y le diré que nos haga la transferencia —dijo Beech, al tiempo que abría otro sobre dirigido a Ricky.

15

Durante la hora del almuerzo, cuando la experiencia le había revelado que el movimiento aumentaba ligeramente en Mailbox America, un agente entró como quien no quiere la cosa detrás de dos clientes y, por segunda vez aquel mismo día, introdujo una llave en el apartado 455. Encima de tres muestras de correo basura —una de una empresa de pizzas para llevar, otra de un túnel de lavado de automóviles y una tercera del servicio de Correos estadounidense—, descubrió algo nuevo. Un sobre de color azafrán, de quince por veinte centímetros. Utilizando unas pinzas que hacían las veces de llavero, tomó el extremo del sobre, lo sacó rápidamente de la casilla y lo introdujo en una pequeña cartera de documentos. Dejó el resto donde estaba.

En Langley, unos expertos lo abrieron con sumo cuidado. Sacaron dos páginas escritas a mano y las copiaron.

Una hora más tarde, Deville entró en el búnker de Teddy con una carpeta en la mano. Deville era el encargado de lo que, en las más profundas interioridades de Langley, se denominaba comúnmente «el lío de Lake». Entregó copias de la carta a Teddy y York y después la pasó a una pantalla de gran tamaño, donde, al principio, Teddy y York se limitaron a contemplarla sin pronunciar palabra. Estaba escrita en letras de imprenta en negrita y su lectura resultaba muy fácil, como si el autor hubiera meditado mucho las palabras. Decía lo siguiente:

Querido Al,

¿Dónde te has metido? ¿Te llegó mi última carta? Te la escribí hace tres semanas y aún no he recibido respuesta. Supongo que debes de estar ocupado, pero, por favor, no te olvides de mí. Me siento muy solo y tus cartas siempre me han ayudado a seguir adelante. Me infunden fuerza y esperanza porque sé que ahí fuera hay alguien que se preocupa por mí. Por favor, no me abandones, Al.

Mi abogado dice que, a lo mejor, me concederán la libertad dentro de dos meses. Hay una casa de acogida en Baltimore, a pocos kilómetros del lugar donde me crié, y la gente de aquí está tratando de conseguirme una plaza. Sería para noventa días, tiempo suficiente para que encuentre trabajo, amigos, etc., en fin, para que vuelva a acostumbrarme a la sociedad. Allí cierran de noche, pero de día disfrutaría de libertad. No conservo muy buenos recuerdos, Al. Todas las personas que me querían han muerto, y mi tío, el que paga los gastos de mi desintoxicación, es muy rico pero también muy cruel.

Necesito desesperadamente amigos, Al.

Por cierto, he perdido otros dos kilos y ahora mido setenta y ocho centímetros de cintura. La fotografía que te envío ya no refleja la realidad. No me gusta el aspecto de mi cara... tengo las mejillas demasiado mofletudas.

Ahora estoy mucho más delgado y moreno. Aquí nos dejan tomar el sol dos horas al día cuando el tiempo lo permite. Aunque estemos en Florida, a veces hace frío. Te enviaré otra fotografía, quizá de cintura para arriba. Me dedico con toda mi alma a hacer ejercicio. Creo que la nueva fotografía te gustará.

Me dijiste que me enviarías una tuya. Todavía la

estoy esperando. Por favor, no me olvides, Al. Necesito una de tus cartas.

Con todo mi cariño,

Ricky

Puesto que a York se le había encomendado la tarea de investigar todos los aspectos de la vida de Lake, éste se sentía obligado a intervenir en primer lugar, pero no se le ocurría nada que decir. Releyeron la carta en silencio, una y otra vez.

—Aquí está el sobre —dijo Deville finalmente.

Lo proyectó en la pared. Estaba dirigido al señor Al Konyers, Mailbox America. El remitente era: Ricky, Aladdin North, Apartado de Correos 44683, Neptune Beach, Florida 32233.

—Es una tapadera —observó Deville—. No existe ningún lugar llamado Aladdin North. Al número de teléfono que aparece sólo responde un contestador. Hemos llamado diez veces para intentar averiguar algo, pero los operadores no saben nada. Hemos telefoneado a todas las clínicas de desintoxicación y tratamiento del norte de Florida y nadie ha oído hablar de ese lugar.

Teddy guardó silencio sin apartar los ojos de la pared.

—¿Dónde está Neptune Beach? —preguntó York, soltando un gruñido.

—En Jacksonville.

Deville recibió autorización para retirarse, aunque le advirtieron que se mantuviera disponible.

Teddy empezó a tomar notas en un cuaderno verde tamaño folio.

—Hay otras cartas y por lo menos una fotografía —comentó como si aquel problema fuera una cuestión de rutina. Teddy Maynard no conocía el pánico—. Tenemos que encontrarlas —añadió.

—Hemos llevado a cabo dos exhaustivos registros de su casa —dijo York.

—Pues realicen un tercero. Dudo que conserve este material en su despacho.

—¿Cuándo...?

—Ahora mismo. Lake se encuentra en California, a la caza de votos. No disponemos de mucho tiempo, York. Puede haber otros apartados de correos, otros hombres que escriban cartas y presuman de bronceado y de cintura de avispa.

—¿Se enfrentará usted con él?

—Todavía no.

Como no tenían ninguna muestra de la caligrafía del señor Konyers, Deville hizo una sugerencia que, al final, contó con la aprobación de Teddy. Utilizarían la estratagema de un nuevo ordenador portátil con impresora incorporada. El primer borrador lo escribieron Deville y York. Al cabo de aproximadamente una hora, el cuarto borrador decía lo siguiente:

Querido Ricky,

Recibí tu carta del 22; perdona que no te haya escrito antes. He estado viajando mucho últimamente y ando retrasado en todo. De hecho, te escribo esta carta desde diez mil metros de altura sobre el golfo de México, rumbo a Tampa, en un nuevo ordenador portátil tan pequeño que casi me cabe en el bolsillo. Qué asombrosa es la tecnología. En cambio, la impresora deja algo que desear. Espero que lo puedas leer bien. La noticia de tu puesta en libertad es fabulosa, al igual que el asunto de la casa de acogida de Baltimore. Tengo algunos intereses comerciales allí y estoy seguro de que podré encontrarte un empleo.

Ánimo, sólo te faltan dos meses. Ahora eres una persona mucho más fuerte y ya estás preparado para vivir la vida a tope. No te desalientes.

Te ayudaré en cuanto esté en mi mano. Cuando vayas a Baltimore, me encantará pasar algún tiempo contigo, enseñarte la ciudad y todas estas cosas.

Te prometo que no tardaré tanto en escribir. Estoy deseando recibir noticias tuyas.

Con todo mi cariño,

Al

Tomaron la decisión de que, debido a las prisas, Al había olvidado firmar. La carta fue revisada, corregida y examinada con más detenimiento que si fuera un tratado. La versión final se imprimió en el papel de cartas del Royal Sonesta Hotel de Nueva Orleans, y se introdujo en un grueso y sencillo sobre de papel marrón con un dispositivo óptico oculto en el borde inferior. En la esquina inferior derecha, en una zona que parecía haberse arrugado y estropeado ligeramente durante el envío, instalaron un minúsculo transmisor del tamaño de la cabeza de un alfiler. Cuando éste se activara, enviaría una señal a una distancia de hasta cien metros durante un período máximo de tres días.

Puesto que Al se dirigía a Tampa, pusieron un matasellos de Tampa con la fecha de aquel día. Todo ello se llevó a cabo en menos de media hora, gracias a la labor de un equipo de personas muy raras pertenecientes a la sección de Documentación del segundo piso.

A las cuatro de la tarde, una baqueteada furgoneta verde se detuvo junto al bordillo delante de la casa de Aaron Lake, cerca de uno de los muchos árboles que daban sombra a la calle Treinta y cuatro, en uno de los sectores más bonitos de Georgetown. En la portezuela figuraba el nombre de una empresa de fontanería. Salieron cuatro operarios y empezaron a sacar herramientas y material.

A los pocos minutos, la única vecina que lo había observado todo se hartó de mirar y regresó a contemplar su televisor. Estando Lake en California, los miembros del Servicio Secreto se encontraban con él y aún no habían tenido ocasión de montar una vigilancia de su casa durante las veinticuatro horas del día. Sin embargo, no tardarían en hacerlo.

La excusa era una tubería de desagüe atascada en el jardincito de la parte anterior, un trabajo que se podía llevar a cabo sin necesidad de entrar en la casa. Un trabajo externo que no provocaría las iras del Servicio Secreto en caso de que acertaran a pasar por allí.

Pero dos de los fontaneros entraron en la casa utilizando su propia llave. Otra furgoneta se acercó para comprobar qué tal progresaba el trabajo y dejar una herramienta. Los operarios de la segunda furgoneta formaron un solo equipo con los de la primera.

En el interior de la casa, cuatro de los agentes iniciaron la aburrida búsqueda de secretos ocultos. Recorrieron las habitaciones, examinaron lo más obvio y abrieron cajones tratando de descubrir secretos.

Se fue la segunda furgoneta, apareció una tercera procedente de otra dirección, y aparcó con los neumáticos en la acera, tal como suelen hacer los vehículos de las empresas de servicios. Otros cuatro fontaneros se unieron al equipo que estaba limpiando la tubería de desagüe y, finalmente, dos de ellos se introdujeron en ella. Cuando anocheció, instalaron un reflector en el jardín y lo dirigieron hacia la casa para que no se vieran las luces del interior.

Al cabo de seis horas, concluyeron la limpieza de la tubería y también la de la casa. No hallaron nada insólito y tanto menos unos archivos ocultos con la correspondencia de un tal Ricky de una clínica de desintoxicación. Ni rastro de fotografías. Los fontaneros apagaron las linternas, guardaron las herramientas y desaparecieron sin dejar ni rastro.

A las ocho y media de la mañana siguiente, cuando se abrieron las puertas de la oficina de correos de Neptune Beach, un oficial apellidado Barr entró apresuradamente, como si llegara tarde a algún sitio. Barr era un experto en llaves y cerraduras, y la víspera se había pasado cinco horas en Langley, estudiando los distintos modelos de casillas utilizados por el servicio de correos. Tenía cuatro llaves maestras y no le cabía duda de que alguna de ellas abriría el número 44683. De lo contrario, se vería obligado a codificarlo, lo cual le llevaría unos sesenta segundos y tal vez llamara la atención. La tercera llave dio resultado y Barr introdujo en la casilla el sobre marrón con un matasellos fechado la víspera en Tampa, dirigido a Ricky, sin apellido, Aladdin North. Ya había dos cartas en el interior. Para no despertar sospechas, sacó una carta de propaganda, cerró la puerta de la casilla, arrugó el sobre y lo arrojó a una papelera.

Barr y dos compañeros esperaron pacientemente en una furgoneta del aparcamiento, tomando café y grabando en vídeo a todos los usuarios de la oficina de correos. Se encontraban a setenta metros de la casilla. El receptor manual recibía la débil señal emitida por el sobre. Un heterogéneo grupo de personas entró y salió de la oficina de correos, una negra con un vestido marrón muy corto, un varón blanco con barba y cazadora de cuero, una mujer blanca enfundada en un chándal, un negro con pantalones vaqueros, todos ellos agentes de la CIA y todos vigilando el apartado de correos sin tener la menor idea de quién había escrito la carta ni adónde se había enviado. Su misión era, simplemente, dar con la persona que había alquilado el apartado.

La encontraron después del almuerzo.

Se puede decir que Trevor almorzó en el Pete's, pero sólo tomó dos cervezas. Unas frías cervezas de barril con cacahuetes salados del cuenco de la barra, consumidas mientras perdía cincuenta dólares en una carrera de trineos tirados por perros en Calgary. Regresó al despacho y se echó una siesta de una hora, en cuyo transcurso roncó con tanta intensidad que, al final, su sufrida secretaria tuvo que cerrar la puerta. Lo hizo dando un portazo, pero no lo bastante fuerte como para despertarlo.

Soñando con embarcaciones de vela, se dirigió a pie a la oficina de correos porque el día era bueno, aparte de que no tenía nada mejor que hacer y necesitaba despejarse un poco. Se alegró de encontrar cuatro de los pequeños tesoros pulcramente dispuestos en diagonal en el apartado de correos de Aladdin North. Se los guardó cuidadosamente en el bolsillo de la gastada chaqueta de hilo y algodón, se arregló la pajarita y salió tranquilamente, convencido de que no faltaba mucho para un nuevo día de cobro.

Jamás había sentido la tentación de leer las cartas. Que la Hermandad se encargara del trabajo sucio. Él conservaría las manos bien limpias, trasladaría la correspondencia y se limitaría a cobrar un tercio de los beneficios. Por no mencionar el hecho de que Spicer lo hubiera matado si le hubiera entregado cartas manipuladas.

Siete agentes lo vigilaron mientras regresaba dando un paseo a su despacho.

Teddy estaba echando una cabezadita en su silla de ruedas cuando entró Deville. York se había marchado a casa; ya eran más de las diez de la noche. York tenía familia; Teddy, en cambio, no.

Deville presentó su informe, consultando varias páginas de notas.

—Un abogado de la zona llamado Trevor Carson retiró la carta del apartado de correos a la una y cincuenta minutos de la tarde. Seguimos a Carson hasta su despacho de Neptune Beach, donde permaneció ochenta minutos. Es un pequeño despacho donde trabaja él solo con una secretaria; no tiene demasiados clientes. Carson es un abogado de poca monta, se ocupa de divorcios, transacciones inmobiliarias y asuntos menores. Tiene cuarenta y ocho años, se ha divorciado por lo menos dos veces, es natural de Pennsylvania, cursó estudios preuniversitarios en Fullman y estudió Derecho en la Universidad Estatal de Florida. Hace once años le retiraron la licencia por mezclar los fondos de varios clientes, aunque más tarde la recuperó.

—Bueno, ya basta —ordenó Teddy.

—A las tres y media abandonó su despacho y se dirigió a la prisión federal de Trumble, Florida, situada a una hora de carretera. Llevaba las cartas. Lo seguimos, pero perdimos la señal cuando entró en el edificio. Desde entonces, hemos recogido más información sobre el centro. Es una cárcel de régimen especial, lo que habitualmente se llama un «campamento». No tiene muros ni vallas y los reclusos son de baja peligrosidad. Hay mil. Según una fuente de la Dirección de Prisiones de aquí en Washington, Carson acude allí muy a menudo. No hay ningún otro abogado ni ninguna otra persona que lo haga con tanta frecuencia. Hasta hace un mes, la visitaba una vez por semana, ahora se traslada allí por lo menos tres veces cada siete días. Y, en ocasiones, incluso cuatro. Todas las visitas se deben, oficialmente, a reuniones entre cliente y abogado.

—¿Quién es el cliente?

—No es Ricky. Carson es el abogado de tres jueces.

—¿Tres jueces?

—Sí.

—¿Tres jueces en la cárcel?

—Exacto. Se autodenominan la Hermandad.

Teddy cerró los ojos y se frotó las sienes. Deville dejó que reflexionara un instante y después añadió:

—Carson permaneció cincuenta y cuatro minutos en la cárcel y, cuando salió, no conseguimos localizar la señal emitida por el sobre. Pasó a un metro y medio de nuestro receptor y estamos seguros de que ya no llevaba la carta. Lo seguimos hasta Jacksonville y la playa. Aparcó cerca de un local llamado Pete's Bar and Grill y estuvo allí unas tres horas. Registramos su automóvil, localizamos la cartera de documentos y encontramos en su interior ocho cartas dirigidas a distintos hombres de todo el país. Todas las cartas eran de salida, no dirigidas a ningún recluso. Evidentemente, Carson actúa como intermediario para facilitar que sus clientes mantengan correspondencia. Hasta hace media hora seguía en el bar, borracho como una cuba, apostando a los partidos de baloncesto universitario.

—Un perdedor.

—Más bien sí.

El perdedor salió haciendo eses del Pete's después de la segunda prórroga de un partido de la Costa Oeste. Spicer había elegido a tres de los cuatro equipos ganadores. Trevor había seguido su ejemplo y había ganado mil dólares. A pesar de lo bebido que estaba, tuvo la prudencia de no conducir. La detención por conducir en estado de embriaguez de tres años atrás seguía dolorosamente viva en su memoria y, además, había policías por todas partes. Los restaurantes y los bares de las inmediaciones del Sea Turtle Inn atraían a los jóvenes y a los noctámbulos y, por consiguiente, también a los policías.

Sin embargo, el hecho de ir andando constituía un reto. Consiguió llegar directamente a su despacho situado más al sur, pasando por delante de las tranquilas casitas de alquiler y de las viviendas de los jubilados, todas ellas a oscuras y ya cerradas. Llevaba en la cartera de documentos las cartas de Trumble.

Siguió adelante, buscando su casa. Cruzó la calle sin motivo y media manzana más allá la volvió a cruzar. No había tráfico. Empezó a moverse en círculo para volver atrás y se acercó hasta unos veinte metros de un agente que se había ocultado detrás de un automóvil aparcado. Los miembros del silencioso ejército lo observaron, temiendo de repente que aquel imbécil borracho se tropezara con uno de ellos.

En determinado momento, se dio por vencido y consiguió regresar de nuevo a su despacho. Hizo sonar las llaves al llegar a los peldaños de la entrada, se le cayó la cartera de documentos al suelo, se olvidó de ella y, medio minuto después de haber abierto la puerta, ya estaba detrás de su escritorio, dormido como un tronco en su sillón giratorio reclinable, con la puerta principal entreabierta.

La puerta posterior no estaba cerrada con llave. Siguiendo las instrucciones de Langley, Barr y los demás entraron en el despacho y colocaron micrófonos ocultos en todas partes. No había sistema de alarma ni cerraduras en las ventanas, ni nada de valor que pudiera atraer a un hipotético ladrón. La intervención de los teléfonos y la colocación de dispositivos en las paredes fue pan comido, pues desde el exterior nadie observó nada dentro del despacho de L. Trevor Carson, abogado y asesor legal.

Vaciaron la cartera de documentos y catalogaron su contenido, siguiendo las instrucciones de Langley, que deseaba un informe exhaustivo acerca de todas las cartas que habían salido de Trumble por aquel irregular procedimiento. Cuando lo hubieron fotografiado e inspeccionado todo, la cartera fue colocada en el suelo del pasillo, cerca del despacho. Los ininterrumpidos ronquidos atronaban de forma impresionante.

Poco después de las dos, Barr consiguió poner en marcha el Escarabajo aparcado en las inmediaciones de Pete's. Bajó con él por la desierta calle y lo dejó junto al bordillo delante del despacho del abogado, para que el borracho se frotara los ojos al cabo de unas horas y se diera a sí mismo una palmada en la espalda por haber sido capaz de conducir tan bien. O, a lo mejor, se horrorizaría al pensar que había vuelto a conducir en estado de embriaguez. En cualquiera de los dos casos, ellos lo estarían escuchando.

16

Treinta y siete horas antes de que se abrieran los colegios electorales en Virginia y Washington, el presidente apareció en directo en la televisión nacional para anunciar que había ordenado un ataque aéreo contra la ciudad tunecina de Talah y sus alrededores.

Se creía que la unidad terrorista de Yidal se entrenaba en un recinto muy bien equipado en las afueras de esa población.

De esta manera, el país volvió a quedar enganchado a otra miniguerra mecánica de bombas inteligentes y de generales retirados que hablaban en la CNN de tal estrategia o tal otra.

En Túnez era de noche, motivo por el que la televisión no podía ofrecer imágenes. Los generales retirados y los entrevistadores que no tenían ni idea de nada se dedicaban a hacer conjeturas. Y a esperar. A esperar a que la luz del sol transmitiera a una cansada nación imágenes de humo y escombros.

Sin embargo, Yidal contaba con sus fuentes de información, con toda probabilidad israelíes. El recinto estaba vacío cuando cayeron las bombas inteligentes. Éstas alcanzaron sus objetivos, estremecieron el desierto, destruyeron el recinto, pero no acabaron con un solo terrorista.

No obstante, dos de ellas se desviaron y una cayó en

el centro de Talah, donde alcanzó de lleno un hospital. La otra fue a parar sobre una casita en la que dormía una familia integrada por siete miembros. Afortunadamente, los pobrecillos ni se enteraron.

La televisión tunecina se apresuró a captar las imágenes del hospital en llamas y, al romper el alba en la Costa Este, el país descubrió que las bombas inteligentes no lo eran tanto como afirmaban. Se habían recuperado por lo menos cincuenta cadáveres, todos ellos de civiles inocentes.

A primera hora de la mañana, el presidente se vio aquejado de una repentina e insólita aversión a la prensa y no hubo manera de localizarlo para que hiciera un comentario. El vicepresidente, un hombre que había hablado por los codos al comienzo del ataque, estaba reunido con sus colaboradores en algún lugar de Washington.

Los cuerpos se amontonaban, las cámaras seguían filmando y, a media mañana, se produjo una rápida, unánime y demoledora reacción mundial. Los chinos amenazaron con declarar la guerra. Los franceses parecían inclinados a unirse a ellos. Hasta los británicos declararon que Estados Unidos mostraba una actitud demasiado beligerante.

Puesto que los muertos eran simples campesinos tunecinos y no ciudadanos norteamericanos, los políticos se apresuraron a politizar el debate. Antes de mediodía se produjeron en Washington las consabidas protestas, acusaciones y exigencias de que se abriera una investigación. En cuanto a la campaña electoral, los que seguían en la carrera dedicaron unos momentos a comentar la desdichada misión. Ninguno de ellos se hubiera lanzado a semejante acto de represalia sin antes disponer de una mejor información secreta. Ninguno menos el vicepresidente, que todavía se hallaba en una reunión. Mientras se contaban los cadáveres, ni un solo candidato opinó que la incursión merecía correr aquellos riesgos. Todos condenaron al presidente.

Sin embargo, el que más atrajo la atención fue Aaron Lake. No podía dar un paso sin tropezar con algún cámara de televisión. En el transcurso de una cuidadosa declaración, dijo sin utilizar notas:

—Somos unos ineptos. Estamos indefensos. Somos débiles. Debería avergonzarnos nuestra incapacidad de liquidar un pequeño y heterogéneo ejército integrado por menos de cincuenta cobardes. No podemos limitarnos a apretar unos botones para luego correr a escondernos. Hace falta tener agallas para combatir una guerra en tierra. Yo las tengo. Cuando sea presidente, ningún terrorista con las manos manchadas de sangre norteamericana estará seguro. Ésta es mi solemne promesa.

En medio de la furia y el caos de aquella mañana, las palabras de Lake dieron en el blanco. Aquel hombre hablaba en serio y tenía un plan concreto. No mataríamos a pobres campesinos inocentes si las decisiones las tomara un hombre que tuviera agallas. Aquel hombre era Lake.

En su búnker, Teddy capeó otro temporal. Todos los desastres se atribuían a una deficiente información secreta. Cuando las incursiones tenían éxito, todo el mérito se lo llevaban los pilotos, los valientes soldados de infantería y sus comandantes, y los políticos que los habían enviado a la batalla. Sin embargo, cuando estos ataques fallaban, algo bastante frecuente, la culpa la tenía la CIA.

Él se había opuesto a la incursión. Los israelíes habían concertado un pacto poco firme y ultrasecreto con Yidal: no nos mates y nosotros no te mataremos a ti. Mientras los objetivos fueran norteamericanos y algún que otro europeo, los israelíes no intervendrían. Teddy lo sabía, pero no se lo había contado a nadie. Veinticuatro horas antes del ataque, se había dirigido al presidente por escrito para comunicarle sus dudas acerca de que los terroristas estuvieran en el recinto cuando cayeran las bombas. Y que, dada la proximidad del objetivo a Talah, cabía la posibilidad de que se produjeran graves daños colaterales.

Hatlee Beech abrió el sobre marrón sin percatarse de que la rígida esquina estaba un poco arrugada y estropeada. Abría tantas cartas personales últimamente, que sólo leía el remite para ver quién las enviaba y desde dónde. Tampoco se fijó en el matasellos de Tampa.

Llevaba varias semanas sin recibir noticias de Al Konyers. Leyó toda la carta de un tirón y no le llamó la atención el hecho de que Al utilizara un nuevo ordenador portátil. Era perfectamente verosímil que el amigo con quien se carteaba Ricky hubiera tomado una hoja de papel de cartas del Royal Sonesta de Nueva Orleans y le estuviera tecleando la carta desde diez mil metros de altura.

Hatlee se preguntó si volaría en primera clase. Probablemente sí. No debía de haber conexiones para ordenadores en clase turista, ¿verdad? Al debía de haber estado en viaje de negocios en Nueva Orleans, donde sin duda se había alojado en un buen hotel, y después habría volado en primera clase a su siguiente destino. A la Hermandad sólo le interesaba la situación económica de sus amigos epistolares. Lo demás carecía de relevancia.

Tras leer la carta, se la pasó a Finn Yarber, quien escribía otra bajo la identidad del pobre Percy. Trabajaban en la pequeña sala de conferencias que había en un rincón de la biblioteca jurídica y toda la mesa estaba cubierta de carpetas, cartas y todo un precioso surtido de tarjetas postales en suaves tonos pastel. Spicer estaba fuera, sentado junto a su mesa, vigilando la puerta y estudiando las diferencias de puntuación de los equipos de baloncesto.

—¿Quién es Konyers? —preguntó Finn.

Beech estaba examinando el contenido de unas carpetas. Tenían un archivo para cada uno de los amigos con quienes se carteaban, con todas las cartas que recibían de éstos y las copias de todas las que ellos les mandaban.

—No lo sé muy bien —contestó Beech—. Vive por la zona del distrito de Columbia y estoy seguro de que el nombre es falso. Utiliza uno de esos servicios de apartados de correos. Creo que es la tercera carta.

Beech sacó de la carpeta de Konyers las dos primeras misivas. La del 11 de diciembre decía:

Querido Ricky,

Hola. Me llamo Al Konyers. Tengo cincuenta y tantos años. Me gusta el jazz y las películas antiguas y me gusta leer biografías. No fumo y no me gustan las personas que lo hacen.

Para mí la diversión consiste en una cena a base de comida china para llevar, un poco de vino y disfrutar de una película del Oeste en blanco y negro en compañía de un buen amigo. Escríbeme unas líneas.

Al Konyers

Estaba escrita a máquina en un sencillo papel blanco, casi como todas al principio. En aquellas palabras se intuía el temor a caer en una trampa, a iniciar una relación con un perfecto desconocido. Desde la primera hasta la última de las palabras estaban mecanografiadas. Ni siquiera había puesto una firma.

La primera respuesta de Ricky fue la carta estándar que ahora Beech ya había escrito centenares de veces: Ricky tenía veintiocho años, se hallaba en una clínica de desintoxicación, procedía de una familia conflictiva, tenía un tío rico, etc. Y docenas de las mismas preguntas entusiastas: ¿En qué trabajas? ¿Qué tal te llevas con la familia? ¿Te gusta viajar?

Para desnudar su alma, Ricky necesitaba algo a cambio. Dos páginas de la misma mierda que Beech llevaba cinco meses escribiendo. Hubiera deseado hacer fotocopias. Pero no podía. Estaba obligado a personalizar cada carta con un bonito papel. Y le mandó a Al la misma fotografía del chico guapo que había enviado a los demás. La fotografía era un cebo casi infalible.

Transcurrieron tres semanas. El 9 de enero Trevor entregó una segunda carta de Al Konyers. Era tan limpia y aséptica como la primera y probablemente se había mecanografiado con guantes de goma.

Querido Ricky,

Me ha encantado tu carta. Debo admitir que al principio me compadecí mucho de ti, pero parece que te has adaptado bien a la desintoxicación y ahora ya sabes adónde vas. Yo nunca he tenido problemas con la droga y el alcohol, por consiguiente, me resulta difícil entenderlo. Sin embargo, diría que estás recibiendo el mejor tratamiento que existe, gracias al dinero de tu tío. No deberías ser tan duro con él.

Piensa dónde estarías de no haber contado con su ayuda.

Me haces muchas preguntas sobre mí. No estoy preparado para hablar de muchas cuestiones personales, pero comprendo tu curiosidad. Estuve casado durante treinta años, pero ya no. Vivo en el distrito de Columbia y trabajo para el Gobierno. Mi trabajo es satisfactorio y supone un reto constante.

Vivo solo. Tengo unos cuantos amigos íntimos, muy pocos, y prefiero que así sea. Cuando viajo, suelo hacerlo a Asia. Me encanta Tokio.

Pensaré mucho en ti.

Al Konyers

Por encima del nombre mecanografiado, había garabateado «Al» con un rotulador negro de punta fina.

La carta no tenía el menor interés por tres motivos:

En primer lugar, Konyers no tenía esposa, o al menos eso decía él. Una esposa era esencial para poder llevar a cabo el chantaje. Cuando amenazabas con contárselo todo a la mujer y enviarle copias de todas las cartas del amigo gay, el dinero empezaba a llover.

En segundo lugar, Al era funcionario, por lo que seguramente no era rico.

En tercer lugar, Al tenía tanto miedo que no merecía la pena perder el tiempo con él. Había que arrancarle la información con pinzas. Los Quince Garbe y los Curtis Cates resultaban mucho más divertidos porque se habían pasado la vida ocultando su auténtico yo y ahora estaban deseando mostrarse sin fingimientos. Sus cartas eran largas y personales, llenas de toda la serie de pequeños detalles que le podían ser útiles a un chantajista. En cambio, Al no. Era el colmo del aburrimiento. Aquel tipo no estaba muy seguro de lo que quería.

Por consiguiente, Ricky aumentó la apuesta con su segunda carta, otra pieza magistral que Beech había perfeccionado con la práctica. ¡Ricky acaba de enterarse de que lo iban a poner en libertad en cuestión de dos meses! Y era de Baltimore. ¡Qué coincidencia! Tal vez necesitara ayuda para conseguir trabajo. El tío rico se negaba a seguir ayudándole, él tenía miedo de la vida en el exterior sin la ayuda de amigos, y la verdad es que no podía confiar en sus antiguas amistades, pues éstas seguían enganchadas a la droga, etc.

La carta no recibió respuesta y Beech dedujo que Al Konyers se había asustado. Ricky estaría en Baltimore, justo a una hora de Washington, y eso sin duda era demasiado cerca para los criterios de Al.

Mientras esperaban una respuesta de Al, llegó el dinero de Quince Garbe, seguido por la transferencia de Curtis de Dallas, y los miembros de la Hermandad encontraron renovadas energías en su estafa. Ricky le escribió a Al la carta que había sido interceptada y analizada en Langley.

De repente, la tercera carta de Al tenía un tono muy distinto. Finn Yarber la leyó un par de veces y luego releyó la segunda carta de Al.

—Parece escrita por otra persona, ¿verdad? —comentó.

—Pues sí —contestó Beech, estudiando ambas cartas—. Creo que el chico está deseando conocer finalmente a Ricky.

—Yo creía que trabajaba para el Gobierno.

—Eso dice.

—En ese caso, ¿qué significan estos asuntos de negocios que tiene en Baltimore?

—Nosotros también trabajábamos para el Gobierno, ¿no?

—Por supuesto.

—¿Qué sueldo llegaste a ganar como juez?

—Cuando era magistrado del Tribunal, ganaba ciento cincuenta mil dólares.

—Yo ganaba ciento cuarenta. Algunos de estos burócratas profesionales ganan mucho más. Además, no está casado.

—Eso es lo malo.

—Sí, pero tenemos que seguir presionando. Dispone de un buen trabajo, lo cual significa que su jefe es muy importante y tiene muchos compañeros, un típico pez gordo de Washington. Ya encontraremos algún punto de presión en algún sitio.

—Qué caray —dijo Finn.

Qué caray, en efecto. ¿Qué podían perder? ¿Qué más daba si ejercían demasiada presión y el señor Al se asustaba o se enfadaba y decidía tirar las cartas a la basura? No puedes perder lo que no tienes.

Aquél era el negocio de su vida. No era el momento de mostrarse tímidos. Su táctica agresiva estaba dando unos resultados espectaculares. La correspondencia aumentaba semana a semana, al igual que su cuenta de las islas.

Su estafa era infalible porque sus amigos epistolares llevaban una doble vida. Sus víctimas no podían quejarse ante nadie.

Las negociaciones fueron muy rápidas porque el mercado estaba maduro. En Jacksonville todavía coleaba el invierno y, como las noches eran frías y las aguas del océano estaban demasiado heladas como para poder nadar en ellas, aún faltaba un mes para la temporada alta. Había centenares de casitas de alquiler disponibles en

Neptune Beach y Atlantic Beach, incluida una que se encontraba casi enfrente de la casa de Trevor. Un hombre de Boston ofreció seiscientos dólares en efectivo por dos meses y el administrador se apresuró a aceptar. La casa estaba amueblada con unos enseres que no se hubieran podido vender ni siquiera en un mercadillo callejero. La vieja alfombra de pelo estaba muy gastada y emitía un permanente olor a moho. Era ideal.

Lo primero que hizo el inquilino fue cubrir las ventanas. Tres de ellas daban a la calle, a la casa de Trevor. Durante las primeras horas de vigilancia, el inquilino comprobó que los clientes eran muy escasos. ¡Había tan poco trabajo! Cuando había algo, lo solía hacer la secretaria, Jan, que también dedicaba mucho tiempo a leer revistas.

Otros se instalaron discretamente en la casa, hombres y mujeres con viejas maletas y grandes bolsas de lona llenas de objetos de magia electrónica. Amontonaron el desvencijado mobiliario en las habitaciones traseras y las estancias de la parte anterior se llenaron rápidamente de pantallas, monitores y dispositivos de escucha de todo tipo.

El propio Trevor hubiera podido constituir un interesante estudio de caso práctico para alumnos de tercer año de Derecho. Llegaba sobre las nueve de la mañana y se pasaba una hora leyendo los periódicos. Al parecer, su único cliente de la mañana se presentaba invariablemente a las diez y media y, después de una agotadora reunión de media hora, ya estaba preparado para el almuerzo, siempre en el Pete's Bar and Grill. Llevaba consigo el móvil para demostrarles su importancia a los empleados del local y solía efectuar un par de llamadas innecesarias a otros abogados. También llamaba mucho a su corredor de apuestas.

Después regresaba a su despacho, pasaba por delante de la casa de alquiler desde donde la CIA controlaba todos sus pasos y se sentaba a su escritorio para echar la siesta. Volvía a la vida sobre las tres de la tarde y trabajaba un par de horas. Tras lo cual, necesitaba tomarse otro reconstituyente en el Pete's.

La segunda vez que lo siguieron hasta Trumble, Trevor abandonó la cárcel al cabo de una hora y regresó a su despacho alrededor de las seis de la tarde. Mientras cenaba solo en una marisquería de Atlantic Boulevard, un agente entró en su despacho y encontró en su vieja cartera de documentos cinco cartas de Percy y Ricky.

El comandante del silencioso ejército que actuaba en la zona de Neptune Beach era un hombre apellidado Klockner, el mejor de que disponía Teddy en la especialidad de vigilancia callejera doméstica. Klockner había recibido la orden de interceptar toda la correspondencia que pasara por el bufete jurídico.

Cuando Trevor regresó directamente a su casa a la salida del restaurante, las cinco cartas habían sido trasladadas a la casa de la acera de enfrente del despacho, donde los expertos las abrieron, copiaron y volvieron a cerrar para colocarlas de nuevo en la cartera de documentos de Trevor. Ninguna de las cinco estaba dirigida a Al Konyers.

En Langley, Deville leyó las cinco cartas que le enviaron por fax. Dos expertos en grafología las examinaron y llegaron a la conclusión de que Percy y Ricky no eran la misma persona. Utilizando ejemplos de sus archivos judiciales, establecieron sin demasiada dificultad que Percy era, en realidad, el antiguo magistrado Finn Yarber y que tras la identidad de Ricky se escondía el antiguo juez Hatlee Beech.

La dirección de Ricky era el apartado de correos de Aladdin North, en la oficina de correos de Neptune Beach. Percy, para su sorpresa, utilizaba un apartado de correos de Atlantic Beach, alquilado a una empresa llamada Laurel Ridge.

17

En su siguiente visita a Langley, la primera en tres semanas, el candidato llegó en una caravana de relucientes furgonetas negras que circulaban con exceso de velocidad en la certeza de que nadie protestaría. Pasaron los controles y les indicaron por señas que se adentraran en el recinto hasta que, finalmente, se detuvieron todas juntas en medio de un rugir de motores cerca de una puerta muy oportuna, junto a la cual aguardaban toda una serie de musculosos jóvenes de severa expresión. Lake encabezó la marcha hacia el interior del edificio, donde, a medida que avanzaba, iba perdiendo escoltas hasta que, finalmente, no llegó al búnker de costumbre, sino al despacho oficial del señor Maynard, que daba a una arboleda. Todos sus acompañantes se quedaron en la puerta. Una vez solos, ambos personajes se estrecharon cordialmente la mano y hasta pareció que se alegraban sinceramente de verse.

Primero los temas importantes.

—Le felicito por su victoria en Virginia —comentó Teddy.

Lake se encogió de hombros como si todavía no se lo acabara de creer.

—Gracias por todo.

—Ha sido una victoria impresionante, señor Lake —aseguró Teddy—. El gobernador Tarry se había pasado un año trabajando con gran esfuerzo en aquel estado. Hace dos meses contaba con el apoyo de los jefes de todas las circunscripciones. Parecía imbatible. Ahora creo que se está desmoronando rápidamente. A menudo, el hecho de marchar en cabeza al principio de una carrera constituye un inconveniente.

—En política, la elección del momento idóneo es un factor sorpresa —observó sagazmente Lake.

—Y el dinero es todavía más sorprendente. Ahora mismo, el gobernador Tarry no consigue encontrar ni un centavo porque usted se ha quedado con todos. El dinero sigue el camino que le marca el impulso.

—Estoy seguro de que acabaré repitiéndome, señor Maynard, pero, en fin, le doy las gracias. Usted me ha ofrecido una oportunidad que yo jamás hubiera imaginado.

—¿Se lo pasa bien?

—Todavía no. Si ganamos, la diversión vendrá después.

—La diversión empezará el próximo martes, señor Lake, el gran «Supermartes». Nueva York, California, Massachusetts, Ohio, Georgia, Misuri, Maryland, Maine, Connecticut: todo en un día. ¡Casi seiscientos delegados! —Los ojos de Teddy brillaban casi como si ya estuviera contando los votos—. Y usted va por delante en casi todos los estados, señor Lake. ¿Se imagina?

—No, me resulta inconcebible.

—Pues es cierto. Está empatado en Maine por no sé qué maldita razón y en California está casi a punto de situarse en cabeza; sin embargo, el martes que viene ganará por todo lo alto.

—Si uno cree en las encuestas —dijo Lake, como si no confiara demasiado en ellas, aunque en realidad, Lake, como todos los candidatos, era un adicto a las encuestas. De hecho, ya estaba ganando en California, un estado con ciento cuarenta mil empleados en la industria de armamento.

—Yo creo en ellas. Y creo que el martes que viene va usted a conseguir una victoria aplastante. En el Sur es usted muy querido, señor Lake. Les encantan las armas, el lenguaje directo y todas estas cosas, y, en estos momentos, la gente se está enamorando de Aaron Lake. El martes que viene será divertido, pero el martes siguiente tendremos una juerga descomunal.

Teddy Maynard estaba vaticinando una juerga descomunal y Lake no pudo por menos que sonreír. Sus encuestas indicaban la misma tendencia, pero le sonaba mucho mejor cuando lo oía de labios de Teddy. Éste tomó una hoja de papel y leyó los resultados de las últimas encuestas en todo el país. Lake llevaba una ventaja de por lo menos cinco puntos en todos los estados.

Ambos se pasaron unos cuantos minutos disfrutando de aquel trascendental momento y después Teddy adoptó una expresión más seria.

—Hay algo que debe usted saber —dijo cuando la sonrisa ya había desaparecido de su rostro. Pasó una página y estudió unas notas—. Hace dos noches, en el paso de Khyber, en las montañas de Afganistán, un misil ruso de largo alcance con cabezas nucleares fue transportado en camión a Pakistán. Ahora se encuentra en camino hacia Irán, donde se utilizará sólo Dios sabe para qué. El misil tiene un alcance de más de cuatro mil quinientos kilómetros y capacidad para soltar cuatro bombas nucleares. El precio fue de unos treinta millones de dólares estadounidenses, con un anticipo en efectivo pagado por los iraníes a través de un banco de Luxemburgo. El dinero sigue allí, en una cuenta controlada, al parecer, por el grupo de Natty Chenkov.

—Yo creía que Chenkov estaba acumulando reservas, no vendiendo.

—Necesita dinero en efectivo y lo consigue. De hecho, probablemente es el único hombre que yo conozco que lo está reuniendo con más rapidez que usted.

A Teddy no se le daban muy bien los comentarios humorísticos, pero Lake se rió por cortesía.

—¿El misil funcionaría? —preguntó Lake.

—Suponemos que sí. Procede de toda una serie de silos de la zona de Kiev y creemos que es un modelo de fabricación reciente. Habiendo tantos por ahí, ¿por qué iban los iraníes a comprar uno antiguo? Sí, cabe suponer que es totalmente operacional.

—¿Es el primero?

—Se ha detectado el envío de piezas de recambio y plutonio a Irán, Irak, la India y otros países, pero creo que es el primer misil totalmente ensamblado y listo para disparar.

—¿Piensan utilizarlo en algún futuro inmediato?

—No lo creemos. Al parecer, la transacción se llevó a cabo a instancias de Chenkov. Necesita fondos para adquirir otros tipos de armas. Y vende la mercancía que no necesita.

—¿Lo saben los israelíes?

—No. Todavía no. Hay que andarse con mucho cuidado con ellos. Todo es un toma y daca. Algún día, si necesitamos algo de ellos, puede que les revelemos esta transacción.

Por un instante, Lake experimentó el ardiente deseo de ser presidente en ese preciso instante. Quería saber todo lo que sabía Teddy, pero comprendió que lo más probable era que nunca llegara a averiguarlo todo. A fin de cuentas, en aquellos momentos había un presidente en ejercicio, aunque a punto de terminar su mandato, y

Teddy no le había dicho nada acerca de Chenkov y sus misiles.

—¿Qué piensan los rusos de mi campaña? —preguntó.

—Al principio no les preocupó. Ahora la siguen muy de cerca. Sin embargo, recuerde que ya no existe una voz rusa. Los defensores del libre comercio le apoyan porque temen a los comunistas. Y los partidarios de la línea dura le tienen miedo. Todo es muy complicado.

—¿Y Chenkov?

—Me avergüenza confesar que aún no hemos conseguido acercanos a él lo suficiente, aunque estamos en ello. Muy pronto lograremos que su entorno nos preste atención.

Teddy arrojó los documentos sobre su escritorio y se acercó un poco más a Lake en su silla de ruedas. Las múltiples arrugas de su frente se hicieron más numerosas y profundas. Las pobladas cejas no estaban en consonancia con la triste expresión de sus ojos.

—Présteme atención, señor Lake —dijo en tono mucho más sombrío—. Eso lo tiene usted ganado. Habrá algún obstáculo por el camino, cuestiones que no podemos prever y que, aunque pudiéramos, tampoco podríamos evitar. Las superaremos juntos. Los daños serán muy leves. Usted es un personaje nuevo y cae bien a la gente. Está desarrollando una labor extraordinaria y es un buen comunicador. Procure que el mensaje siga siendo tan claro como hasta ahora: nuestra seguridad está en peligro, el mundo no es un lugar tan seguro como parece. Yo me encargaré del dinero y de mantener al país en vilo. Podríamos haber hecho estallar el misil del paso de Khyber. Se hubieran producido cinco mil muertos, cinco mil pakistaníes. Las bombas nucleares hubieran estallado en las montañas. ¿Cree usted que nos hubiéramos despertado preocupados por el mercado bursátil? No es probable. Yo me encargaré de mantener vivo el miedo, señor Lake. Usted haga caso a su instinto y pegue fuerte.

—Estoy pegando todo lo fuerte que puedo.

—Pegue todavía más fuerte para que no haya sorpresas, ¿de acuerdo?

—Espero que no las haya.

Lake no sabía muy bien qué había querido decir Teddy con lo de las «sorpresas», pero lo dejó correr. A lo mejor, había sido un bondadoso consejo de abuelo.

Teddy se alejó de nuevo en su silla de ruedas. Pulsó unos botones y una pantalla bajó desde el techo. Durante veinte minutos contemplaron secuencias todavía sin montar de la siguiente serie de anuncios de Lake y después se despidieron.

Lake se alejó a toda velocidad de Langley, precedido por dos furgonetas y seguido por otras dos, todas ellas en dirección al Aeropuerto Nacional Reagan, donde un avión privado estaba esperando. Hubiera deseado pasar una noche tranquila en Georgetown, en su casa, donde podía mantener el mundo a raya, leer un libro completamente a solas sin que nadie vigilara o escuchara. Ansiaba el anonimato de las calles, los rostros sin nombre, al panadero árabe de M Street que hacía aquellos deliciosos *bagels*, al librero de viejo de la avenida Wisconsin, el tostadero donde vendían café de África. ¿Podría volver a pasear alguna vez por las calles como una persona normal y hacer lo que le diera la gana? Algo le dijo que no, que aquellos días ya habían tocado a su fin, tal vez para siempre.

Cuando Lake ya estaba volando, Deville entró en el búnker y comunicó a Teddy que Lake había ido y venido sin tratar de examinar el contenido del apartado de correos. Había llegado el momento de presentar el informe diario acerca del «lío de Lake». Teddy estaba dedicando más tiempo del previsto a preocuparse por los movimientos del candidato.

Las cinco cartas que Klockner y su grupo habían interceptado a Trevor habían sido cuidadosamente analizadas. Dos de ellas habían sido escritas por Yarber en el papel de Percy; las otras tres las había redactado Beech bajo la identidad de Ricky. Los cinco amigos epistolares vivían en distintos estados. Cuatro de ellos utilizaban nombres falsos; uno había tenido el valor de no recurrir a un seudónimo. Las cartas eran prácticamente idénticas. Percy y Ricky eran unos angustiados jóvenes de una clínica de desintoxicación que trataban desesperadamente de recomponer su vida, ambos inteligentes y todavía capaces de soñar, pero necesitados del apoyo físico y moral de nuevos amigos, pues los antiguos eran peligrosos. Confesaban con toda naturalidad sus pecados y flaquezas, sus debilidades y sus inquietudes. Hablaban de su vida cuando salieran de la clínica de desintoxicación, de sus esperanzas y sueños, y de todos sus planes de futuro. Estaban orgullosos de su bronceado y de sus músculos y, al parecer, se morían de ganas de mostrar la buena forma de sus fortalecidos cuerpos a sus amigos epistolares.

Sólo una carta pedía dinero. Ricky le pedía un préstamo de mil dólares a un corresponsal de Spokane, Washington, llamado Peter. Aseguraba que lo necesitaba para cubrir unos gastos que su tío se negaba a pagar.

Teddy había leído las cartas varias veces. La petición de dinero era importante porque empezaba a arrojar cierta luz sobre el jueguecito de la Hermandad. Tal vez se tratara de un sistema aprendido de otro estafador que ya había cumplido su condena en Trumble y que ahora se encontraba en libertad y se dedicaba a seguir robando.

Lo importante no era la cuantía de la estafa. Se trataba de un juego carnal —cinturas de avispa, piel bronceada y firmes bíceps—, en el que su candidato se había metido hasta el cuello.

Quedaban todavía algunas preguntas, pero Teddy sabía esperar.

Controlarían la correspondencia. Las piezas irían encajando poco a poco.

Mientras Spicer vigilaba la entrada de la sala de conferencias y desafiaba a los demás reclusos a utilizar la biblioteca jurídica, Beech y Yarber bregaban con la correspondencia. Beech escribió a Al Konyers:

Querido Al,

Gracias por tu última carta. Para mí significa mucho recibir noticias tuyas. Tengo la sensación de haber vivido en una jaula durante varios meses y, poco a poco, vuelvo a ver la luz del día. Tus cartas me ayudan a abrir la puerta. Por favor, no dejes de escribirme.

Te pido perdón si te he aburrido demasiado con mis asuntos personales. Respeto tu intimidad y confío en no haberte hecho demasiadas preguntas. Creo que eres un hombre muy sensible que disfruta de la soledad y de las cosas bellas de la vida. Anoche pensé en ti cuando vi *Cayo Largo*, la vieja película de Bogart y Bacall. Casi podía saborear la comida china. Aquí la comida es bastante buena, pero desde luego no saben preparar platos chinos.

Se me ha ocurrido una idea sensacional. Cuando salga de aquí dentro de dos meses, alquilaremos *Casablanca* y *La reina de África*, compraremos comida para llevar y una botella de vino sin alcohol, y pasaremos una tranquila tarde sentados en el sofá. No sabes cuánto me emociona pensar en la vida en libertad y en todas las cosas que podré volver a hacer.

Te pido perdón si voy demasiado rápido, Al. Es que aquí he tenido que renunciar a muchos placeres, y no me refiero sólo al alcohol y la buena comida. Ya me entiendes, ¿verdad?

La casa de acogida de Baltimore está dispuesta a aceptarme siempre y cuando encuentre algún tipo de trabajo a tiempo parcial. Dijiste que tenías unos asuntos allí. Sé que te pido mucho, porque no me conoces, pero ¿me lo podrías arreglar? Te estaré eternamente agradecido.

Por favor, escribe pronto, Al. Tus cartas, los sueños de alejarme de aquí dentro de dos meses con un trabajo fuera me confortan en mis horas más oscuras.

Gracias, amigo.

Con todo mi cariño,

Ricky

La carta dirigida a Quince tenía un tono muy distinto. Beech y Yarber se habían pasado varios días preparándola. El texto definitivo decía:

Querido Quince,

A pesar de que tu padre es el dueño de un banco, tú afirmas que sólo puedes reunir diez mil dólares. Creo que mientes, Quince, y eso me molesta mucho. Estoy tentado de enviarles la carpeta de tus cartas a tu padre y a tu mujer.

Me conformaré con veinticinco mil dólares, transferidos de inmediato según las mismas instrucciones.

Y no me amenaces con suicidarte. Me trae sin cuidado lo que hagas. Jamás nos veremos y, de todos modos, creo que eres un chalado.

¡Envía ahora mismo el maldito dinero, Quince!

Con todo mi cariño,

Ricky

Klockner temía que algún día Trevor visitara Trumble antes de mediodía y dejara la correspondencia en algún punto del camino antes de regresar a su casa o a su despacho. No habría manera de interceptar nada en el trayecto.

Era de todo punto necesario que se llevara la correspondencia y por la noche la dejara en algún sitio para que ellos pudieran acceder a ella.

Lo temía, aunque, por otra parte, había comprobado que Trevor solía iniciar la jornada muy tarde. Apenas daba señales de vida hasta después de su siesta de las dos de la tarde.

Por consiguiente, cuando le comunicó a su secretaria que a las once de la mañana se iría a Trumble, la casa de alquiler de la acera de enfrente entró en acción. Una mujer de mediana edad que dijo apellidarse Beltrone llamó al despacho de Trevor y le explicó a Jan que ella y su acaudalado esposo necesitaban divorciarse urgentemente. La secretaria le dijo que no se retirara y le gritó a Trevor desde el fondo del pasillo que esperara un momento. Trevor estaba recogiendo unos documentos de su escritorio y guardándolos en la cartera. La cámara instalada en el techo captó su expresión de contrariedad ante el hecho de que una nueva clienta lo interrumpiera.

—¡Dice que es muy rica! —le gritó Jan; y entonces el frunce de su entrecejo desapareció y él se sentó a esperar.

La señora Beltrone le soltó el rollo a la secretaria. Era la tercera esposa de un marido mucho más viejo que ella, tenían una casa en Jacksonville, pero vivían casi siempre en las Bermudas. Tenían también una casa en Vail. Llevaban algún tiempo pensando en el divorcio, estaban de acuerdo en todo y sería una separación amistosa y sin enfrentamientos, pero precisaban de un buen abogado que se encargara de todos los trámites. Les habían recomendado al señor Carson, pero debían concluir el asunto muy rápidamente por un motivo que no reveló.

Trevor se puso al teléfono y tuvo que escuchar la misma historia. La señora Beltrone se encontraba en la casa de enfrente, siguiendo el guión que le había preparado el equipo de expertos para aquella ocasión.

—Necesito verlo —dijo tras haberse pasado un cuarto de hora haciéndole confidencias.

—Bueno, pero es que ahora estoy tremendamente ocupado —objetó Trevor como si estuviera pasando las páginas de una docena de agendas de citas diarias.

La señora Beltrone lo estaba viendo todo en el monitor. Tenía los pies apoyados sobre el escritorio, los ojos cerrados y la pajarita torcida. La vida de un abogado tremendamente ocupado.

—Por favor —le suplicó ella—. Tenemos que resolver este asunto cuanto antes. Quisiera verlo hoy mismo.

—¿Dónde está su marido?

—En Francia, pero regresa mañana.

—Bueno, veamos —murmuró Trevor, jugueteando con la pajarita.

—¿Cuáles son sus honorarios? —preguntó la mujer; y entonces Trevor abrió los ojos.

—Bueno, como usted comprenderá, eso es bastante más complicado que un simple acuerdo amistoso de divorcio. Tendría que cobrarles unos honorarios de diez mil dólares.

Trevor hizo una mueca al decirlo y contuvo el aliento mientras esperaba la respuesta.

—Hoy mismo se los traigo —aseguró la mujer—. ¿Puedo verlo a la una?

Trevor se levantó de un salto y permaneció casi en suspenso por encima del teléfono.

—¿Le importaría que fuera a la una y media? —consiguió articular.

—Allí estaré.

—¿Sabe dónde está mi despacho?

—Mi chófer lo encontrará. Gracias, señor Carson.

Llámeme Trevor, estuvo casi a punto de decirle, pero ella ya había colgado.

Lo observaron mientras se frotaba las manos y después cerraba los puños, apretaba los dientes y gritaba:

—¡Ya está!

Acababa de pescar un caso sensacional.

Jan salió al pasillo y preguntó:

—¿Qué?

—Vendrá a la una y media. Adecente un poco todo esto.

—No soy una criada. ¿Puede pedir un anticipo? Tengo que pagar unas facturas.

—Pediré el maldito dinero.

Trevor empezó a ordenar los estantes, colocar en su sitio unos volúmenes que llevaba años sin tocar, quitar el polvo con un pañuelo de papel, guardar los archivos en los cajones. Cuando comenzó a ordenar el escritorio, la secretaria sintió una punzada de remordimiento y empezó a pasar la aspiradora por la zona de recepción.

Se pasaron toda la hora del almuerzo limpiando, y sus peleas y discusiones fueron motivo de gran diversión para los de la acera de enfrente.

A la una y media, ni rastro de la señora Beltrone.

—¿Dónde demonios se habrá metido? —gritó Trevor por el pasillo poco después de las dos.

—A lo mejor ha estado haciendo averiguaciones y buscando referencias por ahí —dijo Jan.

—¿Cómo ha dicho? —gritó Trevor.

—Nada, jefe.

—Llámela —ordenó Trevor a las dos y media.

—No ha dejado ningún número.

—¿Que no ha anotado usted el número?

—Yo no he dicho eso. He dicho que no dejó ningún número.

A las tres y media, Trevor salió hecho una furia de su despacho, tratando desesperadamente de reprimir la parte que le correspondía de la violenta discusión con una mujer a la que había despedido por lo menos diez veces en el transcurso de los últimos ocho años.

Lo siguieron directamente hasta Trumble. Permaneció en la prisión cincuenta y tres minutos y, cuando salió pasadas las cinco, ya era demasiado tarde para dejar la correspondencia en Neptune Beach o en Atlantic Beach. Regresó a su despacho y depositó la cartera sobre el escritorio. Después y tal como era de esperar, se fue a tomar unas copas y a cenar al Pete's.

18

La unidad de Langley voló a Des Moines, donde los agentes alquilaron dos automóviles y una furgoneta. El viaje por carretera a Bakers, Iowa, duró cuarenta minutos. Llegaron a la tranquila localidad cubierta de nieve dos días antes que la carta. Cuando Quince la recogió en la oficina de correos, ellos ya conocían los nombres del administrador de correos, el alcalde, el jefe de la policía y el cocinero del local de comida rápida que había al lado de la ferretería. En cambio, en Bakers nadie los conocía.

Vieron que Quince salía de la oficina de correos y regresaba corriendo al banco. Treinta minutos después, dos agentes conocidos tan sólo como Chap y Wes encontraron el rincón del banco donde el señor Garbe, hijo, trabajaba. Se presentaron a su secretaria como inspectores de la Reserva Federal. Su aspecto era de lo más oficial: traje oscuro, zapatos negros, cabello corto, abrigo largo, lenguaje lacónico y pinta de personas competentes.

Quince estaba encerrado en su despacho y, al principio, no parecía muy dispuesto a salir. Los inspectores trataron de hacerle comprender a la secretaria el carácter urgente de la visita y, al cabo de casi cuarenta minutos, la puerta se entreabrió. El señor Garbe daba la impresión de haber estado llorando. Estaba pálido y aturdido, y no le apetecía recibir a nadie. No obstante, los hizo pasar.

Estaba tan trastornado que ni siquiera les pidió que se identificaran. Apenas reparó en sus nombres.

Se sentó detrás de su enorme escritorio y miró a los gemelos que tenía delante.

—¿En qué puedo servirles? —preguntó con una ligera sonrisa de compromiso en los labios.

—¿Ha cerrado bien la puerta? —preguntó Chap.

—Pues sí.

Los gemelos tuvieron la impresión de que el señor Garbe se pasaba casi todo el día detrás de una puerta cerrada.

—¿Nos puede oír alguien? —preguntó Wes.

—No.

Ahora Quince ya estaba empezando a intrigarse.

—No somos funcionarios de la Reserva Federal —anunció Chap—. Hemos mentido.

Quince no supo si enfadarse, lanzar un suspiro de alivio o asustarse todavía más, por lo que se limitó a permanecer sentado un segundo, petrificado y boquiabierto de asombro, a la espera de que le pegaran un tiro.

—Es una larga historia —prosiguió Wes.

—Les concedo cinco minutos.

—En realidad, podemos quedarnos todo el tiempo que nos dé la gana.

—Estoy en mi despacho. Largo de aquí.

—No tan rápido. Sabemos ciertas cosas.

—Llamaré al servicio de seguridad.

—No lo hará.

—Hemos visto la carta —dijo Chap—. La que acaba de recoger en la oficina de correos.

—He recogido varias.

—Pero sólo una de Ricky.

Quince hundió los hombros y cerró lentamente los ojos.

Después los volvió a abrir y miró a sus torturadores con expresión de total y absoluta derrota.

—¿Quiénes son ustedes? —preguntó en un susurro.

—No somos enemigos.

—Trabajan ustedes para él, ¿verdad?

—¿Para él?

—Ricky o como coño se llame.

—No —contestó Wes—. Él también es nuestro enemigo. Digamos que nuestro cliente se encuentra más o menos en el mismo barco que usted. Hemos sido contratados para protegerlo.

Chap se sacó un abultado sobre del bolsillo de la chaqueta y lo arrojó sobre el escritorio.

—Aquí tiene veinticinco mil dólares en efectivo. Envíeselos a Ricky.

Quince contempló el sobre, estupefacto. En su pobre cerebro se agolpaban tantos pensamientos que se mareó. Volvió a cerrar los ojos y después entornó los párpados, tratando inútilmente de ordenar la situación. Le importaba un bledo quiénes fueran. ¿Cómo habían leído la carta? ¿Por qué le ofrecían dinero? ¿Qué sabían, exactamente?

Estaba completamente seguro de que no podía fiarse de ellos.

—El dinero es suyo —dijo Wes—. A cambio, necesitamos cierta información.

—¿Quién es Ricky? —preguntó Quince, sin apenas abrir los ojos.

—¿Qué sabe usted de Ricky? —preguntó Chap.

—Que no se llama así.

—Cierto.

—Está en la cárcel.

—Cierto —repitió Chap.

—Dice que tiene mujer e hijos.

—Parcialmente cierto. Ahora la mujer es su ex mujer. Los hijos siguen siendo suyos.

—Dice que no tiene dinero y que por eso estafa a la gente.

—No exactamente. Su mujer es muy rica y sus hijos han seguido los pasos del dinero. No sabemos muy bien por qué estafa a la gente, pero queremos impedir que siga haciéndolo —añadió Chap—. Necesitamos su ayuda.

Quince se percató de repente de que, por primera vez en sus cincuenta y un años de vida, se encontraba sentado en presencia de dos seres humanos que vivían y respiraban y sabían que era homosexual. Por un instante, quiso negarlo, inventarse una historia sobre la manera en que había conocido a Ricky, pero no fue capaz. Estaba tan asustado que le falló la inspiración.

Después se percató de que aquellos dos sujetos, quienesquiera que fueran, podían destruirlo. Conocían su pequeño secreto y tenían poder para destrozarle la vida.

¿Y le ofrecían veinticinco mil dólares en efectivo?

El pobre Quince se restregó los ojos con los nudillos y preguntó:

—¿Qué quieren de mí?

Chap y Wes temieron que se echara a llorar. No es que les importara demasiado, pero tampoco era necesario.

—Le ofrecemos un trato, señor Garbe —respondió Chap—. Usted toma este dinero que hay sobre su escritorio y nos cuenta todo lo que sabe de Ricky. Muéstrenos sus cartas. Muéstrenoslo todo. Si tiene usted alguna carpeta o caja o algún lugar donde lo esconde todo, nos gustaría verlo. En cuanto hayamos conseguido la información que necesitamos, nos iremos. Desapareceremos con la misma rapidez con que hemos llegado y usted jamás sabrá quiénes somos ni a quién estamos protegiendo.

—¿Y guardarán el secreto?

—Totalmente.

—No hay ninguna razón para que hablemos a nadie de usted —añadió Wes.

—¿Podrán impedir que siga engañando? —preguntó Quince, mirándolos fijamente.

Chap y Wes hicieron una pausa y se miraron mutuamente. Hasta aquel momento, sus respuestas habían sido impecables, pero aquella pregunta no tenía una respuesta tan clara.

—Eso no se lo podemos prometer, señor Garbe —le dijo Wes—. Sin embargo, haremos cuanto esté en nuestra mano por acabar con el negocio de ese tal Ricky. Tal como ya le hemos dicho, también está molestando a nuestro cliente.

—Quiero que me protejan también a mí.

—Haremos cuanto podamos.

De repente, Quince se levantó, se inclinó hacia delante y apoyó las palmas de las manos sobre el escritorio.

—En tal caso, no me queda más remedio.

Sin tocar el dinero, se acercó a una antigua librería con puertas de cristal, llena de gastados y antiguos volúmenes. Con una llave abrió la puerta de la librería y con otra, una pequeña caja fuerte secreta que había en el segundo estante, contando desde el suelo. Sacó cuidadosamente una fina carpeta tamaño cuartilla que depositó delicadamente junto al sobre del dinero.

Mientras abría la carpeta, una desagradable y estridente voz chilló a través del interfono:

—¡Señor Garbe, su padre quiere verlo inmediatamente!

Quince se volvió horrorizado. Había palidecido intensamente y su rostro estaba contraído en una mueca de pánico.

—Hummm... dígale que estoy en una reunión —contestó, tratando de hablar en tono sereno, aunque sólo consiguió parecer un embustero impenitente.

—Dígaselo usted —replicó la secretaria mientras el interfono hacía un clic.

—Disculpen —balbució Garbe, tratando de sonreír.

Tomó el teléfono, marcó tres cifras y se volvió de espaldas a Wes y Chap en un intento de que no le oyeran.

—Papi, soy yo. ¿Qué ocurre? —preguntó, bajando la voz.

Una larga pausa mientras el viejo le pegaba una bronca.

Después:

—No, no, no son de la Reserva Federal. Son... unos abogados de Des Moines. Representan a la familia de un antiguo compañero mío de la universidad. Eso es todo.

Otra pausa más corta.

—Pues, Franklin Delaney, seguro que no lo recuerdas. Murió sin testamento hace cuatro meses y se ha armado un jaleo que no veas. No, papi... hummm... no tiene nada que ver con el banco.

Colgó el aparato. Como embuste, no estaba mal. La puerta estaba cerrada. Eso era lo más importante.

Wes y Chap se levantaron, se acercaron al mismo tiempo al borde del escritorio y se inclinaron mientras Quince abría la carpeta.

Lo primero que vieron fue la fotografía sujeta con un clip a la solapa interior. Wes la desprendió cuidadosamente y preguntó:

—¿Éste es el presunto Ricky?

—Sí —contestó Quince, muerto de vergüenza, pero firmemente decidido a seguir adelante.

—Un chico muy guapo —comentó Chap, como si estuvieran contemplando la página central de *Playboy*.

Los tres se sintieron inmediatamente incómodos.

—Ustedes saben quién es Ricky, ¿verdad? —preguntó Quince.

—Sí.

—Pues díganmelo.

—No, eso no forma parte del trato.

—¿Por qué no me lo pueden revelar? Les doy todo lo que quieren.

—Eso no es lo acordado.

—Quiero matar a este hijo de puta.

—Tranquilícese, señor Garbe. Hemos cerrado un trato. Usted consigue el dinero, nosotros nos llevamos la carpeta y nadie resulta perjudicado.

—Empecemos por el principio —indicó Chap, mirando al frágil y afligido hombrecillo que se hallaba sentado en el enorme sillón—. ¿Cómo empezó todo?

Quince buscó entre los papeles de la carpeta y sacó una delgada revista.

—La compré en una librería de Chicago —dijo, dándole la vuelta para que ellos pudieran leerla.

Se llamaba *Out and About* y se definía a sí misma como una publicación para hombres sensatos con estilos de vida alternativos.

Les dejó estudiar la portada y después pasó varias páginas hasta llegar a las de atrás. Wes y Chap no intentaron tocarla, pero sus ojos captaron cuanto pudieron. Muy pocas ilustraciones y mucha letra pequeña. No era en absoluto de carácter pornográfico.

En la página cuarenta y seis había una pequeña sección de anuncios personales. Uno de ellos estaba marcado con un círculo en bolígrafo rojo. Y decía:

Veinteañero blanco, soltero,
busca amable y discreto caballero,
entre 40 y 50 años, para correspondencia.

Wes y Chap se inclinaron hacia delante para leerlo y se incorporaron simultáneamente.

—¿Y usted contestó al anuncio? —preguntó Chap.

—Sí. Envié una notita, y al cabo de unas dos semanas recibí noticias de Ricky.

—¿Tiene una copia de la nota?

—No. No guardaba mis cartas. Nada salía de este despacho. Temía dejar copias por ahí.

Wes y Chap fruncieron el ceño primero con incredulidad y después con profunda decepción. ¿Con qué clase de tonto estaban tratando?

—Perdón —dijo Quince, reprimiendo la tentación de tomar el dinero, no fuera a ser que cambiaran de idea.

Rebuscó entre los papeles, sacó la primera carta de Ricky e hizo ademán de entregársela.

—Déjela sobre la mesa —indicó Wes mientras ambos volvían a inclinarse y examinaban la carta sin tocarla.

Quince observó que leían muy despacio y con una increíble concentración. Se le estaba empezando a despejar el cerebro y vislumbraba un rayo de esperanza. Era un auténtico alivio disponer del dinero y no tener que preocuparse por la necesidad de pedir otro préstamo fraudulento ni contar otra sarta de mentiras para borrar sus huellas. Además, contaba con unos aliados, Wes y Chap, y cualquiera sabía qué otras personas, todas actuando contra Ricky. Su corazón empezó a latir más despacio y su respiración se hizo más pausada.

—La siguiente carta, por favor —señaló Chap.

Quince las colocó en orden una junto a la otra, tres de color lavanda, una de suave color azul, otra amarilla, todas escritas en aburrida letra de imprenta por una persona que disponía de mucho tiempo. Cuando terminaban una página, Chap colocaba cuidadosamente la siguiente con unas pinzas. Sus dedos no tocaban nada.

Lo curioso de las cartas, tal como Chap y Wes comentarían en voz baja mucho más tarde, era su extraordinaria verosimilitud. Ricky estaba dolido y atormentado y necesitaba urgentemente tener a alguien con quien hablar. Inspiraba compasión y era comprensivo. Pero tenía esperanzas porque ya había superado lo peor y muy pronto sería libre de hacer nuevas amistades. ¡La redacción era espléndida!

Tras un ensordecedor silencio, Quince dijo:

—Tengo que hacer una llamada.

—¿A quién?

—Un asunto de negocios.

Wes y Chap se miraron indecisos, pero, al final, asintieron con la cabeza.

Quince se acercó con el teléfono a la estantería y contempló Main Street desde la ventana mientras hablaba con otro banquero.

En determinado momento, Wes empezó a hacer anotaciones, sin duda con vistas al interrogatorio que estaba a punto de empezar. Quince se detuvo junto a la librería, fingiendo leer un periódico y tratando de no prestar atención a la toma de notas. Ahora estaba tranquilo, pensaba con la mayor claridad posible y planeaba su siguiente jugada, la que haría cuando se largaran aquellos dos pistoleros a sueldo.

—¿Envió usted un talón por valor de cien mil dólares? —preguntó Chap.

—Sí.

Wes, el del rostro más ceñudo, lo miró con enfurecido desprecio, como si pensara «Qué tonto».

Leyeron un poco más, tomaron unas cuantas notas e intercambiaron murmullos.

—¿Cuánto dinero ha enviado su cliente? —preguntó Quince por simple placer.

Wes lo miró con expresión todavía más siniestra y contestó:

—No podemos revelarlo.

Quince no se sorprendió. Aquellos chicos no tenían el menor sentido del humor.

—¿Cómo hizo la reserva para el crucero gay?

—Está en la carta de allí. Este ladrón me indicó el nombre y el número de una agencia de viajes de Nueva York. Llamé y después envié un giro. Fue muy fácil.

—¿Fácil? ¿Acaso lo había hecho otras veces?

—¿Estamos aquí para hablar de mi vida sexual?

—No.

—Entonces, atengámonos al asunto que nos ocupa —dijo Quince como un auténtico imbécil, y volvió a sentirse a gusto. El banquero que llevaba dentro estuvo a punto de estallar. Después se le ocurrió una idea y no pudo resistir la tentación. Con la cara muy seria, añadió—: El crucero todavía está pagado. ¿Quieren aprovecharlo ustedes?

Por suerte, los dos tipos se echaron a reír.

Fue un rápido rasgo de ingenio, e inmediatamente volvieron a lo suyo.

—¿Pensó en la posibilidad de utilizar un seudónimo? —preguntó Chap.

—Sí, por supuesto. Fue una estupidez no hacerlo, pero era un asunto totalmente nuevo para mí. Pensé que el tío iba en serio. Él está en Florida, yo en una perdida localidad de Iowa. Nunca imaginé que el tipo sería un estafador.

—Necesitaremos copias de todo esto —dijo Wes.

—Puede que sea un problema.

—¿Por qué?

—¿Dónde lo copiarían ustedes?

—¿El banco no tiene una fotocopiadora?

—Sí, pero ustedes no van a fotocopiar el contenido de esta carpeta en este banco.

—Entonces lo llevaremos a alguna imprenta rápida de por aquí.

—Estamos en Bakers. Aquí no hay ninguna imprenta rápida.

—¿Hay alguna tienda de suministros de oficina?

—Sí, y el dueño le debe ochenta mil dolares a mi banco. Se sienta a mi lado en el Rotary Club. Ustedes no van a fotocopiar nada allí. No estoy dispuesto a que me vean con esta carpeta.

Chap y Wes se miraron y después observaron a Quince.

—Bueno, mire —dijo Wes—. Yo me quedaré aquí con usted. Chap se llevará la carpeta y buscará una fotocopiadora.

—¿Dónde?

—En el drugstore —contestó Wes.

—¿Han descubierto el drugstore?

—Pues claro, necesitábamos unas pinzas.

—La fotocopiadora de allí tiene veinte años.

—No, tienen una nueva.

—De acuerdo, pero vayan con mucho cuidado, ¿eh? El farmacéutico es primo segundo de mi secretaria. Ésta es una ciudad muy pequeña.

Chap tomó la carpeta y se encaminó hacia la puerta, que emitió un sonoro chasquido cuando se abrió. En cuanto salió, Chap fue inmediatamente objeto de una minuciosa inspección. El escritorio de la secretaria estaba rodeado por toda una serie de mujeres de más edad, todas ellas ocupadas en no hacer nada hasta que salió él, en cuyo momento se lo quedaron mirando, petrificadas. El anciano señor Garbe no andaba muy lejos, sosteniendo en sus manos un libro mayor que fingía hojear con interés, aunque en realidad se moría de curiosidad. Chap los saludó a todos con una inclinación de la cabeza y se retiró, pasando prácticamente por delante de todos los empleados del banco.

La puerta emitió otro sonoro chasquido cuando Quince se apresuró a cerrarla de nuevo antes de que alguien irrumpiera inoportunamente en su despacho. Él y Wes se pasaron unos minutos charlando forzadamente de esto y aquello, aunque en más de un momento la conversación estuvo casi a punto de naufragar por falta de terreno común. El tema que compartían era el sexo prohibido y no cabía duda de que ambos tenían que evitarlo. La vida en Bakers tenía muy poco interés, y por su parte Quince no podía hacer ninguna pregunta acerca del pasado de Wes.

—¿Qué tendré que decir en mi carta a Ricky? —preguntó finalmente.

Wes acogió la pregunta con inmediato entusiasmo.

—Bueno, en principio, yo esperaría un mes, para que se impacientara. Si se apresura a contestarle y le envía el dinero, podría pensar que todo es demasiado fácil.

—¿Y si se enfada?

—No se enfadará. Le sobra tiempo y quiere el dinero.

—¿Controlan ustedes toda su correspondencia?

—Creemos que tenemos acceso a casi toda.

Quince experimentaba una curiosidad irresistible. Sentado con un hombre que conocía su más terrible secreto, se sentía con derecho a seguir con las preguntas.

—¿Cómo le pararán los pies?

Wes, por una razón que jamás llegaría a comprender, se limitó a contestar:

—Probablemente lo mataremos.

De pronto, una radiante expresión de paz brilló en la mirada de Quince Garbe, una especie de cálido y sereno resplandor que se difundió a todo su torturado rostro. Las arrugas parecieron alisarse y los labios esbozaron una leve sonrisa. Finalmente su herencia estaría a salvo y, cuando el viejo muriera y el dinero fuera suyo, él abandonaría aquella existencia y viviría a su gusto.

—Qué alegría —exclamó en un suave susurro—. Pero qué alegría.

Chap se llevó la carpeta a una habitación de motel donde otros miembros de la unidad lo esperaban con una fotocopiadora en color alquilada. Se hicieron tres copias y, media hora después, ya estaba de nuevo en el banco. Quince examinó los originales: todo estaba en orden. Luego volvió a guardar la carpeta en la caja de seguridad.

—Creo que ya es hora de que se vayan —comentó a sus visitantes.

Ellos se retiraron sin estrecharle la mano ni despedirse. ¿Qué le hubieran podido decir?

Un avión privado esperaba en el aeropuerto local, cuya pista apenas bastaba para que pudieran efectuar las maniobras. Tres horas después, Chap y Wes se presentaron en Langley. Su misión había sido todo un éxito.

Mediante un soborno de cuarenta mil dólares a un empleado de banca de las Bahamas cuyos servicios habían utilizado otras veces, obtuvieron un extracto de la cuenta del Geneva Trust Bank. Boomer Realty arrojaba un saldo de ciento ochenta y nueve mil dólares. Su abogado tenía en su cuenta unos sesenta y ocho mil dólares. En el extracto figuraban todas las transacciones: tanto los ingresos como los reembolsos. El equipo de Deville trataba de localizar desesperadamente a los ordenantes de las transferencias. Sabían que el señor Garbe había efectuado la suya a través de un banco de Des Moines y también sabían que se había llevado a cabo otra transferencia de cien mil dólares desde un banco de Dallas. Sin embargo, no habían logrado averiguar la identidad del ordenante.

Estaban trabajando en muchos frentes cuando Teddy mandó llamar a Deville al búnker. Lo acompañaba York. La mesa estaba cubierta de fotocopias de la carpeta de Garbe y de los extractos bancarios.

Deville jamás había visto a su jefe tan abatido y por su parte York tampoco tenía casi nada que decir: él soportaba todo el peso del «lío de Lake», aunque Teddy también se echaba la culpa.

—Cuéntanos lo último —pidió Teddy en un susurro.

Deville jamás tomaba asiento en el búnker.

—Aún estamos tratando de localizar el origen del dinero. Hemos establecido contacto con la revista *Out and About*. Se edita en New Haven, es una empresa muy pequeña y no estoy muy seguro de que podamos introducirnos. Tenemos en nómina a nuestro contacto de las Bahamas y sabremos si se reciben transferencias y cuándo. Disponemos de una unidad preparada para registrar los despachos de Lake en el Capitolio, pero las probabilidades de que se descubra algo son remotas. No soy optimista. Tenemos a veinte personas sobre el terreno en Jacksonville.

—¿Cuántos de los nuestros están vigilando a Lake?

—Acabamos de añadir veinte efectivos a los treinta que ya teníamos.

—Contrólenlo muy de cerca. No podemos bajar la guardia. No es la persona que pensábamos y, si lo perdemos de vista aunque sólo sea una hora, podría enviar una carta o comprarse otra revista.

—Lo sabemos. Hacemos todo lo que podemos.

—Es nuestro principal objetivo.

—Lo sé.

—¿Y si infiltráramos a alguien en el centro penitenciario? —preguntó Teddy.

Era una nueva idea que se le había ocurrido a York en el transcurso de la última hora.

Deville se frotó los ojos, se mordió un momento las uñas y después contestó:

—Ahora mismo me pongo a trabajar en ello. Tendremos que utilizar unos canales que jamás hemos utilizado.

—¿A cuánto asciende la población reclusa de las cárceles federales? —preguntó York.

—A ciento treinta y cinco mil, más o menos —contestó Deville.

—No creo que sea muy difícil introducir a otro, ¿verdad?

—Lo comprobaré.

—¿Tenemos contactos en la Dirección de Prisiones?

—Es un territorio nuevo, pero estamos trabajando en ello a través de un viejo amigo del Departamento de Justicia. Soy optimista.

Deville se retiró. Lo volverían a llamar en cuestión de una hora más o menos. Para entonces, Teddy y York le habrían elaborado otra lista de preguntas, sugerencias y recados que debería hacer.

—No me gusta la idea de registrar su despacho en el

Capitolio —comentó York—. Es demasiado arriesgada. Además, nos llevaría una semana. Aquella gente tiene un millón de archivos.

—A mí tampoco me gusta —asintió Teddy en un susurro.

—Vamos a hacer que los de Documentación escriban una carta de Ricky a Lake. Colocaremos un micrófono en el sobre, le seguiremos la pista y tal vez nos conduzca a su archivo.

—Me parece una idea estupenda. Expóngasela a Deville.

York hizo otra anotación en un cuaderno lleno de otras muchas notas, casi todas ellas tachadas. Hizo unos garabatos para matar el rato y después formuló la pregunta que se había estado reservando:

—¿Se enfrentará usted con él?

—Todavía no.

—¿Cuándo?

—Puede que nunca. Recojamos toda la información y averigüemos cuanto podamos. Al parecer, lleva su segunda vida con mucha discreción. Quizá todo empezó tras la muerte de su mujer. ¿Quién sabe? Es posible que consiga mantenerlo en secreto.

—Pero conviene que sepa que usted lo sabe. De lo contrario, podría volver a arriesgarse. Si es consciente de que lo estamos vigilando constantemente, se comportará. Quizá.

—Entretanto, el mundo se está convirtiendo en un infierno. Se compran y venden armas nucleares y se introducen clandestinamente a través de las fronteras. Estamos siguiendo el desarrollo de siete pequeñas guerras y hay otras tres a punto de estallar. Sólo el mes pasado surgieron doce nuevos grupos terroristas. Los chiflados de Oriente Próximo están creando ejércitos y almacenando petróleo. Y nosotros permanecemos aquí sentados una hora tras otra, urdiendo una intriga contra tres jueces delincuentes que probablemente en este mismo momento están jugando al gin rummy.

—No son estúpidos —señaló York.

—No, pero sí torpes. Han atrapado en su red a la persona equivocada.

—Creo que hemos sido nosotros los que hemos elegido a la persona equivocada.

—No, son ellos.

19

El memorándum se recibió por fax desde la oficina de la Supervisión Regional de la Dirección de Prisiones de Washington. Estaba dirigido a M. Emmitt Broon, el director de Trumble. Con el lacónico estilo habitual en estos casos, el supervisor señalaba que había estado revisando los datos del registro de Trumble y le preocupaba el número de visitas de un tal Trevor Carson, abogado de tres de los reclusos. El abogado Carson había llegado al extremo de acudir a la prisión prácticamente a diario.

Si bien era cierto que todo recluso tenía el derecho constitucional de reunirse con su abogado, el centro penitenciario también estaba facultado para regular el régimen de las visitas. Con carácter inmediato, las visitas entre abogado y cliente se limitarían a los martes, los jueves y los sábados, de tres a seis de la tarde.

El nuevo sistema permanecería en vigor durante un período de noventa días, transcurrido el cual se revisaría.

Al director le pareció muy adecuado. Él también empezaba a sospechar de las visitas casi diarias de Trevor. Había preguntado a los responsables del mostrador de recepción y a los guardias en un infructuoso intento de establecer la naturaleza exacta de toda aquella actividad legal. Link, el guardia que solía acompañar a Trevor a la sala de visitas y que solía se embolsaba un par de billetes de veinte dólares en cada visita, le dijo al director que el abogado y el señor Spicer hablaban de casos, recursos y cuestiones por el estilo.

—Una simple sarta de gilipolleces jurídicas —precisó Link.

—¿Y usted siempre registra su cartera de documentos? —había preguntado el director.

—Siempre —había asentido Link.

Por educación, el director llamó al señor Trevor Carson en Neptune Beach.

Una mujer atendió el teléfono.

—Bufete jurídico —dijo en tono desabrido.

—Con el señor Trevor Carson, por favor.

—¿De parte de quién?

—De Emmitt Broon.

—Pues mire, señor Broon, en estos momentos está echando una siesta.

—Ya. ¿Podría usted despertarlo? Soy el director de la prisión federal de Trumble y necesito hablar con él.

—Un momento.

El director esperó un buen rato. Al final, la secretaria regresó diciendo:

—Disculpe. No he podido despertarlo. ¿Le digo que le llame?

—No, gracias. Le enviaré una nota por fax.

La idea de una estafa a la inversa se le ocurrió a York un domingo mientras jugaba al golf. A medida que el partido avanzaba, algunas veces en las pistas, pero con más frecuencia en la arena y los árboles, el plan se fue desarrollando y se convirtió en una idea brillante. Abandonó a sus amigos tras haber hecho catorce hoyos y llamó a Teddy.

Averiguarían la táctica de sus adversarios y desviarían

su atención de Al Konyers. No tenían nada que perder.

La carta se la inventó York y fue encomendada a uno de los mejores falsificadores de la sección de Documentación. El amigo epistolar fue bautizado con el nombre de Brant White y su primera nota se escribió a mano en un sencillo pero caro papel blanco de cartas:

Querido Ricky,

He leído tu anuncio y me ha gustado. Tengo cincuenta y un años, estoy en plena forma y busco algo más que un amigo epistolar. Mi mujer y yo acabamos de comprarnos una casa en Palm Valley, cerca de Neptune Beach. Viajaremos allí dentro de tres semanas y tenemos previsto quedarnos dos meses.

Si te interesa, envía una fotografía. Si me gusta lo que veo, te daré más detalles.

Brant

El remite decía Brant, A.C. 88645, Upper Darby. Pennsylvania 19082.

Para ganar dos o tres días, la sección de Documentación aplicó un matasellos de Filadelfia y la carta fue enviada por vía aérea a Jacksonville, donde el agente Klockner la llevó directamente al pequeño apartado de Aladdin North, en la oficina de correos de Neptune Beach. Era un lunes.

Tras su siesta del día siguiente, Trevor recogió la correspondencia y se dirigió al oeste, saliendo de Jacksonville para seguir el conocido camino de Trumble. En la entrada lo saludaron los mismos guardias, Mackey y Vince, y él firmó en el mismo registro que Rufus le ofreció. Después siguió a Link hasta la zona de visitas y el rincón donde Spicer lo estaba esperando, en una de las salitas destinadas a las entrevistas con los abogados.

—Me están presionando —comentó Link mientras ambos entraban en la estancia.

Spicer no levantó la mirada, Trevor le entregó a Link dos billetes de veinte y éste se los guardó en un santiamén.

—¿Quién? —preguntó Trevor al tiempo que abría la cartera de documentos.

Spicer estaba leyendo el periódico.

—El director.

—Pero si ya me ha recortado las visitas. ¿Qué más quiere?

—¿Es que no lo entiendes? —dijo Spicer sin soltar el periódico—. Aquí el señor Link está enfadado porque no le sueltas más pasta. ¿Verdad, Link?

—Tú lo has dicho. No sé qué clase de extraño negocio os lleváis entre manos, pero, si yo llevara a cabo un registro más exhaustivo, os veríais metidos en un buen lío, ¿a que sí?

—Te pago muy bien —replicó Trevor.

—Ni mucho menos.

—¿Cuánto quieres? —preguntó Spicer, mirando al guardia.

—Mil al mes, en efectivo —contestó Link, mirando a Trevor—. Los recogeré en su despacho.

—Mil al mes y no registrarás la correspondencia —puntualizó Spicer.

—De acuerdo.

—Y ni una sola palabra a nadie.

—De acuerdo.

—Trato hecho. Y ahora, largo de aquí.

Link los miró a los dos con una sonrisa en los labios y se retiró. Se situó al otro lado de la puerta y, pensando en las cámaras del circuito cerrado, atisbó de vez en cuando a través del cristal.

Dentro, el procedimiento sufrió una pequeña variación. El intercambio de correspondencia se produjo en primer lugar y sólo duró un segundo. De una vieja carpeta de cartulina, la misma de siempre, Joe Roy Spicer sacó las cartas de salida y se las entregó a Trevor, quien a su vez extrajo de su cartera la correspondencia de entrada y se la pasó a su cliente.

Había seis cartas para enviar. Algunos días había hasta diez y raras veces menos de cinco. A pesar de que Trevor no conservaba informes, copias o documentos en ningún archivo que demostrara su relación con la pequeña estafa de la Hermandad, sabía que tenía que haber veinte o treinta víctimas en potencia. Reconoció algunos nombres y direcciones.

Veintiuna, para ser más exactos, según los precisos archivos de Spicer. Veintiuna perspectivas serias y otras dieciocho algo dudosas. Casi cuarenta corresponsales escondidos en aquellos momentos en sus distintos armarios, algunos con el miedo metido en el cuerpo, otros cada vez más atrevidos cada semana que pasaba y otros a punto de derribar la puerta de una patada y salir corriendo para ir al encuentro de Ricky o Percy.

Lo más difícil era conservar la paciencia. La estafa estaba dando resultado, el dinero cambiaba de mano y la tentación era exprimirlos con excesiva rapidez. Beech y Yarber estaban resultando ser unos trabajadores tan extraordinarios que a veces se pasaban varias horas seguidas redactando cartas bajo la dirección de Spicer. Hacía falta mucha disciplina para pescar a un nuevo amigo epistolar que tuviera dinero y convencerlo con lisonjas y bonitas palabras para ganarse su confianza.

—¿Estamos a punto de desplumar a alguien? —preguntó Trevor.

Spicer estaba examinando las nuevas cartas.

—No me digas que estás sin blanca —dijo—. Ganas más que nosotros.

—Pero mi dinero está tan guardado como el vuestro. Me gustaría tener un poco más para gastar.

—Y a mí, ¿no te jode? —Spicer estudió el sobre de Brant de Upper Derby, Pennsylvania—. Ah, éste es nuevo —murmuró, y abrió la carta.

La leyó rápidamente y le sorprendió el tono. No tenía miedo, no se andaba por las ramas y no disimulaba. El tío estaba dispuesto a entrar inmediatamente en acción.

—¿Dónde queda Palm Valley? —preguntó.

—A quince kilómetros al sur de las playas. ¿Por qué?

—¿Qué clase de sitio es?

—Es uno de los mejores complejos de golf para jubilados ricos, casi todos procedentes del Norte.

—¿Cuánto valen las casas?

—Bueno, es que yo nunca he estado allí. Lo tienen todo vigilado y cerrado a cal y canto para que no entre nadie que pudiera robarles sus carritos de golf, pero...

—¿Cuánto valen las casas?

—No menos de un millón de dólares. He visto un par anunciadas por tres millones.

—Espera un momento —dijo Spicer, tomando la carpeta y encaminándose hacia la puerta.

—¿Adónde vas? —le preguntó Trevor.

—A la biblioteca. Vuelvo dentro de media hora.

—Tengo cosas que hacer.

—Ni hablar. Tú te quedas aquí a leer el periódico.

Spicer le dijo algo a Link, quien cruzó con él la zona de visitas y lo acompañó hasta la salida del edificio de administración. Avanzó a grandes zancadas bordeando los cuidados parterres.

El sol calentaba mucho y los jardineros se estaban ganando sus cincuenta centavos la hora.

Lo mismo cabía decir de los custodios de la biblioteca jurídica. Beech y Yarber se encontraban en su salita de reuniones, jugando una partida de ajedrez tras haber hecho un alto en su trabajo, cuando Spicer entró como una exhalación con una insólita sonrisa en los labios.

—Muchachos, acabamos de pescar a uno muy gordo —anunció éste, arrojando la carta de Brant sobre la mesa.

Beech la leyó en voz alta.

—Palm Valley es un complejo de golf para ricachones —explicó orgullosamente Spicer—. Las casas valen unos tres millones. Al tío le sale el dinero por las orejas y no es muy aficionado al contacto epistolar.

—Parece que está muy interesado —observó Yarber.

—Debemos actuar con rapidez —indicó Spicer—. Quiere venirse hacia aquí dentro de tres semanas.

—¿Cuál es su máximo potencial? —preguntó Beech. Le encantaba la jerga de los grandes inversores.

—Por lo menos medio millón —contestó Spicer—. Hay que escribir la carta ahora mismo. Trevor está esperando.

Beech abrió una de sus muchas carpetas y exhibió la mercancía: hojas de papel en suaves tonos pastel.

—Yo me inclino por el color melocotón —dijo.

—Por supuesto —asintió Spicer—. Tiene que ser el color melocotón.

Ricky escribió una versión reducida de su carta de contacto inicial. Veintiocho años, estudios superiores, encerrado en una clínica de desintoxicación pero a punto de salir, probablemente en cuestión de diez días, se sentía muy solo y buscaba a un hombre maduro para entablar una relación. Resultaba muy cómodo que Brant fuera a vivir tan cerca, pues Ricky tenía una hermana en Jacksonville y se alojaría en su casa. No habría obstáculos ni dificultades. Estaría a disposición de Brant cuando éste viajara al sur. Pero primero le gustaría ver una fotografía. ¿De veras Brant estaba casado? ¿Y su mujer? ¿Ella también viviría en Palm Valley? ¿O se quedaría en Pennsylvania? Qué estupendo sería que se quedara, ¿verdad?

Adjuntaron la misma fotografía en color que habían utilizado centenares de veces. Su efecto había sido irresistible.

Spicer regresó con el sobre de color melocotón a la sala de los abogados, donde Trevor estaba echando una siestecilla.

—Envíala inmediatamente —le ordenó bruscamente.

Dedicaron diez minutos a las apuestas de baloncesto y después se despidieron sin estrecharse la mano siquiera.

Mientras regresaba en su automóvil a Jacksonville, Trevor llamó a su corredor de apuestas, uno nuevo y más importante, ahora que él también apostaba. El agente Klockner y su grupo de expertos estaban al acecho y seguían las apuestas de Trevor como de costumbre. No le iban mal las cosas, hasta cuatro mil quinientos dólares en las dos últimas semanas. En cambio, su bufete había anotado en su registro ochocientos dólares en el mismo período.

Aparte del teléfono, en el Escarabajo había cuatro micrófonos, casi todos ellos de escaso valor, pero de funcionamiento intachable. Y debajo de cada parachoques habían instalado un transmisor, ambos conectados con el sistema eléctrico del vehículo y controlados cuando Trevor bebía o dormía. Un poderoso receptor instalado en la casa de enfrente seguía al Escarabajo dondequiera que fuera. Mientras circulaba por la autopista hablando por teléfono dándose aires de importancia, repartía dinero por ahí como un gran jugador de Las Vegas o tomaba sorbos de café demasiado caliente en la pequeña tienda de ultramarinos donde había efectuado una rápida parada, Trevor emitía más señales que la mayoría de aviones privados.

El gran «Supermartes». 7 de marzo. A las nueve de la noche, dos horas después del cierre de los colegios electorales de Nueva York, Aaron Lake cruzó triunfalmente el estrado del gran salón de banquetes de un hotel de Manhattan mientras miles de personas lo vitoreaban, la música sonaba a todo volumen y caían globos desde lo alto. Había ganado en Nueva York con el cuarenta y tres por ciento de los votos. El gobernador Tarry sólo había obtenido un miserable veintinueve por ciento y el resto se lo habían repartido los otros perdedores. Lake abrazó a personas a las que jamás había visto, saludó con la mano a gentes a las que jamás volvería a ver y pronunció un emocionante discurso de victoria sin la ayuda de ninguna nota.

Acto seguido se fue a toda prisa a Los Ángeles para celebrar otra victoria. Durante cuatro horas, a bordo del nuevo jet Boeing con capacidad para cien pasajeros alquilado por un millón de dólares al mes, volando a una velocidad de ochocientos kilómetros por hora a una altura de doce mil metros, él y su equipo de colaboradores siguieron los resultados de los doce estados que participaban en la gran cita electoral. En toda la Costa Este, donde los colegios electorales ya habían cerrado, Lake ganó por los pelos en Maine y Connecticut pero se alzó con una clara victoria en Nueva York, Massachusetts, Maryland y Georgia. Perdió en Rhode Island por ochocientos votos y ganó en Vermont por mil. Mientras sobrevolaba Misuri, la CNN lo proclamó ganador en aquel estado por cuatro puntos sobre el gobernador Tarry. La victoria en Ohio fue también muy apretada.

Cuando Lake llegó a California, la victoria ya era un hecho. De los quinientos noventa y un delegados que estaban en juego, captó trescientos noventa. Había conseguido, además, consolidar la tendencia a la alza. Sin embargo, en ese momento lo más importante era que Aaron Lake tenía dinero. El gobernador Tarry se estaba desmoronando a ojos vista y todas las apuestas se centraban en Lake.

20

Seis horas después de la proclamación de su victoria en California, Lake abrió los ojos a una vertiginosa mañana de entrevistas en directo. Concedió dieciocho en dos horas y después viajó en avión a Washington.

Se dirigió de inmediato al nuevo cuartel general de su campaña, situado en la planta baja de un edificio comercial de M Street, a un tiro de piedra de la Casa Blanca. Dio las gracias a sus colaboradores, casi ninguno de los cuales era voluntario. Los animó a todos y estrechó manos mientras se preguntaba: «¿De dónde demonios habrá salido toda esta gente?»

Vamos a ganar, repetía una y otra vez, y todos le creían. ¿Por qué no?

Se reunió durante una hora con sus principales colaboradores. Tenía sesenta y cinco millones y ninguna deuda. Tarry disponía de menos de un millón y aún estaba intentando contar todo el dinero que debía. En realidad, la campaña de Tarry había evitado que las autoridades federales le impusieran un tope gracias al descomunal lío de sus libros de contabilidad. Todo el dinero se había esfumado. Las aportaciones habían cesado. Todos los fondos iban a parar a Lake.

Se barajaron con gran entusiasmo los nombres de tres posibles vicepresidentes. Fue un ejercicio de lo más estimulante, pues significaba que ya tenían la nominación en el bolsillo. La primera propuesta de Lake, el senador Nance de Michigan, estaba dando lugar a una acalorada discusión, porque éste había intervenido en unos negocios un tanto sospechosos con unos socios de Detroit de origen italiano. Lake cerró los ojos y se imaginó a la prensa arrancándole la piel a tiras a Nance. Nombraron un comité para que indagara más a fondo en el asunto.

También estipularon otro grupo para que empezara a organizar la participación de Lake en la convención de Denver. Lake deseaba contratar a un nuevo redactor de discursos para que empezara a trabajar en el discurso de aceptación.

En su fuero interno, Lake se asombraba de la cuantía de sus gastos generales. El jefe de su campaña ganaría ciento cincuenta mil dólares aquel año, pero no por doce meses sino sólo hasta Navidad. Tenía jefes de asuntos económicos, relaciones con los medios de difusión, operaciones y planificación estratégica, y todos ellos habían firmado contratos de ciento veinte mil dólares por unos diez meses de trabajo.

Cada uno de ellos contaba con dos o tres subordinados inmediatos, unas personas a las que Lake apenas conocía, cada una de las cuales ganaba noventa mil dólares. Había también unos ayudantes de campaña, los llamados AC, que no eran voluntarios como ocurría en la mayoría de los casos, sino verdaderos empleados que ganaban cincuenta mil dólares y desarrollaban una actividad vertiginosa. Los había por docenas. Más varias docenas de administrativos y secretarias, y nadie ganaba menos de cuarenta mil dólares.

Y, en medio de todo aquel despilfarro, Lake se repetía una y otra vez: «Si llego a la Casa Blanca, tendré que buscarles trabajo a todos. A todos y cada uno de ellos. Esos chicos que ahora van por ahí con insignias de Lake en todas las solapas, querrán tener acceso al Ala Oeste y puestos de trabajo de ochenta mil dólares anuales.»

Eso no es más que una gota de agua en el mar, se repetía. No te preocupes por los pequeños detalles; hay en juego asuntos mucho más importantes. Un periodista del *Post* había estado investigando los primeros negocios de Lake y había descubierto sin demasiado esfuerzo el desastre de Green Tree, un fallido proyecto de urbanización de veinte años atrás.

Lake y un socio habían llevado Green Tree a la quiebra, quedándose legalmente con ochocientos mil dólares de sus acreedores. El socio había sido procesado por quiebra fraudulenta, pero un jurado lo exoneró de cualquier culpa. Nadie lanzó la menor acusación contra Lake y, siete años después, los votantes de Arizona lo eligieron congresista.

—Responderé a todas las preguntas que haga falta sobre Green Tree —declaró Lake—. Fue simplemente un mal negocio.

—La prensa está a punto de cambiar de marcha —comentó el jefe de relaciones con los medios de difusión—. Usted es nuevo y no ha sido sometido a ninguna investigación. Ya es hora de que empiecen a presionarle.

—La hora ya ha llegado —asintió Lake—. No guardo ningún esqueleto en el armario.

Lo llevaron a un almuerzo temprano en el Mortimer's, en la avenida Pennsylvania, el local en el que se dejaban ver los poderosos del momento, donde se reunió con Elaine Tyner, la abogada que dirigía el CAP-D. Mientras tomaban fruta y queso fresco, ella le expuso la situación económica del CAP-D más reciente de todos los que había en el país. Unos fondos que ascendían a veintinueve millones en efectivo, ninguna deuda significativa y una ingente cantidad de dinero que llegaba durante las veinticuatro horas del día procedente de todas direcciones y de todos los rincones del mundo.

Los gastos constituían un desafío. Puesto que estaba considerado un «dinero blando», es decir, un dinero que no podía ir a parar directamente a la campaña de Lake, había que utilizarlo de otra manera. Tyner se había propuesto varios objetivos. El primero era una serie de anuncios genéricos similares a los apocalípticos anuncios que había ideado Teddy. El CAP-D ya estaba adquiriendo espacios en las franjas horarias de máxima audiencia para el otoño. El segundo, y con mucho el más agradable, eran las carreras para el Senado y el Congreso.

—Ya se están poniendo en fila como las hormigas —comentó Elaine con gran regocijo—. Es curioso lo que pueden hacer unos cuantos millones de dólares.

Le contó la historia de una carrera para el Congreso en un distrito del norte de California, donde el titular, un veterano al que Lake conocía y despreciaba, había empezado el año con cuarenta puntos de ventaja sobre un aspirante desconocido. Este último había conseguido abrirse camino hasta el CAP-D y había entregado su alma a Aaron Lake.

—Prácticamente nos hemos hecho cargo de su campaña —dijo—. Le escribimos los discursos, le hacemos las encuestas, nos ocupamos de toda la publicidad en prensa y televisión y hasta le hemos contratado un nuevo equipo. De momento, nos hemos gastado un millón y medio, y nuestro chico ha reducido la ventaja a diez puntos. Y nos quedan todavía siete meses por delante.

En total, Tyner y el CAP-D estaban metidos en treinta carreras para el Congreso y en diez para el Senado. Esperaba reunir un total de sesenta millones de dólares y haber gastado hasta el último centavo cuando llegara el mes de noviembre.

Su tercer área de atención era la toma del pulso del país. EL CAP-D realizaba incesantes encuestas a diario, durante quince horas al día. Si a los obreros del oeste de Pennsylvania les preocupaba alguna cuestión, el CAP-D se enteraba de inmediato. Si la población hispana de Houston se mostraba favorable a un nuevo sistema de asistencia social, el CAP-D lo sabía. El CAP-D sabía si a las mujeres del área metropolitana de Chicago les había gustado o no un anuncio de Lake y en qué porcentaje.

—Estamos al corriente de todo —decía orgullosamente Elaine—. Somos como el Gran Hermano, siempre alerta.

Las encuestas costaban sesenta mil dólares al día, una bagatela. Nadie las podía tocar. En las cuestiones importantes, Lake iba nueve puntos por delante de Tarry en Tejas y hasta en Florida, un estado que Lake aún no había visitado, y le pisaba los talones cerca en Indiana, el estado natal de Tarry.

—Tarry se siente cansado —añadió Elaine—. Su moral está por los suelos porque ganó en New Hampshire y empezó a lloverle el dinero. Después apareció usted como por arte de ensalmo, un rostro desconocido, sin equipaje y con un nuevo mensaje, empezó a ganar y, de repente, el dinero se desvió hacia usted. Tarry no podría reunir ni cincuenta dólares en una venta benéfica de rosquillas organizada por una iglesia. Está perdiendo a personas clave porque no las puede pagar y porque éstas han olfateado a otro vencedor.

Lake mascó un trozo de piña y saboreó las palabras. No eran nuevas; se las había oído a su propia gente. Sin embargo, de labios de una persona experimentada como Tyner, le resultaban todavía más halagüeñas.

—¿Cuál es la situación del vicepresidente? —preguntó Lake.

A pesar de que contaba con su propio equipo, por alguna extraña razón, se fiaba más de ella.

—Perderá la nominación —contestó Elaine, sin añadir nada nuevo—. Pero la convención será muy reñida. Ahora mismo, usted está sólo unos puntos por detrás de él en la gran pregunta: ¿Por quién votará usted en noviembre?

—Noviembre queda muy lejos.

—Sí y no.

—Muchas cosas pueden cambiar —dijo Lake, pensando en Teddy y preguntándose qué otra crisis se inventaría para aterrorizar a la población.

El almuerzo había sido más bien un tentempié y, desde el Mortimer's, lo llevaron a un pequeño comedor del hotel Hay-Adams. Fue un prolongado y tardío almuerzo entre amigos, un par de docenas de compañeros suyos del Congreso. Aunque pocos de ellos se habían apresurado a apoyarlo cuando había entrado en la carrera, en ese momento se mostraban entusiasmados con él. Casi todos disponían de sus propios encuestadores. El carro del vencedor ya estaba bajando por la ladera de la montaña.

Lake jamás había visto a sus viejos amigos tan felices a su alrededor.

La carta la preparó una mujer llamada Bruce, de la sección de Documentación, uno de los tres mejores falsificadores de la Agencia. Clavadas con chinchetas en el tablero de corcho que colgaba justo por encima de la mesa de trabajo de su pequeño laboratorio estaban las cartas escritas por Ricky. Unos ejemplos estupendos, mucho más de lo que ella necesitaba. No tenía ni idea de quién era Ricky, pero no cabía duda de que su caligrafía era artificial. Era bastante uniforme y los ejemplos más recientes demostraban con toda claridad la adquisición de una soltura que sólo se conseguía con la práctica. El vocabulario no era nada especial, probablemente debido, según sospechaba ella, a un deliberado deseo de simplificación. La sintaxis contenía muy pocos errores. Bruce le calculaba una edad entre cuarenta y sesenta años y unos estudios superiores, como mínimo.

Sin embargo, su misión no consistía en llegar a semejantes deducciones, por lo menos, no en aquel caso. Con la misma pluma y el mismo papel que utilizaba Ricky, escribió a Al una simpática notita. El texto lo había redactado otra persona, pero ella ignoraba quién. Y, además, no le importaba.

Decía: «Hola, Al, ¿dónde te has metido? ¿Por qué no has escrito? No te olvides de mí.» Una carta de este tipo, pero con una agradable y pequeña sorpresa. Como Ricky no podía utilizar el teléfono, le enviaba a Al una cinta con un breve mensaje desde la misma clínica de desintoxicación.

Bruce escribió la carta en una hoja y después se pasó una hora trabajando con el sobre y le aplicó un matasellos de Neptune Beach, Florida.

No cerró el sobre. Su pequeño proyecto fue examinado y trasladado a otro laboratorio. La cinta la grabó un joven agente que había estudiado interpretación en la Universidad Northwestern. Con una suave voz sin acento, decía: «Hola, Al, soy Ricky. Espero que te sorprenda oír mi voz. Aquí no nos permiten utilizar el teléfono, pero no sé por qué razón, nos permiten enviar y recibir cintas. Estoy deseando salir de aquí.» Después se pasaba un rato hablando de su desintoxicación y de lo mucho que odiaba a su tío y a la gente que dirigía Aladdin North. Sin embargo, reconocía que lo habían curado de su adicción.

Estaba seguro de que, cuando volviera la vista atrás, no juzgaría aquel lugar con tanta dureza.

Sus palabras no eran más que pura cháchara. No hablaba de sus planes para cuando saliera de allí, no decía adónde iría ni qué pensaba hacer, sólo una vaga referencia a su esperanza de ver a Al algún día.

Aún no estaban preparados para lanzar el anzuelo a Al Konyers. El único propósito de la cinta era ocultar en su estuche un transmisor lo bastante potente como para conducirlos al archivo secreto de Lake. Un minúsculo micrófono en el sobre hubiera sido demasiado peligroso. Al hubiera podido descubrirlo.

En el Mailbox America de Chevy Chase, la CIA controlaba ahora ocho casillas, todas ellas debidamente alquiladas para un año por ocho personas distintas, las cuales tenían el mismo acceso que el señor Konyers a lo largo de las veinticuatro horas del día. Iban y venían a todas horas, comprobando lo que había en las casillas, recogiendo la correspondencia que ellas mismas enviaban y, cuando no miraba nadie, echando un pequeño vistazo a la casilla de Al.

Puesto que conocían sus horarios mejor que él mismo, dichas personas esperaban pacientemente a que terminara de cumplir sus compromisos. Estaban tan seguras de que saldría disimuladamente como la otra vez, vestido con un chándal como para correr un rato, que una noche conservaron la cinta hasta casi las diez. Después la colocaron en su casilla.

Cuatro horas más tarde, mientras una docena de agentes vigilaba todos sus movimientos, Lake el deportista bajó de un taxi delante de Mailbox America, entró apresuradamente con el rostro oculto por la larga visera de su gorra de corredor, se acercó a la casilla, retiró la correspondencia y regresó a toda prisa al vehículo.

Seis horas después abandonó Georgetown para desayunar en el Hilton, y los agentes esperaron. A las nueve dirigió la palabra a una asociación de jefes de policía y, a las once, a mil directores de centros de enseñanza secundaria. Almorzó con el portavoz del Congreso. A las tres grabó una agotadora entrevista con varios presentadores y después regresó a casa para hacer las maletas. Su itinerario le exigía salir del Aeropuerto Nacional Reagan a las ocho para volar rumbo a Dallas.

Lo siguieron hasta el aeropuerto, vieron despegar el Boeing 707 y llamaron a Langley. Cuando los dos agentes del servicio secreto llegaron para inspeccionar el perímetro de la residencia de Lake, la CIA ya estaba dentro.

El registro terminó en la cocina a los diez minutos de haber empezado. Un receptor manual captó la señal de la cinta. La encontraron en el cubo de la basura junto con un cartón de leche vacío, dos cajitas de cereales, unas toallas sucias de papel y la edición matinal del *Washington Post*. Una asistenta acudía a la casa dos veces por semana. Lake se había limitado a dejar la basura para que ella la sacara.

No encontraron el archivo de Lake por la sencilla razón de que no tenía ninguno. El hombre era listo y se deshacía de las pruebas.

Teddy casi lanzó un suspiro de alivio cuando se enteró. El equipo seguía escondido en la casa, esperando a que los del servicio secreto se fueran. Al menos Lake procuraba por todos los medios no dejar el menor rastro de lo que hacía en su vida secreta.

La cinta atemorizó a Aaron Lake. La lectura de las cartas de Ricky y la contemplación de su bello rostro le habían producido una nerviosa emoción. El muchacho estaba muy lejos y lo más probable era que jamás se vieran. Podían ser amigos epistolares, jugar al escondite desde lejos e ir aproximándose poco a poco, por lo menos, eso era lo que se proponía hacer Lake al principio.

Sin embargo, el hecho de oír la voz de Ricky se lo había hecho sentir mucho más cerca y lo había alarmado. Lo que había empezado meses atrás como un curioso jueguecito encerraba ahora unas horribles posibilidades. Era demasiado peligroso. Se echó a temblar ante la idea de que lo descubrieran.

Con todo, le parecía imposible. Estaba muy bien escondido detrás de la máscara de Al Konyers. Ricky no sabía quién era. En la cinta le decía «Al eso» y «Al lo otro». El apartado de correos era su escudo.

No obstante, debía terminar con todo aquello. Por lo menos, de momento.

El Boeing estaba atestado de bien pagados colaboradores de Lake. No se fabricaban aparatos lo bastante grandes como para trasladar a todo su séquito. Si hubiera alquilado un 747, en cuestión de un par de días, éste se habría llenado de miembros del CAP-D, consultores, asesores y encuestadores, por no mencionar el cada vez más numeroso ejército de guardaespaldas del servicio secreto.

Cuantas más primarias ganaba, tanto más pesaba su avión. Quizá le conviniera perder en un par de estados para poder soltar lastre.

En la oscuridad del aparato, Lake se tomó un zumo de tomate y decidió escribir a Ricky una carta de despedida. Le expresaría sus mejores deseos y daría por terminada la correspondencia. ¿Qué podía hacer aquel chico?

Estuvo tentado de redactar la nota allí mismo, acomodado en su mullido asiento giratorio y con los pies levantados. Sin embargo, en cualquier momento podía aparecer un asistente para comunicarle casi sin resuello una información que el candidato debía conocer inmediatamente. Carecía de intimidad. No disponía de tiempo para pensar, holgazanear o soñar despierto. Todos los pensamientos agradables eran interrumpidos por los resultados de una nueva encuesta, una noticia de última hora o la urgente necesidad de tomar una decisión.

Estaba seguro de que en la Casa Blanca podría esconderse. En otras ocasiones ya había sido ocupada por solitarios.

21

El caso del robo del teléfono móvil llevaba un mes acaparando la atención de los reclusos de Trumble. El señor T-Bone, un vigoroso chico de la calle de Miami que cumplía veinte años por un delito de drogas, había entrado inicialmente en posesión del teléfono, utilizando unos medios todavía no aclarados. En Trumble estaban severamente prohibidos los móviles, por lo que los métodos que había utilizado el chico para hacerse con uno habían dado lugar a más rumores que la vida sexual de T. Karl. Los pocos que lo habían visto efectivamente lo habían descrito por el campamento como un objeto de tamaño no mayor que el de un cronómetro. El señor T-Bone había sido visto oculto entre las sombras levemente encorvado y de espaldas al mundo, susurrando a través del teléfono. No cabía duda de que estaba dirigiendo todavía las actividades callejeras de Miami.

De pronto, el móvil desapareció. El señor T-Bone dio a conocer su intención de matar a quienquiera que se lo hubiera quitado y, al ver que sus amenazas de violencia no daban resultado, ofreció una recompensa de mil dólares en efectivo. Las sospechas recayeron enseguida sobre otro joven camello, un tal Zorro, de un sector de Atlanta casi tan tremendo como el del señor T-Bone. Ante el temor de que se produjera un asesinato, los guardias y los vigilantes intervinieron y aseguraron a los dos chicos que serían trasladados de centro como la situación se les escapara de las manos. En Trumble no se toleraban los actos de violencia. El castigo era el traslado a una cárcel donde los reclusos sí sabían lo que era la violencia.

Alguien habló al señor T-Bone de los juicios semanales que celebraban los miembros de la Hermandad y, a su debido tiempo, éste fue a ver a T. Karl y presentó una querella. Exigía la devolución del teléfono más una indemnización de un millón de dólares en concepto de daños y perjuicios.

El día en que se iba a celebrar el juicio, un director adjunto se presentó en la cafetería para observar el curso de los acontecimientos, y entonces los miembros de la Hermandad aplazaron rápidamente el juicio. Lo mismo ocurrió poco antes del comienzo del segundo juicio. Nadie de la administración de la prisión podía oír ningún tipo de alegación acerca de quién tenía o no tenía un teléfono móvil prohibido. Los guardias que asistían a los espectáculos semanales no hubieran dicho ni una sola palabra.

Al final, el juez Spicer consiguió convencer a un asesor de la prisión de que los muchachos tenían un asunto privado que resolver sin interferencias de las autoridades.

—Estamos tratando de arreglar una pequeña cuestión —le dijo en voz baja—. Y tenemos que hacerlo en privado.

La petición siguió su camino y, al llegar la fecha del tercer juicio, la cafetería estaba llena a rebosar de espectadores, la mayoría de los cuales esperaba ver derramamiento de sangre. El único funcionario de la prisión presente en la estancia era un solitario guardia que dormitaba en la parte de atrás.

Ninguno de los litigantes ignoraba lo que era una sala de justicia, por lo que tanto el señor T-Bone como el Zorro actuaron como abogados de sí mismos. El juez Beech se pasó buena parte de la primera hora tratando de evitar que el lenguaje cayera en la más absoluta ordinariez. Finalmente, se dio por vencido. El querellante soltó toda suerte de descabelladas acusaciones que no se hubieran podido demostrar ni siquiera con la ayuda de mil agentes del FBI. Las negativas de la defensa fueron no menos exageradas y absurdas. El señor T-Bone descargó unos pesados golpes utilizando dos declaraciones juradas, firmadas por unos reclusos cuyos nombres sólo fueron revelados a los miembros de la Hermandad, las cuales contenían relatos de testigos directos que habían visto al Zorro tratando de esconderse mientras hablaba a través de un minúsculo teléfono.

La airada respuesta del Zorro describió las declaraciones juradas mediante un lenguaje que los miembros de la Hermandad jamás en su vida habían escuchado.

El golpe definitivo se produjo como por arte de magia. El señor T-Bone, en una jugada que hasta el más hábil abogado hubiera admirado, presentó documentación. Le habían hecho llegar a escondidas la factura detallada de las llamadas de su teléfono, que le sirvió para mostrar con toda claridad a los miembros del tribunal exactamente las cincuenta y cuatro llamadas que se habían efectuado a varios números de la zona sudeste de Atlanta. Sus partidarios, que eran mayoría pero cuya lealtad podía desvanecerse en un santiamén, empezaron a armar alboroto y a gritar hasta que T. Karl golpeó varias veces la mesa con su martillo de plástico y consiguió que se callaran.

El Zorro tuvo dificultades para recuperarse y sus titubeos sentenciaron la cuestión. Le ordenaron que entregara el teléfono a los miembros de la Hermandad en un plazo máximo de veinticuatro horas y que reembolsara cuatrocientos cincuenta dólares al señor T-Bone, cifra que correspondía al importe de sus llamadas. En caso de que transcurrieran veinticuatro horas y la entrega del teléfono no se produjera, el asunto sería comunicado al director, junto con la información del descubrimiento por parte de los miembros de la Hermandad de que el Zorro tenía efectivamente en su poder un teléfono móvil.

La Hermandad ordenó, además, que los litigantes se mantuvieran en todo momento a una distancia de por lo menos quince metros, incluso a la hora de comer.

T. Karl dio varios golpes con el martillo y los presentes empezaron a salir ruidosamente. A continuación, anunció el siguiente caso, otra insignificante disputa de juego, y esperó a que los espectadores se retiraran.

—¡Silencio! —gritó, pero sólo consiguió que aumentara el bullicio.

Los miembros de la Hermandad reanudaron la lectura de sus periódicos y revistas.

—¡Silencio! —ordenó de nuevo, golpeando fuertemente la mesa con el martillo.

—Cállate ya —le gritó Spicer a T. Karl—. Metes más ruido tú que ellos.

—Es mi obligación —replicó T. Karl mientras los bucles de su peluca brincaban en todas direcciones.

Cuando se vació la cafetería, sólo quedó un recluso. T. Karl miró a su alrededor y finalmente le preguntó:

—¿Es usted el señor Hooten?

—No, señor —contestó el joven.

—¿Es usted el señor Jenkins?

—No, señor.

—Ya me parecía a mí. Se desestima la causa de Hooten contra Jenkins por incomparecencia —dijo T. Karl, haciendo una teatral anotación en su registro de los casos.

—¿Quién es usted? —le preguntó Spicer al joven, que permanecía sentado solo y miraba a su alrededor como si no estuviera muy seguro de ser bien recibido. Ahora los tres hombres ataviados con las túnicas de color verde claro lo estaban mirando, al igual que el payaso de la peluca gris, el viejo pijama granate, las zapatillas de baño de color lavanda y los pies sin calcetines. ¿Quién era aquella gente?

El joven se levantó muy despacio y se acercó temerosamente hasta situarse delante de los tres.

—Busco ayuda —dijo, casi como si no se atreviera a hablar.

—¿Tiene usted que dirimir algún asunto ante el tribunal? —gruñó T. Karl desde el otro lado.

—No, señor.

—Pues entonces, tendrá que...

—¡Cállate! —dijo Spicer—. Se suspende la sesión. Lárgate.

T. Karl cerró de golpe el registro de los casos, empujó hacia atrás su silla plegable y abandonó la sala hecho una furia mientras sus zapatillas de baño resbalaban sobre las baldosas y la peluca brincaba a su espalda.

El joven parecía a punto de echarse a llorar.

—¿Qué podemos hacer por ti? —le preguntó Yarber.

El joven sostenía en la mano una cajita de cartón. Los miembros de la Hermandad sabían por experiencia que contenía los documentos que lo habían llevado a Trumble.

—Necesito ayuda —repitió el joven—. Ingresé aquí la semana pasada y mi compañero de celda me dijo que ustedes me podrían ayudar a presentar los recursos.

—¿No tienes abogado? —preguntó Beech.

—Lo tenía. No era muy bueno. Él es uno de los motivos de que yo me encuentre aquí.

—¿Cómo ha ocurrido? —preguntó Spicer.

—No lo sé. La verdad es que no lo sé.

—¿No te hicieron un juicio?

—Sí. Y muy largo, por cierto.

—¿Y el jurado te declaró culpable?

—Sí. A mí y a otros muchos. Dijeron que pertenecíamos a una organización.

—¿Y a qué se dedicaba la organización?

—Al contrabando de cocaína.

Otro camello. De pronto, se sintieron tentados de regresar a la redacción de sus cartas.

—¿De cuánto es tu condena? —preguntó Yarber.

—Cuarenta y ocho años.

—¡Cuarenta y ocho años! ¿Y cuántos tienes?

—Veintitrés.

La redacción de las cartas quedó momentáneamente olvidada. Contemplaron su triste y juvenil rostro y trataron de imaginárselo cincuenta años después. Puesto en libertad a los setenta y un años; era algo imposible de imaginar. Cada uno de los miembros de la Hermandad abandonaría Trumble siendo más joven de lo que sería aquel chico.

—Acerca una silla —indicó Yarber.

El chico tomó la que tenía más a mano y la colocó delante de la mesa de los jueces. Hasta Spicer se compadeció un poco de él.

—¿Cómo te llamas? —le preguntó Yarber.

—Me llaman Buster.

—Muy bien pues, Buster, ¿qué hiciste para que te hayan echado cuarenta y ocho años?

El relato brotó como un torrente. Sosteniendo la caja sobre las rodillas y mirando al suelo, el chico dijo que jamás había tenido problemas con la ley y que su padre tampoco. Eran propietarios de un pequeño embarcadero en Pensacola. Pescaban, navegaban y les encantaba el mar, se encargaban del embarcadero y vivían muy a gusto. Vendieron una embarcación de pesca de segunda mano de quince metros de eslora a un hombre de Fort Lauderdale que les pagó noventa y cinco mil dólares en efectivo. El dinero fue ingresado en el banco o, por lo menos, eso creyó Buster. Unos meses más tarde, el hombre regresó para comprarles otro barco, esta vez uno de doce metros de eslora, por el que pagó ochenta mil dólares. Pagar las embarcaciones con dinero en efectivo no era insólito en Florida. Después les compró un tercer y un cuarto barco. Buster y su padre sabían dónde encontrar embarcaciones de pesca de segunda mano en buen estado, que ellos arreglaban y restauraban. Les gustaba hacer personalmente aquel trabajo. Tras la venta del quinto barco, se presentaron los de la lucha contra el narcotráfico. Formularon preguntas, les hicieron vagas amenazas y quisieron ver los libros de contabilidad y los documentos. Al principio, el padre del chico se negó. Después contrataron a un abogado, quien les aconsejó que no colaboraran. Transcurrieron varios meses sin que ocurriera nada.

Buster y su padre fueron detenidos a las tres de la madrugada de un domingo por una banda de esbirros protegidos con chalecos antibalas y provistos de la suficiente cantidad de armas como para secuestrar todo Pensacola. Los sacaron a rastras y medio desnudos de su casa cerca de la bahía bajo los reflectores que iluminaban toda la zona. El auto de acusación medía dos centímetros y medio de grosor, tenía ciento sesenta páginas y contenía ochenta y una acusaciones de contrabando de cocaína. Guardaba una copia en la caja. Buster y su padre apenas se mencionaban a lo largo de las ciento sesenta páginas, pero, aun así, fueron acusados junto con el hombre que les había comprado los barcos y otras veinticinco personas de las que jamás habían oído hablar. Once eran colombianos. Tres eran abogados. Todos los demás procedían del sur de Florida.

El fiscal general les ofreció un trato: dos años a cambio de declararse culpables y colaborar contra los otros acusados. Declararse culpables, ¿de qué? Ellos no habían hecho nada malo. Sólo conocían a uno de los otros veintiséis acusados. Jamás habían visto la cocaína.

El padre de Buster rehipotecó su casa para reunir los veinte mil dólares que necesitaba para un abogado, pero resultó que eligieron mal. En el juicio vieron, alarmados, que los sentaban junto a la misma mesa que a los colombianos y los verdaderos narcotraficantes. Los presuntos miembros de la organización de traficantes estaban agrupados a un lado, como si todos ellos hubieran formado parte de una bien engrasada maquinaria de la droga. Al otro lado, cerca del jurado, se sentaban los fiscales, un grupo de engreídos hijos de puta vestidos con trajes oscuros que tomaban notas y los miraban con el enfurecido desprecio que se dedica a los pederastas. Los miembros del jurado también los observaban furiosos.

Durante las siete semanas de juicio, Buster y su padre fueron prácticamente ignorados. Sus nombres se mencionaron tres veces. La principal acusación contra ellos era la de colaboración en la compra y reparación de barcos de pesca de segunda mano con motores trucados para el transporte de droga desde México a distintos puntos de la costa de Florida. Su abogado, que se quejaba de no haber cobrado lo suficiente para encargarse de un juicio de tres semanas, no supo rebatir aquellas acusaciones tan endebles. Aun así, los fiscales del Estado les causaron muy poco daño, pues estaban mucho más interesados en asegurarse la condena de los colombianos.

Sin embargo, no tuvieron que esforzarse demasiado en demostrar nada. Habían sabido elegir muy bien a los miembros del jurado. Tras ocho días de deliberación, los miembros del jurado, visiblemente cansados y decepcionados, declararon culpables a todos los acusados. Un mes después del veredicto, el padre de Buster se suicidó.

El muchacho contó toda la historia casi con lágrimas en los ojos. Después irguió la cabeza, apretó los dientes y dijo:

—Yo no hice nada malo.

No era el primer recluso de Trumble que se declaraba inocente. Mientras lo miraba y escuchaba, Beech recordó a un joven al que una vez condenó a cuarenta años de prisión por narcotráfico en Tejas. El acusado había tenido una infancia desgraciada, apenas había recibido educación y tenía un largo historial de delitos juveniles. La vida no le había ofrecido muchas posibilidades. Beech le echó un severo sermón desde el encumbrado lugar que ocupaba y se sintió muy satisfecho de sí mismo por haber dictado aquella sentencia tan brutal. ¡Había que limpiar las calles de todos aquellos malditos traficantes de droga!

Un liberal es un conservador que ha sido detenido. Ahora que ya llevaba tres años encerrado en una prisión, Hatlee Beech se arrepentía de haber enviado a la cárcel a tantas personas. A personas mucho más culpables que el pobre Buster. Eran muchachos que sólo necesitaban una oportunidad.

Finn Yarber contempló y escuchó al joven y se compadeció inmensamente de él. Todos los reclusos de Trumble tenían una triste historia a su espalda, pero, tras habérsela oído contar durante todo un mes, él había aprendido a no creerse casi nada. Sin embargo, la historia de Buster era verosímil. Se pasaría cuarenta y ocho años marchitándose y muriéndose poco a poco, todo a expensas de los contribuyentes. Tres comidas al día. Una cama caliente por la noche, treinta y un mil dólares al año era el último cálculo de lo que le costaba al Estado un recluso de una prisión federal. Qué despilfarro. La mitad de los reclusos de Trumble no deberían estar allí. No eran hombres violentos y hubieran tenido que ser castigados con multas y prestación de servicios a la sociedad.

Joe Roy Spicer escuchó la conmovedora historia de Buster y decidió aprovecharlo en el futuro. Había dos posibilidades. En primer lugar, en su opinión no estaba aprovechando debidamente el recurso telefónico en la estafa Angola. Los miembros de la Hermandad eran unos viejos que escribían cartas como si fueran jóvenes. Hubiera sido muy peligroso, por ejemplo, llamar a Garbe en Iowa y fingir ser Ricky, un atlético joven de veintiocho años. En cambio, si un chico como Buster trabajara para ellos, podrían convencer mejor a cualquier víctima en potencia. En Trumble había muchos jóvenes y él había considerado la posibilidad de utilizar a varios de ellos. Sin embargo, eran delincuentes y no se fiaba. En cambio, Buster procedía de la calle, era aparentemente inocente y había acudido a ellos en demanda de ayuda. Podrían manipularlo.

La segunda posibilidad era una derivación de la primera. Si Buster se uniera a su organización, ya tendría a alguien que velara por sus intereses cuando se largara de allí. El timo estaba resultando demasiado rentable como para abandonarlo sin más. Beech y Yarber escribían unas cartas sensacionales, pero carecían de espíritu comercial. A lo mejor, él podría preparar al joven Buster para que ocupara su lugar y desviara hacia él la parte de los beneficios que le correspondiera.

Era sólo una posibilidad.

—¿Tienes dinero? —preguntó Spicer.

—No, señor. Lo perdimos todo.

—¿No tienes familia, tíos, tías, primos, amigos que puedan ayudarte a pagar los honorarios legales?

—No, señor. ¿Qué clase de honorarios legales?

—Solemos cobrar por revisar los casos y ayudar a la gente a presentar recursos.

—Estoy sin un centavo, señor.

—Creo que podemos echarte una mano —dijo Beech.

De todos modos, Spicer no intervenía en los recursos. Ni siquiera había terminado los estudios de enseñanza media.

—¿Actuando *pro bono* quieres decir? —le preguntó Yarber a Beech.

—*Pro bono.*

—Y eso, ¿qué es? —preguntó Spicer.

—Una actuación legal gratuita.

—Una actuación legal gratuita. ¿Y quién se encarga de hacerla?

—Unos abogados —explicó Yarber—. Todos los abogados suelen ofrecer unas cuantas horas de su tiempo a ayudar a las personas que no pueden contratar sus servicios.

—Forma parte del derecho consuetudinario inglés —añadió Beech, contribuyendo con ello a embrollar todavía más la cuestión.

—Pero aquí nunca tuvo demasiada aceptación, ¿verdad? —observó Spicer.

—Revisaremos tu caso —dijo Yarber a Buster—. Pero, por favor, no te hagas ilusiones.

—Gracias.

Abandonaron la cafetería todos juntos, tres ex jueces enfundados en unas túnicas verdes de cantores del coro de una iglesia y un joven y asustado recluso. Asustado, pero también lleno de curiosidad.

22

La respuesta de Brant desde Upper Darby, Pennsylvania, resultaba un tanto apremiante:

> Querido Ricky,
> ¡Pero bueno! ¡Menuda foto! Pienso adelantar el viaje. Llegaré el 20 de abril. ¿Estarás disponible? En caso afirmativo, tendremos la casa para nosotros solos, pues mi mujer aún se quedará aquí un par de semanas. Pobrecita. Llevamos veintidós años casados y no sospecha nada.
> Aquí te mando una fotografía mía. Al fondo se ve mi Lear Jet, uno de mis juguetes preferidos. Daremos una vuelta en él, si te apetece.
> Escríbeme enseguida, por favor.
> Sinceramente,
>
> > Brant

No figuraba el apellido, pero eso no sería ningún problema. Muy pronto lo averiguarían.

Spicer estudió el matasellos y, por un instante, se asombró de lo rápido que iba el correo entre Jacksonville y Filadelfia. Sin embargo, la fotografía le llamó la atención. Era una instantánea de diez por quince centímetros, muy parecida a uno de aquellos anuncios de timos para hacerse rico enseguida, en los que el protagonista aparece con una orgullosa sonrisa en los labios, flanqueado por su jet, su Rolls y, a ser posible, su esposa más reciente.

Brant, de pie junto a un aparato, aparecía sonriente, pulcramente vestido con pantalones cortos de tenis y jersey, sin ningún Rolls a la vista y con una atractiva mujer de mediana edad a su lado.

Era la primera fotografía de su cada vez más abultada colección en la que uno de sus amigos epistolares incluía a su mujer.

Curioso, pensó Spicer, pero, bueno, Brant la había mencionado en sus dos cartas. Ya nada lo sorprendía. La estafa daría siempre resultado porque había una interminable cantidad de víctimas en potencia dispuestas a olvidar los riesgos.

Por su parte, Brant aparecía bronceado y en plena forma, llevaba bigote y el cabello corto y oscuro, jaspeado de hebras de plata. No era especialmente apuesto, pero ¿a él qué más le daba?

¿Por qué un hombre tan acaudalado se mostraba tan imprudente? Porque siempre había corrido riesgos y jamás lo habían atrapado. Porque era su estilo. Cuando ellos lo exprimieran y cobraran el dinero, Brant se andaría con más cuidado. Evitaría los anuncios personales y a los amantes anónimos. Pero un tipo tan agresivo como Brant no tardaría en volver a las andadas.

Spicer suponía que la emoción de encontrar a unos compañeros eventuales se imponía a los riesgos. Lo que más lo preocupaba era el hecho de que precisamente él se pasara un buen rato cada día tratando de pensar como un homosexual.

Beech y Yarber leyeron la carta y estudiaron la fotografía. En la reducida estancia se hizo un profundo silencio. ¿Y si ése fuera el gran golpe que esperaban?

—No sé lo que debe de costar un avión como éste —dijo Spicer.

Los tres se echaron a reír. Era una risa nerviosa, como si no lo pudieran creer.

—Un par de millones de dólares —respondió Beech. Como era de Tejas y había estado casado con una mujer rica, los otros dos supusieron que debía de saber más que ellos sobre aviones—. Es un pequeño Lear.

Spicer se hubiera conformado con un pequeño Cessna, cualquier cosa que lo levantara del suelo y se lo llevara lejos. A Yarber no le interesaba un avión. Quería viajar en primera, donde sirven champán y dos menús y los pasajeros eligen las películas. En primera clase, sobrevolando el océano para alejarse del país.

—Vamos a desplumarlo —dijo Yarber.

—¿Cuánto? —preguntó Beech sin apartar los ojos de la fotografía.

—Por lo menos, medio millón —dijo Spicer—. Y, si lo conseguimos, le pediremos más.

Permanecieron sentados en silencio, cada uno de ellos soñando con su parte del medio millón de dólares. De repente, el tercio de Trevor les molestó. Cobraría ciento sesenta y siete mil de comisión y los dejaría a cada uno con ciento once mil dólares.

No estaba mal para unos reclusos, pero hubiera tenido que ser mucho más. ¿Por qué se llevaba tanto dinero el abogado?

—Vamos a reducir los honorarios de Trevor —les anunció Spicer—. Lo llevo pensando desde hace algún tiempo. A partir de ahora, el dinero se dividirá en cuatro partes. Todos cobraremos lo mismo.

—No estará conforme —dijo Yarber.

—No tendrá más remedio.

—A mí me parece justo —terció Beech—. Nosotros

hacemos todo el trabajo y él gana más que nosotros. Soy partidario de que se los reduzcamos.

—Se lo comunicaré este mismo jueves.

Dos días más tarde, Trevor se presentó en Trumble poco después de las cuatro con una resaca tremenda que no había conseguido aliviar ni con el almuerzo de dos horas de duración, ni con la siesta de una hora.

Joe Roy parecía especialmente nervioso. Le entregó la correspondencia de salida y le mostró el sobre rojo de gran tamaño que sostenía en la mano.

—Nos estamos preparando para desplumar a este tío —anunció, golpeando la superficie de la mesa con el sobre.

—¿Quién es?

—Brant no sé qué, cerca de Filadelfia. Utiliza una oficina de correos, por consiguiente, hay que hacerle salir.

—¿Cuánto?

—Medio millón de dólares.

Trevor entornó los enrojecidos ojos y entreabrió los resecos labios. Hizo el cálculo... Se embolsaría ciento sesenta y siete mil dólares. Su carrera de patrón de embarcación estaba cada vez más cerca. A lo mejor, no necesitaría tener un millón de dólares para cerrar de un portazo su despacho y largarse al Caribe. A lo mejor, con medio bastaría. Y ya se estaba acercando.

—Estarás de broma, ¿no? —dijo, sabiendo muy bien que no era así.

Spicer no tenía el menor sentido del humor y se tomaba muy en serio el tema del dinero.

—No. Y vamos a cambiar el porcentaje. A partir de ahora, tú cobrarás lo mismo que nosotros. Una cuarta parte.

273

—Ni hablar.

—Quedas despedido.

—No puedes despedirme.

—Acabo de hacerlo. ¿Crees que no podremos encontrar a otro abogado estafador que se encargue de nuestra correspondencia?

—Sé demasiado —dijo Trevor, ruborizado y con la lengua repentinamente seca.

—No te sobrestimes. No vales tanto.

—Sí, lo valgo. Sé todo lo que se está haciendo aquí.

—Y nosotros también, imbécil. La diferencia es que nosotros ya estamos en la cárcel. Tú eres el que más tiene que perder. Como juegues conmigo, te verás sentado a este lado de la mesa.

Unas punzadas de dolor traspasaron la frente de Trevor mientras éste cerraba fuertemente los ojos. No estaba en condiciones de discutir. ¿Por qué se habría quedado la víspera hasta tan tarde en Pete's? Estaban discutiendo por la diferencia entre ciento sesenta y siete mil y ciento veinticinco mil dólares. La verdad es que ambas cantidades le parecían de perlas. No podía correr el riesgo de que lo despidieran porque se había enemistado con los pocos clientes que tenía. Casi nunca estaba en el despacho; no devolvía las llamadas. Había encontrado una fuente de ingresos mucho mejor. Que se fueran a la mierda los pobretones que recorrían a pie los paseos marítimos que bordeaban las playas.

No podía enfrentarse a Spicer. Era un hombre sin escrúpulos. Era mezquino y taimado y trataba desesperadamente de almacenar la mayor cantidad de dinero posible.

—¿Beech y Yarber están de acuerdo? —preguntó, plenamente consciente de que sí lo estarían y sabiendo también que, aunque no fuera así, él jamás se enteraría.

—Pues claro. Son ellos los que se encargan de todo el trabajo. ¿Por qué tienes tú que ganar más que ellos?

Parecía bastante injusto.

—Bueno, de acuerdo —asintió Trevor con la cabeza todavía dolorida—. Con razón estás en la cárcel.

—¿Acaso bebes más de la cuenta?

—No. ¿Por qué lo preguntas?

—Porque he conocido a muchos borrachos. A muchísimos. Y tienes una pinta espantosa.

—Gracias, hombre. Tú ocúpate de tus asuntos y yo me ocuparé de los míos.

—Trato hecho. Pero a nadie le interesa un abogado borracho. Tú manejas todo nuestro dinero en un negocio que es totalmente ilegal. Como te vayas de la lengua en un bar y alguien te empiece a hacer preguntas...

—No te preocupes, sé lo que me hago.

—Más te vale. Y ándate con ojo. Estamos exprimiendo a la gente y haciéndole daño. Si yo estuviera en el otro extremo de esta pequeña estafa, sentiría la tentación de darme una vuelta por aquí y tratar de que me contestaran unas cuantas preguntas antes de soltar el dinero.

—Tienen demasiado miedo.

—De todos modos, mantén los ojos bien abiertos. Es importante que no te emborraches y estés alerta.

—Muchas gracias. ¿Alguna otra cosa?

—Sí, tengo unos cuantos partidos para ti.

Aquello también era importante. Spicer abrió un periódico y ambos empezaron a anotar las apuestas.

Trevor se compró una botella de cerveza en una tiendecita que había a dos pasos de Trumble y se la fue bebiendo a pequeños sorbos mientras regresaba lentamente a Jacksonville en su Escarabajo. Procuró no pensar en el dinero, pero los pensamientos se desbocaron sin control. Entre su cuenta y la de los reclusos, había en el banco de la isla algo más de doscientos cincuenta mil dólares, un dinero que él podía llevarse en cualquier momento. Si a ello le añadiera medio millón de dólares, bueno, por más que lo intentaba, no podía dejar de sumar... ¡Setecientos cincuenta mil dólares!

Y nadie lo atraparía robando dinero sucio; eso era lo bueno. Las víctimas de la Hermandad no se quejaban porque les daba vergüenza. No quebrantaban ninguna ley, pero se morían de miedo. En cambio, los miembros de la Hermandad estaban cometiendo un delito. Por consiguiente, ¿a quién podrían recurrir si desapareciera su dinero?

Mejor que dejara de pensar en aquello.

Pero ¿cómo podría atraparlo la Hermandad? Él estaría navegando entre unas islas de las que ellos jamás habían oído hablar. Y cuando finalmente los soltaran, ¿tendrían la energía, el dinero y la fuerza de voluntad necesaria para localizarlo? Por supuesto que no. Eran unos viejos. Probablemente Beech moriría en Trumble.

—¡Ya basta! —gritó.

Se dirigió a pie al Beach Java para tomarse un café con leche bien cargadito de café y regresó a su despacho, dispuesto a hacer algo de provecho. Se conectó a Internet y encontró los nombres de varios investigadores privados de Filadelfia. Ya eran casi las seis cuando empezó a llamar. En los dos primeros intentos escuchó el mensaje del contestador. En el tercer número, el despacho de Ed Pagnozzi, le contestó el propio investigador. Le explicó que era un abogado de Florida y que necesitaba un trabajo urgente en Upper Darby.

—Muy bien. ¿Qué clase de trabajo?

—Estoy tratando de localizar el origen de cierta correspondencia enviada desde allí —contestó Trevor con desparpajo. Lo había hecho muchas veces y lo tenía bien ensayado—. Un caso de divorcio muy importante. Represento a la mujer y creo que el marido oculta dinero. En cualquier caso, necesito que alguien averigüe quién ha alquilado determinado apartado de correos.

—Estará usted de broma.

—Pues no, hablo muy en serio.

—¿Quiere que empiece a husmear alrededor de una oficina de correos?

—Se trata de un trabajo muy sencillo.

—Mire, amigo, yo estoy muy ocupado. Llame a otro.

Pagnozzi colgó el teléfono para dedicarse a otros asuntos más importantes. Trevor lo maldijo entre dientes y marcó el siguiente número. Probó otros dos y colgó cuando le contestó el mensaje del contestador. Lo intentaría de nuevo al día siguiente.

Al otro lado de la calle, Klockner escuchó por segunda vez la breve conversación con Pagnozzi y llamó a Langley. La última pieza del rompecabezas acababa de encajar y el señor Deville tenía que saberlo de inmediato.

A pesar de que dependía de las bellas palabras, las hermosas frases y las atractivas fotografías, el esquema de la estafa era muy sencillo. Hurgaba en el deseo humano y daba resultado simplemente por puro terror. El archivo del señor Garbe, la estafa a la inversa de Brant White y las restantes cartas interceptadas habían permitido descubrir su funcionamiento.

Sólo quedaba una pregunta sin respuesta: cuando se utilizaban seudónimos para alquilar apartados de correos, ¿cómo averiguaban los miembros de la Hermandad la verdadera identidad de sus víctimas? Las llamadas a

Filadelfia les acababan de dar la respuesta. Trevor se limitaba a contratar a un investigador privado del lugar, evidentemente alguien con menos trabajo que el señor Pagnozzi.

Ya eran casi las diez cuando Deville recibió autorización para entrevistarse con Teddy. Corea del Norte había disparado contra otro soldado norteamericano en la Zona Desmilitarizada y Teddy llevaba aguantando el chaparrón desde mediodía. Estaba comiendo un poco de queso con unas galletas y bebiendo una Coca-Cola Light cuando Deville entró en el búnker.

—Es lo que yo suponía —dijo Teddy, tras escuchar la breve información.

Su instinto era infalible, sobre todo, cuando se veían las cosas desde cierta distancia.

—Eso significa, naturalmente, que el abogado podría contratar a un investigador de aquí y descubrir la verdadera identidad de Al Konyers —puntualizó Deville.

—Pero ¿cómo?

—Puede haber varios métodos. Primero, la vigilancia, de la misma manera que nosotros sorprendimos a Lake dirigiéndose con disimulo a su apartado de correos. Vigilar la oficina de correos. Es un poco arriesgado, porque cabe la posibilidad de que alguien se dé cuenta. Segundo, el soborno. Quinientos dólares en efectivo a un funcionario de correos suelen dar resultado en muchos sitios. Tercero, los archivos informáticos. No se trata de un material ultrasecreto. Uno de nuestros hombres acaba de piratear la central de correos de Evansville, Indiana, y ha obtenido la lista de todos los titulares de los alquileres de los apartados. Fue una prueba aleatoria y tardó menos de una hora. Y eso implica un proceso de alta tecnología. Otra solución más sencilla consiste simplemente en entrar de noche en la oficina de correos y echar un vistazo.

—¿Cuánto paga por eso?

—No lo sabemos, pero pronto lo averiguaremos cuando contrate a un investigador.

—Hay que neutralizarlo.

—¿Eliminarlo, quiere usted decir?

—Todavía no. Antes intentaría comprarlo. Es nuestra ventana. Si logramos captarlo, nos enteraremos de todo y lo mantendremos apartado de Al Konyers. Elabore un plan.

—¿Y para su eliminación?

—Ya puede empezar a planificarla, pero sin prisa. Al menos, de momento.

23

El Sur se entusiasmó con Aaron Lake y su amor a las armas y las bombas, su lenguaje directo y su interés por la preparación militar. El candidato inundó Florida, Misisipí, Tennessee, Oklahoma y Tejas de anuncios todavía más audaces que los primeros. Y su equipo inundó aquellos mismos estados con más dinero del que jamás hubiera cambiado de manos en vísperas de unas elecciones.

El resultado fue otro paseo, en el que Lake obtuvo doscientos sesenta de los trescientos doce delegados que estaban en liza en el «Supermartes». Tras el recuento de votos del 14 de marzo, quedaron decididos mil trescientos un delegado, de un total de dos mil sesenta y seis. Lake ganaba al gobernador Tarry por ochocientos uno contra trescientos noventa.

La carrera estaba ya decidida, a no ser que ocurriera una catástrofe imprevista.

El primer trabajo de Buster en Trumble fue el manejo de una desyerbadora, por el que le pagaban un sueldo inicial de veinte centavos la hora. O eso, o fregar el suelo de la cafetería. Prefería la primera labor, porque le gustaba el sol y no quería que la piel se le volviera tan descolorida como la de algunos pálidos reclusos que había visto por allí. Y tampoco quería engordar como algunos de ellos. Esto es una cárcel, se decía, ¿cómo es posible que estén tan gordos?

Se esforzaba trabajando bajo el sol, conservaba el bronceado, estaba firmemente decidido a mantener el vientre plano y trataba animosamente de hacer bien las cosas. Pero, al cabo de diez días, Buster comprendió que no duraría cuarenta y ocho años.

¡Cuarenta y ocho años! ¡Ni siquiera podía empezar a imaginarlo! ¿Quién hubiese sido capaz de hacerlo?

Se había pasado las primeras cuarenta y ocho horas llorando.

Trece meses atrás, él y su padre llevaban el negocio del embarcadero, trabajaban con los barcos y pescaban dos veces por semana en el golfo de México.

Trabajó muy despacio alrededor del borde de hormigón de una cancha de baloncesto donde se estaba desarrollando un embarullado partido. Después hizo lo mismo alrededor del cajón de arena donde a veces los reclusos jugaban al voleibol. A lo lejos, una solitaria figura caminaba alrededor de la pista, un hombre que parecía un anciano, desnudo de cintura para arriba y con el cabello gris recogido en una coleta. Su aspecto le resultaba vagamente familiar. Buster pasó la desyerbadora por los dos bordes de una acera y se acercó a la pista de atletismo.

El solitario paseante era Finn Yarber, uno de los jueces que estaba tratando de echarle una mano. Caminaba alrededor del óvalo con paso regular, la mirada fija al frente y la espalda muy erguida. No es que fuera un atleta, pero tampoco estaba mal para tener sesenta y cinco años. Iba descalzo y con el torso desnudo, y el sudor le bajaba por la reseca piel.

Buster apagó la desyerbadora y la depositó en el suelo. Cuando estuvo más cerca, Yarber lo vio y le preguntó:

—Hola, Buster. ¿Qué tal va eso?

—Aún estoy aquí —respondió el chico—. ¿Le importa que camine un poco con usted?

—En absoluto —contestó Finn sin perder el ritmo.

Cuando ya casi llevaban recorrido un kilómetro y medio, Buster se atrevió a preguntar:

—¿Cómo van mis recursos?

—El juez Beech está en ello. El veredicto parece que está en orden, lo cual no es una buena noticia. Muchos tíos entran aquí con unos veredictos que presentan defectos de forma y, en general, nosotros presentamos recurso y conseguimos rebajarles unos cuantos años. Pero, en tu caso, no es así. Lo siento.

—No importa. ¿Qué más da unos cuantos cuando son cuarenta y ocho? Veintiocho, treinta y ocho, cuarenta y ocho, ¿qué más da?

—Puedes presentar recursos. Cabe la posibilidad de que se revoque la decisión.

—No caerá esa breva.

—No pierdas las esperanzas, Buster —dijo Yarber sin el menor asomo de convicción.

Conservar cierta esperanza implicaba seguir confiando en el sistema. Y Yarber, por supuesto, ya no lo hacía en absoluto. Había sido acusado y condenado por la misma ley que él antaño había defendido.

Sin embargo, por lo menos Yarber había tenido enemigos y casi comprendía por qué razón lo habían perseguido.

En cambio, aquel pobre chico no había hecho nada malo. Buster era totalmente inocente, otra víctima del exceso de celo de un fiscal.

Según los documentos, por lo visto el padre del chico ocultaba un poco de dinero en efectivo, pero nada importante. Nada que pudiera justificar un auto de acusación de ciento sesenta páginas por asociación delictiva.

La esperanza. Se sentía un hipócrita por el solo hecho de pensar en aquella palabra. Ahora los tribunales de casación estaban llenos de derechistas defensores de la ley y el orden, y no era fácil que se revocara una sentencia de un caso de droga. Aplicarían un sello de goma al recurso del chico y pensarían que, de aquella manera, contribuían a velar por la seguridad en las calles.

El mayor cobarde había sido el juez. Es lógico que los fiscales busquen la condena del acusado, pero la labor de los jueces debería permitir apartar del caso a los acusados de delitos menos graves. Buster y su padre hubieran tenido que ser separados de los colombianos y de sus secuaces, y enviados a casa antes de que se iniciara el juicio.

Ahora uno de ellos había muerto. Y el otro estaba perdido. Y a ningún funcionario del sistema federal le importaba una mierda. Se trataba de un caso más de narcotráfico.

Al llegar a la primera curva de la ovalada pista, Yarber aminoró la marcha y se detuvo. Miró a lo lejos, más allá de un prado hacia la arboleda. Buster también miró. Se había pasado diez días contemplando el perímetro de Trumble y había visto que no había vallas, alambradas electrificadas ni torres de vigilancia.

—El último que se largó de aquí —dijo Yarber sin mirar nada en concreto—, se fue a través de aquellos árboles. La arboleda tiene varios kilómetros de longitud y, al otro lado, sales a una carretera rural.

—¿Quién era?

—Un tipo llamado Tommy Adkins. Era un banquero de Carolina del Norte que fue sorprendido con las manos en la masa.

—¿Qué fue de él?

—Se volvió loco y un día se largó. Tardaron seis horas en darse cuenta de que se había fugado. Un mes más tarde, lo encontraron en la habitación de un motel de Cocoa Beach, pero no la policía sino las camareras. Estaba acurrucado en posición fetal, desnudo, chupándose el pulgar y completamente ido. Lo encerraron en un manicomio.

—¿Seis horas tardaron?

—Casi.

—Ya.

—Sí, pero después los atrapan porque cometen estupideces. Se emborrachan en los bares. Conducen automóviles sin faros traseros. Van a ver a sus novias.

—O sea, que si uno es listo, es posible largarse de aquí.

—Desde luego. Si se organizan bien las cosas y se dispone de un poco de dinero, no resulta difícil.

Reanudaron el paseo, pero un poco más despacio.

—Dígame una cosa, señor Yarber —dijo Buster—. Si usted se enfrentara a cuarenta y ocho años de reclusión, ¿se fugaría?

—Sí.

—Pero es que yo no tengo ni un centavo.

—Yo, sí.

—Pues entonces, usted podría ayudarme.

—Ya veremos. Deja que pase un poco de tiempo. Tranquilízate. Ahora te vigilan un poco más de cerca porque eres nuevo, pero, con el tiempo, se olvidarán de ti.

Buster incluso consiguió esbozar una sonrisa. Su condena acababa de reducirse considerablemente.

—¿Sabes qué ocurre si te atrapan? —preguntó Yarber.

—Sí, te añaden unos cuantos años más. Vaya gracia. Puede que me echaran cincuenta y ocho. Ni hablar, si me atrapan, me pego un tiro.

—Yo haría lo mismo. Tienes que estar preparado para abandonar el país.

—¿Y adónde iría?

—A algún sitio donde no te diferencies de los nativos y no te puedan extraditar a Estados Unidos.

—¿Algún lugar en particular?

—Argentina y Chile. ¿Hablas español?

—No.

—Pues empieza a aprender. Aquí se imparten clases de español, ¿sabes? Las dan unos chicos de Miami.

Recorrieron una vuelta en silencio mientras Buster pensaba en su futuro. Se notaba los pies más ligeros, mantenía los hombros más erguidos y no podía borrar la sonrisa que iluminaba su rostro.

—¿Por qué quieren ayudarme? —preguntó.

—Porque tienes veintitrés años. Eres demasiado joven e ingenuo. El sistema te ha jodido, Buster. Tienes derecho a luchar con todos los medios a tu alcance. ¿Tienes novia?

—Más o menos.

—Olvídala. Sólo servirá para crearte problemas. Además, ¿crees que esperará cuarenta y ocho años?

—Me dijo que sí.

—Miente. Ya está pindongueando por ahí. Olvídate de ella si no quieres que te atrapen.

Sí, seguramente tiene razón, pensó Buster. Aún no había recibido ninguna carta suya y, a pesar de que sólo vivía a unas cuatro horas de Trumble, tampoco había ido a visitarlo. Habían hablado un par de veces por teléfono y lo único que ella le había preguntado era si lo habían atacado.

—¿Tienes hijos? —preguntó Yarber.

—No. Por lo menos, que yo sepa.

—¿Y tu madre?

—Murió cuando yo era muy pequeño. Mi padre me crió. Estábamos los dos solos.

—En tal caso, estás en la mejor situación para fugarte.

—Me gustaría largarme ahora mismo.

—Ten paciencia. Deja que lo planeemos con cuidado.

Tras recorrer otra vuelta, Buster ya sentía deseos de ponerse a brincar. No se le ocurría ni una sola cosa de Pensacola que pudiera echar de menos. Cuando había estudiado español en el instituto, había obtenido notas bastante buenas sin esforzarse demasiado, aunque ya no recordaba nada. Seguro que no le costaría recuperar lo aprendido. Seguiría los cursos y procuraría entablar amistad con los hispanos.

Cuanto más caminaba por la pista, tanto más deseaba que confirmaran su condena. Y, cuanto antes, mejor. Si la revocaran, tendría que someterse a otro juicio, y no se fiaba del nuevo jurado.

Hubiera deseado echar a correr a través del prado hasta la arboleda y salir a la carretera rural, aunque luego no sabía muy bien qué iba a hacer. Pero si un banquero chiflado había conseguido fugarse y llegar hasta Cocoa Beach, él también podría hacerlo.

—Y usted, ¿por qué no se ha fugado? —le preguntó a Yarber.

—Lo he pensado, pero dentro de cinco años me soltarán. Puedo esperar. Tendré sesenta y cinco años, gozaré de buena salud, con una esperanza de vida de dieciséis años. Por eso conservo el ánimo, Buster, por esos dieciséis años. No quiero tener que estar mirando constantemente hacia atrás.

—¿Adónde irá?

—Todavía no lo sé. Puede que a un pueblecito de la campiña italiana. Tal vez a las montañas del Perú. Puedo elegir cualquier lugar del mundo y me paso horas todos los días soñando con eso.

—Entonces, ¿tiene usted mucho dinero?

—No, pero ya lo tendré.

La respuesta planteaba toda una serie de preguntas, pero Buster estaba aprendiendo que en la cárcel era mejor guardarse las preguntas.

Cuando se cansó de caminar, Buster se detuvo a la altura de su desyerbadora.

—Gracias, señor Yarber —dijo.

—Faltaría más. Pero que todo eso quede entre nosotros.

—Descuide. Estoy a su disposición siempre que usted quiera.

Finn se alejó, dio otra vuelta, ahora con los pantalones ya empapados de sudor y la cola de caballo gris chorreando humedad. Buster lo vio alejarse y, por un instante, contempló la arboleda más allá del prado.

En aquel momento, le pareció que podía alcanzar Suramérica con la mirada.

24

Durante dos duros y largos meses, Aaron Lake y el gobernador Tarry habían recorrido los veintiséis estados de costa a costa, con casi veinticinco millones de votos ya escrutados. Trabajaban dieciocho horas al día, seguían unos horarios brutales y no paraban de viajar, arrastrados por la típica locura de una carrera presidencial.

Sin embargo, ambos trataban por todos los medios de evitar un debate cara a cara. Tarry no lo había querido al principio de las primarias porque entonces él llevaba ventaja. Contaba con una buena organización, fondos y encuestas favorables. ¿Por qué legitimar a la oposición? Lake tampoco lo deseaba porque era un recién llegado a la escena nacional, un novato en las lides de la campaña y, además, le resultaba mucho más fácil escudarse detrás de un guión y de una amable cámara y ofrecer anuncios siempre que fuera necesario. Los riesgos de un debate en directo eran demasiado elevados.

A Teddy tampoco le gustaba la idea.

Pero las campañas cambian. Los que marchan en cabeza desaparecen, las pequeñas cuestiones se convierten en puntos determinantes, la prensa es capaz de crear una crisis por puro aburrimiento.

Tarry llegó a la conclusión de que necesitaba un debate porque estaba sin blanca y perdía una primaria tras otra. «Aaron Lake está tratando de comprar estas elecciones —repetía una y otra vez—. Y yo quiero enfrentar-me con él de hombre a hombre.» Sonaba bien y la prensa lo había machacado.

«Evita el debate», había declarado Tarry, y a la jauría también le gustó.

La respuesta de Lake era: «El gobernador lleva esquivando un debate desde Michigan.»

De esta manera, ambos se pasaron tres meses jugando al juego de «es él quien huye de mí» hasta que la gente empezó a comprender la situación.

Lake se mostraba reacio, pero también necesitaba una tribuna. A pesar de que seguía ganando una semana tras otra, estaba derribando a un adversario que llevaba mucho tiempo desmoronándose. En sus encuestas y en las del CAP-D quedaba claro el gran interés de los votantes por su persona, pero, sobre todo, porque constituía una novedad, era guapo y en principio cumplía los requisitos para ser elegido.

Aunque la gente lo ignorara, las encuestas dejaban entrever también algunas áreas bastante flojas. Una de ellas era que la campaña se apoyaba en un solo tema. Los gastos de defensa pueden despertar el interés de los votantes sólo hasta cierto punto, pero en las encuestas quedaba de manifiesto la gran preocupación de la gente por la postura de Lake en otras cuestiones.

En segundo lugar, Lake se encontraba todavía cinco puntos por debajo del vicepresidente en su hipotético enfrentamiento de noviembre. Los votantes estaban hartos del vicepresidente, pero, por lo menos, sabían quién era. Lake seguía siendo un misterio para muchos. Además, ambos mantendrían varios debates antes de noviembre. Lake, que tenía la nominación en la mano, necesitaba pasar por aquella experiencia.

Tarry no contribuía a mejorar la situación con su

constante pregunta: «¿Quién es Aaron Lake?» Con una parte de los escasos fondos que todavía le quedaban, autorizó la impresión de unas pegatinas con la ya famosa cuestión: ¿Quién es Aaron Lake?

(Era una pregunta que Teddy se formulaba día y noche, pero por otra razón.)

Decidieron celebrar el debate en un pequeño colegio universitario luterano de Pennsylvania, que contaba con una acogedora sala de actos, buena acústica, excelente iluminación y un público muy fácil de controlar. Ambas partes discutieron hasta los más mínimos detalles y sólo consiguieron llegar a un acuerdo porque en ese momento los dos candidatos necesitaban un debate. Habían estado a punto de llegar a las manos por la cuestión del formato exacto, pero, una vez resueltos los problemas, cada parte obtuvo algo de lo que deseaba. Los medios de difusión consiguieron colocar a tres periodistas en el escenario para que formularan preguntas directas durante un tiempo determinado. Se concedieron veinte minutos a los espectadores para que preguntaran lo que quisieran sin ninguna limitación. Tarry, que era abogado de profesión, pidió cinco minutos para comentarios iniciales y una declaración final de diez minutos. Lake pidió treinta minutos de debate exclusivamente con Tarry, sin interrupciones de nadie ni exclusión de ningún tema, sólo ellos dos enfrentándose sin ninguna norma. La exigencia aterrorizó al bando de Tarry, que estuvo a punto de romper el pacto.

El moderador era una figura radiofónica local. Se calculaba una audiencia de unos dieciocho millones de telespectadores cuando éste dijo:

—Buenas noches y bienvenidos al primer y único debate entre el gobernador Wendell Tarry y el congresista Aaron Lake.

Tarry llevaba un traje azul marino elegido por su mujer, con la consabida camisa azul y la esperada corbata azul y roja. Lake lucía un impresionante traje beige con camisa blanca de cuello ancho y una corbata en tonos rojos, granates y otra media docena de colores. Todo el conjunto había sido escogido por un asesor de moda para que combinara con los colores del decorado. A Lake le habían hecho un baño de color en el cabello y le habían blanqueado los dientes. Se había pasado cuatro horas bronceándose con sol artificial y se le veía delgado y vigoroso, con ganas de subir al escenario.

Por su parte, el gobernador Tarry era un hombre naturalmente apuesto, pero, a pesar de que sólo le llevaba cuatro años a Lake, la campaña le había producido un considerable desgaste. Tenía los ojos enrojecidos, había engordado unos cuantos kilos y este hecho se le notaba especialmente en la cara. Cuando hizo sus comentarios iniciales, unas gotas de sudor aparecieron en su frente y brillaron bajo los focos.

La sabiduría popular decía que Tarry tenía más que perder, pues ya había perdido mucho. A principios de enero, profetas tan prescientes como la revista *Time* habían señalado que tenía la nominación al alcance de la mano. Llevaba tres años de campaña y ésta se había basado sobre todo en el apoyo popular y la atención a las cuestiones que afectaban más directamente a los ciudadanos. Todos los jefes de las circunscripciones electorales y todos los encuestadores de Iowa y New Hampshire habían tomado café con él. Su organización era impecable.

De pronto, había aparecido Lake con sus demagógicos anuncios y la magia del tema único.

Tarry necesitaba urgentemente una actuación sensacional o una tremenda metedura de pata por parte de Lake.

No ocurrió ninguna de las dos cosas. Se arrojó una moneda al aire y le tocó salir primero. Cometió unos fallos tremendos en sus declaraciones iniciales, se movió sin la menor soltura en el estrado y trató desesperadamente de aparentar seguridad, pero olvidó el contenido de sus notas. Era abogado de profesión, pero estaba especializado en valores. Olvidó comentar todos los puntos que le habían preparado sus asesores y volvió a su tema de siempre: el señor Lake intentaba comprar las elecciones porque no tenía nada que decir. Sus palabras no tardaron en adquirir un tono crispado. Lake le escuchaba con una serena sonrisa en los labios; todo aquello le resbalaba como el agua.

El flojo comienzo de Tarry envalentonó a Lake, le infundió una inyección de confianza y le convenció de la necesidad de permanecer detrás de la tribuna, donde la situación era más cómoda y segura, y donde además tenía las notas. Empezó declarando que no había acudido allí para arrojar barro contra nadie y que sentía un gran respeto por el gobernador Tarry, pero que todos acababan de oírle hablar por espacio de cinco minutos y once segundos y no le habían oído decir nada positivo.

Después prescindió de su adversario y se refirió brevemente a tres cuestiones que era preciso discutir. La rebaja de los impuestos, la reforma de la asistencia social y el déficit comercial. Ni una sola palabra relativa al tema de la defensa.

La primera pregunta del grupo de periodistas fue para Lake y se refería al superávit presupuestario. ¿Qué había que hacer con aquel dinero? Era un suave aguijonazo por parte de un periodista que le tenía simpatía y Lake se entregó con entusiasmo a la respuesta. Salvar por encima de todo la Seguridad Social, dijo. Después, en un impresionante alarde de sabiduría económica expuesta en un lenguaje llano, explicó con toda claridad de qué manera se debería utilizar el dinero. Aportó cifras, porcentajes y previsiones, todo de memoria.

El gobernador Tarry se limitó a apuntar a la rebaja de impuestos. Devolver el dinero a las personas que lo habían ganado.

Pocos tantos se apuntaron los candidatos durante la tanda de preguntas. Ambos estaban muy bien preparados. La mayor sorpresa fue el hecho de que Lake, el hombre que quería adueñarse del Pentágono, tuviera unos conocimientos tan profundos acerca de todas las demás cuestiones.

El debate acabó convirtiéndose en el consabido toma y daca. Las preguntas del público fueron las previstas. Lo bueno empezó cuando los candidatos fueron autorizados a interrogarse mutuamente. Tarry fue el primero y, como era de esperar, preguntó a Lake si intentaba comprar las elecciones.

—No parecía usted preocupado por el dinero cuando lo tenía en mayor cantidad que nadie —fue la respuesta de Lake, lo cual provocó la reacción inmediata del público.

—Yo no tenía cincuenta millones de dólares —objetó Tarry.

—Yo tampoco —replicó Lake—. Ahora son más bien sesenta millones y estamos recibiendo dinero con tal rapidez que apenas nos da tiempo de contarlo. Procede de la clase trabajadora y de la clase media. El ochenta y uno por ciento de nuestros partidarios gana menos de cuarenta mil dólares al año. ¿Tiene usted algo en contra de estas personas, gobernador Tarry?

—Se debería fijar un límite a los gastos de los candidatos.

—Estoy de acuerdo. Tanto es así que en el Congreso

he votado ocho veces en favor de la limitación. Usted, en cambio, sólo se refirió a esta cuestión cuando se le empezó a terminar el dinero.

El gobernador Tarry contempló la cámara con la petrificada mirada de un venado sorprendido por los faros de un automóvil. Algunos partidarios de Lake repartidos entre el público soltaron unas carcajadas, procurando que fueran justo lo bastante sonoras como para que se oyeran bien.

En la frente del gobernador volvieron a formarse unas gotitas de sudor mientras éste consultaba unas tarjetas de notas de considerable tamaño. No era estrictamente un gobernador en ejercicio, pero seguía prefiriendo aquel título. En realidad, habían transcurrido nueve años desde que los votantes de Indiana lo mandaran a paseo al término de un solo mandato. Lake se reservó unos cuantos minutos aquella munición.

Tarry preguntó a continuación por qué motivo Lake había votado en favor de cincuenta y cuatro nuevos impuestos a lo largo de los catorce años que llevaba en el Congreso.

—No recuerdo si fueron cincuenta y cuatro exactamente —contestó Lake—. Sin embargo, un considerable número de ellos eran sobre el tabaco, las bebidas alcohólicas y los juegos de azar. Voté también en contra del aumento de los impuestos sobre la renta de las personas físicas, la retención de impuestos y los impuestos de la Seguridad Social. No me avergüenzo de mi historial. Por cierto, hablando de impuestos, señor gobernador, durante sus cuatro años de mandato en Indiana, ¿cómo explica usted el hecho de que los impuestos de las personas físicas aumentaran un promedio de un seis por ciento? —Al ver que no se producía una respuesta inmediata a su pregunta, Lake prosiguió—: Usted quiere reducir los gastos federales, pero, en sus cuatro años de mandato en Indiana, los gastos aumentaron un dieciocho por ciento. También quiere reducir los impuestos sobre los beneficios de las sociedades, en cambio, durante sus cuatro años de mandato en Indiana, los impuestos sobre este mismo concepto aumentaron hasta un tres por ciento. Quiere acabar con la asistencia social, pero, cuando usted era gobernador, se añadieron cuarenta mil personas a la nómina de beneficiarios de este servicio en Indiana. ¿Cómo explica usted todo eso?

Cada ataque relacionado con Indiana era un duro golpe y Tarry ya estaba contra las cuerdas.

—Discrepo de las cifras, señor —consiguió decir éste—. En Indiana se crearon muchos puestos de trabajo.

—¿De veras? —replicó Lake en tono irónico. Sacó una hoja de papel de su tribuna como si fuera un auto de acusación contra el gobernador Tarry—. Tal vez sea cierto, pero también lo es que durante sus cuatro años de mandato, casi sesenta mil trabajadores fueron al paro —anunció sin examinar la hoja de papel.

Era evidente que a Tarry los cuatro años de gobernador no le habían ido bien, aunque no lo era menos que el momento de crisis económica lo había perjudicado. Todo aquello ya lo había explicado antes y le hubiese encantado poder volver a explicarlo, pero, por desgracia, sólo le quedaban unos pocos minutos en la televisión nacional. No estaba dispuesto a perderlos en minucias sin importancia.

—La carrera en la que estamos participando no se refiere a Indiana —alegó, esbozando una leve sonrisa—. Se refiere a los cincuenta estados de la Unión. Se refiere a la clase trabajadora de todos ellos, que tendrá que pagar más impuestos para financiar sus proyectos de defensa chapados en oro, señor Lake. No es posible que hable usted en serio cuando afirma que piensa doblar el presupuesto del Pentágono.

Lake miró con dureza a su adversario.

—Hablo completamente en serio. Y, si usted quisiera unas fuerzas armadas debidamente equipadas, seguiría mi ejemplo.

Inmediatamente soltó toda una interminable serie de estadísticas relacionadas entre sí, en las cuales quedaba claramente de manifiesto la escasa preparación de las fuerzas armadas, y lo hizo con tal contundencia que, cuando terminó, las fuerzas armadas estadounidenses hubieran tenido serias dificultades para invadir las Bermudas.

Sin embargo, Tarry contaba con un estudio que demostraba justamente todo lo contrario, un abultado y reluciente informe elaborado por un equipo de expertos dirigido por varios ex almirantes. Lo mostró a las cámaras y afirmó que semejante escalada armamentista no era necesaria. El mundo estaba en paz, con la excepción de algunas guerras civiles y regionales que carecían de interés para Estados Unidos, y éste era la única superpotencia que quedaba en pie. La guerra fría ya había pasado a la historia. China se encontraba a muchas décadas de alcanzar algo que remotamente se pareciera a la paridad. ¿Por qué obligar a los contribuyentes a gastarse decenas de miles de millones de dólares en nuevo armamento?

Ambos se pasaron un buen rato discutiendo acerca de la forma en que se pagaría todo aquello, y Tarry se apuntó algunos tantos menores. Sin embargo, estaban en el terreno de Lake y, a medida que iban ahondando en la cuestión, cada vez resultaba más evidente que los conocimientos de éste acerca del tema eran muy superiores a los del gobernador.

Lake se había guardado la mejor baza para el final.

Durante sus diez minutos de recapitulación, regresó a Indiana y a la desdichada lista de los fracasos de Tarry en su único mandato en aquel estado. La tesis era muy sencilla y altamente eficaz: si no había sabido gobernar Indiana, ¿cómo iba a gobernar todo el país?

—No tengo nada en contra de los ciudadanos de Indiana —declaró Lake en determinado momento—. De hecho, hicieron alarde de una gran prudencia al devolver al señor Tarry a la vida privada al término de un solo mandato. Comprendieron que había fallado. Por eso, sólo un treinta y ocho por ciento de ellos votó en favor de su reelección cuando les pidió otros cuatro años. ¡Un treinta y ocho por ciento! Debemos confiar en los ciudadanos de Indiana. Ellos conocen a este hombre. Lo han visto gobernar. Cometieron un error que supieron enmendar. Sería muy lamentable que ahora el resto del país cayera en el mismo error.

Las encuestas instantáneas dieron como resultado una contundente victoria de Lake. El CAP-D llamó a mil votantes inmediatamente después del debate. Casi un setenta por ciento opinaba que Lake había sido el mejor.

En un vuelo nocturno del Air Lake desde Pittsburgh a Wichita se descorcharon varias botellas de champán y se organizó una pequeña fiesta. Seguían recibiéndose los resultados de las encuestas y cada uno mejoraba el anterior. A bordo del aparato se respiraba moral de victoria.

Lake no había prohibido el consumo de bebidas alcohólicas a bordo de su Boeing, pero las había desaconsejado. En caso de que algún miembro de su equipo tomara un trago, procuraba hacerlo muy rápido y siempre disimuladamente. No obstante, algunos momentos exigían una pequeña celebración. Él mismo se tomó un par de copas de champán. Sólo estaban presentes sus más íntimos colaboradores. Les dio las gracias y los felicitó a todos y, por pura diversión, volvieron a visionar los momentos culminantes del debate mientras descorchaban otra botella de champán. Pulsaban el botón de pausa del vídeo cada vez que el gobernador Tarry se mostraba especialmente perplejo, y soltaban sonoras carcajadas.

Sin embargo, la fiesta fue muy breve, pues pudo más el agotamiento. Aquella gente llevaba varias semanas durmiendo apenas cinco horas por noche. Muchos habían dormido todavía menos la víspera del debate. El propio Lake estaba exhausto. Apuró la tercera copa de champán, la primera vez en muchos años que bebía tanto, se acomodó en su mullido sillón reclinable de cuero y se cubrió con una gruesa manta. Sus colaboradores se tumbaron por doquier en la oscuridad de la cabina del aparato.

Lake no pudo dormir; raras veces lo conseguía a bordo de un avión. Tenía demasiadas cosas en que pensar y por las que preocuparse. Era imposible no saborear la victoria del debate; mientras daba vueltas bajo la manta, repitió sus mejores frases de aquella noche. Había estado brillante, algo que jamás se hubiera atrevido a reconocer ante nadie.

La nominación ya era suya. Sería exhibido en la convención y después, él y el vicepresidente se pasarían cuatro meses liándose a puñetazos según la más espléndida de todas las tradiciones norteamericanas.

Encendió la pequeña lámpara de lectura del techo. Alguien más estaba leyendo al fondo del pasillo, cerca de la cabina del piloto. Otro que padecía insomnio y que también había encendido la lámpara de lectura. Casi todos roncaban bajo las mantas, el sueño de unos agobiados jóvenes muertos de agotamiento.

Lake abrió la cartera de documentos y sacó una pequeña carpeta en la que guardaba las tarjetas de su correspondencia personal. Eran unas tarjetas de diez por quince centímetros de cartulina gruesa color marfil en cuya parte superior figuraba su nombre en letra gótica de color negro. Con su gruesa pluma Montblanc, una pieza casi de anticuario, Lake garabateó una breve nota a un antiguo compañero suyo de habitación de sus tiempos de estudiante, ahora profesor de latín en un centro universitario de Tejas. Escribió una nota de agradecimiento al moderador del debate y otra a su coordinador de Oregón. A Lake le encantaban las novelas de Clancy. Acababa de terminar de leer la última, la más larga que hubiera publicado, y escribió al autor una nota de felicitación.

A veces, sus notas eran muy largas y, por esta razón, tenía también otras tarjetas del mismo tamaño y color, pero sin el nombre. Echó un rápido vistazo para cerciorarse de que todo el mundo estaba profundamente dormido y escribió rápidamente:

Querido Ricky,
Creo que es mejor que demos por terminada nuestra correspondencia. Te deseo éxito en tu desintoxicación.
Sinceramente,

Al

Escribió la dirección en un sobre sin ninguna identificación. Se sabía de memoria la dirección de Aladdin North. Después volvió a sus tarjetas personalizadas y escribió toda una serie de notas de agradecimiento a varias personas que habían contribuido con generosas aportaciones a su campaña. Escribió veinte antes de que el cansancio se apoderara de él. Con las tarjetas todavía delante y la lámpara de lectura encendida, se rindió al agotamiento y, en cuestión de unos minutos, se quedó dormido.

Llevaba menos de una hora durmiendo cuando unas aterrorizadas voces lo despertaron. Las luces estaban encendidas, la gente se movía de un lado para otro y había humo en la cabina mientras una especie de timbre sonaba insistentemente desde la cabina del piloto. En cuanto se orientó un poco, Lake se dio cuenta de que el morro del aparato apuntaba hacia abajo. Un pánico total se apoderó de inmediato de todos los presentes mientras unas mascarillas de oxígeno bajaban desde el techo. Después de tantos años en que todos habían contemplado con indiferencia las consabidas demostraciones de los auxiliares de vuelo, las malditas máscaras tendrían que ser utilizadas. Lake se colocó la suya e inhaló profundamente.

El piloto anunció que iban a efectuar un aterrizaje de emergencia en St. Louis. Las luces parpadearon y alguien lanzó un grito. Lake hubiera deseado recorrer la cabina y tranquilizar a la gente, pero la mascarilla se negaba a acompañarlo. En la zona situada a su espalda se encontraban unos veinticuatro periodistas y aproximadamente otros tantos agentes del servicio secreto. Era posible que allí detrás no les cayeran las mascarillas, pensó, pero inmediatamente se avergonzó de haberlo pensado.

El humo era cada vez más denso y las luces se estaban apagando. Tras el pánico inicial, Lake consiguió pensar con cierta tranquilidad, aunque sólo por un segundo. Recogió rápidamente las tarjetas de correspondencia y los sobres. La dirigida a Ricky le llamó la atención justo el tiempo suficiente para introducirla en el sobre en el que figuraba la dirección de Aladdin North. Cerró el sobre y volvió a guardar la carpeta en su cartera de documentos. Las luces volvieron a parpadear y finalmente se apagaron del todo.

Los ojos les escocían y las mejillas les ardían por la acción del humo. El aparato estaba descendiendo a un ritmo muy rápido. Desde la cabina del piloto se oían los timbres de advertencia y los aullidos de las sirenas.

No es posible que esté ocurriendo, pensó Lake mientras se agarraba al brazo de su asiento. Estoy a punto de ser elegido presidente de Estados Unidos. Pensó en Rocky Marciano, Buddy Holly, Otis Redding, Thurmon Munson, el senador Tower de Tejas, Mickey Leland de Houston, un amigo suyo. Y en John F. Kennedy, hijo, y en Ron Brown.

La atmósfera se enfrió de repente y el humo se disipó con gran rapidez. Volaban a menos de tres mil metros de altura y el piloto había conseguido ventilar la cabina. El aparato se enderezó y, a través de las ventanillas, distinguieron las luces de tierra.

—Por favor, sigan utilizando las mascarillas de oxígeno —indicó el piloto en medio de la oscuridad—. Vamos a aterrizar dentro de unos minutos. Creemos que no habrá ningún problema.

¿Ningún problema? Debe de estar bromeando, pensó Lake. Necesitaba ir al lavabo con urgencia.

Un leve suspiro de alivio recorrió el aparato. Poco antes de aterrizar, divisaron las luces intermitentes de cien vehículos de emergencia. Brincaron un poco tal como suele ocurrir en todos los aterrizajes normales y, cuando se detuvieron al final de la pista, se abrieron las portezuelas de emergencia.

Inmediatamente se produjo una estampida controlada y, en cuestión de unos minutos, los miembros de los equipos de emergencia los agarraron y se los llevaron a las ambulancias. El incendio, en la zona de equipajes del

Boeing, aún se estaba extendiendo cuando tomaron tierra. Mientras Lake se alejaba corriendo del aparato, vio que los bomberos se acercaban. El humo salía por debajo de las alas.

Unos minutos más, pensó Lake, y hubiéramos muerto todos.

—De buena nos hemos librado, señor —farfulló un auxiliar sanitario mientras corría a su lado.

Lake asió con fuerza su cartera de documentos con las cartas que contenía y, por primera vez, se quedó paralizado a causa del terror.

Probablemente, el incidente aéreo y la inevitable e incesante andanada de preguntas de los medios de difusión que se produjo a continuación no sirvió para aumentar la popularidad de Lake. Sin embargo, la publicidad nunca venía mal. Lake apareció en todos los programas de noticias matinales, comentando su decisiva victoria sobre el gobernador Tarry en el debate y, a continuación, facilitando detalles sobre el que muy bien hubiera podido ser el último vuelo de su vida.

—Creo que me pasaré algún tiempo viajando en autobús —dijo, soltando una carcajada.

Echó mano de todo su sentido del humor y explotó al máximo la indiferente actitud del bueno-no-ha-sido-nada. Los miembros de su equipo contaban otras historias, acerca de cómo habían respirado oxígeno en la oscuridad en medio de un humo cada vez más denso y ardiente. Los periodistas que viajaban a bordo del aparato eran unas ansiosas fuentes de información y se mostraron encantados de facilitar detallados relatos acerca de aquel horror.

Teddy Maynard lo vio todo desde su búnker. Tres de

sus hombres viajaban en el aparato y uno de ellos lo había llamado desde el hospital de St. Louis.

Fue un acontecimiento muy desconcertante. Por una parte, Teddy seguía creyendo en la importancia de una presidencia Lake. De ella dependía la seguridad del país.

Por otra parte, un accidente no hubiera representado una catástrofe. Lake y su doble vida hubieran desaparecido con él. Un enorme quebradero de cabeza eliminado. El gobernador Tarry había comprobado directamente el poder de las ilimitadas cantidades de dinero. Teddy hubiera podido cerrar un trato con él a tiempo para hacerle ganar en noviembre.

Pero Lake seguía en pie, ahora con más firmeza que nunca. Su bronceado rostro apareció en la primera plana de todos los periódicos y fue enfocado en primer plano por todas las cámaras. Su campaña había avanzado con más rapidez de lo que había imaginado Teddy.

Por consiguiente, ¿a qué venía tanta angustia en el búnker? ¿Por qué no lo celebraba Teddy?

Porque aún tenía que resolver el acertijo de la Hermandad. Y no podía empezar a eliminar gente por ahí.

25

El equipo de la sección de Documentación utilizó el mismo ordenador portátil para escribir la última carta a Ricky. La había redactado el propio Deville y el señor Maynard le había dado el visto bueno.

Decía lo siguiente:

Querido Ricky,

Me alegro de que te envíen a la casa de acogida de Baltimore. Dame unos días y creo que podré conseguirte un trabajo de jornada completa por allí. Es un trabajo de tipo administrativo, no pagan un gran sueldo, pero es un buen sitio para empezar. Sugiero que vayamos un poco más despacio de lo que a ti te gustaría. Primero podríamos disfrutar de un tranquilo almuerzo y ver qué tal marchan las cosas. No me gusta precipitarme.

Espero que estés bien. Te escribiré la semana que viene para facilitarte más detalles sobre el trabajo. Cuídate.

Con mis mejores deseos,

Al

Sólo el nombre estaba escrito a mano, como en la anterior ocasión.

Se aplicó un matasellos del distrito de Columbia y la

carta se envió por avión y se entregó en mano a Klockner en Neptune Beach.

Trevor se encontraba por casualidad en Fort Lauderdale, por una vez resolviendo unos asuntos legales legítimos, por lo que la carta permaneció un par de días en el apartado de correos de Aladdin North.

Cuando regresó muerto de cansancio, Trevor pasó por su despacho justo con el tiempo suficiente para iniciar una acalorada discusión con Jan y después salió hecho una furia y subió de nuevo a su automóvil para ir directamente a la oficina de correos. Para su deleite, la casilla estaba llena. Tiró la propaganda y recorrió en su automóvil el kilómetro que lo separaba de la oficina de correos de Atlantic Beach para echar un vistazo al apartado de correos de Laurel Ridge, la lujosa clínica de desintoxicación de Percy.

Tras haber recogido toda la correspondencia Trevor se dirigió a Trumble, para gran consternación de Klockner. Efectuó una llamada por el camino a su corredor de apuestas. Había perdido dos mil quinientos dólares en tres días en partidos de hockey, un deporte acerca del cual Spicer no sabía nada y en el que se negaba a apostar.

Trevor había elegido a sus preferidos, con los resultados que eran de esperar.

Spicer no contestó desde el patio cuando lo llamaron a través del sistema de megafonía de Trumble, por lo que fue Beech quien se reunió con Trevor en la sala de abogados. Ambos se intercambiaron la correspondencia, ocho cartas de salida y catorce de entrada.

—¿Qué hay de Brant, el de Upper Darby? —preguntó Beech, examinando los sobres.

—¿Qué quieres decir?

—¿Quién es? Ya estamos preparados para desplumarlo.

—Aún estoy investigando. He estado fuera unos días.

—Pues a ver si espabilas. Este tío podría ser el pez más gordo que jamás hayamos pescado.

—Mañana lo hago.

Beech no tenía que meditar acerca de ninguna apuesta y no le apetecía jugar a las cartas. Trevor se fue al cabo de veinte minutos.

Mucho después de la hora en que hubieran tenido que haber cenado y en que la biblioteca hubiera tenido que estar cerrada, los miembros de la Hermandad seguían silenciosamente encerrados en su cuartito, evitando mirarse a los ojos, contemplando la pared, profundamente enfrascados en sus pensamientos.

Tenían tres cartas sobre la mesa. Una era la del ordenador portátil de Al, con un matasellos de dos días atrás del distrito de Columbia. Otra era la nota manuscrita de Al, dando por finalizada la correspondencia con Ricky, con un matasellos de Salt Lake City de tres días atrás. Ambos escritos resultaban contradictorios y estaba claro que se debían a dos personas distintas. Alguien estaba manipulando indebidamente su correspondencia.

La tercera carta los dejó atónitos. La leyeron una y otra vez, uno a uno, colectivamente, en silencio y al unísono. La sujetaron por las esquinas, la sostuvieron contra la luz e incluso la olfatearon. Despedía un ligero olor a humo, lo mismo que el sobre y la otra carta de Al a Ricky.

Escrita a pluma, estaba fechada el 18 de abril a la una y veinte de la madrugada y dirigida a una mujer llamada Carol.

Querida Carol,

¡Qué noche tan extraordinaria! El debate no hubiera podido ir mejor, gracias en parte a ti y a los voluntarios de Pennsylvania. ¡Muchísimas gracias! Con un empujoncito más, ganamos. En Pennsylvania vamos por delante, sigamos así. Te veré la semana que viene.

La firmaba Aaron Lake. La tarjeta llevaba su nombre personalizado en la parte superior. La caligrafía era idéntica a la de la lacónica nota que Al le había enviado a Ricky.

El sobre estaba dirigido a Ricky a Aladdin North y, cuando Beech lo rasgó, no se percató de la existencia de la segunda tarjeta pegada a la parte posterior de la primera. Después, la tarjeta se había desprendido y había caído sobre la mesa y, al tomarla, él había visto el nombre de Aaron Lake impreso en negro.

El hecho se había producido hacia las cuatro de la tarde, no mucho después de que Trevor abandonara Trumble. Se habían pasado casi cinco horas examinando la correspondencia y ahora estaban casi seguros de: *(a)* que la carta del ordenador portátil era espuria y que un hábil falsificador había firmado con el nombre de «Al»; *(b)* que la firma falsa de «Al» era prácticamente idéntica a la del «Al» auténtico, lo cual significaba que, en determinado momento, el falsificador había tenido acceso a la correspondencia de Ricky con Al; *(c)* que las notas a Ricky y Carol las había escrito a mano Aaron Lake; y *(d)* que la dirigida a Carol les había sido enviada por error.

Y, por encima de todo, que Al Konyers era, en realidad, nada menos que Aaron Lake.

Su pequeña estafa había atrapado al político más famoso del país.

Otras pruebas de menor importancia también apuntaban a Lake. Su tapadera era un servicio de apartados de correos del área del distrito de Columbia, un lugar donde el congresista Lake transcurría buena parte de su tiempo. Siendo un relevante político sometido cada dos por tres al capricho de los votantes, era lógico que se ocultara detrás de un seudónimo, así como el hecho de que utilizara un aparato con impresora para ocultar su caligrafía. Al no había enviado ninguna fotografía, otro indicio de que tenía mucho que esconder.

Consultaron los últimos periódicos de la biblioteca para poner en orden las fechas. Las notas manuscritas habían sido enviadas desde St. Louis al día siguiente del debate. Lake se encontraba allí porque su aparato se había incendiado y había tenido que efectuar un aterrizaje de emergencia.

La elección del momento para dar por finalizada la correspondencia parecía perfecta. Había empezado a cartearse con Ricky antes de su entrada en la carrera presidencial. En tres meses había tomado el país por asalto y se había hecho muy famoso. Ahora tenía mucho que perder.

Poco a poco y sin preocuparse por el tiempo que tardaran, construyeron su alegato contra Aaron Lake. Y, cuando les pareció que éste era impecable, se aplicaron a la tarea de desmontarlo. El ataque más convincente corrió a cargo de Finn Yarber.

¿Y si alguien del equipo de colaboradores de Lake tuviera acceso a su papel de cartas?, apuntó Yarber. No era una mala pregunta. Se pasaron una hora dándole vueltas. ¿No hubiera sido capaz el tal Al Konyers de hacer algo semejante para esconderse? ¿Y si viviera en el área del distrito de Columbia y trabajara para Lake? Cabía la posibilidad de que Lake, que era un hombre muy ocupado, dejara en manos de un ayudante la redacción de sus notas personales. Yarber no recordaba haber concedido semejante autorización a ningún ayudante suyo cuando era magistrado. Beech jamás había permitido que nadie redactara sus notas personales. Spicer tampoco había hecho jamás una bobada semejante. Para eso estaban los teléfonos.

Sin embargo, ni Yarber ni Beech habían conocido jamás la tensión y la furia de algo que se pareciera ni remotamente a una campaña presidencial. Habían sido hombres muy ocupados en sus tiempos, recordaron con tristeza, pero ni mucho menos como Lake.

Suponiendo que fuera un ayudante de Lake, de momento su tapadera era perfecta, pues no les había revelado casi nada. No había enviado ninguna fotografía. Sólo les había facilitado unos vagos detalles acerca de su profesión y su familia. Le gustaban las películas antiguas y la comida china, y eso era más o menos todo lo que habían conseguido averiguar acerca de él. Konyers figuraba en su lista de amigos epistolares destinados a ser descartados a causa de su excesiva timidez. ¿Qué motivo tenía para cortar la relación en aquel momento?

No se les ocurría ninguna respuesta válida.

En cualquier caso, se trataba de una conjetura muy aventurada. Beech y Yarber llegaron a la conclusión de que ningún hombre en la situación de Lake, alguien con muy buenas posibilidades de convertirse en presidente de Estados Unidos, hubiera permitido que otra persona escribiera y firmara sus notas personales. Lake tenía cien colaboradores que podían escribir cartas e informes para que él se limitara a firmarlas en un santiamén.

Spicer había planteado una pregunta más seria. ¿Por qué razón hubiera Lake corrido el riesgo de enviar una nota manuscrita? Sus cartas anteriores se habían escrito a máquina en un sencillo papel blanco y enviadas en un sencillo sobre blanco. Los miembros de la Hermandad podían identificar a un cobarde por la clase de papel de cartas que utilizaba y Lake era tan cobardica como cualquiera de los que habían contestado a su anuncio. La campaña que tanto dinero derrochaba disponía de toda suerte de procesadores de textos, máquinas de escribir y ordenadores portátiles, sin duda el último grito en tecnología.

Para encontrar la respuesta, revisaron las pocas pruebas que obraban en su poder. La carta a Carol se había escrito a la una y veinte de la madrugada. Según un periódico, el aterrizaje de emergencia se había producido hacia las dos y cuarto, menos de una hora después.

—La escribió en el avión —dijo Yarber—. Era tarde, el aparato estaba lleno de gente, casi sesenta personas, según el periódico. Todas debían de estar muertas de cansancio y, a lo mejor, él no podía utilizar un ordenador en aquel momento.

—Pues entonces, ¿por qué no esperar? —preguntó Spicer.

Todos sabían que se le daba muy bien lo de hacer preguntas a las que nadie, ni él mismo, podía responder.

—Cometió un error. Creyó estar actuando con astucia, y probablemente así fue. Pero la correspondencia se mezcló.

—Hay que imaginarse la escena —dijo Beech—. Tiene la nominación en el bolsillo. Acaba de eliminar a su único adversario ante un público nacional y, al final, se ha convencido de que su nombre figurará en las papeletas en noviembre. Pero guarda un secreto. Tiene a Ricky y lleva ya varias semanas sin saber qué hacer con él. Al chico lo van a soltar, quiere una cita con él, etcétera. Lake se encuentra presionado por ambos frentes: por parte de Ricky y por la posibilidad de que lo elijan presidente.

Y decide eliminar a Ricky. Le escribe una nota que tiene una posibilidad entre un millón de fallar, y va y se incendia el avión. Comete un pequeño error que se convierte en un monstruo.

—Y no lo sabe —añadió Yarber—. Todavía.

La teoría de Beech se fue imponiendo. Los tres la absorbieron en medio del opresivo silencio de la pequeña estancia. El grave alcance de su descubrimiento les impedía hablar y hasta casi pensar. Poco a poco y a medida que transcurrían las horas, asumieron la realidad de la situación.

Para responder a la siguiente pregunta, tuvieron que afrontar el desconcertante hecho de que alguien estaba manipulando su correspondencia. ¿Quién? ¿Y con qué propósito? ¿Cómo habían interceptado las cartas? El acertijo parecía irresoluble.

Insistieron una vez más en la hipótesis de que el culpable era alguien muy próximo a Lake, tal vez un ayudante que tenía acceso a sus datos y que había tropezado casualmente con las cartas. Era posible que con la manipulación de la correspondencia pretendiera proteger a Lake de Ricky, con la intención de acabar en cierto modo con aquella relación.

Los interrogantes eran tantos que no acertaban a formular ninguna teoría. Se rascaron la cabeza, se mordieron las uñas, y finalmente decidieron consultarlo con la almohada. No podían planificar la siguiente jugada porque la situación con la que se enfrentaban tenía más enigmas que respuestas.

Apenas durmieron, tenían los ojos irritados y ni siquiera se habían afeitado cuando volvieron a reunirse poco después de las seis de la mañana, sosteniendo en sus manos unas humeantes tazas de poliestireno de café muy cargado. Cerraron la puerta, sacaron las cartas, las volvieron a colocar exactamente en el mismo orden que la víspera y siguieron pensando.

—Creo que tendríamos que investigar el apartado de correos de Chevy Chase —dijo Spicer—. Es una tarea fácil, segura y normalmente rápida. Trevor lo ha podido hacer en casi todas partes. Si sabemos quién lo alquiló, habremos encontrado la respuesta a muchas preguntas.

—Cuesta creer que un hombre como Aaron Lake haya alquilado un apartado de correos para ocultar cartas como éstas —observó Beech.

—No es el mismo Aaron Lake —dijo Yarber—. Cuando alquiló el apartado y empezó a escribir a Ricky, era un simple congresista, uno de los cuatrocientos treinta y cinco. Jamás habíamos oído hablar de él. Ahora la situación ha cambiado completamente.

—Y es justamente por eso por lo que quiere dar por terminada la relación —dijo Spicer—. Ahora todo es muy distinto. Tiene mucho más que perder.

El primer paso sería indicar a Trevor que investigara el apartado de correos de Chevy Chase.

El segundo paso no estaba tan claro. Temían que Lake, pues daban por sentada su identidad como Al, se percatara del error que había cometido con las cartas. Contaba con docenas de millones de dólares (un hecho que en modo alguno les había pasado inadvertido) y no le hubiera resultado difícil utilizarlos para identificar a Ricky. Dada la enormidad del riesgo que corría, en caso de que se percatara de su error, Lake haría cualquier cosa con tal de neutralizar a Ricky.

Así pues, discutieron la posibilidad de escribirle una nota en la cual Ricky le suplicara que no le cerrara la puerta en las narices de aquella manera. Ricky necesitaba su amistad, sólo eso, etcétera. El propósito sería dar la impresión de que no había ocurrido nada. Esperaban que Lake la leyera, se rascara la cabeza y se preguntara dónde demonios había ido a parar la maldita tarjeta que le había escrito a Carol.

Llegaron a la conclusión de que semejante nota sería una imprudencia, pues alguien más estaba leyendo también las cartas. Hasta que descubrieran quién, no podían arriesgarse a mantener ulteriores contactos con Al.

Se terminaron el café y se dirigieron a la cafetería. Desayunaron solos a base de cereales, fruta y yogur, alimentos sanos pues pensaban recuperar la libertad. Recorrieron cuatro veces la pista de atletismo juntos sin respirar humo de tabaco y regresaron a la estancia para seguir reflexionando durante toda la mañana.

Pobre Lake. Corría de un estado a otro con un séquito de cincuenta personas, llegaba tarde a tres compromisos simultáneos y una docena de ayudantes le hablaba en susurros a ambos oídos. No tenía tiempo para pensar por su cuenta.

En cambio, los miembros de la Hermandad disponían de todo el día, horas y más horas, para pensar y urdir sus planes. Era un combate desigual.

26

En Trumble había dos clases de teléfonos: los seguros y los que no lo eran. En teoría, todas las llamadas que se hacían a través de las líneas inseguras eran grabadas y revisadas por unos duendecillos encerrados en una cabina de algún ignorado lugar que se pasaban el día escuchando millones de horas de charlas intrascendentes. En la práctica, sólo se grababa con carácter aleatorio aproximadamente la mitad de las llamadas y aproximadamente sólo un cinco por ciento era escuchado efectivamente por algún funcionario de la prisión. Ni siquiera el Gobierno de la nación hubiera podido contratar a suficientes duendes para atender todas las escuchas.

Se sabía que algunos narcotraficantes dirigían sus bandas a través de líneas inseguras. También se sabía que algunos jefes de la Mafia ordenaban acciones contra sus rivales desde la cárcel. Había muy pocas probabilidades de que los descubrieran.

El número de las líneas seguras era muy inferior y la ley impedía que fueran intervenidas con fines de vigilancia. Las llamadas seguras sólo se hacían a abogados y siempre con un guardia situado en las inmediaciones.

Cuando a Spicer le tocó finalmente el turno de hacer una llamada segura, el guardia se había alejado del lugar.

—Bufete jurídico —fue el descortés saludo del mundo exterior.

—Hola, soy Joe Roy Spicer, llamo desde la prisión de Trumble y tengo que hablar con Trevor.

—Está durmiendo.

Era la una y media de la tarde.

—Pues haga usted el favor de despertar a este hijo de puta —rugió Spicer.

—No se retire.

—¿Quiere hacer el favor de darse prisa? Hablo desde un teléfono de la prisión.

Joe Roy miró a su alrededor y se preguntó por enésima vez con qué clase de abogado se habían liado.

—¿Por qué llamas? —fueron las primeras palabras de Trevor.

—Déjate de historias. Espabila y ponte a trabajar. Necesitamos que hagas urgentemente una cosa.

En aquellos momentos, la casa de alquiler situada enfrente del despacho de Trumble era un hervidero de actividad. Era la primera llamada que se hacía desde Trumble.

—¿De qué se trata?

—Necesitamos que compruebes urgentemente los datos de un apartado de correos. Y queremos que tú mismo lo supervises todo. No te vayas hasta que termines.

—¿Y por qué yo?

—Hazlo y no preguntes, maldita sea tu estampa. Éste podría ser nuestro golpe más sonado.

—¿Dónde está?

—Chevy Chase, Maryland. Toma nota. Al Konyers, Apartado de correos 455, Mailbox America, 39380, Western Avenue, Chevy Chase. Ándate con cuidado, porque el tío podría tener algunos amigos y cabe la posibilidad de que alguien más ya esté vigilando el apartado de correos. Llévate un poco de dinero y contrata a un par de buenos investigadores.

—Ahora mismo estoy muy ocupado.

—Ya, perdona que te haya despertado. Hazlo ahora, Trevor. Vete hoy mismo y no regreses hasta que hayas averiguado quién alquiló el apartado.

—Bueno, bueno.

Spicer colgó y Trevor volvió a apoyar los pies en el escritorio como si quisiera reanudar la siesta. En realidad estaba analizando la situación. Poco después, gritó a Jan que comprobara los vuelos a Washington.

En los catorce años que llevaba trabajando como supervisor de campaña, Klockner jamás había visto que tanta gente ocupada en vigilar a una sola persona estuviera haciendo tan poco. Efectuó una rápida llamada a Deville en Langley y la casa alquilada entró en acción. Había llegado el momento de que Wes y Chap interpretaran su número.

Wes cruzó la calle y empujó la chirriante y desconchada puerta del señor L. Trevor Carson, abogado y asesor legal. Vestía unos pantalones de algodón y un jersey de punto, y calzaba unos mocasines sin calcetines. Cuando Jan lo recibió con su habitual mirada de desprecio, no logró adivinar si era un nativo o un turista.

—¿En qué puedo servirle? —le preguntó.

—Pues necesito ver al señor Carson —contestó Wes con cara de desesperación.

—¿Tiene cita con él? —preguntó Jan como si su jefe estuviera tan ocupado que ella no pudiera seguir el ritmo de las visitas.

—Pues no, es una emergencia.

—Está muy ocupado —dijo Jan.

A Wes casi le pareció oír las carcajadas de la casa de enfrente.

—Por favor, tengo que hablar con él.

La secretaria puso los ojos en blanco y no hizo el menor ademán de moverse.

—¿De qué asunto se trata?

—Acabo de enterrar a mi mujer —contestó Wes al borde de las lágrimas.

Jan se conmovió ligeramente.

—Lo siento mucho —dijo. Pobre hombre.

—Murió en un accidente automovilístico en la I-95, justo al norte de Jacksonville.

Ahora Jan se levantó y deseó haber preparado un poco de café.

—Lo siento —repitió—. ¿Cuándo ocurrió eso?

—Hace doce días. Un amigo me ha recomendado al señor Carson.

Pues no debía de ser muy buen amigo, hubiera querido decirle Jan.

—¿Le apetece un café? —preguntó, enroscando el tapón de su frasco de laca de uñas.

Hace doce días, pensó. Como todas las buenas secretarias de abogado, leía los periódicos y prestaba especial atención a los accidentes. Quién sabe, alguno de ellos podía dejarse caer por allí.

Pero tal cosa jamás había ocurrido en el despacho de Trevor. Al menos hasta aquel momento.

—No, gracias —contestó Wes—. La embistió un camión de la Texaco. El conductor estaba bebido.

—¡Oh, Dios mío! —exclamó Jan, cubriéndose la boca con la mano. Hasta Trevor podría encargarse de aquel asunto.

Dinero del bueno y elevados honorarios allí mismo, en la zona de recepción, y el muy imbécil en su despacho, durmiendo la mona del almuerzo.

—Está ocupado con una declaración —dijo Jan—. Voy a ver si puedo molestarlo. Tome asiento, por favor.

Hubiera deseado cerrar la puerta principal para que el cliente no se escapara.

—Me llamo Yates. Yates Newman —dijo Wes, tratando de ayudarla.

—De acuerdo —dijo ella, corriendo por el pasillo. Llamó cortésmente con los nudillos a la puerta de Trevor y después entró sin más—. ¡Despierta, imbécil! —murmuró apretando los dientes, pero tan alto que Wes la oyó desde la parte anterior de la casa.

—¿Qué ocurre? —dijo Trevor, levantándose como si estuviera a punto de liarse a puñetazos con ella.

En realidad, no estaba durmiendo, sino leyendo un ejemplar atrasado de *People*.

—¡Sorpresa! Tiene un cliente.

—¿Quién es?

—Un hombre cuya mujer fue embestida por un camión de la Texaco hace doce días. Quiere verlo inmediatamente.

—¿Está aquí?

—Sí. Cuesta creerlo, ¿verdad? En Jacksonville hay tres mil abogados y este pobre desgraciado ha venido a parar aquí. Dice que se lo ha recomendado un amigo.

—Y usted, ¿qué le ha dicho?

—Le he aconsejado que se busque otros amigos.

—Vamos, déjese de bromas, ¿qué le ha dicho?

—Que está ocupado con una declaración.

—Hace ocho años que no me ocupo de ninguna declaración. Hágale volver.

—Calma. Voy a prepararle un café. Usted finja estar terminando algún asunto importante aquí atrás. ¿Por qué no ordena un poco el despacho?

—Usted encárguese de que no se largue.

—El conductor de la Texaco estaba borracho —añadió Jan, abriendo la puerta—. Procure no cagarla.

Trevor se quedó petrificado mientras se le empañaban los ojos y su embotada mente cobraba repentinamente vida. Un tercio de dos millones de dólares o cuatro millones y hasta diez millones en caso de que el tío estuviera realmente borracho, sin contar los daños y perjuicios. Hubiera deseado ordenar por lo menos el escritorio, pero no podía moverse.

Wes miró a través de la ventana y contempló la casa alquilada, desde la cual sus compañeros lo estaban observando a él. Se había situado de espaldas al alboroto del fondo del pasillo porque apenas lograba contener la risa. Oyó unos pasos, seguidos de la voz de Jan:

—El señor Carson lo recibirá enseguida.

—Gracias —contestó él en un susurro sin volverse.

El pobre hombre aún no se ha recuperado del golpe, pensó Jan mientras entraba en la sucia cocina para preparar el café.

La declaración terminó en un santiamén y los clientes desaparecieron milagrosamente sin dejar ni rastro. Wes siguió a Jan por el pasillo hasta llegar al desordenado despacho del señor Carson. Se hicieron las presentaciones. Jan les sirvió el café y, cuando finalmente se retiró, Wes hizo una insólita petición.

—¿Hay algún sitio por aquí donde se pueda comprar un buen café con leche?

—Pues claro, faltaría más —contestó Trevor con tal entusiasmo que sus palabras parecieron pegar un salto por encima del escritorio—. Hay un lugar llamado Beach Java, justo a unas pocas manzanas de aquí.

—¿Podría enviar a su secretaria a buscar uno?

Naturalmente. ¡Todo lo que quisiera!

—Por supuesto que sí. ¿Tamaño normal o doble?

—Normal está bien.

Trevor abandonó brincando el despacho y, segundos

después, Jan salió de la casa y echó prácticamente a correr calle abajo. Cuando se perdió de vista, Chap abandonó la casa de la acera de enfrente y se dirigió a la de Trevor. La puerta principal de la casa estaba cerrada, por lo que la abrió utilizando su propia llave. Una vez dentro, puso la cadenilla para que la pobre Jan se quedara plantada en el porche con una taza de hirviente café con leche.

Chap bajó por el pasillo y entró súbitamente en el despacho del abogado.

—¿Qué...? —dijo Trevor.

—No se preocupe —dijo Wes—. Viene conmigo.

Chap cerró la puerta con llave, se sacó de la chaqueta una pistola de 9 mm y casi apuntó con ella al pobre Trevor, cuyos ojos estuvieron a punto de escapársele de las órbitas mientras el corazón se le paralizaba de miedo en el pecho.

—Pero ¿qué...? —consiguió balbucir con voz chillona y aterrorizada.

—Haga usted el favor de callarse —dijo Chap, entregándole la pistola a Wes, quien permanecía sentado como si tal cosa.

Los atemorizados ojos de Trevor la siguieron mientras pasaba de uno a otro hasta que desapareció. ¿Qué he hecho yo? ¿Quiénes son estos matones? Ya he pagado todas las deudas de juego.

Se calló con mucho gusto. Haría todo lo que le mandaran.

Chap se apoyó contra la pared muy cerca de Trevor, como si tuviera intención de abalanzarse sobre él de un momento a otro.

—Tenemos un cliente —empezó diciendo—. Un hombre muy rico que ha caído en la trampa de la pequeña estafa que usted y Ricky han montado.

320

—Oh, Dios mío —exclamó Trevor en un susurro.

Era la peor de sus pesadillas.

—Una idea sensacional —comentó Wes—. Chantajear a los gays adinerados que no se han atrevido a confesar sus tendencias. No pueden protestar. Ricky ya está en la cárcel y no tiene nada que perder.

—Casi perfecta —asintió Chap—. Hasta que se pesca al pez equivocado, que es exactamente lo que ustedes han hecho.

—La estafa no es mía —alegó Trevor con una voz todavía dos octavas por encima del tono normal mientras sus ojos seguían buscando la pistola.

—Pero no podría dar resultado sin su colaboración, ¿verdad? —puntualizó Wes—. Tiene que haber un abogado ladrón en el exterior para introducir y sacar la correspondencia. Y Ricky necesita a alguien para que coloque el dinero y lleve a cabo una pequeña labor de investigación.

—Ustedes no serán policías, ¿verdad? —preguntó Trevor.

—No. Somos detectives privados —contestó Chap.

—Porque, si fueran de la policía, no estoy muy seguro de que estuviera dispuesto a seguir hablando.

—No somos de la policía, tranquilo.

Trevor ya estaba empezando a respirar y a pensar nuevamente con normalidad, pero se interpuso su experiencia.

—Creo que voy a grabar todo esto —dijo—. Por si fueran ustedes de la policía.

—Ya le he dicho que no somos de la policía.

—No me fío de los policías y mucho menos del FBI. Los federales entrarían aquí tal como ustedes han hecho, empuñando una pistola y jurando que no son federales. No me fío de los policías. Voy a grabarlo todo.

No se preocupe, amigo, le hubieran querido decir. Todo estaba siendo grabado en directo y en color digital de alta definición mediante una minúscula cámara colocada en el techo, a escasos centímetros del lugar donde ellos se encontraban. Y había micrófonos alrededor del desordenado escritorio de Trevor de tal forma que, cuando éste roncaba, eructaba o simplemente chasqueaba los nudillos, alguien en la casa de enfrente lo oía.

La pistola se encontraba de nuevo a la vista. Sosteniéndola con ambas manos, Wes la estaba estudiando con gran detenimiento.

—Usted no va a grabar nada —replicó Chap—. Tal como ya le he dicho, somos detectives privados. Y, en este momento, aquí mandamos nosotros. —Se acercó un poco más a él, sin separarse de la pared. Trevor lo siguió con un ojo mientras con el otro ayudaba a Wes a examinar la pistola—. En realidad, venimos en son de paz —añadió.

—Hemos traído dinero para usted —dijo Wes, volviendo a guardar el maldito trasto.

—Dinero, ¿para qué? —preguntó Trevor.

—Queremos que se ponga de nuestra parte. Queremos contratar sus servicios.

—¿Para qué?

—Para ayudarnos a proteger a nuestro cliente —contestó Chap—. Le expondré nuestro punto de vista: usted es cómplice de una operación de chantaje que se está efectuando desde el interior de una prisión federal, y nosotros lo hemos descubierto. Podríamos acudir al FBI, hacer que los detuvieran tanto a usted como a su cliente y enviarle a usted treinta meses a la cárcel, probablemente a Trumble, que es el lugar que le corresponde. Sería automáticamente expulsado del colegio de abogados y perdería todo esto.

Chap hizo un gesto con la mano derecha, sin prestar

atención al desorden, el polvo y los montones de viejas carpetas que llevaban años sin que nadie las tocara.

Wes intervino de inmediato.

—Estamos preparados para acudir ahora mismo a los federales y lo más probable es que consiguiéramos poner fin a la salida de correspondencia desde Trumble. De esta manera, nuestro cliente se vería probablemente libre de una situación embarazosa. Pero hay un elemento de riesgo que nuestro cliente no está dispuesto a asumir. ¿Y si Ricky tuviera otro cómplice, dentro o fuera de Trumble, alguien a quien nosotros aún no hemos localizado, y éste consiguiera poner al descubierto a nuestro cliente como represalia?

Chap sacudió la cabeza.

—Todo es demasiado arriesgado. Preferimos trabajar con usted, Trevor. Preferimos pagarle una suma y acabar con la estafa desde este despacho.

—Yo no me dejo comprar —dijo Trevor sin apenas convicción.

—En tal caso, lo contrataremos durante algún tiempo, ¿qué le parece? —dijo Wes—. ¿Acaso a los abogados no se les paga por horas?

—Supongo que sí, pero ustedes me están pidiendo que les venda a un cliente.

—Su cliente es un delincuente que comete cada día delitos desde el interior de una prisión federal. Y usted es tan culpable como él. No seamos tan mojigatos.

—Cuando uno se convierte en un delincuente, Trevor —intervino Chap con severidad—, pierde el privilegio del fariseísmo. No nos suelte sermones. Sabemos que es una simple cuestión de dinero.

Trevor se olvidó por un instante de la pistola y de la licencia de abogado que colgaba un poco torcida en la pared que tenía a su espalda.

Tal como tan a menudo le ocurría últimamente cada vez que se enfrentaba con un nuevo contratiempo en el ejercicio de su profesión, cerró los ojos y soñó con su barco de doce metros de eslora, amarrado en las cálidas y serenas aguas de una apartada bahía, con chicas en *topless* en una playa situada a cien metros de distancia y él casi en pelota, tomando un trago en la cubierta. Le pareció aspirar el olor del agua salada, saborear el ron y oír las voces de las chicas.

Abrió los ojos y trató de enfocar a Wes más allá de la cubierta.

—¿Quién es su cliente? —preguntó.

—No tan rápido —dijo Chap—. Primero cerremos el trato.

—¿Qué trato?

—Nosotros le entregamos a usted cierta cantidad de dinero y usted actúa como agente doble. Le controlaremos con micrófonos ocultos cuando hable con Ricky. Examinaremos toda la correspondencia. Usted no hará nada sin antes haberlo discutido con nosotros.

—¿Y por qué no se limitan a pagar el dinero del chantaje? —preguntó Trevor—. Sería muchísimo más fácil.

—Ya lo hemos pensado —dijo Wes—. Pero Ricky no juega limpio. Si le pagáramos, pediría más. Y luego más.

—No, no lo haría.

—Ah, ¿no? ¿Y qué me dice de Quince Garbe, de Bakers, Iowa?

Oh, Dios mío, pensó Trevor y estuvo a punto de pronunciarlo en voz alta. ¿Hasta qué extremo saben? Sólo pudo preguntar con un hilillo de voz:

—¿Quién es?

—Vamos, Trevor —dijo Chap—. Sabemos dónde tiene guardado el dinero en las Bahamas. Lo sabemos todo de Boomer Realty y de su pequeña cuenta secreta, cuyo saldo en estos momentos es de casi setenta mil dólares.

—Hemos averiguado cuanto hemos podido, Trevor —puntualizó Wes, interviniendo justo en el momento más oportuno. Trevor estaba presenciando un partido de tenis y sus ojos se movían incesantemente de uno a otro interlocutor—. Pero, al final, hemos tropezado con la dura roca. Por eso lo necesitamos.

A fuer de ser sincero, a Trevor jamás le había gustado Spicer. Era un frío, despiadado y antipático hombrecillo que había tenido la desfachatez de recortarle el porcentaje de la comisión. Beech y Yarber le caían algo mejor, pero qué caray. No se le ofrecían demasiadas alternativas en aquel momento.

—¿Cuánto? —preguntó.

—Nuestro cliente está dispuesto a pagar cien mil dólares en efectivo —dijo Chap.

—Por supuesto que sería en efectivo —replicó Trevor—. Cien mil dólares me parecen una broma. Eso no sería más que el primer plazo de Ricky. Mi dignidad vale muchísimo más que cien mil dólares.

—Doscientos mil —dijo Wes.

—Pongámoslo de otro modo —replicó Trevor, tratando inútilmente de impedir con la sola fuerza de su voluntad que el corazón no se le desbocara en el pecho—. ¿Cuánto vale para su cliente el entierro de su pequeño secreto?

—¿Usted estaría dispuesto a enterrarlo? —preguntó Wes.

—Sí.

—Déme un segundo —dijo Chap, sacándose del bolsillo un móvil minúsculo.

Marcó unos números mientras abría la puerta del

despacho y luego salió al pasillo, donde murmuró unas cuantas frases que Trevor apenas alcanzó a oír. Wes miró a la pared con el arma descansando tranquilamente al lado de su silla. Trevor no lograba verla por más que lo intentara.

Chap entró de nuevo en el despacho y miró a Wes con dureza, como si sus cejas y sus arrugas pudieran transmitir en cierto modo un mensaje de importancia trascendental. Trevor aprovechó el breve titubeo para intervenir.

—Creo que vale un millón de dólares —dijo—. Podría ser mi último caso. Me están ustedes pidiendo que divulgue una información confidencial sobre un cliente, un comportamiento imperdonable en un abogado. Me expulsarían de inmediato del colegio de abogados.

La expulsión hubiera significado todo un premio para el viejo Trevor, pero Wes y Chap optaron por no hacer ningún comentario. Nada bueno podrían sacar de una discusión acerca del valor de su licencia de abogado.

—Nuestro cliente pagará un millón de dólares —convino Chap.

Trevor soltó una carcajada. No lo pudo evitar. Se tronchó de risa como si le acabaran de contar un chiste divertidísimo, y los de la casa de enfrente se rieron de que Trevor se estuviera riendo.

Al final, Trevor consiguió dominarse. Dejó de reírse, pero no consiguió borrar la sonrisa de sus labios. Un millón de dólares. En efectivo. Libre de impuestos. Oculto en otro banco de las islas, naturalmente, lejos de las garras de Hacienda y de todos los demás organismos del Estado.

Después consiguió fruncir el ceño como un sesudo abogado, avergonzándose levemente de aquella reacción tan poco profesional. Estaba a punto de decir algo importante cuando se oyeron tres fuertes golpes con los nudillos al cristal de la puerta.

—Ah, sí —dijo—. Debe de ser el café.

—Tiene que largarse —indicó Chap.

—La enviaré a casa —contestó Trevor, levantándose por primera vez, un poco aturdido.

—No. Con carácter permanente. Que se largue del despacho.

—¿Cuánto sabe? —preguntó Wes.

—Es tonta de capirote —contestó jovialmente Trevor.

—Forma parte del trato —señaló Chap—. Ha de largarse ahora mismo. Tenemos muchas cosas de que hablar y no la queremos ver por aquí.

Los golpes se hicieron más apremiantes. Jan había abierto la puerta, pero la cadena de seguridad le impedía entrar.

—¡Trevor! ¡Soy yo! —gritó a través de la rendija de seis centímetros.

Trevor bajó muy despacio por el pasillo, rascándose la cabeza mientras trataba de encontrar las palabras. La miró absolutamente perplejo a través del cristal de la puerta.

—Ábrame —pidió ella en tono irritado—. El café está caliente.

—Quiero que se vaya a casa —dijo Trevor.

—¿Por qué?

—¿Por qué?

—Sí, ¿por qué?

—Pues porque, bueno... —Trevor se quedó momentáneamente sin palabras hasta que recordó el dinero. La desaparición de Jan formaba parte del trato—. Porque está usted despedida —concluyó.

—¿Cómo?

—¡He dicho que está usted despedida! —gritó Trevor lo bastante alto como para que sus nuevos compinches lo oyeran desde el despacho.

—¡No puede despedirme! Me debe demasiado dinero.

—¡No le debo a usted una mierda!

—¿Qué me dice de los mil dólares de sueldos atrasados?

Las ventanas de la casa de la acera de enfrente estaban llenas de rostros ocultos por los cristales tintados de una sola dirección. Las voces resonaron por toda la tranquila calle.

—¡Está usted loca! —gritó Trevor—. ¡No le debo ni un centavo!

—¡Mil cuarenta dólares, para ser más exactos!

—Está usted chalada.

—¡Hijo de la grandísima puta! Trabajo ocho años para usted cobrando el salario mínimo y, al final, encuentra usted un caso importante y me despide. ¿¡Es eso lo que está haciendo, Trevor!?

—¡Más o menos! ¡Lárguese ya!

—¡Ábrame la puerta, maldito cobarde!

—¡Lárguese, Jan!

—¡No sin antes llevarme mis cosas!

—Vuelva mañana. Estoy reunido con el señor Newman. —Dicho lo cual, Trevor retrocedió un paso.

Al ver que no le abría la puerta, Jan perdió los estribos.

—¡Hijo de la grandísima puta! —gritó, levantando todavía más la voz.

Después arrojó la taza de café con leche contra la puerta. El delgado cristal se estremeció, pero no se rompió, e inmediatamente quedó cubierto de un cremoso líquido de color marrón.

Trevor, a salvo en el interior de la casa, esbozó una

mueca de desagrado y contempló horrorizado cómo aquella mujer a la que tanto conocía perdía de repente el juicio. Jan se apartó hecha una furia con el rostro congestionado y soltando maldiciones hasta que, de pronto, sus ojos se posaron en una piedra de gran tamaño. Era el vestigio de un proyecto de ajardinamiento largo tiempo olvidado, al que Trevor había dado el visto bueno, cediendo a sus insistentes peticiones. La tomó, apretó los dientes, soltó una nueva sarta de maldiciones y la arrojó contra la puerta.

Wes y Chap, haciendo alarde de una magistral interpretación, habían conseguido mantener un tono de absoluta seriedad, pero, cuando la piedra se estrelló contra el cristal de la puerta, no pudieron por menos que reírse.

—¡Maldita bruja del demonio!

Wes y Chap se rieron de nuevo y evitaron mirarse en un vano intento de recuperar la compostura.

Se hizo el silencio. Se había restablecido la paz dentro y fuera de la zona de recepción.

Trevor apareció incólume en la puerta del despacho, sin lesiones visibles.

—Les pido disculpas —susurró mientras regresaba a su sillón.

—¿Está usted bien? —preguntó Chap.

—Sí, no se preocupe. ¿Qué tal un café normal? —le preguntó Trevor a Wes.

—Mejor lo dejamos.

Los detalles se estudiaron minuciosamente durante el almuerzo, que Trevor insistió en disfrutar en el Pete's. Encontraron una mesa hacia el fondo, cerca de las máquinas de *pinball*. Wes y Chap estaban un poco preocupados, pero muy pronto se dieron cuenta de que nadie escuchaba porque nadie mantenía conversaciones de negocios en el Pete's.

Trevor se bebió tres cervezas grandes con sus correspondientes patatas fritas. El establecimiento también servía bebidas sin alcohol y hamburguesas.

Trevor quería tener el dinero en la mano antes de traicionar a su cliente. Acordaron entregarle cien mil en efectivo aquella misma tarde y cursar una orden inmediata de giro telegráfico para el resto. Trevor pidió que se hiciera a otro banco, pero ellos insistieron en seguir con el Geneva Trust de Nassau y le aseguraron que su acceso se limitaría a vigilar la cuenta; no podían manipular los fondos. Además, el banco recibiría el dinero a última hora de la tarde. Si cambiaran de banco, tal vez tardaran uno o dos días. Ambas partes estaban deseando cerrar cuanto antes el trato. Wes y Chap querían asegurarse la plena e inmediata protección de su cliente. Trevor quería entrar en posesión de su fortuna. Después de las tres cervezas se encontraba dispuesto a empezar a gastársela.

Chap se retiró un poco antes para ir por el dinero. Trevor pidió otra cerveza para el camino y subió al vehículo de Wes para dar una vuelta por la ciudad. El plan era reunirse con Chap en un lugar determinado y cobrar el dinero. Mientras circulaban en dirección sur por la autopista A1A que bordeaba la costa, Trevor empezó a hablar.

—Es curioso —dijo, con los ojos protegidos detrás de unas baratas gafas de sol y la nuca apoyada en el reposacabezas.

—¿Qué le resulta tan curioso?

—Los riesgos que la gente está dispuesta a correr. Su cliente, por ejemplo. Un hombre muy rico. Hubiera podido contratar los servicios de todos los chicos que le

330

diera la gana, en cambio, decide contestar un anuncio de una revista gay y empieza a escribirle cartas a un perfecto desconocido.

—Es algo que no entiendo —convino Wes, y los dos chicos heterosexuales se sintieron momentáneamente identificados el uno con el otro—. Mi misión no es hacer preguntas.

—Supongo que es la emoción de lo desconocido —señaló Trevor, tomando un pequeño sorbo de la cerveza.

—Sí, probablemente. ¿Quién es Ricky?

—Se lo diré cuando me entreguen el dinero. ¿Cuál es su cliente?

—¿Cuál? ¿Con cuántas víctimas está usted trabajando en estos momentos?

—Ricky ha estado muy ocupado últimamente. Debe de haber unas veintitantas.

—¿A cuántas han chantajeado?

—A dos o tres. Es una tarea muy desagradable.

—¿Y cómo se mezcló usted en todo eso?

—Soy el abogado de Ricky. Es muy inteligente, se aburría mucho y se le ocurrió la idea de la estafa para desplumar a los maricones que siguen encerrados en el armario. En contra de lo que me aconsejaba mi sentido común, decidí participar.

—¿Ricky es marica? —preguntó Wes.

Conocía los nombres de los nietos de Beech. Conocía el grupo sanguíneo de Yarber.

Sabía con quién se acostaba la mujer de Spicer allá en Misisipí.

—No —contestó Trevor.

—Pues entonces, está mal de la cabeza.

—No, es un buen chico. Bueno, dígame quién es su cliente.

—Al Konyers.

Trevor asintió con un gesto y trató de recordar cuántas cartas había manejado entre Al y Ricky.

—Qué casualidad, tenía previsto trasladarme a Washington para llevar a cabo ciertas investigaciones acerca del señor Konyers. Que no será su verdadero apellido, claro.

—Por supuesto que no.

—¿Conoce usted su verdadera identidad?

—No. Nos contrataron a través de un tercero.

—Qué interesante. ¿O sea que ninguno de nosotros conoce al verdadero Al Konyers?

—Exacto. Y estoy seguro de que todo seguirá así.

Trevor señaló una tienda de ultramarinos.

—Pare aquí. Necesito una cerveza.

Wes esperó cerca de la gasolinera. Habían acordado no comentar el tema de la bebida hasta que el dinero hubiera cambiado de mano y Trevor se lo hubiera dicho todo. Querían ganarse su confianza antes de invitarlo amablemente a beber un poco menos. Por nada del mundo querían que Trevor se pasara las noches en el Pete's, bebiera demasiado y se fuera de la lengua.

Chap esperaba en un vehículo de alquiler idéntico, delante de una lavandería automática, a ocho kilómetros al sur de Ponte Vedra Beach. Le entregó a Trevor una delgada y barata cartera de documentos, diciendo:

—Está todo aquí dentro. Cien mil. Me reuniré de nuevo con vosotros en el despacho.

Trevor no lo oyó. Abrió la cartera de documentos y empezó a contar el dinero. Wes dio media vuelta para dirigirse al norte. Diez fajos de diez mil dólares, todo en billetes de cien.

Trevor cerró la cartera y cruzó la calle.

27

La primera tarea de Chap en su papel de nuevo pasante de Trevor fue organizar el despacho de la entrada y eliminar de él todo lo que tuviera el más remoto carácter femenino. Introdujo los efectos personales de Jan en una caja de cartón, desde barras de labios a limas de uñas, cacahuetes con miel y toda una serie de novelas románticas subidas de tono. Había un sobre con ochenta dólares y calderilla. El jefe se lo quedó, alegando que era una miseria.

Chap envolvió las fotografías en papel de periódico y las colocó cuidadosamente en otra caja, junto con toda la serie de frágiles chucherías que suele haber en casi todos los escritorios. Copió las agendas de citas para saber qué personas estaban programadas para el futuro.

Comprobó sin sorprenderse demasiado que no habría mucho trabajo. No se vislumbraba en el horizonte ninguna cita con ningún tribunal. Dos citas en el despacho aquella semana, otras dos para la siguiente y nada más. Chap estudió las fechas y comprobó que Trevor había reducido el volumen de su trabajo aproximadamente hacia la fecha en que se había recibido el dinero de Quince Garbe.

Sabían que las apuestas de Trevor habían aumentado en el transcurso de las últimas semanas y que probablemente había ocurrido lo mismo con la bebida. Jan les había comentado varias veces por teléfono a sus amigos que Trevor se pasaba más horas en el Pete's que en el despacho.

Mientras Chap estaba ocupado en la estancia de la parte anterior de la casa, recogiendo los trastos de Jan, ordenando su escritorio, quitando el polvo, pasando el aspirador y echando a la basura varias revistas atrasadas, el teléfono sonó esporádicamente. Su misión incluía también atender el teléfono, por lo que procuró no apartarse de él. Casi todas las llamadas eran para Jan. Explicó cortésmente que ésta ya no trabajaba allí. «Me alegro por ella», le pareció adivinar que pensaban los comunicantes.

Un agente disfrazado de carpintero se presentó a primera hora para cambiar la puerta principal de la casa. Trevor se asombró de la eficacia de Chap.

—¿Cómo ha conseguido encontrarlo tan rápido? —le preguntó.

—Basta con consultar las páginas amarillas —contestó Chap.

Otro agente disfrazado de cerrajero siguió al carpintero y cambió todas las cerraduras de la casa.

El acuerdo incluía el compromiso por parte de Trevor de no atender a ningún nuevo cliente en el transcurso de por lo menos los treinta días siguientes. Al principio, Trevor protestó mucho, como si tuviera que proteger una brillante reputación de abogado. Piensen en todas las personas que me pueden necesitar, les dijo en tono quejumbroso. Pero ellos sabían lo flojos que habían sido los últimos treinta días e insistieron, hasta que finalmente Trevor aceptó sus exigencias. Querían el despacho para ellos solos. Chap llamó a los clientes que estaban citados y les dijo que el señor Carson estaría ocupado en los juzgados el día que ellos tenían que acudir al despacho.

No sería difícil concertar otra cita, les dijo, él mismo los llamaría cuando hubiera un hueco.

—Yo creía que no se acercaba a los juzgados —comentó un cliente.

—Bueno —le explicó Chap—. Se trata de un caso muy importante.

Tras haber resuelto la cuestión de los clientes, sólo quedó un caso que requería una visita al despacho. Se trataba de la pensión alimenticia de un niño; Trevor llevaba tres años representando a la mujer. No podía darle puerta sin más.

Jan se presentó para armar alboroto y lo hizo en compañía de una especie de novio. Era un delgado pero vigoroso joven con perilla, pantalones de poliéster y camisa y corbata blanca. Chap pensó que debía de dedicarse a la venta de vehículos de segunda mano. Hubiera podido pegarle un buen vapuleo a Trevor, pero con Chap no se atrevió.

—Quisiera hablar con Trevor —dijo Jan, echando un vistazo a su recién ordenado antiguo escritorio.

—Lo siento. Está reunido.

—¿Y quién demonios es usted?

—Soy un pasante.

—Vaya, pues procure que le pague por adelantado.

—Gracias por el consejo. Sus efectos personales están en aquellas cajas de allí —dijo Chap, señalándolas.

Jan observó que los revisteros estaban vacíos, al igual que la papelera, y que todos los muebles se habían abrillantado. Se aspiraba en el aire un olor de antiséptico, como si hubieran fumigado el lugar donde ella había trabajado hasta entonces. Ya no la necesitaban.

—Dígale a Trevor que me debe mil dólares de salarios atrasados —dijo.

—Así lo haré —prometió Chap—. ¿Alguna cosa más?

—Sí, ese nuevo cliente de ayer, Yates Newman. Dígale a Trevor que he consultado los periódicos. En las últimas dos semanas no se ha producido ningún accidente mortal en la I-95. Tampoco consta que ninguna mujer apellidada Newman resultara muerta. Aquí pasa algo raro.

—Gracias. Le transmitiré el mensaje.

Jan miró por última vez a su alrededor y esbozó una sonrisa de satisfacción al ver la nueva puerta. Su novio dirigió una mirada iracunda a Chap, como si estuviera a punto de romperle el cuello, pero lo hizo cuando ya se encaminaba hacia la puerta. Se fueron sin romper nada, cada uno bajando lentamente por la acera cargado con una caja.

Chap los vio alejarse e inmediatamente después empezó a prepararse para el desafío del almuerzo.

La víspera habían cenado en un nuevo restaurante especializado en cocina marinera, a dos manzanas del Sea Turtle Inn. Dado el tamaño de las raciones, los precios eran exorbitantes y ésta fue precisamente la razón de que el nuevo millonario de Jacksonville insistiera en cenar allí. Como era de esperar, invitaba él y no reparó en gastos. Se emborrachó después del primer martini y ni siquiera recordó lo que habían comido. Wes y Chap le explicaron que su cliente no les permitía beber. Bebieron agua mineral de marca y se pasaron el rato llenándole la copa de vino.

—Pues yo me buscaría otro cliente —observó Trevor, riéndose de su propio chiste.

»Me parece que tendré que beber por los tres —comentó a media cena, y eso fue exactamente lo que hizo.

Para su gran alivio, Chap y Wes descubrieron que era un borracho muy dócil y le siguieron llenando la copa para ver hasta dónde llegaba. Poco a poco se fue apagando y hundiendo cada vez más en su asiento.

Mucho después de que les hubieran servido el postre, le dio al camarero una propina de trescientos dólares en efectivo. Tuvieron que ayudarlo a subir a su automóvil y lo acompañaron a casa.

Se quedó dormido con la cartera de documentos sobre el pecho. Cuando Wes apagó la luz, Trevor estaba tumbado en la cama con sus arrugados pantalones, la camisa blanca de algodón, la pajarita desanudada y los zapatos todavía puestos, roncando ruidosamente y fuertemente abrazado a la cartera.

La transferencia había llegado poco antes de las cinco. El dinero ya estaba en su sitio. Klockner les había dicho que lo emborracharan para ver cómo se comportaba en semejante estado y que, a la mañana siguiente, se pusieran a trabajar.

A las siete y media de la mañana regresaron a su casa, abrieron la puerta con su llave y lo encontraron más o menos tal como lo habían dejado la víspera. Se había quitado un zapato y estaba tumbado de lado, sujetando la cartera de documentos como si se tratara de un balón de fútbol.

—¡Vamos! ¡Vamos! —gritó Chap mientras Wes encendía las luces, levantaba las persianas y armaba el mayor ruido posible. En honor a la verdad, cabe decir que Trevor se levantó de un salto de la cama, corrió al cuarto de baño, se duchó rápidamente y, veinte minutos después, entró en su estudio con una impecable pajarita y ni una sola arruga en la ropa. Tenía los ojos ligeramente hinchados, pero sonreía y se mostraba firmemente dispuesto a enfrentarse con el nuevo día.

El millón de dólares tuvo en parte el mérito. De hecho, jamás en su vida había superado una resaca con tal rapidez.

Se tomaron rápidamente un bollo y un café cargado en el Beach Java y regresaron para entregarse con renovado vigor a la tarea de arreglar el pequeño despacho. Mientras Chap se encargaba de la parte anterior de la casa, Wes entretuvo a Trevor en el despacho.

Algunas piezas ya habían encajado durante la cena de la víspera. Al final, consiguieron arrancarle a Trevor los nombres de los miembros de la Hermandad y tanto Wes como Chap interpretaron espléndidamente bien sus papeles y simularon sorprenderse ante su revelación.

—¿Tres jueces? —repitieron con aparente incredulidad.

Trevor asintió con un gesto y esbozó una orgullosa sonrisa, como si fuera el artífice de aquel magistral plan. Quería hacerles creer que había tenido la inteligencia y la habilidad de convencer a tres ex jueces de que se pasaran el rato escribiendo cartas a homosexuales solitarios para que él pudiera cobrarles una comisión de un tercio de lo obtenido en los chantajes. Era un auténtico genio, qué caray.

Otras piezas del rompecabezas aún no estaban muy claras, por lo que Wes estaba decidido a mantener a Trevor encerrado hasta obtener las respuestas.

—Hablemos de Quince Garbe —dijo—. Su apartado de correos estaba alquilado a nombre de una empresa inexistente. ¿Cómo averiguó usted su verdadera identidad?

—Muy fácil —contestó Trevor, presumiendo.

En ese momento no sólo era un genio, sino también un genio muy rico. La víspera se había despertado con dolor de cabeza y se había pasado media hora en la cama, pensando con inquietud en sus pérdidas en el juego, la actividad cada vez más escasa de su bufete y su creciente dependencia de los miembros de la Hermandad y de su estafa. Veinticuatro horas más tarde, se había despertado con un dolor de cabeza mucho más fuerte, pero suavizado por el bálsamo de un millón de dólares.

Estaba eufórico, aturdido y deseoso de terminar cuanto antes la tarea que tenía entre manos para poder iniciar su nueva vida.

—Encontré un investigador privado en Des Moines —contestó, tomando un sorbo de su café, con los pies apoyados en el escritorio tal como solía hacer siempre—. Le envié un cheque por valor de mil dólares. Se pasó un par de días en Bakers... ¿Conoce usted el lugar?

—Sí.

—Yo temía tener que ir. La estafa funciona mejor cuando atrapas a un tipo importante con dinero, dispuesto a pagar lo que sea con tal de que cierres el pico. Sea como fuere, el investigador encontró a una funcionaria de correos que necesitaba un poco de dinero. Era una madre soltera, tenía un montón de hijos, un automóvil viejo, un apartamento pequeño, en fin, imagínese el resto. El investigador la llamó por la noche a su casa y le dijo que le pagaría quinientos dólares en efectivo a cambio de que le revelara quién había alquilado el apartado de correos 788 a nombre de CMT Investments. A la mañana siguiente, la llamó a la oficina de correos. Se reunieron en el aparcamiento durante la hora del almuerzo. Ella le entregó al investigador un trozo de papel con el nombre de Quince Garbe y él le entregó a ella un sobre con cinco billetes de cien dólares. La mujer ni siquiera le preguntó quién era.

—¿Éste es el método más habitual?

—Con Garbe dio resultado. En el caso de Curtis Cates, el tipo de Dallas, el segundo al que estafamos, fue un poco más complicado. El investigador que contratamos no logró establecer contacto con nadie del interior y se tuvo que pasar tres días vigilando la oficina de correos, nos costó mil ochocientos dólares, pero, al final, el investigador lo vio salir y anotó el número de su matrícula.

—¿Quién será el siguiente?

—Probablemente este tipo de Upper Darby, Pennsylvania. Su seudónimo es Brant White y parece que ofrece muy buenas perspectivas.

—¿Lee usted alguna vez las cartas?

—Jamás. No sé qué se dicen los unos a los otros; ni ganas. Cuando están preparados para desplumar a alguien, me indican que investigue el apartado de correos y averigüe el verdadero nombre. Eso siempre y cuando el amigo epistolar utilice una tapadera, como su cliente, el señor Konyers. Se asombraría usted de cuántos hombres utilizan su verdadera identidad. Es algo increíble.

—¿Sabe usted cuándo envían las cartas de chantaje?

—Pues claro. Me lo dicen para que yo pueda advertir al banco de las Bahamas del posible envío de un giro telegráfico. Los del banco me llaman en cuanto se recibe el dinero.

—Hábleme de este Brant White, de Upper Darby —dijo Wes.

Estaba llenando páginas de notas, como si temiera perderse algo. Todas las palabras estaban siendo grabadas con cuatro aparatos distintos desde el otro lado de la calle.

—Están a punto de desplumarlo, es lo único que sé. Parece que el hombre está deseando lanzarse, pues apenas se han intercambiado un par de cartas. A algunos de estos tipos les tienen que ir sacando las cosas con pinzas, a juzgar por la cantidad de cartas que se intercambian.

—Pero usted no dispone de información sobre las cartas, ¿verdad?

—Aquí no conservo ningún archivo. Temía que un día

aparecieran los federales con una orden de registro y no quería que hubiera ninguna prueba de mi participación.

—Hábil, muy hábil.

Trevor sonrió, saboreando su astucia.

—Sí, bueno, es que yo me he dedicado mucho al derecho penal. Al cabo de algún tiempo, empiezas a pensar como un delincuente. En cualquier caso, aún no he conseguido encontrar a un investigador adecuado en la zona de Filadelfia, pero estoy en ello.

Brant White era un producto de Langley. Por muchos investigadores que contratara Trevor en el Nordeste, jamás lograrían descubrir la verdadera identidad de la persona que se ocultaba detrás del apartado de correos.

—De hecho, me disponía a viajar allá arriba cuando recibí la llamada de Spicer, diciéndome que fuera a Washington a averiguar la verdadera identidad de Al Konyers. Entonces aparecieron ustedes y, bueno, ya conocen el resto.

Sus palabras quedaron en el aire mientras él pensaba una vez más en el dinero. Qué casualidad que Wes y Chap hubieran aparecido en su vida justo unas horas después del momento en que él hubiera tenido que emprender viaje a Washington para tratar de averiguar la identidad de su cliente. Pero le daba igual. Le parecía oír los gritos de las gaviotas y percibir el calor de la arena bajo sus pies. Le parecía oír la música *reggae* de las orquestas de la isla y sentir el impulso del viento contra el casco de su embarcación.

—¿Tiene usted algún otro contacto en el exterior? —preguntó Wes.

—Oh, no —contestó Trevor, presumiendo de inteligencia—. No necesito ayuda. Cuantas menos personas participan, tanto mejor funciona la estafa.

—Muy hábil —repitió Wes.

Trevor se retrepó todavía más en su sillón. El techo se estaba agrietando y desconchando, y todo necesitaba una nueva mano de pintura. Dos días atrás, se hubiera preocupado. Ahora sabía que jamás volvería a pintar, y mucho menos si esperaban que la factura corriera de su cuenta. Muy pronto se largaría de allí, en cuanto Wes y Chap terminaran con la Hermandad. Dedicaría un par de días a guardar sus archivos en unas cajas, no sabía muy bien por qué, y arrojaría a la basura sus anticuados y jamás utilizados libros de Derecho. Encontraría a un novato recién salido de la facultad que anduviera en busca de alguna migaja en los juzgados de la ciudad y le vendería los muebles y el ordenador a un precio muy razonable. Y, cuando lo hubiera dejado todo bien atado, él, L. Trevor Carson, abogado y asesor legal, abandonaría el despacho sin volver la vista atrás.

Qué espléndido sería aquel día.

Chap interrumpió sus ensoñaciones con unos tacos y unas bebidas sin alcohol. No habían hablado del almuerzo, pero él ya había consultado varias veces su reloj, pensando en un nuevo y prolongado almuerzo en el Pete's. Tomó a regañadientes un taco y se enfureció momentáneamente. Necesitaba un trago.

—Considero una buena idea prescindir de las bebidas alcohólicas durante el almuerzo —señaló Chap mientras los tres se acomodaban alrededor del escritorio de Trevor, procurando no ensuciar la mesa con frijoles y carne picada de buey.

—Hagan ustedes lo que quieran —replicó Trevor.

—Me refería a usted —dijo Chap—. Durante los próximos treinta días por lo menos.

—Eso no formaba parte del trato.

—Pero ahora sí. Tiene que estar sobrio y alerta.

—¿Por qué, exactamente?

—Porque nuestro cliente lo quiere así. Y le paga un millón de dólares.

—¿También quiere que utilice dos veces al día la seda dental y que coma espinacas?

—Se lo preguntaré.

—Dígale de paso que se vaya al carajo.

—No se ponga así, Trevor —dijo Wes—. Prescinda de la bebida durante unos días. Su salud se lo agradecerá.

Si, por una parte, el dinero lo había hecho libre, aquellos dos estaban empezando a asfixiarlo. Ya llevaban veinticuatro horas juntos y no daban señales de irse, más bien al contrario. Se estaban aposentando en la casa.

Chap salió temprano para ir a recoger la correspondencia. Habían convencido a Trevor de que había sido muy chapucero y de que por eso ellos lo habían localizado con tanta facilidad. ¿Y si otras víctimas estuvieran acechando allí fuera? Trevor no había tenido dificultades en descubrir los verdaderos nombres de sus víctimas. ¿Por qué no podían las víctimas hacer lo mismo con la persona que se ocultaba detrás de Aladdin North y Laurel Ridge? A partir de aquel momento, Wes y Chap se turnarían en la recogida de la correspondencia. Lo enredarían todo, visitarían las oficinas de correos a distintas horas, utilizarían disfraces, harían auténticas cabriolas propias de agentes secretos.

Al final, Trevor se dejó convencer. Al parecer, aquellos tipos sabían lo que se llevaban entre manos.

En el apartado de correos de Neptune Beach había cuatro cartas para Ricky, y dos para Percy en el de Atlantic Beach. Chap efectuó rápidamente la ronda, seguido por un equipo que vigilaba a cualquiera que pudiera estar vigilándolo a él. Las cartas se llevaron a la casa de enfrente, donde se abrieron y copiaron rápidamente y se volvieron a dejar tal como estaban.

Los agentes, deseosos de actuar, leyeron y analizaron las copias. Klockner también las leyó. Cinco de los seis nombres ya los habían visto antes. Todos eran solitarios hombres de mediana edad que estaban haciendo acopio de valor para dar el siguiente paso con Percy o Ricky. Ninguno de ellos parecía especialmente agresivo.

Una pared de un dormitorio reformado de la casa de alquiler se había pintado de blanco y en ella habían estampado un gran mapa de los cincuenta estados. Los amigos epistolares de Ricky se habían marcado con unas tachuelas rojas. Los de Percy se habían marcado con tachuelas verdes. Bajo los puntos figuraban escritos en negro los nombres de los corresponsales y de sus localidades.

La red se estaba ampliando. Veintitrés hombres estaban escribiendo a Ricky. Percy se carteaba con dieciocho. Treinta estados estaban representados. La puesta a punto de la arriesgada aventura de la Hermandad se iba afinando a pasos agigantados. Ahora insertaban anuncios en tres revistas, que Klockner supiera. Seguían la misma pauta de siempre y, a la tercera carta, ya solían saber si un nuevo corresponsal tenía dinero o no. O si estaba casado. Era un juego fascinante; ahora que ya tenían acceso absoluto a Trevor, no se perderían ni una sola carta.

La correspondencia diaria se resumía en dos páginas que se entregaban a un agente, el cual viajaba a Langley de inmediato. Deville las tenía en su mano a las siete de la tarde.

La primera llamada de la tarde, a las tres y diez, se produjo cuando Chap estaba limpiando los cristales de las ventanas. Wes aún se encontraba en el despacho de Trevor, acribillándolo a preguntas. Trevor se moría de agotamiento. No había dormido su acostumbrada siesta y necesitaba desesperadamente un trago.

—Despacho jurídico —contestó Chap.

—¿Es el despacho de Trevor? —preguntó el comunicante.

—Sí. ¿Quién habla?

—¿Quién es usted?

—Soy Chap, el nuevo pasante.

—¿Qué le ha ocurrido a la chica?

—Ya no trabaja aquí. ¿En qué puedo servirle?

—Soy Joe Roy Spicer. Soy un cliente de Trevor y llamo desde Trumble.

—¿De dónde dice que llama?

—De Trumble, una prisión federal. ¿Está Trevor por aquí?

—No, señor. Ha viajado a Washington y creo que estará de regreso dentro de un par de horas.

—Muy bien. Dígale que volveré a llamarlo a las cinco.

—Sí, señor.

Chap colgó y respiró hondo, tal como hizo Klockner en la acera de enfrente. La CIA acababa de establecer su primer contacto directo con uno de los miembros de la Hermandad.

La segunda llamada se produjo a las cinco en punto. Chap se puso al teléfono y reconoció la voz. Trevor esperaba en su despacho.

—¿Diga?

—Trevor, soy Joe Roy Spicer.

—Hola, juez.

—¿Qué has averiguado en Washington?

—Seguimos trabajando en ello. Va a ser un poco difícil, pero lo encontraremos.

Se produjo una prolongada pausa, como si a Spicer no le hubiera gustado la noticia y no supiera muy bien qué decir.

—¿Vas a venir mañana?

—Ahí estaré, a las tres.

—Tráete cinco mil dólares en efectivo.

—¿Cinco mil dólares?

—Eso he dicho. Toma el dinero y tráelo aquí. Todo en billetes de veinte y de cincuenta.

—¿Qué vas a...?

—No hagas preguntas estúpidas, Trevor. Trae el maldito dinero. Ponlo en un sobre junto con el resto de la correspondencia. Ya lo has hecho otras veces.

—De acuerdo.

Spicer colgó sin añadir nada más. A continuación, Trevor se pasó una hora comentando la economía de Trumble. El dinero en efectivo estaba prohibido. Cada recluso hacía un trabajo y su sueldo se ingresaba en una cuenta. Todos los gastos, como llamadas telefónicas, compras en el economato, fotocopias, sellos, se adeudaban en su cuenta.

No obstante, el dinero en efectivo se hallaba presente, aunque raras veces se veía. Entraba a escondidas y se ocultaba y utilizaba para pagar deudas de juego y sobornar a los guardias a cambio de pequeños favores. Trevor tenía miedo. Si él, como abogado, fuera sorprendido introduciendo dinero, perdería permanentemente sus privilegios de visita. Había introducido dinero en dos ocasiones, ambas veces quinientos dólares en billetes de diez y de veinte.

No acertaba a imaginar por qué razón querían cinco mil dólares.

28

Tras haberse pasado tres días sin poder quitarse de encima ni un momento a Wes y Chap, Trevor necesitaba un descanso. Desayunaban, almorzaban y cenaban con él. Lo acompañaban a casa en su automóvil y lo recogían para acompañarlo al trabajo a primerísima hora de la mañana. Ellos organizaban el poco trabajo que le quedaba, Chap el pasante y Wes, el administrador del despacho, y no paraban de hacerle preguntas, pues la práctica jurídica brillaba bastante por su ausencia.

De ahí que Trevor no se extrañara cuando le anunciaron que lo acompañarían a Trumble. No necesitaba chófer, les explicó. Había hecho el viaje muchas veces en su fiel y pequeño Escarabajo y pensaba ir solo. Ellos se lo tomaron a mal y lo amenazaron con llamar a su cliente para pedir instrucciones.

—Me importa un bledo que llamen a su maldito cliente —les gritó Trevor mientras ellos se echaban atemorizados hacia atrás—. Su cliente no gobierna mi vida.

Pero vaya si la gobernaba, y los tres lo sabían. Ahora lo único que importaba era el dinero. Trevor ya había interpretado su papel de Judas.

Abandonó Neptune Beach en su Escarabajo, seguido por Chap y Wes en su vehículo de alquiler y por una furgoneta blanca ocupada por unas personas a las que Trevor nunca llegaría a ver. Cosa que, por otra parte, tampoco deseaba. Simplemente para darse el gusto, giró de repente hacia una tienda para comprarse seis cervezas y se partió de risa cuando el resto de la caravana pisó repentinamente los frenos y por poco se la pega.

Una vez fuera de la ciudad, circuló a una lentitud exasperante, tomándose su cerveza, saboreando su intimidad y pensando que podría aguantar los siguientes treinta días. Por un millón de dólares soportaría lo indecible.

Mientras se acercaba al pueblo de Trumble, empezó a experimentar las primeras punzadas de remordimiento. ¿Sería capaz de hacerlo? Estaba a punto de verse cara a cara con Spicer, un cliente que confiaba en él, un preso que lo necesitaba, su cómplice. ¿Lograría mantener la impasibilidad de su semblante y comportarse como si no ocurriera nada mientras el micrófono de alta frecuencia que llevaba oculto en la cartera captaba hasta la última palabra? ¿Conseguiría intercambiar cartas con Spicer como si nada hubiera variado, sabiendo que toda la correspondencia estaba siendo controlada? Por si fuera poco, estaba echando por la borda su nueva carrera que tanto esfuerzo le había costado y de la que tan orgulloso se había sentido hasta entonces.

Estaba vendiendo su ética, sus normas e incluso su sentido de la moralidad por dinero. ¿Valía su alma un millón de dólares? Ahora ya era demasiado tarde. El dinero ya se encontraba en el banco. Tomó otro sorbo de cerveza y acalló las cada vez más débiles punzadas de remordimiento.

Spicer era un estafador, tanto como Beech y Yarber, y él, Trevor Carson, era exactamente como ellos. Los ladrones carecían de honor, se repitió una y otra vez en silencio.

Link aspiró una vaharada de cerveza mientras acompañaba a Trevor por el pasillo que conducía a la sala de visitas. Al llegar a la sala de abogados, Trevor echó un vistazo al interior. Vio a Spicer parcialmente oculto por un periódico y se puso repentinamente nervioso. ¿Qué clase de abogado de mierda introduce un dispositivo electrónico de escucha en una entrevista confidencial con un cliente? El remordimiento lo golpeó como un ladrillazo, pero ya no podía volver atrás.

El micrófono era casi tan grande como una pelota de golf y Wes lo había instalado cuidadosamente en el fondo de la vieja y gastada cartera de cuero negro. Era muy potente y lo trasmitiría todo sin ninguna dificultad a los chicos sin rostro de la furgoneta blanca. Wes y Chap también estaban allí con los auriculares puestos, ansiosos de escucharlo todo.

—Buenas tardes, Joe Roy —saludó Trevor.

—Lo mismo te digo —contestó Spicer.

—Déjeme ver la cartera —indicó Link. Echó un superficial vistazo y dijo—: Parece que todo está en orden.

Trevor había advertido a Chap y a Wes de que a veces Link revisaba el interior de la cartera de documentos, de manera que el micrófono quedaba cubierto por un montón de papeles.

—Aquí están las cartas —dijo Trevor.

—¿Cuántas? —preguntó Link.

—Ocho.

—Y tú, ¿tienes alguna? —le preguntó el guardia a Spicer.

—No, hoy no —contestó Spicer.

—Estoy aquí afuera —dijo Link.

La puerta se cerró. Se oyó el rumor de unos pies en el suelo y, de repente, silencio. Un silencio muy largo. Nada. Ni una sola palabra entre abogado y cliente. Esperaron una eternidad en el interior de la furgoneta blanca hasta que comprendieron que algo había fallado.

Mientras Link abandonaba la pequeña estancia, Trevor, con un hábil y rápido movimiento, dejó la cartera de documentos en el suelo, al otro lado de la puerta, y allí permaneció tranquilamente durante todo el resto de la entrevista entre abogado y cliente. Link la vio, pero no sospechó nada.

—¿Por qué lo has hecho? —preguntó Spicer.

—Está vacía —contestó Trevor, encogiéndose de hombros—. Que se vea a través del circuito cerrado de televisión. No tenemos nada que ocultar.

Trevor acababa de sufrir un último y fugaz ataque de ética. Tal vez acudiera a transmitir la siguiente charla con su cliente, pero no aquélla. Les diría a Wes y Chap que el guardia le había retirado la cartera de documentos, algo que efectivamente ocurría de vez en cuando.

—Como quieras —asintió Spicer, que examinó los sobres hasta llegar a dos, algo más abultados que los demás—. ¿Eso es el dinero?

—Sí. He tenido que utilizar algunos billetes de cien.

—¿Por qué? Te dije claramente que tenían que ser de veinte y de cincuenta.

—No he podido encontrar otra cosa, ¿vale? No había previsto que iba a necesitar tanto dinero en efectivo.

Joe Roy examinó las direcciones de los otros sobres.

—Bueno pues, ¿qué ocurrió en Washington? —preguntó luego en tono un tanto mordaz.

—Es muy difícil. Es uno de estos servicios de alquiler de apartados de correos de las afueras abiertos las veinticuatro horas los siete días de la semana, donde siempre hay alguien de guardia y un montón de gente que entra y sale a todas horas. Tiene unas medidas de seguridad muy estrictas. Ya encontraremos alguna manera.

—¿A quién utilizas?

—A un tipo de Chevy Chase.

—Dime el nombre.

—¿Qué mosca te ha picado?

—Dime el nombre del investigador de Chevy Chase.

Trevor se quedó en blanco y el ingenio le falló. Spicer estaba tramando algo, sus líquidos ojos oscuros brillaban con intenso fulgor.

—No lo recuerdo en este momento —contestó Trevor.

—¿Dónde te alojaste?

—Pero ¿qué es esto, Joe Roy?

—Dime el nombre del hotel.

—¿Por qué?

—Tengo derecho a saberlo. Soy el cliente. Te pago los gastos. ¿Dónde te alojaste?

—En el Ritz-Carlton.

—¿Cuál de ellos?

—No lo sé. El Ritz-Carlton.

—Hay dos. ¿En cuál de ellos te alojaste?

—No lo sé. No era en el centro de la ciudad.

—¿Qué vuelo tomaste?

—Vamos, Joe Roy. ¿Qué está pasando aquí?

—¿Qué compañía?

—Delta.

—¿Número de vuelo?

—No lo recuerdo.

—Regresaste ayer. Hace menos de veinticuatro horas. Dime el número de vuelo.

—No lo recuerdo.

—¿Estás seguro de que fuiste a Washington?

—Pues claro que fui —contestó Trevor, pero se le quebró un poco la voz por falta de sinceridad.

No había planeado las mentiras y éstas se desmoronaban con la misma rapidez con que se las inventaba.

—No recuerdas el número de vuelo, ni en qué hotel

351

te alojaste, ni el nombre del investigador con quien has pasado los últimos dos días. ¡¿Crees que soy idiota?!

Trevor no contestó. Sólo podía pensar en el micrófono de la cartera de documentos y se alegró de haberla dejado fuera. Prefería que Chap y Wes no oyeran el vapuleo que le estaban propinando.

—Has estado bebiendo, ¿verdad? —preguntó Spicer, lanzándose al ataque.

—Sí —contestó Trevor, acogiendo con agrado aquella pausa provisional en sus mentiras—. Me detuve a comprar una cerveza.

—O dos.

—Sí, dos.

Spicer se apoyó en los codos y adelantó el torso.

—Tengo una mala noticia para ti, Trevor. Quedas despedido.

—¿Cómo?

—Se acabó. Despedido. Definitivamente.

—No puedes despedirme.

—Pues acabo de hacerlo por votación unánime de la Hermandad. Se lo notificaremos al director para que tu nombre se elimine de la lista de abogados. Cuando hoy te vayas, Trevor, no se te ocurra volver.

—¿Por qué?

—Mentiras, exceso de bebida, actuación chapucera y pérdida general de confianza por parte de tus clientes.

Se ajustaba bastante a la verdad, pero, aun así, Trevor se lo tomó muy mal. Jamás se le había ocurrido pensar que tuvieran el valor de despedirlo. Apretó los dientes y preguntó:

—¿Y qué ocurrirá con nuestra pequeña empresa?

—Es una ruptura sin problemas. Tú te quedas con tu dinero y nosotros nos quedamos con el nuestro.

—¿Y quién lo llevará todo desde el exterior?

—Ya nos ocuparemos de eso. Tú sigue con tu vida honrada, si puedes.

—¡Qué sabrás tú lo que es una vida honrada!

—¿Por qué no te largas de una vez, Trevor? Levántate y sal de aquí. Fue muy bonito mientras duró.

—Por supuesto que sí —murmuró Trevor.

Sus pensamientos formaban un borroso revoltijo, pero dos de ellos afloraron con toda claridad a la superficie. Primero, Spicer no llevaba ninguna carta, la primera vez que tal cosa ocurría en muchas semanas. Segundo, el dinero en efectivo. ¿Para qué necesitaban cinco mil dólares? Probablemente para sobornar a su nuevo abogado. Habían planeado muy bien la emboscada, en lo cual ellos siempre tenían ventaja, pues disponían de mucho tiempo. Tres hombres brillantes con mucho tiempo libre. No era justo.

El orgullo lo indujo a levantarse.

—Siento que haya ocurrido así —dijo, tendiendo la mano.

Spicer se la estrechó a regañadientes. Largo de aquí de una vez, hubiera querido decirle.

Cuando ambos se miraron por última vez, Trevor dijo casi en un susurro:

—Konyers es el hombre. Un tipo muy rico y poderoso. Sabe quiénes sois.

Spicer pegó un brinco.

—¿Te está vigilando? —preguntó también en un susurro con el rostro a escasos centímetros del de Trevor.

Trevor asintió con un gesto y guiñó el ojo. Después asió la puerta y recogió la cartera de documentos sin dirigir ni una sola palabra a Link. ¿Qué hubiera podido decirle al guardia? Lo siento, amigo, pero se acabó el asunto de los mil dólares en efectivo que te embolsabas bajo mano cada mes. ¿Te duele? Pues pregúntale aquí al juez Spicer por qué.

Lo dejó correr.

La cabeza le daba vueltas, estaba medio aturdido y el alcohol no contribuía precisamente a mejorar la situación. ¿Qué les diría a Wes y Chap? Ésta era la pregunta más acuciante. Lo acosarían en cuanto consiguieran atraparlo.

Les dijo adiós a Link, a Vince, a Mackey y a Rufus en la entrada, como siempre, aunque en esta ocasión era por última vez, y salió al ardiente sol del exterior.

Wes y Chap habían aparcado tres automóviles más abajo. Querían hablar, pero prefirieron no precipitarse. Trevor fingió que no los veía mientras dejaba la cartera de documentos en el asiento del copiloto y subía al Escarabajo. La caravana lo siguió cuando se alejó de la prisión y bajó muy despacio por la autopista en dirección a Jacksonville.

La decisión de prescindir de los servicios de Trevor se había adoptado tras una larga y exhaustiva deliberación judicial. Se habían pasado muchas horas encerrados en su cuartito, estudiando la carpeta de Konyers hasta aprenderse de memoria las palabras de todas las cartas. Los tres recorrieron muchos kilómetros alrededor de la pista de atletismo, analizando hipótesis. Comieron juntos y jugaron a las cartas juntos mientras se comunicaban en voz baja sus nuevas teorías acerca de la identidad de la persona que controlaba su correspondencia.

Trevor era el responsable más probable, el único al que podían controlar. Si sus víctimas se comportaban de forma chapucera, ellos no podían hacer nada por impedirlo. Pero si su abogado no era capaz de borrar su rastro, había que despedirlo. De entrada, no era un sujeto que inspirara demasiada confianza. ¿Cuántos buenos y atareados abogados hubieran estado dispuestos a arriesgar su carrera en un plan de chantaje contra unos homo-sexuales? La única duda que tenían acerca del despido de Trevor era el temor a lo que éste pudiera hacer con su dinero. Ya contaban con que se lo robaría, aunque no podrían evitarlo. Sin embargo, estaban dispuestos a correr aquel riesgo a cambio del impresionante tanto que se anotarían con el señor Aaron Lake. Para llegar hasta él, consideraban necesario deshacerse de Trevor. Konyers sabía quiénes eran los miembros de la Hermandad. ¿Significaba eso entonces que Lake también estaba al corriente? ¿Quién era realmente Konyers ahora? ¿Por qué Trevor se lo había dicho en voz baja y por qué había dejado la cartera de documentos al otro lado de la puerta?

Con todo el minucioso examen de que sólo podía ser capaz un equipo de aburridos jueces, las preguntas brotaron como un torrente. Y después surgieron las estrategias.

Trevor estaba preparando el café en su recién limpiada y abrillantada cocina cuando Wes y Chap entraron sigilosamente y se acercaron a él.

—¿Qué ha ocurrido? —preguntó Wes.

Fruncían el ceño y parecían tener mucha prisa.

—¿Qué quieren decir? —replicó Trevor, como si todo le hubiera salido a pedir de boca.

—¿Qué ha ocurrido con el micrófono?

—Ah, bueno. El guardia tomó la cartera de documentos y la dejó fuera.

Chap y Wes se miraron con el entrecejo todavía más fruncido. Trevor vertió el agua en la cafetera. Los agentes tomaron debida nota de que estaba preparando el café cuando ya eran casi las cinco de la tarde.

—¿Y por qué lo hizo?

—Es la costumbre. Aproximadamente una vez al mes el guardia se queda con la cartera durante la visita.

—¿La registró?

Trevor fingió observar detenidamente cómo goteaba el café. No pasaba absolutamente nada.

—Llevó a cabo el habitual examen de rutina, que hace ya con los ojos cerrados. Sacó la correspondencia de entrada y se quedó con la cartera de documentos. El micrófono no ha corrido peligro.

—¿Se percató de que había unos sobres más abultados?

—Por supuesto que no. Tranquilícense.

—¿Y fue bien la reunión?

—Como siempre, sólo que Spicer no me entregó ninguna carta de salida, lo cual es un poco insólito últimamente, aunque ocurre algunas veces. Dentro de un par de días regresaré, él me tendrá preparado un montón de cartas y el guardia ni siquiera tocará la cartera. Entonces lo oirán todo. ¿Les apetece un poco de café?

Ambos se relajaron.

—Gracias, pero será mejor que nos vayamos —contestó Chap.

Tenían informes que redactar y preguntas que responder. Se encaminaron hacia la puerta, pero Trevor les cortó el paso.

—Miren, muchachos —dijo con la mayor cortesía—, estoy perfectamente capacitado para vestirme yo solito y tomarme un rápido cuenco de cereales por mí mismo, tal como llevo haciendo desde hace muchos años. Y me gustaría abrir mi despacho no antes de las nueve. Puesto que es mi despacho, lo abriremos a las nueve y ni un minuto antes. Serán ustedes bienvenidos a esta intempestiva hora, pero no a las ocho cincuenta y nueve. ¿Entendido?

—Por supuesto —contestó uno de ellos.

Y se fueron. En realidad, les daba igual. Tenían micrófonos ocultos por todo el despacho, la casa, el automóvil y ahora incluso en la cartera de documentos. Hasta sabían dónde compraba el papel higiénico.

Trevor se bebió todo el contenido de la cafetera para despejarse. Entonces inició sus movimientos, todos ellos cuidadosamente planeados. Había empezado a prepararlo todo en cuanto salió de Trumble. Suponía que los chicos de la furgoneta blanca lo habrían estado vigilando, con todos sus artilugios y juguetes, sus micrófonos y sus dispositivos de escucha, todos los aparatitos con los que tan familiarizados debían de estar Wes y Chap. El dinero no constituía ningún problema para ellos. Quiso creer que lo sabían todo, dejó volar la imaginación y dio por sentado que habían oído todas las palabras, habían seguido todos sus pasos y sabían en todo momento dónde estaba exactamente.

Cuanto más paranoico se mostrara, tanto mayores serían sus posibilidades de escapar.

Se dirigió en su automóvil a un centro comercial situado a unos veinticinco kilómetros cerca de Orange Park, en la zona sur de Jacksonville. Paseó sin rumbo, contempló escaparates y se comió una pizza en un local semidesierto. Le resultó muy difícil no correr a esconderse detrás de los percheros de la ropa de una tienda y esperar a que pasaran las sombras, sin embargo resistió la tentación. En una tienda de la cadena Radio Shack se compró un pequeño móvil cuyo paquete incluía un mes de llamadas interurbanas a través de un servicio local, y con eso ya tuvo cuanto precisaba.

Regresó a casa pasadas las nueve, convencido de que lo estaban vigilando. Puso el televisor a todo volumen y se preparó más café. En el cuarto de baño, se guardó todo el dinero en efectivo en los bolsillos.

A medianoche, cuando la casa ya estaba a oscuras y

en silencio y él hubiera tenido que estar evidentemente dormido, salió disimuladamente por la puerta trasera. Soplaba una fresca brisa, brillaba la luna llena y él procuró por todos los medios dar la impresión de haber salido simplemente a dar un paseo por la playa. Llevaba unos holgados pantalones con muchos bolsillos, dos camisas de tejido vaquero y una holgada cazadora con dinero bajo el forro. En conjunto, llevaba escondidos ochenta mil dólares cuando empezó a alejarse sin rumbo hacia el sur, caminando por la orilla del agua como si hubiera decidido salir a medianoche para estirar las piernas. Al cabo de un kilómetro y medio, aceleró el ritmo de su marcha. Cuando ya había recorrido más de tres kilómetros, el cansancio lo venció, pero tenía una prisa enorme. El sueño y el descanso tendrían que esperar.

Abandonó la playa y entró en el sucio y descuidado vestíbulo de un motel de mala muerte. No había tráfico en la autopista A1A; no había nada abierto, a excepción del motel y de una tienda de artículos variados a lo lejos. La puerta chirrió justo lo suficiente para que el recepcionista cobrara vida. Se oía un televisor al fondo. Apareció un rechoncho joven de no más de veinte años.

—Buenas noches. ¿Necesita una habitación? —le dijo.

—No —contestó Trevor, mientras se sacaba lentamente una mano del bolsillo y mostraba un abultado fajo de billetes. Los empezó a sacar uno por uno y los colocó formando una impecable hilera sobre el mostrador—. Necesito un favor.

El recepcionista contempló el dinero y puso los ojos en blanco. La playa atraía a toda suerte de chiflados.

—Las habitaciones de aquí no son muy caras —comentó.

—¿Cómo te llamas? —le preguntó Trevor.

—Pues, no sé. Digamos que Sammy Sosa.

—Muy bien, Sammy. Aquí hay mil dólares. Son tuyos si me acompañas en coche a Daytona Beach. Tardarás noventa minutos.

—Tardaré tres horas porque después tendré que regresar.

—Como quieras. Eso significa algo más de trescientos dólares por hora. ¿Cuándo fue la última vez que ganaste trescientos dólares por hora?

—Ya hace bastante tiempo, pero ocurre que no puedo hacerlo. Soy el encargado del turno de noche, ¿comprende? Mi trabajo es estar aquí de diez de la noche a ocho de la mañana.

—¿Quién es el jefe?

—Está en Atlanta.

—¿Cuándo fue la última vez que se dejó caer por aquí?

—Yo ni siquiera lo conozco.

—Pues claro que no lo conoces. Si tú tuvieras una pocilga como ésta, ¿te dejarías caer por aquí?

—No está tan mal. Tenemos televisión gratis y funcionan casi todos los aparatos de aire acondicionado.

—Esto es una pocilga, Sammy. Puedes cerrar la puerta, alejarte con el coche y regresar dentro de tres horas sin que nadie se entere.

Sammy volvió a contemplar el dinero.

—¿Huye usted de la justicia o algo por el estilo?

—No. Y no voy armado. Simplemente tengo mucha prisa.

—¿Qué ha pasado?

—Un mal divorcio, Sammy. Tengo un poco de dinero. Mi mujer lo quiere todo y sus abogados son bastante puñeteros. Tengo que abandonar la ciudad.

—¿Tiene dinero pero no automóvil?

—Mira, Sammy. ¿Te interesa el trato, sí o no? Si dices que no, salgo ahora mismo, me voy a la tienda de allí abajo y seguro que encuentro a alguien lo bastante listo como para aceptar mi dinero.

—Dos mil.

—¿Lo harías por dos mil?

—Sí.

El vehículo era peor de lo que Trevor esperaba, un viejo Honda que ni Sammy ni ninguno de sus anteriores propietarios se había molestado en limpiar. No obstante la A1A se encontraba desierta y el trayecto hasta Daytona Beach duró exactamente noventa y ocho minutos.

A las tres y veinte de la madrugada, el Honda se detuvo delante de un establecimiento de gofres abierto toda la noche y Trevor bajó. Le dio las gracias a Sammy, se despidió de él y lo contempló mientras se alejaba. Ya dentro se tomó un café, entabló conversación con la camarera y logró convencerla de que fuera a buscar la guía telefónica local. Pidió unas tortitas y utilizó su nuevo móvil de Radio Shack para orientarse en la ciudad. El aeropuerto más próximo era el Internacional de Daytona Beach. A las cuatro y unos minutos su taxi se detuvo en la terminal de aviación general. Docenas de pequeños aparatos se alineaban en la pista. Los contempló mientras el taxi se alejaba. Seguro que alguno de ellos estaría disponible para un rápido vuelo chárter. Sólo necesitaba uno, a ser posible, un bimotor.

29

El dormitorio de la parte posterior de la casa de alquiler se había convertido en una sala de reuniones en la que habían unido cuatro mesas plegables para formar una sola más grande. La mesa estaba cubierta de periódicos, revistas y cajas de donuts. A las siete y media de cada mañana, Klockner se reunía con su equipo para tomar café con bollos, revisar los datos de la noche y planificar el día. Wes y Chap estaban siempre presentes junto con otros seis o siete agentes, cuyo número dependía de quiénes hubieran llegado a la ciudad desde Langley. A veces también estaban los técnicos de la habitación de la parte anterior de la casa, aunque Klockner no se lo exigía. Ahora que tenían a Trevor de su parte, ya no era preciso que tantas personas le siguieran la pista.

Al menos eso creían ellos. Los equipos de vigilancia no habían detectado el menor movimiento en el interior de la casa antes de las siete y media, lo cual no era nada insólito, tratándose de un hombre que solía acostarse borracho y se despertaba muy tarde. A las ocho, mientras Klockner se encontraba todavía reunido en la parte de atrás, un técnico llamó por teléfono con el pretexto de que se había equivocado de número. Después de tres timbrazos, se oyó la voz de Trevor en el contestador, diciendo que no estaba en casa y que, por favor, dejaran el mensaje. Era algo que ocurría algunas veces cuando éste quería dormir hasta más tarde, pero que, por regla general, bastaba para obligarlo a levantarse de la cama.

A las ocho y media Klockner fue informado de que la casa seguía en silencio; ni ducha, ni radio, ni televisión, ni equipo estereofónico, ni un solo ruido de la normal rutina cotidiana.

Cabía la posibilidad de que Trevor se hubiera emborrachado solo en casa, porque sabían muy bien que la víspera no la había pasado en el Pete's. Se había dirigido a un centro comercial y había regresado a casa aparentemente sobrio.

—A lo mejor está durmiendo —dijo Klockner sin inquietarse—. ¿Dónde está su automóvil?

—En el camino de la entrada.

A las nueve, Wes y Chap llamaron a la puerta de la casa de Trevor y, al no obtener respuesta, la abrieron con su propia llave. La casa de enfrente empezó a hervir de actividad cuando éstos informaron de que no había ni rastro de Trevor, pese a la presencia del automóvil. Sin asustarse, Klockner envió a sus agentes a la playa, a las tiendas de las inmediaciones del Sea Turtle e incluso al Pete's, que aún no había abierto. Peinaron la zona que rodeaba la casa y el despacho, a pie y en automóvil, pero fue en vano.

A las diez, Klockner llamó a Deville en Langley. El abogado ha desaparecido, fue el mensaje.

Se comprobaron todos los vuelos a Nassau; no descubrieron nada, ni rastro de Trevor Carson. Deville no logró localizar a su contacto de la aduana de las Bahamas y tampoco consiguió encontrar al supervisor bancario a quien habían estado sobornando.

Teddy Maynard estaba recibiendo un informe acerca de los movimientos de tropas norcoreanas cuando lo interrumpieron con el mensaje urgente de que Trevor

Carson, el abogado borrachín de Neptune Beach, Florida, había desaparecido.

—¿Cómo han podido ustedes perder a semejante imbécil? —espetó Teddy a Deville en una insólita manifestación de cólera.

—No lo sé.

—¡No puedo creerlo!

—Lo siento, Teddy.

Teddy cambió de posición e hizo una mueca de dolor.

—¡Hagan el favor de encontrarlo, maldita sea su estampa! —exclamó con voz sibilante.

El avión era un Beech Baron perteneciente a unos médicos y lo había fletado Eddie, el piloto a quien Trevor había sacado de la cama a las seis de la mañana con la promesa de una inmediata cantidad de dinero en efectivo y otra cantidad bajo mano. La tarifa oficial era de dos mil doscientos dólares por un viaje de ida y vuelta entre Daytona Beach y Nassau, un precio que incluía dos trayectos que sumaban un total de cuatro horas a cuatrocientos dólares la hora, más gastos de aterrizaje e inmigración y tiempo de inactividad del piloto. Trevor añadió otros dos mil dólares para Eddie si el viaje se iniciaba de inmediato.

El Geneva Trust Bank de Nassau abría a las nueve, hora oficial del Este, y Trevor ya estaba esperando cuando se abrieron las puertas. Una vez dentro, irrumpió en el despacho del señor Brayshears y exigió ser atendido sin tardanza. Tenía casi un millón de dólares en la cuenta: novecientos mil del señor Konyers a través de Wes y Chap, y unos sesenta y ocho mil dólares de sus negocios con la Hermandad.

Sin quitar ojo a la puerta, le pidió a Brayshears que lo

ayudara a trasladar el dinero a la mayor brevedad posible. El dinero era de Trevor Carson y de nadie más. Brayshears no tenía más remedio que hacerlo. En las Bermudas había un banco dirigido por un amigo suyo que a Trevor le pareció muy bien. No se fiaba de Brayshears y tenía intención de seguir cambiando el dinero de entidad financiera hasta que se sintiera a salvo.

Por un instante, Trevor dirigió una codiciosa mirada a la cuenta de Boomer Realty, cuyo saldo arrojaba en aquellos momentos un total de ciento ochenta y nueve mil dólares y pico. En aquel fugaz instante, hubiera podido apoderarse también del dinero de la Hermandad. No eran más que una pandilla de delincuentes, Beech, Yarber y el odioso Spicer, un hatajo de estafadores. Y, encima, habían tenido la desvergüenza de despedirlo. Y lo habían obligado a huir. Sintió el deseo de aborrecerlos hasta el extremo de apoderarse de su dinero, pero, mientras se debatía en un mar de dudas, se compadeció de ellos. Tres viejos que se estaban consumiendo en una cárcel.

El millón era suficiente. Además, tenía prisa. No se hubiera sorprendido de que Wes y Chap irrumpieran de repente en la estancia empuñando unas pistolas. Le dio las gracias a Brayshears y abandonó corriendo el edificio.

Cuando el Beech Baron despegó del Aeropuerto Internacional de Nassau, Trevor no pudo por menos de soltar una carcajada. Se rió por el robo que acababa de cometer, por su fuga, por su buena suerte, de Wes y de Chap, de su acaudalado cliente que ahora se había quedado con un millón de dólares menos y de su pequeño bufete jurídico de mierda que, gracias a Dios, ahora ya estaba inactivo. Se rió de su pasado y también por su espléndido futuro.

Desde mil metros de altura contempló las tranquilas y azules aguas del Caribe. Una solitaria embarcación de vela se balanceaba sobre las olas con el patrón al timón y una dama casi desnuda a su lado. Ése sería él al cabo de muy pocos días.

Encontró una cerveza en un frigorífico portátil. Se la bebió y se quedó profundamente dormido. Aterrizaron en la isla de Eleuthera, un lugar que Trevor había visto en una revista de viajes que había comprado la víspera. Había playas, hoteles y toda suerte de deportes acuáticos. Le pagó a Eddie en efectivo y se pasó una hora en el pequeño aeropuerto a la espera de un taxi.

Se compró ropa en una tienda turística de Governor's Harbour y se encaminó hacia un hotel situado en primera línea de mar. Le hizo gracia comprobar con cuánta rapidez había dejado de vigilar las sombras. Seguro que el señor Konyers tenía un montón de dinero, pero nadie podía permitirse el lujo de mantener un ejército secreto lo bastante numeroso como para localizar a alguien en las Bahamas. Su futuro sería una pura delicia. No pensaba estropearlo mirando hacia atrás.

Se bebió un ron al borde de la piscina con toda la rapidez que la camarera alcanzó a servírselo. A sus cuarenta y ocho años, Trevor Carson daba la bienvenida a su nueva existencia prácticamente en las mismas condiciones en que había abandonado la antigua.

El bufete jurídico de Trevor Carson abrió puntualmente a la hora acostumbrada como si nada hubiera ocurrido. El titular se había fugado, pero el pasante y el administrador del despacho estaban de guardia para atender cualquier inesperado asunto que se presentara. Aguzaron los oídos en todos los lugares apropiados, pero no descubrieron nada. El teléfono sonó un par de veces antes de mediodía, unas llamadas descaminadas de dos almas perdidas en las páginas amarillas. Ni un solo cliente necesitaba a Trevor. No llamó ni un solo amigo para saludarlo. Wes y Chap se entretuvieron examinando los pocos cajones y carpetas que aún no habían inspeccionado. No hallaron nada importante.

Otro grupo registró centímetro a centímetro la casa de Trevor, buscando por encima de todo el dinero en efectivo que le habían pagado. Como era de prever, no lo encontraron. La barata cartera de documentos estaba en un armario, vacía. No había ni rastro. Trevor se había largado con el dinero.

El alto ejecutivo del banco de las Bahamas fue localizado en Nueva York, donde se encontraba de visita por un asunto de carácter oficial. No quería participar desde tan lejos, pero, al final, efectuó las llamadas. Hacia la una de la tarde se confirmó la retirada del dinero. Lo había hecho su propietario personalmente, pero el ejecutivo se negó a facilitar más detalles.

¿Dónde estaría el dinero? Se había efectuado un giro telegráfico, fue lo único que estuvo dispuesto a revelar el ejecutivo del banco a Deville. La fama bancaria de su país se basaba en la discreción; él no podía revelar nada más. Era un empleado corrupto, pero tenía sus límites.

La aduana estadounidense colaboró tras cierta reticencia inicial. A principios de aquella mañana el pasaporte de Trevor había pasado por el control del Aeropuerto Internacional de Nassau y, de momento, el titular no había abandonado las Bahamas. El pasaporte se incluyó en la lista roja. En caso de que lo utilizara para entrar en otro país, el servicio de aduanas lo sabría en cuestión de dos horas.

Deville presentó un informe de última hora a Teddy

y York, el cuarto del día, y después se mantuvo a la espera de nuevas instrucciones.

—Cometerá un error —pronosticó York—. Utilizará el pasaporte en algún sitio y entonces lo atraparemos. No sabe quién lo persigue.

Teddy estaba furioso, pero no dijo nada. Su agencia había derribado gobiernos y matado a reyes y, sin embargo, él se sorprendía constantemente de la frecuencia con que solían fallar los asuntos más insignificantes. Un estúpido abogado de tres al cuarto de Neptune Beach se les había escapado de la red pese a estar supuestamente vigilado por doce personas. Teddy creía estar curado de espantos.

El abogado hubiera tenido que ser el eslabón, el puente que les permitiera introducirse en Trumble. A cambio de un millón de dólares, supusieron que podrían confiar en él. No se había elaborado ningún plan en previsión de una repentina fuga. Ahora lo estaban elaborando a marchas forzadas.

—Necesitamos introducir a alguien en la prisión —decidió Teddy.

—Ya estamos a punto de conseguirlo —dijo Deville—. Estamos trabajando con el Departamento de Justicia y la Dirección de Prisiones.

—¿Hasta qué punto?

—Bueno, teniendo en cuenta lo que ha ocurrido hoy, creo que podríamos tener a un hombre en Trumble en un plazo de cuarenta y ocho horas.

—¿Quién es?

—Se llama Argrow, once años en la Agencia, treinta y nueve años, sólidas credenciales.

—¿Cuál será su tapadera?

—Será trasladado a Trumble desde una prisión federal de las islas Vírgenes. Los documentos se prepararán en la Dirección de Prisiones de aquí, en Washington, para que el director de Trumble no haga preguntas. Será uno más de los muchos reclusos federales que piden el traslado.

—¿Y él está dispuesto a ir?

—Casi. Dentro de cuarenta y ocho horas.

—Hágalo ahora mismo.

Deville se retiró con el peso de una difícil tarea que, de repente, había de cumplir de la noche a la mañana.

—Tenemos que averiguar qué es lo que saben —dijo Teddy casi en un susurro.

—Sí, pero no tenemos ningún motivo para suponer que sospechan algo —dijo York—. He leído toda su correspondencia. Nada indica que muestren un especial interés por Konyers. Éste es una más de sus posibles víctimas. Compramos al abogado para que dejara de husmear qué había detrás del apartado de correos de Konyers. Ahora el abogado está en las Bahamas, borracho de dinero, y no constituye ninguna amenaza.

—Pero tenemos que deshacernos de él —indicó Teddy.

No era una pregunta.

—Por supuesto.

—Respiraré más tranquilo cuando haya desaparecido —dijo Teddy.

Un guardia uniformado pero desarmado entró en la biblioteca jurídica a media tarde. Primero se tropezó en la entrada con Joe Roy Spicer.

—El director quiere veros —dijo el guardia—. A ti, a Yarber y a Beech.

—Y eso, ¿por qué? —preguntó Spicer. Estaba leyendo un ejemplar atrasado de *Field & Stream*.

—No es asunto mío. Quiere veros ahora mismo. En marcha.

—Dile que estamos ocupados.

—No pienso decirle nada. Vamos.

Lo siguieron al edificio de administración y, por el camino, se les unieron otros guardias de tal forma que, cuando salieron del ascensor y se presentaron a la secretaria del director, iban acompañados por un impresionante séquito. No obstante, ella sola consiguió acompañar a los miembros de la Hermandad hasta el espacioso despacho donde Emmitt Broon los esperaba.

—El FBI me acaba de comunicar que su abogado ha desaparecido —soltó el director en cuanto la secretaria se hubo retirado.

No hubo reacción visible por parte de ninguno de los tres, pero cada uno de ellos pensó inmediatamente en el dinero escondido en la isla.

—Ha desaparecido esta mañana —añadió el director— y parece que falta una cantidad de dinero. Ignoro los detalles.

¿Dinero de quién?, hubieran querido preguntar ellos. Nadie conocía la existencia de sus fondos secretos. ¿Habría robado Trevor a otra persona?

—¿Por qué nos lo cuenta a nosotros? —preguntó Beech.

La verdadera razón era que el Departamento de Justicia de Washington le había ordenado a Broon que comunicara la noticia a los tres reclusos. En cambio, la respuesta que éste dio fue la siguiente:

—Pensé que convenía que lo supieran, por si necesitaban llamarlo.

Habían despedido a Trevor la víspera, pero aún no habían notificado a la administración de la prisión que éste ya no era su abogado.

—¿Qué vamos a hacer sin abogado? —preguntó Spicer como si la vida no pudiera seguir su curso.

—Eso es cosa suya. Creo con toda franqueza que con la asesoría jurídica tan exhaustiva de que han disfrutado hasta ahora, tendrán para muchos años, señores.

—¿Y si se pone en contacto con nosotros? —preguntó Yarber, sabiendo muy bien que jamás volverían a tener noticias de Trevor.

—Deberán comunicármelo ustedes inmediatamente.

Aseguraron que así lo harían. Todo lo que el director quisiera. Éste les mandó retirarse.

La fuga de Buster fue menos complicada que una visita a la tienda de la esquina. Esperaron a la mañana siguiente, a que terminara el desayuno y casi todos los reclusos estuvieran ocupados en el desempeño de sus humildes tareas. Yarber y Beech se encontraban en la pista de atletismo, caminando separados por una distancia de unos quince metros, de tal forma que uno siempre estuviera vigilando la prisión mientras el otro controlaba los bosques de la lejanía. Spicer holgazaneaba en la cancha de baloncesto, atisbando la posible presencia de guardias.

No habiendo vallas, ni torres, ni especiales motivos de preocupación por la seguridad, los guardias no eran demasiado necesarios en Trumble. Spicer no vio a ninguno.

Buster parecía como aturdido por el zumbido de la desyerbadora, con la cual se estaba acercando lentamente a la pista. Hizo una pausa para enjugarse el sudor del rostro y miró a su alrededor. Spicer, desde cincuenta metros de distancia, oyó que se detenía el rugido del motor. Se volvió y levantó rápidamente los pulgares de ambas manos, señal de que se apresurara. Buster se adentró en la pista, dio alcance a Yarber y ambos recorrieron un trecho juntos.

—¿Estás seguro de que quieres hacerlo? —preguntó Yarber.

—Sí. Completamente.

El muchacho parecía sereno y decidido.

—Pues hazlo ahora mismo. Como si estuvieras dando un paseo. Despacio y con tranquilidad.

—Gracias, Finn.

—Que no te atrapen, hijo.

—No hay peligro.

Al llegar a la curva, Buster se alejó de la pista, cruzó la hierba recién cortada, recorrió los aproximadamente cien metros que lo separaban de unos arbustos y desapareció. Beech y Yarber lo vieron alejarse y después se volvieron de cara a la prisión. Spicer se estaba acercando tranquilamente a ellos. No se produjo la menor señal de alarma, ni en los patios, ni en los dormitorios, ni en ninguna de las demás dependencias del recinto penitencial. No había ningún guardia a la vista.

Cubrieron casi cinco kilómetros, doce vueltas, a un pausado ritmo de diez minutos por kilómetro, y, cuando les pareció suficiente, se retiraron al frescor de la sala para descansar y escuchar la noticia de la fuga. Tardarían varias horas en enterarse de algo.

El ritmo de Buster era mucho más rápido. Una vez en el bosque, el joven echó a correr sin mirar atrás. Contempló la posición del sol y se dirigió hacia el sur por espacio de media hora. El bosque no era muy espeso; la maleza era escasa y no dificultaba su avance. Pasó por delante de un puesto de caza de venados situado en un roble a seis metros de altura del suelo y no tardó en encontrar un sendero que se dirigía al sudoeste.

En el bolsillo anterior izquierdo de los pantalones llevaba dos mil dólares en efectivo que le había dado Finn Yarber. En el otro bolsillo anterior llevaba un mapa que Beech le había dibujado a mano. En el bolsillo posterior llevaba un sobre amarillo dirigido a un hombre llamado Al Konyers, en Chevy Chase, Maryland. Los tres elementos eran importantes, pero era el sobre lo que más interesaba a los miembros de la Hermandad.

Al cabo de una hora, se detuvo a descansar y a escuchar. Su primer objetivo era la autopista A1A. Discurría de este a oeste y Beech calculaba que la encontraría en cuestión de un par de horas. No oyó nada y echó a correr nuevamente.

Tenía que controlar su ritmo. Cabía la posibilidad de que su ausencia se detectara justo después del almuerzo, cuando los guardias recorrían a veces el recinto para efectuar una inspección de rutina. Si a alguno de ellos se le ocurría la idea de buscar a Buster, era posible que hicieran otras preguntas. Pero, tras haberse pasado dos semanas observando a los guardias, ni Buster ni ninguno de los miembros de la Hermandad lo consideraban probable.

Por consiguiente, disponía por lo menos de cuatro horas. Y seguramente muchas más, pues su horario de trabajo terminaba a las cinco, cuando devolvía la desyerbadora a su sitio. Al ver que no aparecía, empezarían a buscarlo por la prisión. Al término de una búsqueda de dos horas, comunicarían a la policía de los alrededores que se había fugado otro recluso de Trumble. Los prisioneros nunca iban armados y no eran peligrosos, por lo que nadie se lo tomaba demasiado en serio. No se organizaban equipos de búsqueda. No se utilizaban sabuesos. Ningún helicóptero sobrevolaba el bosque. El sheriff del condado y sus agentes patrullarían por las principales carreteras y advertirían a los ciudadanos para que cerraran sus puertas.

El nombre del fugado se introducía en un ordenador nacional. Vigilaban su casa y la de sus familiares y esperaban a que cometiera alguna estupidez.

Después de noventa minutos de libertad, Buster se detuvo un momento y oyó el rugido de un camión de gran tonelaje no muy lejos del lugar donde se encontraba. El bosque terminaba bruscamente en un arcén, y allí estaba la autopista. Según el mapa de Beech, la ciudad más cercana se encontraba a varios kilómetros al oeste. Su intención era seguir el trazado de la autopista utilizando las cunetas y los puentes para esquivar el tráfico hasta que encontrara alguna señal de civilización.

Buster vestía la ropa normal de la cárcel, que consistía en unos pantalones caqui y una camisa verde aceituna de manga corta, ambos oscurecidos por el sudor. Los habitantes de la zona sabían cómo vestían los reclusos, por lo que, si alguien lo hubiera visto caminando por el arcén de la A1A, habría avisado al sheriff. En la ciudad, búscate otra ropa, le habían indicado Beech y Spicer. Cómprate un billete de autobús y no dejes de correr.

Se pasó tres horas escondiéndose detrás de los árboles y saltando por encima de las zanjas del borde de la carretera antes de descubrir las primeras casas. Se apartó de la autopista y cruzó un henar. Un perro le gruñó al ver que entraba en una calle bordeada de caravanas. Detrás de una de ellas vio una cuerda de tender la ropa con la colada puesta a secar en medio del aire inmóvil. Tomó un jersey rojo y blanco y se quitó la camisa verde aceituna.

El centro de la ciudad no consistía más que en dos manzanas de tiendas, un par de gasolineras, un banco, una especie de edificio del Ayuntamiento y una oficina de correos. En un establecimiento de venta con descuento se compró unos pantalones cortos de tejido vaquero, una camiseta y unas botas. La oficina de correos estaba en el interior del ayuntamiento. Sonrió y les dio en silencio las gracias a sus amigos de Trumble mientras introducía su valioso sobre en la ranura de Otros Destinos.

Tomó un autobús para dirigirse a Gainesville, donde, por cuatrocientos ochenta dólares, se compró un viaje en autobús a cualquier parte de Estados Unidos durante sesenta días. Quería perderse en México.

30

Las primarias de Pennsylvania del 25 de abril representarían el último y más extraordinario esfuerzo del gobernador Tarry. Sin dejarse vencer por el desánimo a pesar de su lamentable actuación en el debate que había mantenido dos semanas atrás en aquel estado, se entregó a la campaña con todo su entusiasmo, pero con muy poco dinero. «Se lo ha quedado todo Lake», proclamaba a los cuatro vientos, fingiendo enorgullecerse de su pobreza. Se pasó once días seguidos sin abandonar el estado. Obligado a desplazarse en una gran caravana Winnebago, comía en las casas de sus partidarios, se alojaba en baratos moteles y se agotaba estrechando manos y recorriendo barrios enteros a pie.

—Hablemos de cuestiones decisivas —decía en tono suplicante—, no de dinero.

Lake también estaba esforzándose al máximo en Pennsylvania. Su avión viajaba diez veces más rápido que el vehículo de recreo de Tarry. Estrechaba más manos, pronunciaba más discursos y gastaba efectivamente mucho más dinero.

El resultado era previsible. Lake obtuvo el setenta y uno por ciento de los votos y su victoria fue tan humillante para Tarry que éste expresó abiertamente su intención de retirarse. No obstante decidió resistir por lo menos una semana más, hasta las primarias de Indiana.

Su equipo de colaboradores lo había abandonado. Debía once millones de dólares. Lo habían expulsado del cuartel general de su campaña en Arlington.

Sin embargo, quería que los buenos ciudadanos de Indiana tuvieran la ocasión de ver su nombre en las papeletas.

Quién sabía, tal vez el nuevo y reluciente jet de Lake se incendiara como el anterior.

Tarry se lamió las heridas y, al día siguiente de las primarias, prometió seguir luchando.

Lake casi se compadecía de él y admiraba en cierto modo su decisión de resistir hasta la convención. Pero, como todo el mundo, también hacía sus cálculos. Le faltaban tan sólo cuarenta delegados para alzarse con la nominación y aún quedaban en juego casi quinientos. La carrera ya había terminado.

Después de Pennsylvania, los periódicos de todo el país confirmaron su nominación. Su hermoso y sonriente rostro aparecía en todas partes: era un milagro político. Muchos lo alababan como símbolo de la razón por la cual seguía funcionando el sistema: un desconocido surgido de la nada, conseguía despertar el interés del electorado. La campaña de Lake alentaba las esperanzas de todos los que soñaban con la presidencia. No era necesario pasarse muchos meses pateándose los caminos vecinales de Iowa. Era posible prescindir de New Hampshire que, a fin de cuentas, era un estado muy pequeño.

Pero también le reprochaban haber comprado la nominación. Antes de Pennsylvania, se le calculaban unos gastos de cuarenta millones de dólares. No se podían aportar datos más precisos, porque el dinero se gastaba en muchos frentes. El CAP-D y media docena de otros importantes grupos de presión que trabajaban para Lake habían invertido veinte millones más.

Ningún otro candidato de la historia había desembolsado jamás semejante cantidad de dinero.

Las críticas le dolían y lo perseguían día y noche. No obstante, prefería el dinero y la nominación a soportar lo contrario.

Las grandes fortunas ya no eran un tabú. Las empresas *on-line* estaban ganando miles de millones de dólares. ¡Y nada menos que el Gobierno de la nación, el más inepto de todos los organismos, registraba un superávit! Casi todo el mundo tenía trabajo, una hipoteca asequible y un par de automóviles. Las incesantes encuestas le habían hecho creer que a los votantes no les importaba la cuestión del dinero. En un muestreo realizado en noviembre, Lake estaba prácticamente empatado con el vicepresidente.

Una vez más, Lake regresó a Washington de sus guerras en el Oeste convertido en un heroico triunfador. Aaron Lake, el pobre congresista de Arizona, se había convertido en el hombre del momento.

Durante un tranquilo y pausado desayuno, los miembros de la Hermandad leyeron el periódico de Jacksonville, el único que estaba permitido en Trumble. Se alegraban mucho por Aaron Lake. Es más, estaban encantados de que hubiera obtenido la nominación. Ahora ellos se contaban entre sus más ardientes partidarios. Corre, Aaron, corre.

La noticia de la fuga de Buster apenas había provocado revuelo alguno. Bien por él, decían los reclusos. Era sólo un chiquillo con una condena muy larga. Corre, Buster, corre.

La fuga no se mencionaba en el periódico de la mañana. Se lo fueron pasando de mano en mano y lo leyeron todo menos los anuncios clasificados y las esquelas. Ahora estaban esperando. No escribirían más cartas; y tampoco las recibirían, pues habían perdido a su correo. Su pequeña estafa se hallaba en suspenso hasta que recibieran noticias del señor Lake.

Wilson Argrow llegó a Trumble en una furgoneta verde sin identificación, flanqueado por dos alguaciles. Había volado con sus escoltas desde Miami a Jacksonville, todo a expensas de los contribuyentes.

Según su documentación, había cumplido cuatro meses de una condena de sesenta meses por fraude bancario. Había solicitado el traslado por razones que no estaban muy claras, pero que en Trumble no importaban a nadie. Era un preso más entre los muchos que allí había. A los reclusos los trasladaban constantemente de sitio.

Tenía treinta y nueve años, estaba divorciado, era universitario y la dirección que constaba en los archivos de la cárcel era Coral Gables, Florida. Su verdadero nombre era Kenny Sands, un veterano que llevaba once años trabajando para la CIA y que, a pesar de no haber visto jamás una cárcel por dentro, había cumplido misiones mucho más arriesgadas que la de Trumble. Se pasaría un par de meses allí y después pediría otro traslado.

Mientras se llevaban a cabo los preceptivos trámites burocráticos, Argrow mantuvo la impasible apariencia de un veterano de la cárcel, pero se notaba un nudo en el estómago. Le habían asegurado que en Trumble no se toleraban los actos de violencia y no cabía duda de que sabía cuidar perfectamente de sí mismo, pero una cárcel era una cárcel. Un ayudante del director lo sometió a una hora de orientación y después lo acompañaron en un rápido recorrido por las instalaciones. Empezó a relajarse cuando vio las instalaciones con sus propios ojos. Los guardias no iban armados y casi todos los reclusos parecían bastante inofensivos.

Su compañero de celda era un viejo con una rala barba blanca, un profesional de la delincuencia que había conocido muchas cárceles y se encontraba muy a gusto en Trumble. Según comentó a Argrow, tenía previsto morirse allí. El hombre lo acompañó a almorzar y le explicó los caprichos del menú. Después le mostró la sala de juegos, donde unos grupos de sujetos gordinflones se sentaban alrededor de las mesas plegables y estudiaban sus cartas, cada uno con un cigarrillo colgado de los labios.

—El juego está prohibido —le explicó su compañero de celda, guiñándole el ojo.

Salieron a la zona deportiva del exterior, donde los más jóvenes sudaban bajo el sol, manteniendo su bronceado mientras ejercitaban los músculos. Le señaló una pista a lo lejos.

—Te va a encantar el Gobierno federal —le dijo.

Después le mostró la biblioteca, un lugar que él jamás visitaba, y le señaló un rincón.

—Aquélla es la biblioteca jurídica —explicó.

—¿Quién la utiliza? —preguntó Argrow.

—Suele haber algunos abogados por aquí. Ahora mismo tenemos unos jueces.

—¿Unos jueces?

—Tres.

Al viejo no le interesaba la biblioteca. Argrow lo siguió a la capilla y después volvieron a efectuar un recorrido por las instalaciones.

Argrow dio las gracias a su amable compañero y después se excusó y regresó a la biblioteca, en la que sólo había un recluso fregando el suelo. Se dirigió al rincón y abrió la puerta de la biblioteca jurídica.

379

Joe Roy Spicer levantó los ojos de la revista que estaba leyendo y vio a un hombre a quien jamás había visto.

—¿Busca algo? —le preguntó sin hacer el menor intento de echarle una mano.

Argrow reconoció su rostro por haberlo visto en su expediente. Un ex juez de paz que robaba los beneficios de un bingo. Qué comportamiento tan miserable.

—Soy nuevo —contestó, esbozando una tímida sonrisa—. ¿Esto es la biblioteca jurídica?

—Pues sí.

—Supongo que cualquiera puede utilizarla, ¿verdad?

—Supongo que sí —contestó Spicer—. ¿Es usted abogado?

—No, banquero.

Unos meses atrás, Spicer lo hubiera acosado para que les encomendara a él y a sus dos compañeros alguna tarea jurídica, bajo mano, por supuesto. Pero ahora ya no. Ya no necesitaban chanchullos de poca monta. Argrow miró a su alrededor, pero no vio a Beech ni a Yarber. Se disculpó y regresó a su celda.

Ya había establecido el primer contacto.

El plan de Lake para librarse de todos los recuerdos de Ricky y de su desdichada correspondencia con él dependía de otra persona. Él, Lake, tenía demasiado miedo y se había vuelto demasiado famoso como para atreverse a salir disfrazado en plena noche, acomodarse en el asiento de atrás de un taxi y recorrer los barrios periféricos hasta llegar a un servicio de apartados de correos abierto toda la noche. Los riesgos eran demasiado grandes; además, albergaba serias dudas de que pudiera sacudirse de encima a los del servicio secreto. No hubiera podido contar el número de agentes que ahora se encargaban de su protección. Y no le hubiera sido posible porque le resultaba imposible verlos a todos.

La joven se llamaba Jayne. Se había incorporado a la campaña en Wisconsin y se había abierto rápidamente camino hasta el círculo interior. Al principio había sido voluntaria, pero ahora ganaba cincuenta y cinco mil dólares al año como ayudante personal del señor Lake, que confiaba plenamente en ella. Raras veces se apartaba de su lado y ambos habían mantenido dos breves charlas acerca del futuro trabajo de Jayne en la Casa Blanca.

En el momento más propicio, Lake le entregaría a Jayne la llave de la casilla alquilada a nombre del señor Al Konyers, le pediría que retirara la correspondencia, liquidara el alquiler y no dejara ninguna dirección de contacto. Le diría que era un apartado que había alquilado para controlar la venta de contratos de defensa secretos en la época en que pensaba que los iraníes estaban comprando datos que no hubieran tenido que conocer. O una patraña por el estilo. Ella lo creería porque quería confiar en él.

Con suerte, no habría ninguna carta de Ricky. El apartado de correos se cerraría. Y si hubiera alguna carta y Jayne mostrara curiosidad por ella, él le diría que no tenía ni idea de quién era aquella persona. Seguro que Jayne ya no le haría más preguntas. Su mejor característica era una lealtad ciega.

Esperó el momento más propicio. Pero esperó demasiado.

31

Llegó sana y salva entre un millón de cartas más, toneladas de papel enviadas a la capital para mantener un día más al Gobierno. Fue clasificada primero por el código postal y después según la calle. Tres días después de que Buster la echara al correo, la última carta de Ricky a Al Konyers llegó a Chevy Chase. La encontró un equipo de vigilancia en el transcurso de un registro rutinario de Mailbox America. El sobre fue examinado y llevado rápidamente a Langley.

Teddy estaba solo en su despacho entre dos sesiones de información cuando Deville entró precipitadamente, sosteniendo en la mano una delgada carpeta.

—La hemos recibido hace treinta minutos —dijo, y entregó a su jefe tres hojas de papel—. Es una copia. El original está en la carpeta.

El director se ajustó las gafas bifocales y contempló las copias antes de empezar a leer. El matasellos era de Jacksonville, como siempre. La caligrafía le era sobradamente conocida. Ya antes de empezar a leer comprendió que se estaban enfrentando con un grave problema:

Querido Al,
En tu última carta tratabas de dar por finalizada nuestra correspondencia. Lo siento, pero no va a ser tan fácil. Iré directamente al grano. Yo no soy Ricky

382

y tú no eres Al. Estoy en una cárcel y no en una lujosa clínica de desintoxicación.

Sé quién es usted, señor Lake. Sé que está disfrutando de un año fabuloso, que hasta acaba de conseguir la nominación y que le sigue lloviendo el dinero. Aquí en Trumble nos dan periódicos y yo he estado siguiendo su exitosa carrera con gran orgullo.

Ahora que ya sé quién es realmente Al Konyers, estoy seguro de que usted querrá que yo guarde nuestro pequeño secreto. Tendré mucho gusto en guardar silencio, pero eso le va a salir por un ojo de la cara.

Necesito dinero y quiero salir de la cárcel. Sé guardar secretos y también sé negociar.

El dinero es lo más fácil, porque usted lo tiene a espuertas. Mi puesta en libertad será algo más complicada, pero usted está adquiriendo toda suerte de poderosos amigos. Estoy seguro de que ya se le ocurrirá algo.

Yo no tengo nada que perder y estoy dispuesto a hundirlo si usted no negocia conmigo.

Me llamo Joe Roy Spicer. Estoy preso en la prisión federal de Trumble. Busque la manera de ponerse en contacto conmigo y hágalo rápido.

No pienso desaparecer.

Sinceramente,

Joe Roy Spicer

La siguiente sesión de información fue anulada. Deville localizó a York y, diez minutos más tarde, ambos se encerraron en el búnker con su jefe.

Matarlos fue la primera posibilidad que analizaron. Argrow lo podría hacer con las herramientas apropiadas: píldoras, venenos y cosas por el estilo. Yarber podría fallecer mientras dormía. Spicer podría caer repentinamente muerto. Y a Beech, el hipocondríaco, le podrían recetar un medicamento inadecuado en la enfermería de la cárcel. No estaban en muy buena forma ni gozaban de muy buena salud, y estaba claro que no constituirían ningún problema para Argrow. Una mala caída, un hombre desnucado. Había muchas maneras de conseguir que pareciera natural o accidental.

Se tendría que hacer muy rápido, mientras estuvieran esperando la respuesta de Lake.

Pero sería engorroso e innecesariamente complicado. Tres muertos de golpe en una pequeña e inofensiva prisión como Trumble. Y, por si fuera poco, tres íntimos amigos que se pasaban casi todo el día juntos, y morirían de distintas maneras en un período de tiempo muy breve. Provocaría un alud de sospechas. ¿Y si Argrow empezaba a despertar sospechas? Ante todo, se desconocían sus antecedentes.

Por otra parte, temían la reacción de Trevor. Dondequiera que estuviera, cabía la posibilidad de que el abogado se enterara de las muertes. La noticia lo asustaría más de lo que ya estaba, y podía inducirle a comportarse de manera imprevisible. A lo mejor, sabía más de lo que ellos imaginaban.

Deville elaboraría planes con vistas a la eliminación de los tres jueces, pero Teddy se mostraba muy reacio. No tenía el menor escrúpulo en matarlos, pero no estaba convencido de que con ello lograran proteger a Lake.

¿Y si los miembros de la Hermandad se lo hubieran comentado a alguien?

Había demasiadas incógnitas. Elabore los planes, le dijeron a Deville, pero sólo acudirían a este recurso cuando se hubieran descartado las restantes alternativas.

Todas las hipótesis estaban sobre la mesa. York planteó la posibilidad de que se devolviera la carta al apartado de correos para que Lake la encontrara. Al fin y al cabo, el culpable de aquel lío era él.

—No sabría qué hacer —objetó Teddy.

—¿Y nosotros sí?

—Todavía no.

La idea de que Aaron Lake reaccionara ante aquella encerrona y tratara en cierto modo de silenciar a los miembros de la Hermandad resultaba casi ridícula, pero contenía un poderoso elemento de justicia. Lake había provocado aquel desastre; que él se encargara de arreglarlo.

—En realidad, quienes lo hemos provocado hemos sido nosotros —señaló Teddy— y nosotros lo arreglaremos.

No podían prever y, por consiguiente, controlar, lo que haría Lake. El muy insensato había conseguido escapar de su vigilancia el tiempo suficiente como para echar una carta al correo. Y había sido tan tonto que ahora los miembros de la Hermandad sabían quién era.

Por no hablar de lo más evidente: Lake era el tipo de persona que se carteaba en secreto con un amigo epistolar gay. Llevaba una doble vida y no era muy de fiar.

Discutieron por un momento la posibilidad de un careo con Lake. York había sido partidario de una confrontación desde la primera carta de Trumble, pero Teddy no estaba convencido. Las horas de sueño que había perdido preocupándose por Lake siempre habían estado llenas de pensamientos y esperanzas de acabar con aquella correspondencia mucho antes de que se llegara al extremo al que ahora se veían abocados.

Oh, cuánto le hubiera gustado una confrontación con Lake. Cuánto le hubiera gustado que Lake se sentara en aquel sillón y él le empezara a mostrar en la pantalla las copias de todas aquellas malditas cartas. Y una copia del anuncio de *Out and About*. Le hablaría del señor Quince Garbe de Barkers, Iowa, otro idiota que había caído en la trampa, y de Curtis Vann Gates, de Dallas. «¿Cómo pudo ser usted tan estúpido?», le hubiera gustado gritarle a Aaron Lake.

Pero Teddy tenía la mirada puesta en un escenario más grande. Los problemas de Lake no eran nada comparados con la urgencia de la defensa nacional. Los rusos se estaban preparando, y cuando Natty Chenkov y el nuevo régimen se adueñaran del poder, el mundo cambiaría para siempre.

Teddy había neutralizado a hombres mucho más poderosos que los tres jueces delincuentes que se estaban pudriendo en una prisión federal. Su punto fuerte era la meticulosa planificación. La paciente y aburrida planificación.

La reunión fue interrumpida por un mensaje del despacho de Deville. El pasaporte de Trevor Carson había sido detectado en un control de salidas del aeropuerto de Hamilton, Bermudas. Había tomado un vuelo con destino a San Juan de Puerto Rico que aterrizaría en cuestión de cincuenta minutos.

—¿Sabíamos que estaba en las Bermudas? —preguntó York.

—No, no lo sabíamos —contestó Deville—. Está claro que debió de entrar sin utilizar el pasaporte.

—A lo mejor no está tan borracho como creemos.

—¿Tenemos a alguien en Puerto Rico? —preguntó Teddy con una leve emoción en la voz.

—Pues claro.

—Sigámosle el rastro.

—¿Han cambiado los planes sobre el bueno de Trevor? —preguntó Deville.

—No, en absoluto —contestó Teddy—. En absoluto.

Deville se retiró para abordar la última crisis de Trevor. Teddy llamó a un asistente y pidió una infusión de menta. York estaba releyendo la carta.

—¿Y si los separáramos? —preguntó cuando se quedó a solas con su jefe

—Sí, yo también había pensado en eso. Hacerlo con la mayor rapidez posible para que no tengan tiempo de discutir sus planes. Enviarlos a tres prisiones separadas, colocarlos en celdas de aislamiento durante un determinado período de tiempo, asegurarse de que no puedan utilizar el teléfono ni enviar ni recibir correspondencia. Pero entonces, ¿qué? Seguirían guardando su secreto. Y cualquiera de ellos podría destruir a Lake.

—No sé si tenemos contactos en la Dirección de Prisiones.

—No resultaría imposible. En caso necesario, mantendré una charla con el fiscal general.

—¿Desde cuándo somos amigos del fiscal general?

—Es una cuestión de seguridad nacional.

—¿Tres jueces corruptos que cumplen condena en una prisión federal de Florida pueden hacer peligrar en cierto modo la seguridad nacional? Me encantaría presenciar la charla.

Teddy tomó un sorbo de té con los ojos cerrados, sujetando la taza con las dos manos.

—Es demasiado peligroso —musitó—. Si provocamos su enojo, el comportamiento de estos jueces podría volverse más caprichoso e imprevisible. En este asunto no podemos correr ningún riesgo.

—Supongamos que Argrow consigue encontrar sus archivos —dijo York—. Pensémoslo. Se trata de unos estafadores, de unos criminales convictos. Nadie se creerá su historia sobre Lake a menos que aporten pruebas. Las pruebas son documentos, hojas de papel, originales y copias de la correspondencia. Las pruebas se hallan en algún lugar. Si las encontramos y nos apoderamos de ellas, ¿quién les creerá?

Teddy tomó otro sorbo de infusión con los ojos cerrados e hizo una prolongada pausa. Después cambió ligeramente de posición en la silla de ruedas y esbozó una mueca de dolor.

—Muy cierto —asintió en tono pausado—. Pero me preocupa que haya alguien en el exterior, alguien sobre quien nosotros no sepamos nada. Estos tipos se encuentran un paso por delante de nosotros y siempre lo estarán. Llevamos algún tiempo tratando de averiguar lo que saben. No estoy muy seguro de que alguna vez consigamos darles alcance. A lo mejor, ya han pensado en la posibilidad de perder los archivos. Estoy seguro de que las normas de la prisión no permiten conservar semejante documentación, por lo que seguramente ya los tengan escondidos. Las cartas de Lake son demasiado valiosas como para no copiarlas y guardarlas en el exterior.

—Trevor era su cartero. Durante todo el mes pasado hemos visto todas las cartas que sacó de Trumble.

—Eso es lo que creemos. Pero no estamos seguros.

—Pero ¿quién podría ser?

—Spicer tiene mujer. Ella lo ha visitado. Yarber se está divorciando, pero cualquiera sabe lo que estarán haciendo. Ella lo ha visitado en los últimos tres meses. También podrían haber sobornado a los guardias para que se encargaran de su correspondencia. Estos hombres se aburren, son más listos que el hambre y tremendamente ingeniosos. No podemos dar por sentado que sabemos todo lo que se llevan entre manos. Si cometemos un error, si damos por sentadas demasiadas cosas, ellos obligarán al señor Aaron Lake a salir de su escondite.

—¿Cómo? ¿Cómo podrían hacerlo?

—Probablemente, estableciendo contacto con un periodista, mostrándole una carta para que se convenciera. Daría resultado.

—La prensa armaría un escándalo.

—Cabe en lo posible, York. Y nosotros no podemos permitir de ninguna manera que ocurra.

Deville regresó corriendo. Las autoridades de las Bermudas habían informado al servicio de aduanas estadounidense diez minutos después de la salida del vuelo hacia San Juan. Faltaban dieciocho minutos para que Trevor tomara tierra.

Trevor estaba siguiendo el camino de su dinero. Había adquirido rápidamente las nociones básicas acerca de los giros telegráficos y ahora estaba perfeccionando aquel arte. En las Bermudas, había enviado la mitad del dinero a un banco de Suiza y la otra mitad a un banco de Gran Caimán. ¿Al este o al oeste? Ésta había sido la gran pregunta. El primer vuelo que salía de las Bermudas iba a Londres, pero la idea de pasar por el aeropuerto de Heathrow le atemorizaba. No era un hombre buscado, al menos por parte del Gobierno. No se había formulado ninguna acusación contra él ni tenía ningún asunto pendiente con la justicia. Sin embargo la aduana británica era muy competente. Iría hacia el oeste y probaría suerte en el Caribe.

Aterrizó en San Juan, entró directamente en un bar, pidió una cerveza de barril y estudió los vuelos. No tenía prisa, no estaba sometido a presión y llevaba un montón de dinero en el bolsillo. Podía ir adonde quisiera, hacer lo que le diera la gana y tomarse todo el tiempo que se le antojara. Saboreó otra cerveza de barril y decidió pasarse unos cuantos días en Gran Caimán, donde estaba su dinero. Se dirigió al mostrador de Air Jamaica, compró un billete y regresó al bar, pues ya eran casi las cinco y aún faltaba media hora para el embarque.

Voló en primera, naturalmente. Subió a bordo prontito para poder tomarse otra copa y, mientras contemplaba a los pasajeros que pasaban por su lado, vio un rostro que le resultó conocido.

¿Dónde estaba ahora? Lo había visto hacía justo un momento en el aeropuerto. Un rostro delgado, enjuto, con una perilla entrecana y unos ojillos que parecían unas rendijas detrás de unas gafas de montura cuadrada. Los ojos lo miraron justo el tiempo suficiente para cruzarse con los suyos y después se apartaron como si nada.

Lo había visto cerca del mostrador de la compañía mientras se retiraba tras haber comprado el billete. El rostro lo estaba observando. El hombre se encontraba a dos pasos, estudiando los anuncios de salidas.

Cuando uno huye de algo, todas las miradas furtivas, las segundas miradas y los ojos sin rumbo le resultan más sospechosos. Si ves un rostro una vez, ni te enteras. Pero, si lo vuelves a ver media hora más tarde, crees que alguien está vigilando todos tus movimientos.

Deja de beber, se ordenó a sí mismo Trevor. Pidió un café después del despegue y se lo tomó rápidamente. Fue el primer pasajero que abandonó el avión en Kingston y el primero en cruzar la terminal y el control de inmigración. Ni rastro del hombre que lo seguía. Tomó sus dos pequeñas maletas y corrió a la parada de taxis.

32

El periódico de Jacksonville llegaba a Trumble sobre las siete de la mañana. Cuatro ejemplares se llevaban a la sala de juegos para que los leyeran los reclusos que se interesaban por la vida del exterior y los volvieran a dejar en su sitio. Casi siempre, el único que esperaba a las siete era Joe Roy Spicer, que solía llevarse un ejemplar para estudiar los datos de Las Vegas a lo largo de todo el día. La escena raras veces cambiaba: Spicer, con un alto vaso de poliestireno de café y los pies apoyados en la mesa de jugar a las cartas, esperaba a que Roderick, el guardia, apareciera con los periódicos.

En consecuencia, Spicer fue el primero en enterarse de la noticia. Figuraba en la parte inferior de la primera plana. Trevor Carson, un abogado de la ciudad que había desaparecido por motivos todavía no aclarados, había sido encontrado muerto la víspera con dos disparos en la cabeza poco después del anochecer, delante de un hotel de Kingston, Jamaica. Spicer observó que la noticia no iba acompañada de ninguna fotografía. ¿Por qué iba el periódico a tener una imagen del abogado en sus archivos? ¿A quién le importaba que Trevor muriera?

Según las autoridades de Jamaica, Carson era un turista que, al parecer, había sido víctima de un atraco. Una fuente no identificada cercana al lugar de los hechos había comunicado confidencialmente a la policía la identidad del señor Carson, cuyo billetero no había sido encontrado. Por lo visto, la fuente sabía muchas cosas.

El párrafo que resumía la carrera jurídica de Trevor era bastante exiguo. Una antigua secretaria, una tal Jan no sé qué, no tenía ningún comentario que hacer. La noticia se había redactado a toda prisa y publicado en la primera plana sólo porque la víctima era un abogado asesinado. Finn se encontraba al fondo de la pista rodeando la curva a un ritmo muy rápido en medio de la húmeda atmósfera de primera hora de la mañana, ya sin camisa. Spicer esperó a que llegara a la recta final y le entregó el periódico sin pronunciar palabra.

Encontraron a Beech en la cola de la cafetería con su bandeja de plástico, contemplando tristemente los míseros montones de huevos recién revueltos. Se sentaron los tres juntos en un rincón, lejos de todos los demás, y comieron muy despacio, hablando en voz baja.

—Si huía, ¿de quién demonios lo hacía?

—A lo mejor Lake lo perseguía.

—No sabía que era Lake. No tenía la menor pista.

—En ese caso, huía de Konyers. La última vez que estuvo aquí, dijo que Konyers era el hombre. Dijo que Konyers sabía quiénes éramos y al día siguiente desapareció.

—A lo mejor tenía miedo. Konyers se enfrentó con él, lo amenazó con revelar su papel en nuestra estafa y entonces Trevor, que no era un sujeto muy equilibrado que digamos, decidió robar cuanto pudiera y desaparecer.

—A quién pertenece el dinero que ha desaparecido, eso es lo que quisiera saber.

—Nadie sabe nada acerca de nuestro dinero. ¿Cómo puede haber desaparecido?

—Probablemente Trevor robó a todas las personas que pudo y después se esfumó. Ocurre muy a menudo.

Los abogados se meten en líos y se arruinan. Entonces se quedan con los fondos fiduciarios de los clientes y se largan.

—Ah, ¿sí? —dijo Spicer.

Beech recordaba tres casos y Yarber añadió otros dos para redondear el ejemplo.

—Pues, ¿quién lo ha matado?

—Puede que no fuera una zona muy segura.

—¿Delante del hotel Sheraton? No creo.

—Bueno pues, ¿y si Konyers lo ha liquidado?

—Es muy posible. A lo mejor, Konyers descubrió su identidad y se enteró de que era el contacto exterior de Ricky. Ejerció presión sobre él, lo amenazó con echarle el guante o algo por el estilo y Trevor huyó al Caribe. Trevor ignoraba que Konyers era Aaron Lake.

—Y está claro que Lake tiene dinero y poder suficiente para localizar a un abogado borracho.

—¿Y nosotros? En estos momentos, Lake sabe que Ricky no es Ricky, que aquí Joe Roy es quien toma las decisiones y que tiene amigos en el interior de esta prisión.

—Pero ¿cómo puede llegar hasta nosotros?

—Creo que yo seré el primero en averiguarlo —dijo Spicer, soltando una carcajada nerviosa.

—Pero siempre cabe la posibilidad de que Trevor estuviera en una mala zona de la ciudad, probablemente borracho como una cuba y tratando de ligar con alguna mujer cuando le pegaron los tiros.

Todos se mostraron de acuerdo en que tal hipótesis era efectivamente posible y en que Trevor era lo bastante tonto como para dejarse matar. Que descansara en paz. Siempre y cuando no les hubiera robado el dinero.

Los tres se separaron durante aproximadamente una hora. Beech se fue a la pista de atletismo para pasear y pensar. Yarber se fue puntualmente a intentar arreglar un ordenador en el despacho del capellán, a veintidós centavos la hora. Spicer se dirigió a la biblioteca, donde encontró al señor Argrow leyendo unos libros de Derecho.

La biblioteca jurídica estaba abierta, no era necesario concertar ninguna cita para utilizarla, pero según una norma tácita había que pedir permiso por lo menos a uno de los miembros de la Hermandad para poder utilizar sus libros. Argrow era nuevo y era evidente que aún no conocía las normas. Spicer decidió darle una oportunidad.

Se saludaron con una inclinación de cabeza y después Spicer se puso a ordenar las mesas y arreglar los libros.

—Corren rumores de que ustedes se dedican a hacer trabajos jurídicos —comentó Argrow desde el otro extremo de la estancia.

—Aquí se oyen toda clase de rumores.

—He recurrido mi sentencia.

—¿Qué ocurrió en el juicio?

—Me condenaron por tres delitos de fraude bancario y por ocultación de dinero en las Bahamas. El juez me condenó a sesenta meses. Ya he cumplido cuatro. No estoy muy seguro de que pueda aguantar los cincuenta y seis que me quedan. Necesito que me echen una mano en los recursos.

—¿En qué tribunal?

—El de las islas Vírgenes. Trabajaba en un importante banco de Miami. Allí había mucho dinero procedente del narcotráfico.

—¿O sea que era usted banquero?

Argrow era muy rápido y locuaz y tenía muchas ganas de hablar, lo cual irritó un poco a Spicer, pero no demasiado. La referencia a las Bahamas despertó inmediatamente su curiosidad.

—Lo era. No sé por qué motivo, me empecé a interesar por el blanqueo de dinero. Cada día pasaban por mis manos decenas de millones de dólares y caí en la tentación. Podía trasladar el dinero sucio con más rapidez que cualquier banquero del sur de Florida. Y todavía soy capaz de hacerlo. Pero me busqué malas compañías y llevé a cabo acciones poco recomendables.

—¿Reconoce que es culpable?

—Pues claro.

—En tal caso, aquí entrará usted a formar parte de una distinguida minoría.

—No, sé que obré mal, pero creo que la sentencia fue demasiado dura. Alguien me dijo que ustedes pueden conseguir que se rebajen las penas.

A Spicer dejaron de importarle las mesas desordenadas y los libros colocados de cualquier manera. Tomó una silla, pues, de repente, sintió que disponía de tiempo para hablar.

—Podemos echar un vistazo a sus papeles —dijo, como si hubiera manejado miles de recursos.

Serás imbécil, hubiera querido decirle Argrow. Ni siquiera terminaste el bachillerato y robaste un automóvil a los diecinueve años. Tu padre echó mano de ciertas influencias y consiguió que no te condenaran. Lograste ser elegido juez de paz porque hiciste votar a los muertos y metiste en las urnas montones de votos por correo, y ahora que estás encerrado en una prisión federal, pretendes hacerte pasar por un gran personaje.

Y ahora, señor Spicer, reconoció Argrow, tiene usted el poder de derribar al futuro presidente de Estados Unidos.

—¿Cuánto me puede costar? —preguntó Argrow.

—¿De cuánto dispone? —preguntó Spicer, tal como suelen hacer los abogados de verdad.

—No mucho.

—Creía que sabía ocultar dinero en las islas.

—Es cierto, créame. Llegué a tener mucho dinero, pero lo perdí.

—O sea, que no puede pagar nada.

—No mucho. Quizás unos dos mil dólares, aproximadamente.

—¿Y su abogado?

—Él fue el culpable de que me condenaran. Ahora no me queda suficiente dinero para contratar a otro.

Spicer analizó un momento la situación y comprendió que echaba de menos a Trevor. Todo resultaba mucho más fácil cuando él estaba fuera y se encargaba de manejar el dinero.

—¿Sigue teniendo contactos en las Bahamas?

—Tengo contactos por todo el Caribe. ¿Por qué?

—Porque tendrá que enviar el dinero por giro telegráfico. Aquí el dinero en efectivo está prohibido.

—¿Quiere que envíe dos mil dólares?

—No, quiero que envíe cinco mil. Son nuestros honorarios mínimos.

—¿Dónde está su banco?

—En las Bahamas.

Argrow entornó los ojos. Frunció el ceño y, mientras él se enfrascaba profundamente en sus pensamientos, lo mismo hizo Spicer en los suyos. Ambas mentes estaban a punto de encontrarse.

—¿Por qué en las Bahamas?

—Por el mismo motivo que usted utilizó ese lugar.

Los pensamientos se arremolinaron en ambas cabezas.

—Permítame que le haga una pregunta —dijo Spicer—. Me ha dicho que era capaz de mover el dinero sucio con más rapidez que nadie.

Argrow asintió.

—No hay problema —aseguró.

—¿Y todavía lo puede hacer?

—¿Desde aquí, quiere decir?

—Sí, desde aquí.

Argrow se echó a reír y se encogió de hombros como si fuera la cosa más fácil del mundo.

—Pues claro. Aún me quedan algunos amigos.

—Reúnase aquí conmigo dentro de una hora. Puede que cerremos un trato.

Una hora más tarde Argrow regresó a la biblioteca jurídica y encontró a los tres jueces ya acomodados detrás de una mesa tan llena de papeles y libros de Derecho como si el Tribunal Supremo de Florida estuviera celebrando una reunión. Spicer lo presentó a Beech y Yarber, y él se sentó al otro lado de la mesa. No había nadie más en la estancia.

Hablaron un momento de su recurso, pero él tuvo la habilidad de no facilitar demasiados detalles. Aún esperaba que le enviaran los papeles desde la otra prisión y sin ellos apenas se podía hacer nada.

El recurso sólo era el preámbulo de la conversación y ambas partes lo sabían.

—El señor Spicer nos ha comentado que es usted un experto en el blanqueo de dinero —empezó Beech.

—Lo era hasta que me atraparon —dijo con modestia Argrow—. Tengo entendido que poseen ciertas cantidades.

—Tenemos una pequeña cuenta en las islas, es dinero que hemos ganado con nuestra actividad jurídica y algunos otros asuntos de los que no podemos hablar demasiado. Como usted sabe, no se nos permite cobrar por nuestra labor de asesoría jurídica.

—Aunque lo hacemos a pesar de todo —dijo Yarber—. Y nos pagan.

—¿Cuánto tienen en la cuenta? —preguntó Argrow, que conocía el saldo de la víspera hasta el último centavo.

—Eso lo vamos a dejar para más tarde —contestó Spicer—. Hay muchas probabilidades de que el dinero haya desaparecido.

Argrow hizo una momentánea pausa y consiguió poner cara de perplejidad.

—¿Cómo dice?

—Teníamos un abogado —contestó muy despacio Beech, midiendo cada una de sus palabras—. Desapareció y es posible que se haya llevado nuestro dinero.

—Ya. ¿Y la cuenta está en un banco de las Bahamas?

—Lo estaba. No estamos seguros de que todavía se encuentre allí.

—Lo dudamos mucho —puntualizó Yarber.

—Pero quisiéramos saberlo con certeza —añadió Beech.

—¿En qué banco? —preguntó Argrow.

—En el Geneva Trust de Nassau —contestó Spicer, mirando a sus compañeros.

Argrow asintió con aire de suficiencia, como si conociera ciertos oscuros y pequeños secretos de aquel banco.

—¿Conoce la entidad? —preguntó Beech.

—Pues claro —contestó Argrow, dejando las palabras en suspenso en el aire.

—¿Y qué? —dijo Spicer.

Argrow estaba tan pagado de sí mismo y de sus conocimientos que se levantó teatralmente, empezó a pasear por la pequeña biblioteca como si estuviera pensando y después volvió a acercarse a la mesa.

—Bueno, veamos, ¿qué quieren ustedes que haga? Será mejor que vayamos directamente al grano.

Los tres lo observaron y se miraron entre ellos. Era evidente que no estaban nada seguros de dos cosas: *(a)* hasta qué extremo podían fiarse de aquel hombre al que acababan de conocer, y *(b)* qué deseaban realmente de él.

Pero, puesto que mucho se temían que el dinero ya hubiera desaparecido, no tenían nada que perder.

—No somos demasiado sofisticados en eso de trasladar dinero sucio —dijo Yarber—. Como usted comprenderá, no era ésta nuestra vocación inicial. Disculpe nuestros escasos conocimientos, pero, ¿sabe si hay algún medio de comprobar si el dinero sigue estando donde debiera?

—Ignoramos si el abogado nos lo robó —añadió Beech.

—¿Quieren que compruebe el saldo de su cuenta secreta? —preguntó Argrow.

—Pues sí, eso es —contestó Yarber.

—No sabemos si conserva usted algunas amistades en el sector —dijo cautelosamente Spicer—. Y sentimos curiosidad por saber si hay alguna manera de efectuar esta operación.

—Están ustedes de suerte —dijo Argrow, haciendo una pausa para que sus palabras surtieran el debido efecto.

—¿Y eso? —preguntó Beech.

—Eligieron las Bahamas.

—En realidad, fue el abogado quien eligió el lugar —precisó Spicer.

—Da igual, los bancos de allí son bastante informales. Cuentan muchos secretos y es fácil sobornar a los empleados. Los que blanquean importantes cantidades de dinero negro procuran no acercarse a las Bahamas.

En estos momentos, el mejor sitio es Panamá y, como es natural, Gran Caimán sigue siendo más sólido que una roca.

Claro, claro, asintieron los tres. Las islas eran las islas, ¿verdad?

Otro ejemplo del riesgo que habían corrido al fiarse de un idiota como Trevor.

Argrow contempló sus perplejos rostros y comprendió lo poco que sabían. Para ser tres hombres capaces de trastocar todo el proceso electoral norteamericano, parecían terriblemente ingenuos.

—No ha contestado a nuestra pregunta —dijo Spicer.

—Todo es posible en las Bahamas.

—¿O sea que puede usted hacerlo?

—Puedo intentarlo, pero no les garantizo nada.

—Ahí va el trato —dijo Spicer—. Usted comprueba lo de nuestra cuenta y nosotros nos encargaremos de prepararle gratuitamente los recursos.

—No es mal trato —observó Argrow.

—No creíamos que lo fuera. ¿De acuerdo?

—De acuerdo.

Por un embarazoso instante, se miraron los unos a los otros, orgullosos de su mutuo acuerdo, pero sin saber muy bien qué más añadir.

—Necesito algunos datos sobre la cuenta —dijo Argrow finalmente.

—¿Como cuáles? —preguntó Beech.

—El nombre o el número.

—La cuenta está a nombre de Boomer Realty, Ltd. El número es 144-DXN-9593.

Argrow tomó unas notas en un trozo de papel.

—Tengo una curiosidad —dijo Spicer mientras los tres estudiaban detenidamente a Argrow—. ¿Cómo piensa comunicarse con sus contactos del exterior?

—Por teléfono —contestó Argrow sin levantar la cabeza.

—Pero no con los teléfonos de aquí —objetó Beech.

—Los teléfonos de aquí no son seguros —explicó Yarber.

—Los teléfonos de aquí no se pueden utilizar —puntualizó Spicer con cierta inquietud.

Argrow sonrió ante sus preocupaciones y después miró hacia atrás y se sacó del bolsillo de los pantalones una especie de instrumento de tamaño no superior al de una navaja de bolsillo que sostuvo entre el índice y el pulgar.

—Esto es un teléfono, caballeros —anunció.

Lo miraron con incredulidad y después contemplaron cómo lo extendía rápidamente por arriba y por abajo y también por uno de sus lados.

Pero, incluso debidamente abierto, el aparato parecía demasiado pequeño para mantener una conversación normal.

—Es digital —les explicó Argrow—. Muy seguro.

—¿Quién paga la cuenta mensual? —preguntó Beech.

—Tengo un hermano en Boca Raton. El teléfono y el servicio me los regaló él. —Argrow cerró hábilmente el aparato y éste desapareció de la vista. Después señaló la sala de reuniones que los jueces tenían a su espalda y que éstos utilizaban como despacho—. ¿Qué hay allí dentro? —preguntó.

—Es una sala de reuniones —contestó Spicer.

—No tiene ventanas, ¿verdad?

—Ninguna, sólo el cristal de la puerta.

—Muy bien. ¿Y si entro allí, utilizo el teléfono y me pongo a trabajar? Ustedes tres quédense aquí fuera a vigilar. Si entra alguien en la biblioteca, llamen con los nudillos a la puerta.

Los miembros de la Hermandad accedieron de mil amores, pese a no estar muy seguros de que Argrow pudiera ayudarles en algo.

La llamada se hizo a la furgoneta blanca aparcada a dos kilómetros y medio de Trumble, en un camino de grava de cuya conservación y mantenimiento se encargaba algunas veces el condado. El camino bordeaba un henar cultivado por un hombre al que todavía no conocían. La linde de la propiedad del Estado quedaba a menos de quinientos metros de distancia, pero desde el lugar donde se encontraba la furgoneta no se veía la menor señal de una prisión.

En la furgoneta sólo había dos técnicos, uno completamente dormido en el asiento anterior y el otro adormilado en el de atrás con los auriculares puestos. Cuando Argrow pulsó el botón de Enviar de su sofisticado artilugio, el receptor de la furgoneta se activó y ambos hombres se despertaron de golpe.

—Hola. Aquí Argrow.

—Sí, Argrow, aquí Chevy One, adelante —dijo el técnico de la parte de atrás.

—Estoy muy cerca de los tres chantajistas, fingiendo llamar a unos amigos del exterior para comprobar la existencia de su cuenta de las islas. Por ahora, las cosas van todavía más rápido de lo que esperaba.

—Eso parece.

—Corto. Llamaré más tarde.

Pulsó el botón de Fin, pero fingió estar manteniendo una conversación.

Se sentó en el borde de la mesa y después empezó a pasear mirando de vez en cuando a los miembros de la Hermandad y más allá de éstos.

Spicer no pudo resistir la tentación de atisbar por el cristal de la puerta.

—Está haciendo llamadas —informó, con un tono rebosante de emoción.

—¿Y qué otra cosa quieres que haga? —replicó Yarber, que estaba leyendo unos recientes fallos judiciales.

—Tranquilízate, Joe Roy —aconsejó Beech—. El dinero ha desaparecido con Trevor.

Transcurrieron veinte minutos y todo volvió a ser tan aburrido como de costumbre. Mientras Argrow hablaba por teléfono, los jueces procuraron distraerse, primero esperando y después centrando su atención en asuntos más apremiantes. Habían pasado seis días desde que Buster se fugó con la carta. El hecho de no haber tenido noticias suyas significaba que había logrado escapar y echar la carta del señor Konyers al correo, y que ahora ya se encontraba muy lejos. Calculaban que la carta habría tardado unos tres días en llegar a Chevy Chase y en esos instantes el señor Aaron Lake debía de estar urdiendo algún plan para arreglarles las cuentas.

La prisión les había enseñado a tener paciencia. Sólo un plazo los preocupaba. Lake había obtenido la nominación, lo cual significaba que sería vulnerable a su chantaje hasta el mes de noviembre. En caso de que ganara, dispondrían de cuatro años para atormentarlo. Pero, en caso de que perdiera, desaparecería rápidamente como todos los que se quedaban por el camino.

—¿Dónde está Dukakis ahora? —había dicho Beech.

No pensaban esperar hasta noviembre. Una cosa era la paciencia y otra la libertad. Lake era su única y fugaz oportunidad de largarse con dinero suficiente para pasarse la vida holgazaneando.

Su intención era esperar una semana y después escribir otra carta al señor Al Konyers en Chevy Chase.

Aún no sabían cómo sacarla de allí, pero ya se les ocurriría alguna idea. Link, el guardia de la entrada a quien Trevor había sobornado durante varios meses, era la primera posibilidad.

El teléfono de Argrow podía ofrecer otra salida.

—Si nos permite utilizarlo —apuntó Spicer—, podríamos llamar a Lake, llamarlo al despacho de su campaña, a su despacho del Congreso y a todos los números que nos pueda facilitar el servicio de información de la compañía telefónica. Dejaríamos el mensaje de que Ricky, el de la clínica de desintoxicación, necesita ver urgentemente al señor Lake. Se pegará un susto de muerte.

—Pero Argrow tendrá constancia de nuestras llamadas o, por lo menos, la tendrá su hermano —adujo Yarber.

—¿Y qué? Le pagaremos las llamadas y no importa que sepan que estamos intentando llamar a Aaron Lake. En estos momentos, medio país intenta llamarle. Argrow no imaginará lo que estamos haciendo.

La idea era brillante y los tres se pasaron un buen rato analizándola. Ricky, el de la clínica de desintoxicación, podría efectuar llamadas y dejar mensajes, al igual que Spicer desde Trumble. El pobre Lake sería perseguido sin piedad.

Pobre Lake un cuerno. A aquel hombre le salía el dinero por las orejas.

Al cabo de una hora, Argrow salió del despacho y anunció que estaba haciendo progresos.

—Tengo que esperar una hora y hacer después otras llamadas —dijo—. ¿Vamos a almorzar?

Estaban deseando reanudar la conversación y así lo hicieron mientras comían una sémola aguada y una ensalada de col cruda troceada.

33

Siguiendo exactamente las instrucciones del señor Lake, Jayne se dirigió sola en su automóvil a Chevy Chase. Encontró el centro comercial de la avenida Western y aparcó delante de Mailbox America. Utilizando la llave que le había facilitado el señor Lake, abrió la casilla del apartado de correos, sacó ocho cartas de propaganda y las guardó en una carpeta. No había ninguna carta personal.

Se dirigió al mostrador e informó a la empleada de que deseaba cerrar el apartado de correos a nombre de su jefe, el señor Al Konyers.

La empleada pulsó unas cuantas teclas de un ordenador. Según los datos de la base, el apartado de correos lo había alquilado unos siete meses atrás un tal Aaron L. Lake, a nombre del señor Al Konyers. Había pagado el alquiler de doce meses y, por consiguiente, no había ninguna cuenta pendiente.

—¿Es el que se presenta como candidato a la presidencia? —preguntó la empleada mientras depositaba un impreso en el mostrador.

—Sí —contestó Jayne, firmando en el lugar que le indicaban.

—¿Y no deja ninguna dirección de contacto?

—No.

Jayne se fue con la carpeta y se dirigió al sur para regresar al centro de la ciudad. No había dudado ni por un instante de la explicación del señor Lake sobre el alquiler del apartado de correos con el fin de poner al descubierto un posible engaño al Pentágono. El asunto no le importaba y, además, no tenía tiempo para hacer preguntas. El trabajo con Lake exigía una dedicación de dieciocho horas al día y ella tenía otros asuntos mucho más importantes en que pensar.

Lake la esperaba en su despacho de la campaña, momentáneamente solo. Los despachos y pasillos que lo rodeaban estaban atestados de ayudantes de todo tipo, que se afanaban de acá para allá como si estuviera a punto de estallar una guerra.

En cambio Lake estaba disfrutando de una pausa. Jayne le entregó la carpeta y se retiró.

Lake contó ocho comunicaciones de propaganda: un servicio de entrega de tacos a domicilio, un servicio de llamadas interurbanas, un túnel de lavado de coches y vales para esto y para lo otro. Nada de Ricky. El apartado de correos se había cerrado y no se había dejado ninguna dirección a la que enviar las cartas. El pobre chico se tendría que buscar a otro para que le echara una mano en su nueva vida. Lake echó el correo basura y el impreso de anulación del apartado de correos a una pequeña trituradora de documentos que tenía bajo el escritorio y después dedicó un instante a alegrarse de todo lo que tenía. Viajaba por la vida muy ligero de equipaje y había cometido muy pocos errores. El hecho de escribir a Ricky había sido una estupidez, pero había salido bien librado del trance. ¡Era un hombre de suerte!

Sonrió y estuvo casi a punto de reírse solo. Después se levantó de su sillón, tomó la chaqueta y congregó a sus ayudantes en torno a sí.

El candidato tenía que asistir a varias reuniones y almorzar después con unos fabricantes de armamento que tenían contratos con el Departamento de Defensa.

¡Vaya si era un hombre de suerte!

En un rincón de la biblioteca jurídica, mientras sus tres nuevos amigos vigilaban el perímetro cual si fueran soñolientos centinelas, Argrow manoseó el teléfono lo bastante como para hacerles creer que había utilizado su influencia en el oscuro y sombrío mundo de la banca de las islas. Tras pasarse dos horas paseando por la estancia y hablando en susurros con el teléfono pegado a la oreja como un atareado corredor de bolsa, salió finalmente de la estancia.

—Buenas noticias, señores —anunció, esbozando una cansada sonrisa.

Ellos se agruparon a su alrededor, ansiosos de conocer los resultados.

—Todo sigue allí —les dijo.

Ahora venía la gran pregunta, la que habían preparado cuidadosamente, la única que les permitiría establecer si Argrow era un farsante.

—¿Cuánto? —preguntó Spicer.

—Ciento noventa mil y pico —contestó mientras los jueces suspiraban al unísono.

Spicer sonrió. Beech apartó la mirada. Yarber contempló a Argrow frunciendo el ceño con expresión inquisitiva pero afable.

Según sus datos, el saldo era de ciento ochenta y nueve mil dólares, más el miserable interés que el banco les pagaba.

—No lo robó —murmuró Beech, y entonces los tres recordaron con afecto a su difunto abogado que, de repente, había dejado de ser el paria que ellos creían.

407

—Me extraña que no lo hiciera —musitó Spicer casi hablando para sus adentros.

—Bueno, el caso es que allí está —dijo Argrow—. Eso significa que han hecho mucho trabajo jurídico.

Desde luego, lo parecía pero, puesto que a ninguno de los tres se le ocurrió una mentira creíble, prefirieron dejarlo correr.

—Les aconsejo que lo trasladen a otro sitio, y perdonen que me entrometa en sus asuntos —intervino Argrow—. Este banco es famoso por sus indiscreciones.

—Trasladarlo, ¿adónde? —preguntó Beech.

—Si el dinero fuera mío, yo lo llevaría inmediatamente a Panamá.

Era otra cuestión en la que no habían pensado porque estaban obsesionados con Trevor y con la certeza de su robo. Sin embargo, la sopesaron cuidadosamente como si hubieran discutido muchas veces el asunto.

—Pero ¿por qué lo trasladaría usted? —le preguntó Beech—. Se encuentra a salvo, ¿no?

—Supongo que sí —se apresuró a contestar Argrow. Él sabía adónde iba, en cambio ellos no—. Sin embargo, ya ven ustedes lo poco que se respeta el secreto bancario. Yo no utilizaría bancos de las Bahamas en estos momentos, y éste menos que ninguno.

—Además, tampoco sabemos si Trevor se fue de la lengua —dijo Spicer, siempre dispuesto a denigrar al abogado.

—Si quieren proteger su dinero, trasládenlo a otro sitio —insistió Argrow—. Se tarda menos de un día en hacerlo y ya no tendrán que preocuparse por el tema. Y pongan el dinero a trabajar. Esta cuenta sólo les da unos pocos centavos de interés. Tardarán algún tiempo en poder utilizarla.

Que te crees tú eso, amigo, pensaron ellos.

Pero su propuesta era lógica.

—Deduzco que usted nos lo podría trasladar, ¿me equivoco? —dijo Yarber.

—Por supuesto que sí. ¿Les cabe todavía alguna duda?

Los tres sacudieron la cabeza. No, señor, no les cabía la menor duda.

—Tengo muy buenos contactos en Panamá. Piénsenlo.

Argrow consultó su reloj como si hubiera perdido el interés por la cuenta y tuviera centenares de asuntos urgentes que resolver en otro sitio. Intuía la respuesta y no quería hacerse pesado.

—Ya lo hemos pensado —aseguró Spicer—. Trasladémoslo ahora mismo.

Argrow contempló los tres pares de ojos que lo estaban mirando.

—Hay que pagar una comisión —adujo como si fuera un experto blanqueador de dinero.

—¿Qué clase de comisión? —preguntó Spicer.

—Un diez por ciento por la transferencia.

—¿Quién cobra este diez por ciento?

—Yo.

—Me parece mucho —objetó Beech.

—Es una escala variable. Por cifras inferiores a un millón se paga un diez por ciento. Cuando la cuantía supera los cien millones se paga un uno por ciento. Es bastante habitual en el sector y es justamente el motivo de que en este momento yo lleve una camisa verde del uniforme penitenciario y no un traje de mil dólares.

—Es una canallada —protestó Spicer, el hombre que se embolsaba los beneficios del bingo de una asociación benéfica.

—Mire, no me venga con sermones. Estamos hablando de una pequeña comisión sobre un dinero que es fruto de una corrupción tanto aquí como allí. Lo toma o lo deja.

Argrow hablaba con la arrogancia propia de un hombre acostumbrado a cobrar comisiones mucho más elevadas.

Eran sólo diecinueve mil dólares sobre un dinero que ellos creían haber perdido. Quitando su diez por ciento, todavía les quedarían ciento setenta mil dólares, aproximadamente sesenta mil para cada uno, y hubiera sido mucho más si el muy traidor de Trevor no se hubiera quedado con un porcentaje tan alto. Además, esperaban que su situación cambiara muy pronto. Entonces el botín de las Bahamas sería simple calderilla.

—Trato hecho —dijo Spicer, mirando a sus dos compañeros en busca de su aprobación.

Ambos asintieron lentamente con la cabeza. Ahora los tres estaban pensando lo mismo. Si el chantaje contra Lake seguía el curso con que ellos soñaban, se embolsarían un montón de dinero. Necesitarían un lugar donde ocultarlo y quizás alguien que les echara una mano. Querían confiar en Argrow. Démosle una oportunidad.

—Y, además, se encargarán de mis recursos —puntualizó Argrow.

—Sí, descuide.

—No es mal trato —dijo Argrow sonriendo—. Voy a hacer unas cuantas llamadas.

—Hay algo que debe usted saber —dijo Beech.

—Muy bien.

—El nombre del abogado era Trevor Carson. Él abrió la cuenta, gestionaba los depósitos y lo hacía prácticamente todo. Y fue asesinado anteanoche en Kingston, Jamaica.

Argrow estudió sus rostros a la espera de algo más.

Yarber le entregó un ejemplar del periódico, que él leyó muy despacio.

—¿Y por qué había desaparecido? —preguntó tras una larga pausa.

—Lo ignoramos —contestó Beech—. Abandonó la ciudad y nos enteramos a través del FBI de que había desaparecido. Supusimos que nos había robado el dinero.

Argrow le devolvió el periódico a Yarber y se cruzó de brazos. Ladeó la cabeza, entornó los ojos y consiguió adoptar una expresión recelosa. Los quería hacer sufrir un poco.

—¿Es muy sucio el dinero? —preguntó, como si prefiriera no mezclarse con aquel asunto.

—No es dinero de droga —se apresuró a responder Spicer a la defensiva, como si cualquier otra procedencia fuera legal.

—La verdad es que no lo sabemos —contestó Beech.

—Éste es el trato —dijo Yarber—. Lo toma o lo deja.

Buena jugada, tío, pensó Argrow.

—¿Ha intervenido el FBI?

—Sólo en la desaparición del abogado —contestó Beech—. Los federales no saben nada del dinero de las islas.

—A ver si lo entiendo. Tienen ustedes un abogado muerto, el FBI, una cuenta en unas islas en la que ocultan dinero sucio, ¿verdad? Pero ¿qué es lo que han hecho, si se puede saber?

—Mejor que no lo sepa —contestó Beech.

—Tiene usted razón.

—Nadie le obliga a colaborar con nosotros —dijo Yarber.

O sea que había que tomar una decisión. Para Argrow, las banderitas rojas estaban en su sitio, marcando el campo de minas. En caso de que siguiera adelante, lo haría armado con las suficientes advertencias de que sus tres nuevos amigos podían ser peligrosos. Lo cual no significaba nada para Argrow, naturalmente. En cambio, para Beech, Spicer y Yarber, la apertura de un resquicio en su hermética asociación, por pequeño que fuera, significaba dar cabida a otro conspirador. Jamás le hablarían de su estafa y mucho menos de Aaron Lake; tampoco le entregarían ninguna comisión sobre las nuevas cantidades que cobraran, a menos que se la ganara con su habilidad para manejar dinero. Ya sabía más de lo recomendable, pero no les quedaba alternativa.

La desesperación desempeñó un papel crucial en su decisión. Con Trevor tenían acceso al exterior, un privilegio que siempre habían dado por descontado. Ahora que él había desaparecido, su mundo se había reducido considerablemente.

Aunque todavía no quisieran reconocerlo, el hecho de haberlo despedido había sido un error. Viéndolo todo retrospectivamente, comprendían que hubieran tenido que ponerlo en antecedentes, contarle todo lo de Lake y la manipulación de las cartas. Trevor distaba mucho de ser perfecto, pero, dadas las circunstancias, necesitaban toda la ayuda que pudieran conseguir. Quizá lo hubieran vuelto a contratar un par de días más tarde, pero ya no tuvieron ocasión de hacerlo. Trevor se había esfumado para siempre.

Argrow tenía acceso. Disponía de un teléfono y amigos en el exterior; tenía agallas y sabía cómo llevar a cabo lo que ellos pedían. Acaso lo necesitaran, pero se tomarían las cosas con calma.

Se rascó la cabeza y frunció el entrecejo como si empezara a sufrir una jaqueca.

—No me digan nada más —dijo—. No quiero saberlo.

Regresó a la sala de reuniones, cerró la puerta a su espalda, volvió a sentarse en el borde de la mesa y, una vez más, pareció efectuar llamadas a todo el Caribe.

Le oyeron reírse un par de veces, probablemente de una broma con un viejo amigo que sin duda se había sorprendido de oír su voz. Le oyeron soltar un taco una vez, pero no supieron contra quién o por qué motivo. Su voz subía y bajaba de tono y, por mucho que ellos trataran de distraerse leyendo fallos judiciales, desempolvando los viejos libros y estudiando las apuestas de Las Vegas, no podían prescindir del ruido del interior de la sala.

Argrow montó todo un espectáculo y, tras una hora de inútil charla, apareció en la puerta.

—Creo que podré terminarlo mañana —anunció—, pero necesitamos una declaración firmada por uno de ustedes en la que se diga que son los únicos propietarios de Boomer Realty.

—Y esta declaración, ¿quién la verá? —preguntó Beech.

—Sólo el banco de las Bahamas. Les van a enviar una copia de la noticia sobre el señor Carson y quieren comprobar la titularidad de la cuenta.

La idea de firmar cualquier tipo de documento en el que admitieran alguna relación con el dinero sucio los aterrorizaba. No obstante, la petición era comprensible.

—¿Hay algún fax por aquí? —preguntó Argrow.

—No, por lo menos para nosotros —le contestó Beech.

—Estoy seguro de que el director debe de tener uno —dijo Spicer—. Acérquese por allí y dígale que tiene que enviar un documento a su banco de las islas.

El tono de su voz era innecesariamente sarcástico, por lo que Argrow lo miró airado, pero prefirió dejarlo correr.

—Bueno, pues, díganme cómo se puede enviar la declaración desde aquí a las Bahamas. ¿Cómo funciona el correo?

—El abogado era nuestro correo —contestó Yarber—. Todo lo demás pasa por una inspección.

—¿Examinan muy a fondo la correspondencia de carácter jurídico?

—Le echan un vistazo —contestó Spicer—. Pero no pueden abrirla.

Argrow empezó a pasear por la estancia como si estuviera reflexionando. Después, en atención a su público, se situó entre dos estanterías de libros para que no pudieran verlo desde el exterior de la biblioteca jurídica. Abrió hábilmente su móvil, marcó un número y se lo acercó al oído.

—Sí, aquí Wilson Argrow —dijo—. ¿Está Jack? Sí, dígale que es importante.

Esperó.

—¿Quién demonios es Jack? —preguntó Spicer desde el otro extremo de la estancia.

Beech y Yarber prestaron atención mientras vigilaban.

—Mi hermano el de Boca —contestó Argrow—. Es abogado especialista en transacciones inmobiliarias. Mañana vendrá a verme. —Después, por teléfono, dijo—: Hola, Jack, soy yo. ¿Vienes mañana? Te daré unas cartas para que las eches al correo. Bueno. ¿Cómo está mamá? Bueno. Hasta mañana.

La perspectiva de reanudar su correspondencia intrigaba a los miembros de la Hermandad. Argrow tenía un hermano abogado, además de un teléfono, inteligencia y agallas. Guardó el artilugio en el bolsillo y salió de entre las estanterías.

—Mañana por la mañana le entregaré la declaración a mi hermano. Él la enviará por fax al banco. A mediodía

414

de pasado mañana, el dinero se hallará sano y salvo en Panamá, ganando un quince por ciento. Es pan comido.

—Podemos fiarnos de su hermano, ¿verdad? —preguntó Yarber.

—Pero, hombre, por Dios —contestó Argrow, casi ofendido por la pregunta mientras se encaminaba hacia la puerta—. Nos vemos luego. Necesito tomar un poco el aire.

34

La madre de Trevor llegó desde Scranton. La acompañaba su hermana Helen, la tía de Trevor. Ambas eran septuagenarias y gozaban de bastante buena salud. Se perdieron cuatro veces entre el aeropuerto y Neptune Beach, y se pasaron una hora vagando por las calles antes de encontrar la casa de Trevor, un lugar que su madre llevaba seis años sin ver. A Trevor no lo veía desde hacía un par de años. La tía Helen hacía por lo menos diez que no hablaba con él en persona y no lo echaba demasiado de menos.

La madre de Trevor aparcó su automóvil de alquiler detrás del pequeño Escarabajo y se dio un hartón de llorar antes de bajar.

Qué antro, pensó tía Helen.

La puerta principal estaba abierta. La casa había sido abandonada pero, antes de que huyera su propietario, los platos se habían acumulado en el fregadero, nadie se había molestado en sacar la basura y el aspirador no había salido de su armario.

El pestazo azotó en primer lugar a tía Helen y poco después a la madre de Trevor. No sabían qué hacer. El cuerpo se encontraba todavía en un abarrotado depósito de cadáveres de Jamaica y, según el arisco joven del Departamento de Estado con quien la madre había hablado, les costaría seiscientos dólares trasladarlo a casa. La compañía aérea colaboraría, pero el papeleo se había quedado atascado en Kingston.

Para encontrar el despacho necesitaron media hora de pésima conducción por las calles de la ciudad. Para entonces, ya se había corrido la voz. Chap, el pasante, se encontraba en el mostrador de recepción, simulando estar muy triste y al mismo tiempo muy ocupado. Wes, el administrador del despacho, se había ido a una habitación de la parte posterior para escuchar y observar. El teléfono no había parado de sonar el día en que se había publicado la noticia, pero, después de la tanda de pésames de otros colegas abogados y de algún que otro cliente, volvió a enmudecer.

En la entrada había una barata corona, pagada por la CIA.

—Qué bonito, ¿verdad? —dijo la madre mientras subían por la acera.

Otro antro, pensó tía Helen.

Chap las saludó y se presentó como el pasante de Trevor. Estaba tratando de cerrar el despacho, una ardua tarea.

—¿Dónde está la chica? —preguntó la madre de Trevor con los ojos enrojecidos por el llanto.

—Se fue hace algún tiempo, Trevor la sorprendió robando.

—Oh, Dios mío.

—¿Les apetece un poco de café?

—Sí, si es usted tan amable.

Se sentaron en un maltrecho sofá cubierto de polvo mientras Chap llenaba tres tazas de un café casualmente recién hecho. Chap se acomodó delante de ellas en un desvencijado sillón de mimbre. La madre estaba perpleja. La tía se mostraba curiosa y sus ojos recorrían el despacho en busca de alguna señal de prosperidad. No eran pobres pero, a su edad, ya no podrían alcanzar la opulencia.

—Siento muchísimo lo de Trevor —dijo Chap.

—Ha sido horrible —musitó la señora Carson.

El labio le tembló, la taza se estremeció en su mano y el café se derramó sobre su vestido sin que ella se diera cuenta.

—¿Tenía muchos clientes? —preguntó tía Helen.

—Sí, estaba muy ocupado. Era un buen abogado, uno de los mejores con los que he trabajado.

—¿Y usted es el secretario? —preguntó la señora Carson.

—No, soy el pasante. Estudio Derecho en horario nocturno.

—¿Y usted se encarga de sus asuntos? —le preguntó tía Helen.

—Pues, no exactamente —contestó Chap—. Pensaba que éste era precisamente el motivo de su visita.

—Somos demasiado mayores —dijo la madre de Trevor.

—¿Cuánto dinero ha dejado? —preguntó la tía.

Chap se cerró en banda. Aquella bruja era un sabueso.

—No tengo ni idea. Yo no manejaba su dinero.

—¿Quién lo hacía?

—Supongo que su contable.

—¿Y quién es?

—No lo sé. Trevor era muy reservado en sus asuntos.

—Vaya si lo era —dijo tristemente la madre—. Ya de niño.

Volvió a derramar el café, esta vez sobre el sofá.

—Pero usted paga las facturas de aquí, ¿no es cierto? —preguntó la tía.

—No. De eso se encargaba Trevor.

—Bueno, mire, joven, piden seiscientos dólares para trasladarlo a casa desde Jamaica...

—¿Y qué hacía allí, tan lejos? —preguntó la madre, interrumpiendo a su hermana.

—Se había tomado unas cortas vacaciones —contestó Chap.

—Y ella no dispone de esa suma —añadió Helen, terminando la frase.

—Sí, los tengo.

—Bueno, por aquí hay un poco de dinero en efectivo —dijo Chap.

Tía Helen lo miró, complacida.

—¿Cuánto? —preguntó.

—Algo más de novecientos dólares. A Trevor siempre le gustaba tener dinero para gastos menores.

—Démelos a mí —dijo tía Helen.

—¿Crees que debemos? —preguntó la madre.

—Será mejor que se lo lleven —aseguró Chap con semblante muy serio—. De lo contrario, irá a parar a la testamentaría y Hacienda se lo quedará todo.

—¿Qué otras cosas irán a parar a la testamentaría? —preguntó la tía.

—Todo eso —contestó Chap, abarcando el despacho con un gesto mientras se acercaba al escritorio.

Sacó un arrugado sobre lleno de billetes de varias cuantías que acababa de trasladar desde la casa de enfrente. Se lo entregó a Helen y ésta lo agarró y empezó a contar el dinero.

—Novecientos veinte y un poco de cambio —dijo Chap.

—¿Con qué banco operaba? —preguntó Helen.

—No tengo ni idea. Tal como ya le he dicho, era muy reservado en la cuestión del dinero.

En cierto modo, Chap estaba diciendo la verdad.

Trevor había transferido los novecientos mil dólares desde las Bahamas a las Bermudas y, a partir de allí, la pista se perdía. En aquellos momentos, el dinero estaba escondido en una entidad financiera de algún sitio, en una cuenta numerada a la que sólo podía tener acceso Trevor Carson. Sabían que se dirigía a Gran Caimán, pero los banqueros de allí eran famosos por su discreción. Tras dos días de intensa búsqueda no habían conseguido descubrir nada. El hombre que lo había matado se había llevado el billetero y la llave de la habitación del hotel. Mientras la policía inspeccionaba el lugar del delito, el pistolero registró su habitación. Había unos ocho mil dólares en efectivo en un cajón, pero ninguna otra cosa de especial interés. Ni rastro del lugar donde Trevor tenía guardado su dinero.

La creencia general en Langley era que Trevor, por el motivo que fuera, sospechaba que lo seguían de cerca. La mayor parte del dinero había desaparecido, pero cabía la posibilidad de que lo hubiera depositado en un banco de las Bermudas. Había alquilado la habitación del hotel sin reserva. Había entrado directamente de la calle y había pagado el precio de una noche en efectivo.

Lo más lógico era que una persona que huía y que estaba trasladando novecientos mil dólares de isla en isla llevara encima o tuviera entre sus efectos personales alguna prueba de actividad bancaria. Trevor no tenía ninguna.

Mientras tía Helen contaba el que seguramente sería el único dinero que cobrarían de la herencia, Wes pensó en la fortuna perdida en algún lugar del Caribe.

—¿Y qué hacemos ahora? —preguntó la madre de Trevor.

Chap se encogió de hombros.

—Supongo que tendrán que enterrarlo —dijo.

—¿Puede usted ayudarnos?

—Yo de eso no sé nada. Yo...

—¿Debemos llevarlo a Scranton? —preguntó Helen.

—Eso depende de ustedes.

—¿Cuánto costaría? —preguntó Helen.

—Ni idea. Nunca he tenido que hacer nada parecido.

—Pero todos sus amigos están aquí —dijo la madre, enjugándose los ojos con un kleenex.

—Se fue de Scranton hace mucho tiempo —explicó Helen mientras sus ojos se movían en todas direcciones como si, tras la partida de Trevor, se ocultara una larga historia.

No me cabe la menor duda, pensó Chap.

—Estoy segura de que sus amigos de aquí querrán celebrar algo en su memoria —dijo la señora Carson.

—En realidad, ya está previsto —asintió Chap.

—¡No me diga! —exclamó emocionada la señora Carson.

—Pues sí, mañana a las cuatro en punto.

—¿Dónde?

—En un local que se llama Pete's, justo unas manzanas más abajo.

—¿Pete's? —preguntó Helen.

—Es, ¿cómo diría?, una especie de restaurante.

—Un restaurante. ¿No se trata de una iglesia?

—No creo que acostumbrara ir a ninguna.

—Pues de niño, sí —aseguró la madre a la defensiva.

En memoria de Trevor, la *happy hour* de las cinco empezaría a las cuatro y se prolongaría hasta la medianoche. A base de cervezas de cincuenta centavos, la bebida preferida de Trevor.

—¿Tenemos que ir? —preguntó Helen, temiéndose lo peor.

—No creo.

—¿Y por qué no? —se extrañó la señora Carson.

—Podría haber gente un poco alborotadora. Un montón de jueces y abogados, ya puede usted imaginarse.

Chap miró con el ceño fruncido a Helen y ésta captó el mensaje.

Le preguntaron si podía informarles sobre funerarias y parcelas de cementerio y Chap se vio cada vez más arrastrado hacia sus problemas. La CIA había matado a Trevor. ¿Acaso se esperaba que organizara también un entierro como es debido?

Klockner no lo creía.

Cuando las señoras se fueron, Wes y Chap terminaron la tarea de retirar todas las cámaras, hilos, micrófonos y dispositivos de escucha telefónica. Lo dejaron todo en su sitio y, cuando cerraron las puertas por última vez, el despacho de Trevor quedó más ordenado que nunca.

La mitad del equipo de Klockner ya había abandonado la ciudad. La otra mitad estaba controlando a Wilson Argrow en Trumble. Y esperando.

Cuando los falsificadores de Langley terminaron el expediente judicial de Argrow, los documentos fueron colocados en una caja de cartón y enviados a Jacksonville en un pequeño avión privado, junto con tres agentes. La caja contenía, entre otro material, un auto de acusación de cincuenta y una páginas formulado por un gran jurado del condado de Dade, una carpeta de correspondencia llena de cartas del abogado defensor de Argrow y del despacho del fiscal, una abultada carpeta de peticiones y otras maniobras previas al juicio, informes de investigación, una lista de testigos y resúmenes de sus declaraciones, un alegato para el juicio, un análisis del jurado, un resumen del juicio, varios informes previos a la sentencia y la sentencia final propiamente dicha. Todo estaba aceptablemente bien organizado, aunque no demasiado pulcro, para evitar recelos. Las copias presentaban manchas y arrugas, faltaban algunas páginas, las grapas estaban desprendidas, toda una serie de pequeños toques de realismo cuidadosamente añadidos por las buenas gentes de la sección de Documentación para crear una fachada de autenticidad. El noventa por ciento del material no sería utilizado por Beech y Yarber, pero su solo volumen bastaría para impresionarlos. Hasta la caja de cartón había sido debidamente envejecida.

La caja fue entregada en Trumble por Jack Argrow, un abogado semirretirado de Boca Ratón, Florida, especialista en transacciones inmobiliarias y hermano del recluso del mismo apellido. Su licencia del colegio de abogados del estado había sido enviada por fax al correspondiente burócrata de Trumble y su nombre figuraba en la lista de abogados autorizados.

Jack Argrow era Roger Lyter, un agente con trece años en la casa y un título de licenciado en Derecho por la Universidad de Tejas. No conocía a Kenny Sands, que interpretaba el papel de Wilson Argrow. Ambos se estrecharon la mano y se saludaron mientras Link contemplaba con recelo la caja de cartón depositada sobre la mesa.

—¿Qué hay aquí dentro? —preguntó Link.

—Es mi expediente judicial —contestó Wilson.

—Simples papeles —añadió Jack.

Link introdujo la mano en la caja, removió algunas carpetas y, en cuestión de unos segundos, terminó el registro y abandonó la sala.

Wilson deslizó un papel sobre la mesa.

—Ésta es la declaración —informó—. Envía el dinero a Panamá y después hazme llegar la confirmación por escrito para que yo se la pueda enseñar.

—Menos el diez por ciento.

—Sí, eso es lo que ellos creen.

Nadie se había puesto en contacto con el Geneva Trust Bank de Nassau. El hecho de hacerlo hubiera sido inútil y arriesgado. Ningún banco hubiera transferido unos fondos en las circunstancias que Argrow se estaba inventando. Y si alguien lo hubiera intentado, sin duda le habrían formulado muchas preguntas.

El dinero que se enviaría por giro telegráfico a Panamá sería otro.

—En Langley están bastante nerviosos —comentó el abogado.

—Pues yo voy por delante del programa —replicó el banquero.

La caja se vació sobre una mesa de la biblioteca jurídica. Beech y Yarber examinaron su contenido mientras Argrow, su nuevo cliente, lo observaba todo con fingido interés. Spicer tenía cosas mejores que hacer. Estaba en mitad de su partida de póquer semanal.

—¿Dónde está el informe de la sentencia? —preguntó Beech, rebuscando entre el montón de papeles.

—Quiero ver el auto de acusación —murmuró Yarber para sus adentros.

Ambos encontraron lo que buscaban y se acomodaron en sus asientos para entregarse a una larga tarde de lectura. El documento que había elegido Beech resultaba bastante aburrido.

No así el de Yarber.

El auto de acusación parecía una novela de intriga. Argrow, junto con otros siete banqueros, cinco contables, cinco corredores de bolsa, dos abogados, once hombres identificados tan sólo como narcotraficantes y seis caballeros de Colombia, había organizado y dirigido una complicada empresa dedicada a tomar los beneficios de la droga en forma de dinero en efectivo y transformarlos en depósitos respetables. Habían blanqueado por lo menos cuatrocientos millones de dólares cuando las autoridades consiguieron infiltrarse en el círculo.

Al parecer, Argrow estaba metido de lleno en el fregado. Yarber lo admiró. En caso de que la mitad de lo que allí se decía fuera cierto, Argrow tenía que ser un financiero tremendamente listo e inteligente. Argrow se hartó del silencio y se fue a dar una vuelta por la cárcel. Cuando Yarber terminó con el auto de acusación, interrumpió a Beech y le pidió que lo leyera. A Beech también le encantó.

—Seguro que tiene parte del botín escondido en algún sitio —comentó.

—Sin la menor duda —convino Yarber—. Cuatrocientos millones de dólares, y eso es sólo lo que consiguieron encontrar. ¿Qué opinas sobre el recurso?

—No hay muchas posibilidades. El juez cumplió con su cometido. A mi entender no se cometió ningún error.

—Pobre chico.

—Nada de eso. Saldrá cuatro años antes que yo.

—Me parece que no, señor Beech. Hemos pasado nuestras últimas Navidades en la cárcel.

—¿De veras lo crees? —preguntó Beech.

—Vaya si lo creo.

Beech volvió a depositar el auto de acusación sobre la mesa, se levantó, se desperezó y empezó a deambular por la estancia.

—A esta hora ya deberíamos saber algo —dijo en voz baja, a pesar de que no había nadie más en la biblioteca.

—Ten paciencia.

—Las primarias ya están a punto de terminar. Ahora ha vuelto a Washington y se pasa casi todo el tiempo allí. Hace una semana que tiene la carta.

—No puede fingir que no la ha recibido, Hatlee. Está meditando su próximo movimiento. Eso es todo.

El último memorándum de la Dirección de Prisiones de Washington desconcertó al director de la prisión. ¿Quién era el maldito funcionario de las altas esferas que no tenía nada mejor que hacer que echar un vistazo al mapa de las prisiones federales y elegir en cuál de ellas entrometerse aquel día? Su hermano ganaba ciento cincuenta mil dólares vendiendo vehículos usados; en cambio él cobraba la mitad dirigiendo una prisión y leyendo los estúpidos memorándums de unos burócratas que se embolsaban cien mil dólares y no hacían absolutamente nada de provecho. ¡Estaba hasta la coronilla!

Ref: Visitas de Abogados, Prisión Federal de Trumble. Queda anulada la orden anterior, por la cual las visitas de los abogados se limitaban a los martes, jueves y sábados, de tres a seis de la tarde.

A partir de ahora, los abogados podrán efectuar visitas todos los días de la semana, de nueve a siete de la tarde.

—Ha hecho falta que muera un abogado para que hayan cambiado las normas —murmuró el director para sus adentros.

35

En las entrañas de un garaje subterráneo empujaron la silla de ruedas de Teddy Maynard al interior de su furgoneta y cerraron las portezuelas. Lo acompañaban York y Deville. Un chófer y un guardaespaldas se encargaban de la furgoneta, que disponía de un televisor, equipo estereofónico y minibar con agua mineral y soda, comodidades todas ellas de las que Teddy prescindió. Se encontraba abatido y temía lo que pudiera ocurrir en la hora siguiente. Estaba cansado, cansado de su trabajo, cansado de la lucha, cansado de hacer el esfuerzo de superar un día tras otro. Sigue en la brecha seis meses más, se repetía una y otra vez, y después vete y deja que otro se preocupe por la salvación del mundo. Se retiraría tranquilamente a su pequeña granja de Virginia Occidental, donde se sentaría al borde del estanque, contemplaría la caída de las hojas en el agua y esperaría el final. Estaba muy cansado de tanto dolor.

Precedido por un vehículo negro y seguido por otro de color gris, el pequeño convoy rodeó la carretera de circunvalación y después se desvió hacia el este para cruzar el puente de Roosevelt y enfilar la avenida Constitution.

Teddy guardaba silencio y, por consiguiente, York y Deville también. Sabían lo mucho que aborrecía su jefe lo que estaba a punto de hacer.

Hablaba con el presidente una vez a la semana, por regla general el miércoles por la mañana, siempre por teléfono a poco que él pudiera. Se habían visto por última vez nueve meses atrás, cuando él se encontraba en el hospital y el presidente necesitaba ser informado acerca de un asunto.

Los favores solían ser recíprocos, pero a Teddy le molestaba estar al mismo nivel que cualquier presidente. Siempre obtenía el favor que solicitaba, pero la petición lo humillaba.

En treinta y seis años había sobrevivido a seis presidentes y su arma secreta siempre habían sido los favores. Captar información, almacenarla, raras veces revelárselo todo al presidente y, de vez en cuando, envolver en papel de regalo un pequeño milagro y entregarlo en la Casa Blanca.

Aquel presidente aún estaba enojado por la humillante derrota debida a un tratado de prohibición de pruebas nucleares que Teddy había contribuido a sabotear. La víspera de su derrota en el Senado, la CIA había filtrado un informe secreto en el que se expresaban serias dudas sobre el tratado, y el presidente se había visto aplastado por la estampida. Ahora abandonaba su cargo más preocupado por su legado que por las acuciantes cuestiones que afectaban al país.

Teddy había mantenido tratos otras veces con presidentes que no serían reelegidos y éstos siempre se mostraban insoportables. Puesto que no habían de enfrentarse de nuevo con el electorado, sólo se preocupaban por su imagen. En sus últimos días se dedicaban a viajar a países lejanos acompañados por un numeroso séquito de amigos y allí celebraban cumbres con otros gobernantes tan salientes como ellos. Se preocupaban por las bibliotecas presidenciales, por sus retratos y sus biografías, de ahí que pasaran muchas horas con historiadores. A medida que transcurrían las horas, se iban volviendo cada vez más sabios y filósofos, y sus discursos adquirían un carácter más solemne. Hablaban del futuro, de los retos y de cómo deberían ser las cosas, olvidando hábilmente que ellos habían dispuesto de ocho años para llevar a cabo cuanto fuera necesario.

No había nada peor que un presidente saliente. Y Lake sería igual de malo en caso de que resultara elegido.

Lake. La razón de que Teddy estuviera peregrinando ahora a la Casa Blanca con el sombrero en la mano, dispuesto a arrastrarse por el suelo.

Pasaron los controles del Ala Oeste, donde Teddy sufrió la indignidad de que un agente del servicio secreto examinara su silla de ruedas. Después empujaron su silla hasta un pequeño despacho situado junto a la sala del gabinete. Una atareada secretaria explicó sin pedir disculpas que el presidente se retrasaría un poco. Teddy sonrió, la despidió con un gesto de la mano y murmuró más o menos para sus adentros que aquel presidente nunca había llegado puntual a nada. Había tenido que aguantar a una docena de insoportables secretarias idénticas a ella, unas mujeres que habían ocupado el mismo puesto que ella y habían desaparecido desde hacía mucho tiempo. La secretaria acompañó a York, Deville y los demás al comedor donde éstos almorzarían solos.

Teddy esperó, tal como ya sabía que tendría que hacer. Empezó a leer un largo informe como si el tiempo no significara nada. Transcurrieron diez minutos. Le sirvieron un café. Dos años atrás el presidente había visitado Langley y Teddy lo había hecho esperar veintiún minutos. Entonces el presidente necesitaba un favor, necesitaba que no se destapara un pequeño asunto.

La única ventaja de ser un lisiado era el hecho de no

tenerse que levantar de un salto cuando el presidente entraba en la estancia. Al final, el presidente apareció en medio de un revuelo de ayudantes, como si con ello quisiera impresionar a Teddy Maynard. Ambos se estrecharon la mano y se intercambiaron los saludos de rigor mientras los ayudantes se esfumaban. Entró un camarero y les colocó delante unas pequeñas raciones de ensalada.

—Me alegro de verlo —dijo el presidente en voz baja, esbozando una empalagosa sonrisa.

Guárdatela para la televisión, pensó Teddy, que no logró devolverle la mentira.

—Tiene usted muy buen aspecto —se limitó a decir, sólo porque era parcialmente cierto.

El presidente se había cambiado el tinte del cabello y parecía más joven. Tomaron la ensalada mientras el silencio se instauraba a su alrededor.

Ninguno de ellos deseaba un prolongado almuerzo.

—Los franceses ya están volviendo a vender juguetes a los norcoreanos —dijo Teddy, soltando una migaja.

—¿Qué clase de juguetes? —preguntó el presidente, pese a estar perfectamente enterado de los trapicheos.

Teddy era consciente de que lo sabía.

—Es su versión del radar invisible, lo cual es una estupidez porque todavía no lo han perfeccionado. Pero los norcoreanos son todavía más tontos, porque lo pagan. Compran cualquier cosa a Francia, sobre todo si Francia trata de ocultarlo. Como es natural, los franceses lo saben y todo se lleva con el máximo secreto, y los norcoreanos pagan montones de dólares.

El presidente pulsó un botón y apareció el camarero para retirar los platos. Otro sirvió pollo y pasta.

—¿Cómo se encuentra de salud? —se interesó el presidente.

—Más o menos como siempre. Seguramente me iré cuando usted lo haga.

Ambos se alegraron de que el otro se fuera. Sin motivo aparente, el presidente se lanzó a continuación a hablar del vicepresidente y de la estupenda labor que éste desarrollaría en el Despacho Oval. Se olvidó del almuerzo y empezó a comentar la calidad humana del vicepresidente, su brillante inteligencia y su capacidad de líder. Teddy jugueteó con el pollo.

—¿Cómo ve usted la carrera? —le preguntó el presidente.

—Sinceramente, no me interesa —contestó Teddy, volviendo a mentir—. Tal como ya le he dicho, me iré de Washington cuando usted lo haga, señor presidente. Me retiraré a mi pequeña granja, donde no hay televisión ni periódicos, nada de nada, sólo un poco de pesca y mucho descanso. Estoy agotado, señor.

—Aaron Lake me da miedo —admitió el presidente.

Pues no sabe usted de la misa la media, pensó Teddy.

—¿Por qué? —preguntó, tomando un bocado. Come y déjale hablar.

—El tema único. Sólo le interesa la defensa. Como le dé usted al Pentágono recursos ilimitados, malgastará fondos suficientes como para alimentar a todo el Tercer Mundo. Y tanto dinero me preocupa.

Hasta ahora, jamás te había preocupado. Lo que menos le interesaba a Teddy era mantener una larga e inútil conversación sobre política. Estaban perdiendo el tiempo. Cuanto antes terminara el asunto que lo preocupaba, antes podría regresar a la seguridad de Langley.

—Estoy aquí para pedirle un favor —dijo muy despacio.

—Sí, lo sé. ¿En qué puedo ayudarlo?

El presidente sonreía y masticaba, saboreando no

sólo el pollo sino también el insólito momento de tener la sartén por el mango.

—Se sale un poco de lo corriente. Quiero pedir el indulto para tres reclusos federales.

La masticación y la sonrisa cesaron de golpe, pero no a causa de la sorpresa sino del desconcierto. El indulto solía ser una cuestión muy sencilla, a no ser que se tratara de espías, terroristas o políticos corruptos.

—¿Unos espías? —preguntó el presidente.

—No. Unos jueces. Uno de California, otro de Tejas y el tercero de Misisipí. Están cumpliendo condena juntos en una prisión federal de Florida.

—¿Jueces?

—Sí, señor presidente.

—¿Los conozco?

—Lo dudo. El de California es un antiguo magistrado del Tribunal Supremo de allí. Fue destituido y después tuvo ciertos problemas con el fisco.

—Creo recordarlo.

—Lo declararon culpable de fraude fiscal y lo condenaron a siete años. Ha cumplido dos. El de Tejas era un juez nombrado por Reagan. Se emborrachó y atropelló a un par de excursionistas en Yellowstone.

—También lo recuerdo, pero muy vagamente.

—Sucedió hace años. El de Misisipí era un juez de paz que fue sorprendido apropiándose de las ganancias de un bingo.

—Éste debió de pasársemе por alto.

Se produjo un largo silencio mientras analizaban la cuestión. El presidente estaba perplejo y parecía indeciso. Teddy no sabía muy bien lo que iba a ocurrir, por lo que ambos terminaron comiendo en silencio. Ninguno de los dos quiso postre.

La petición era fácil, por lo menos para el presidente. Los delincuentes eran prácticamente desconocidos, al igual que sus víctimas. Las repercusiones serían rápidas e indoloras, sobre todo para un político cuya carrera terminaría en cuestión de siete meses. Lo habían presionado para que concediera indultos mucho más problemáticos. Los rusos siempre tenían algún espía que deseaban recuperar. Había dos mexicanos encerrados en Idaho por narcotráfico y, cada vez que se tenía que negociar algún tratado, salía a relucir el tema del indulto. Había un judío canadiense condenado a cadena perpetua por espionaje, por cuya libertad los israelíes estaban firmemente dispuestos a hacer lo que fuera.

¿Tres jueces desconocidos? Al presidente le hubiera bastado con estampar tres veces su firma para resolver el asunto. Teddy estaría en deuda con él. Sería coser y cantar, aunque no por eso pensaba facilitarle las cosas a Teddy.

—Estoy seguro de que habrá una excelente razón para esta petición —dijo.

—Por supuesto.

—¿Una grave cuestión de seguridad nacional?

—Más bien no. Simplemente un favor a unos viejos amigos.

—¿Viejos amigos? ¿Conoce usted a esos hombres?

—No. Pero conozco a sus amigos.

La mentira era tan descarada que el presidente estuvo casi a punto de pegar un brinco. ¿Cómo era posible que Teddy conociera a los amigos de tres jueces que casualmente estaban cumpliendo condena juntos?

Nada se conseguiría sometiendo a Teddy a un implacable interrogatorio, nada excepto aumentar la exasperación. Por otra parte, el presidente no quería rebajarse hasta ese punto. Cualesquiera que fueran los motivos de Teddy, éste se los llevaría a la tumba.

—Le confieso que resulta un poco desconcertante —dijo el presidente, encogiéndose de hombros.

—Lo sé. Dejémoslo así.

—¿Cuáles serán las consecuencias?

—No muchas. Puede que las familias de los chicos que resultaron muertos en Yellowstone protesten un poco, cosa que yo no les reprocharía.

—¿Cuándo ocurrió?

—Hace tres años y medio.

—¿Quiere usted que conceda el indulto a un juez federal republicano?

—Ahora ya no es republicano, señor presidente. Cuando son nombrados jueces, deben abjurar de la política. Y ahora que ha sido condenado, ni siquiera puede votar. Estoy seguro de que, si usted le concediera el indulto, se convertiría en un ferviente partidario suyo.

—No me cabe la menor duda.

—Si ello sirviera para facilitar las cosas, estos caballeros estarían dispuestos a abandonar el país por lo menos durante un par de años.

—¿Por qué?

—Podría parecer un poco feo que regresaran a casa. La gente se enteraría de que han salido antes de la cuenta. De esta manera, todo será más discreto.

—¿Pagó el magistrado de California los impuestos que pretendía evadir?

—Sí.

—¿Y el de Misisipí devolvió el dinero robado?

—Sí.

Todas aquellas preguntas eran demasiado superficiales, pero el presidente se sentía obligado a preguntar algo.

El último favor había tenido que ver con el espionaje nuclear. La CIA contaba con un informe en el que se documentaba la vasta infiltración de los espías chinos práticamente en todos los niveles del programa de armamento nuclear estadounidense. El presidente había tenido conocimiento de aquel informe justo unos días antes de su prevista visita a China para asistir a una cumbre que había despertado un enorme interés. En aquella ocasión, le pidió a Teddy que acudiera a almorzar con él y, mientras ambos saboreaban los mismos platos de pollo y pasta que estaban comiendo en aquel momento, le rogó que mantuviera en secreto el informe durante unas cuantas semanas. Teddy accedió a hacerlo. Más adelante, el presidente quiso que se modificara el informe y que se atribuyera la culpa a otras Administraciones anteriores. El propio Teddy se encargó de volver a redactarlo. Cuando finalmente se dio a conocer el informe, el presidente se libró de buena parte de la responsabilidad.

Espías chinos y seguridad nacional contra tres oscuros ex jueces. Teddy era consciente de que conseguiría los indultos.

—Si abandonan el país, ¿adónde irán? —preguntó el presidente.

—Aún lo ignoramos.

El camarero sirvió el café. Cuando se retiró, el presidente preguntó:

—¿Perjudicará eso de alguna manera al vicepresidente?

—No. ¿Cómo podría? —contestó Teddy, tan inexpresivo como siempre.

—Eso debe decírmelo usted. No tengo ni idea de lo que está usted haciendo.

—No hay de qué preocuparse, señor presidente. Le pido un pequeño favor. Con un poco de suerte, el hecho ni siquiera trascenderá.

Ambos se tomaron el café con el deseo de terminar

cuanto antes. El presidente tenía la tarde llena de asuntos mucho más agradables. Por su parte, Teddy necesitaba echar una siesta. El presidente lanzó un suspiro de alivio ante aquella petición tan sencilla. Si tú supieras, pensó Teddy.

—Déme unos cuantos días para organizarlo —dijo el presidente—. Como ya imaginará, estoy recibiendo un alud de peticiones de este tipo. Parece que todo el mundo quiere algo ahora que tengo los días contados.

—Su último mes aquí será el más satisfactorio —aseguró Teddy, esbozando una insólita sonrisa—. He conocido a suficientes presidentes como para saberlo.

Tras haber pasado cuarenta minutos juntos, ambos se estrecharon la mano y prometieron volver a hablar unos días más tarde.

En Trumble había seis ex abogados, y el último en ingresar estaba utilizando la biblioteca cuando entró Argrow. El pobre hombre estaba hundido hasta el cuello en informes y cuadernos tamaño folio, trabajando febrilmente en el que seguramente debía de ser su desesperado intento final de presentar un recurso.

Spicer estaba muy ocupado en la tarea de ordenar unos libros de Derecho. Beech se había retirado a la sala que hacía las veces de despacho, escribiendo algo. Yarber no se encontraba presente.

Argrow se sacó del bolsillo una hoja doblada de papel blanco y se la entregó a Spicer.

—Acabo de ver a mi abogado —le dijo en voz baja.

—¿Qué es? —preguntó Spicer con el papel en la mano.

—La confirmación del giro. Su dinero se halla ahora en Panamá.

Spicer miró al abogado del otro extremo de la sala, pero éste parecía ajeno a todo lo que no fueran sus documentos.

—Gracias —murmuró.

Argrow se retiró y Spicer le llevó el papel a Beech, quien lo examinó detenidamente.

Su botín estaba ahora fielmente guardado en el First Coast Bank de Panamá.

36

Joe Roy había adelgazado tres kilos más y ahora fumaba diez cigarrillos al día y recorría un promedio de cuarenta kilómetros a la semana alrededor de la pista. Allí lo encontró Argrow, paseando en medio del calor de última hora de la tarde.

—Señor Spicer, tenemos que hablar —le dijo.

—Sólo dos vueltas más —dijo Joe Roy sin interrumpir el ritmo de su marcha.

Argrow se lo quedó mirando unos segundos y después pegó una carrerilla de cincuenta metros hasta que le dio alcance.

—¿Le importa que lo acompañe? —le preguntó.

—En absoluto.

Llegaron a la primera curva, caminando el uno al lado del otro.

—Acabo de reunirme de nuevo con mi abogado —anunció Argrow.

—¿Su hermano? —preguntó Spicer, respirando afanosamente.

Sus pasos no eran tan ágiles como los de Argrow, un hombre veinte años más joven que él.

—Sí. Ha hablado con Aaron Lake.

Spicer se detuvo en seco como si hubiera tropezado con una pared. Miró enfurecido a Argrow y después sus ojos parecieron contemplar algo en la lejanía.

—Tal como ya le he dicho, hemos de hablar.

—Supongo que sí —convino Spicer.

—Me reuniré con ustedes en la biblioteca jurídica dentro de media hora —dijo Argrow, alejándose.

Spicer se lo quedó mirando hasta que hubo desaparecido.

No había ningún abogado llamado Jack Argrow en las páginas amarillas de Boca Ratón, lo cual fue al principio un motivo de preocupación. Finn Yarber utilizó desesperadamente el teléfono inseguro, llamando a los servicios de información de todo el sur de Florida. Al preguntar por Pompano Beach, la telefonista le dijo:

—Un momento, por favor.

Finn anotó el número y lo marcó.

—Éste es el bufete jurídico de Jack Argrow —contestó una voz grabada—. El señor Argrow sólo atiende visitas previamente concertadas. Por favor, deje su nombre y su número de teléfono, haga una breve descripción del inmueble que le interesa y nos pondremos en contacto con usted.

Finn colgó y cruzó rápidamente el césped para dirigirse a la biblioteca jurídica, donde aguardaban sus compañeros. Argrow ya llevaba diez minutos de retraso.

Poco antes de su llegada, entró en la sala el ex abogado con una abultada carpeta, evidentemente dispuesto a pasarse varias horas trabajando en la presentación de su recurso. El hecho de pedirle que se fuera hubiera provocado una discusión y despertado sospechas, por no mencionar el hecho de que el tipo no respetaba demasiado a los jueces. Uno por uno, los tres se retiraron a la pequeña sala de conferencias, donde Argrow se reunió con ellos. Cuando Beech y Yarber trabajaban allí en la redacción de las cartas, apenas disponían de espacio. La presencia de Argrow, con la tensión que ésta conllevaba, hizo que se sintieran todavía más estrechos. Se sentaron tan apretujados alrededor de la mesita que cada uno de ellos podía tocar a los otros tres.

—Sólo sé lo que me han dicho —empezó diciendo Argrow—. Mi hermano trabaja como abogado en Boca Ratón, pero ya está medio retirado. Tiene algo de dinero y lleva años participando activamente en la política del Partido Republicano en el sur de Florida. Ayer fue abordado por unas personas que trabajan para Aaron Lake. Habían llevado a cabo ciertas investigaciones y sabían que yo era su hermano y que estaba aquí en Trumble con el señor Spicer. Le hicieron promesas y le hicieron jurar que guardaría el secreto y ahora él me ha obligado a su vez a jurarle lo mismo. Ahora que todo es tan confidencial, creo que podrán ustedes empezar a atar ciertos cabos.

Spicer no se había duchado, tenía el rostro y la camisa empapados de sudor, pero su respiración se había normalizado. Beech y Yarber aún no habían abierto la boca. Los miembros de la Hermandad se hallaban sumidos en un estado hipnótico colectivo. Continúa, decían sus ojos.

Argrow contempló los tres rostros y prosiguió. Introdujo la mano en el bolsillo y sacó una hoja de papel, la desdobló y la depositó delante de ellos. Era una copia de su última carta a Al Konyers, la carta de la revelación, la exigencia del chantaje, firmada por Joe Roy Spicer, domiciliado en aquellos momentos en la Prisión Federal de Trumble. Los tres ex jueces se habían aprendido las palabras de memoria y no tuvieron necesidad de releerla. Reconocieron la caligrafía del pobre y pequeño Ricky y comprendieron que ya se había cerrado el círculo. De los miembros de la Hermandad al señor Lake, del señor Lake al hermano de Argrow y del hermano de Argrow a Trumble, todo en trece días.

Al final, Spicer tomó la hoja de papel y leyó las palabras.

—Supongo que ya lo sabe usted todo, ¿verdad? —preguntó.

—Ignoro hasta qué punto estoy al corriente.

—Díganos lo que le han contado.

—Que ustedes tres están cometiendo una estafa. Se anuncian en revistas gays, traban relación epistolar con hombres maduros, consiguen averiguar su verdadera identidad y les sacan dinero por medio del chantaje.

—Es un resumen bastante aproximado de nuestro juego —asintió Beech.

—Y el señor Lake cometió el error de contestar a uno de sus anuncios. No sé cuándo lo hizo ni cuándo descubrieron ustedes quién era. Hay algunas lagunas en la historia que yo conozco.

—Mejor que lo dejemos tal como está —dijo Yarber.

—De acuerdo. Yo no me ofrecí voluntario para este trabajo.

—¿Qué beneficio sacará usted de ello?

—Una pronta liberación. Me pasaré unas cuantas semanas aquí y después volverán a trasladarme. Saldré a finales de año y, si el señor Lake resulta elegido, conseguiré un indulto total. No puedo quejarme. Además, mi hermano recibirá un gran favor del próximo presidente.

—O sea, que es usted el negociador, ¿no? —preguntó Beech.

—No, soy el mensajero.

—¿Le parece que empecemos?

—La primera jugada les corresponde a ustedes.

—Usted tiene la carta. Queremos cierta cantidad de dinero y la libertad.

—¿Cuánto dinero?

—Dos millones para cada uno —contestó Spicer.

Estaba claro que ya habían discutido varias veces el asunto. Los seis ojos se clavaron en Argrow a la espera de una mueca, un gesto de contrariedad, una expresión de sobresalto. Sin embargo, no hubo la menor reacción, tan sólo una pausa mientras Argrow les devolvía la mirada.

—Yo no tengo ninguna autoridad en eso, ¿comprenden? No puedo aceptar ni rechazar sus exigencias. Yo me limitaré a transmitir las condiciones a mi hermano.

—Leemos el periódico cada día —dijo Beech—. En estos momentos el señor Lake tiene más dinero del que puede gastar. Seis millones de dólares son una gota en la inmensidad del mar.

—Tiene en sus manos setenta y ocho millones y ninguna deuda —añadió Yarber.

—No importa —replicó Argrow—. Yo soy simplemente el correo, el cartero, algo así como Trevor.

Los tres se quedaron paralizados al oír el nombre de su difunto abogado.

Miraron enfurecidos a Argrow, quien se estaba estudiando detenidamente las uñas, y se preguntaron si el comentario acerca de Trevor habría sido una especie de advertencia. ¿Hasta qué extremo se había convertido aquel juego en una trampa mortal? Se sentían aturdidos de sólo pensar en el dinero y la libertad, pero ¿hasta qué extremo estaban seguros ahora? ¿Lo estarían en el futuro?

Siempre conocerían el secreto de Lake.

—¿Y las condiciones de la entrega del dinero? —preguntó Argrow.

—Muy sencillas —contestó Spicer—. Todo por adelantado, todo transferido a algún pequeño y exquisito lugar, probablemente Panamá.

—De acuerdo. ¿Y la puesta en libertad?

—¿A qué se refiere? —preguntó Beech.

—¿Alguna sugerencia?

—Pues no. Pensamos que el señor Lake ya se encargaría de eso. Tiene muchos amigos últimamente.

—Sí, pero todavía no es el presidente. Aún no puede recurrir a las personas apropiadas.

—No vamos a esperar hasta enero, cuando inicie su mandato —objetó Yarber—. Es más, ni siquiera pensamos esperar hasta noviembre para ver si gana.

—O sea, que quieren una inmediata puesta en libertad.

—Lo más rápida posible —asintió Spicer.

—¿Les importa la forma en que ello se haga?

Lo pensaron un momento.

—Tiene que ser legal —contestó Beech al cabo—. No queremos pasarnos el resto de nuestra vida huyendo. No queremos tener que estar mirando constantemente por encima del hombro.

—¿Quieren salir juntos?

—Sí —contestó Yarber—. Y ya hemos elaborado unos planes sobre la manera en que deseamos hacerlo. Pero, antes que nada, tenemos que ponernos de acuerdo sobre las cuestiones más importantes: el dinero y la fecha exacta de nuestra libertad.

—Me parece muy bien. La otra parte querrá sus archivos, todas las cartas, notas y detalles de su estafa. Como ustedes comprenderán, el señor Lake necesita tener la absoluta seguridad de que los secretos serán enterrados.

—Si conseguimos lo que queremos —respondió Beech—, no tendrá nada de que preocuparse. Nos olvidaremos con mucho gusto de haber oído hablar alguna vez de Aaron Lake. Pero también hemos de advertirle, para que usted pueda a su vez advertir al señor Lake, que, si nos ocurriera algo, su historia sería divulgada de todos modos.

—Tenemos un contacto exterior —dijo Yarber.

—Sería una reacción retardada —añadió Spicer, como si tratara de explicar lo inexplicable—. Si nos ocurre algo como, por ejemplo, lo mismo que le pasó a Trevor, a los pocos días estallaría una pequeña bomba. Y la condición del señor Lake quedaría al descubierto de todos modos.

—Eso no ocurrirá —aseguró Argrow.

—Usted es el mensajero. Usted no sabe lo que ocurrirá o dejará de ocurrir —objetó Beech, echándole un sermón—. Son las mismas personas que liquidaron a Trevor.

—Eso no lo pueden ustedes saber con certeza.

—No, claro, pero por supuesto tenemos nuestras opiniones.

—No discutamos por una cuestión que no podemos demostrar, señores —dijo Argrow, dando por finalizada la sesión—. Veré a mi hermano a las nueve de la mañana. Nos reuniremos aquí a las diez.

Argrow abandonó la estancia y los dejó petrificados en sus asientos, contando el dinero, pero temiendo empezar a gastarlo aunque sólo fuera mentalmente. Se dirigió a la pista de atletismo, pero dio media vuelta al ver a un grupo de reclusos haciendo ejercicio.

Recorrió la prisión hasta que encontró un apartado rincón detrás de la cafetería y llamó desde allí a Klockner.

Antes de una hora, Teddy fue informado.

37

A las seis de la mañana el timbre sonó ruidosamente por todo el recinto de Trumble, por los pasillos de los dormitorios, a través del césped, por los edificios y por los bosques circundantes. Sonaba exactamente durante treinta y cinco segundos, tal como casi todos los reclusos sabían, y cuando volvía el silencio, no quedaba nadie dormido. Despertaba de golpe a los reclusos como si aquel día todos tuvieran importantes tareas pendientes y debieran apresurarse para estar preparados. No obstante, la única cuestión apremiante era el desayuno.

El timbre sobresaltó a Beech, Spicer y Yarber, pero no los despertó. Les costaba conciliar el sueño por comprensibles motivos. Dormían en distintas dependencias de la prisión, pero, como era de esperar, los tres se reunieron en la cola del café a las seis y diez. Con sus altas tazas y sin pronunciar palabra, salieron a la cancha de baloncesto, donde se sentaron en un banco y se tomaron el café a la luz del alba. Contemplaron el recinto penitenciario; a su espalda se encontraba la pista de atletismo.

¿Cuántos días se tendrían que pasar vistiendo todavía aquel uniforme, aguantando el calor de Florida y cobrando unos cuantos centavos a la hora por no hacer nada, esperando, soñando, bebiendo interminables tazas de café? ¿Sería un mes, acaso dos? ¿Sería cuestión de días? Las posibilidades les quitaban el sueño.

—Sólo hay dos maneras posibles —estaba diciendo Beech. Él era juez federal y los demás confiaban en sus conocimientos pese a estar familiarizados con el tema—. La primera es regresar a la jurisdicción de la sentencia y presentar una petición de reducción de condena. En circunstancias muy especiales, el juez que presidió el juicio tiene autoridad para decretar la puesta en libertad de un recluso. Sin embargo, eso raras veces se hace.

—¿Lo hiciste tú alguna vez? —preguntó Spicer.

—No.

—Idiota.

—¿Por qué motivos? —preguntó Yarber.

—Sólo cuando el recluso facilita ulterior información sobre antiguos delitos. Si el recluso colabora con las autoridades judiciales, puede conseguir que le reduzcan la pena.

—No es una perspectiva muy alentadora —comentó Yarber.

—¿Y la segunda? —preguntó Spicer.

—Pueden enviarnos a una casa de acogida, una de esas residencias tan bonitas en las que no se nos exige atenernos a ninguna norma. La Dirección de Prisiones es el único organismo con autoridad para colocar a los reclusos. Si nuestros nuevos amigos de Washington ejercieran suficiente presión, la Dirección de Prisiones podría ordenar nuestro traslado y olvidarse prácticamente de nosotros.

—Pero ¿no hay que vivir en una casa de acogida? —preguntó Spicer.

—Sí, en la mayoría de ellas. Pero todas son distintas. Algunas se cierran por la noche y se rigen por normas muy severas. Otras son mucho más abiertas. Puedes telefonear una vez al día o una vez a la semana. Todo depende de la Dirección de Prisiones.

—Pero seguiremos siendo unos delincuentes convictos —se lamentó Spicer.

—Eso a mí no me preocupa —dijo Yarber—. Jamás volveré a votar.

—Tengo una idea —dijo Beech—. Se me ocurrió anoche. Como parte de nuestras negociaciones, podemos pedir que Lake acceda a concedernos el indulto en caso de que resulte elegido.

—Yo también lo había pensado —asintió Spicer.

—Yo también —terció Yarber—. Pero ¿a quién le importa que tengamos antecedentes penales? Lo importante es salir de aquí.

—No estará de más pedirlo —señaló Beech.

Los tres se pasaron unos minutos contemplando sus cafés.

—Argrow me pone nervioso —murmuró finalmente Finn.

—¿Y eso?

—Aparece como llovido del cielo y, de repente, se convierte en nuestro mejor amigo. Obra un milagro con nuestro dinero y consigue transferirlo a un banco más seguro. Y ahora es el hombre clave de Aaron Lake. No olvidéis que alguien de ahí fuera estaba leyendo nuestra correspondencia. Y no era Lake.

—A mí no me preocupa —intervino Spicer—. Lake tenía que encontrar a alguien para que hablara con nosotros. Echó mano de sus influencias, llevó a cabo ciertas investigaciones, averiguó que Argrow se encontraba aquí y que tenía un hermano con quien podía hablar.

—Son muchas casualidades, ¿no te parece? —dijo Beech.

—¿Tú también dudas?

—Quizá. Finn tiene razón. Sabemos a ciencia cierta que alguien más está involucrado.

—¿Quién?

—Ésa es la gran pregunta —dijo Finn—. Por eso llevo una semana sin dormir. Hay alguien más ahí fuera.

—¿Y eso qué nos importa a nosotros? —preguntó Spicer—. Si Lake puede sacarnos de aquí, estupendo. Pero, si es otro quien lo hace, ¿qué tiene eso de malo?

—No olvides a Trevor —murmuró Beech—. Dos balas en la cabeza.

—Este lugar podría ser más seguro de lo que pensamos.

Spicer no estaba muy convencido. Se terminó el café y dijo:

—¿De veras creéis que Aaron Lake, un hombre que está a punto de ser elegido presidente de Estados Unidos, sería capaz de ordenar la muerte de un abogado de tres al cuarto como Trevor?

—No —contestó Yarber—. No lo haría. Es demasiado peligroso. Y tampoco sería capaz de matarnos a nosotros. En cambio, el hombre misterioso, sí. El hombre que mató a Trevor es el mismo que leía nuestra correspondencia.

—No me convence.

Estaban esperando juntos en la biblioteca jurídica, donde Argrow se había citado con ellos. Éste entró precipitadamente en la estancia y, tras asegurarse de que no había nadie más, anunció:

—Acabo de reunirme de nuevo con mi hermano. Vamos a hablar.

Corrieron a la pequeña sala de conferencias, cerraron la puerta y se sentaron alrededor de la mesa.

—Todo se hará muy rápido —dijo nerviosamente Argrow—. Lake pagará el dinero. Se hará la transferencia a cualquier lugar que ustedes elijan. Yo puedo echar-les una mano si lo desean, o bien podrán manejar el dine-ro a su antojo.

Spicer carraspeó.

—¿Serán dos millones por barba?

—Es lo que ustedes pidieron. No conozco al señor Lake, pero está claro que actúa con gran rapidez. —Ar-grow consultó su reloj y volvió la cabeza mirando hacia la puerta—. Han venido unas personas de Washington para reunirse con ustedes. Peces muy gordos. —Se sacó unos papeles del bolsillo, los desdobló y colocó una hoja delante de cada uno de ellos—. Son los indultos presi-denciales, firmados ayer mismo.

Con gran cautela, los tres se inclinaron y trataron de leerlos. No cabía duda de que las copias parecían oficia-les. Contemplaron boquiabiertos las llamativas letras de la parte superior, los párrafos de detallada prosa y la compacta firma del presidente de Estados Unidos sin conseguir articular ni una sola palabra. Se habían queda-do pasmados.

—¿Hemos sido indultados? —consiguió preguntar Yarber finalmente.

—Sí. Por el presidente de Estados Unidos.

Reanudaron la lectura. Se rebulleron en sus asien-tos, se mordieron los labios y apretaron las mandíbulas, procurando disimular su emoción.

—Van a llamarlos para conducirlos al despacho del director, donde los altos funcionarios de Washington les comunicarán la buena noticia. Finjan sorprenderse, ¿de acuerdo?

—No habrá problema.

—Será muy fácil.

—¿Cómo ha conseguido usted estas copias? —pre-guntó Yarber.

—Se las dieron a mi hermano. No tengo ni idea de cómo lo hicieron. Lake cuenta con amigos muy poderosos. En cualquier caso, he aquí el trato. Serán ustedes puestos en libertad dentro de una hora. Una furgoneta los conducirá a un hotel de Jacksonville, donde les espera mi hermano. Aguardarán allí hasta que se confirmen los giros telegráficos y entonces entregarán ustedes sus dichosas carpetas. Todo lo que tengan. ¿Entendido?

Los tres asintieron al unísono. A cambio de dos millones de dólares por barba, ya podían quedarse con todo lo que les diera la gana.

—Accederán a abandonar el país inmediatamente y a no regresar hasta que hayan transcurrido por lo menos dos años.

—¿Cómo lo haremos? —preguntó Yarber—. No disponemos de pasaportes ni de documentos de ningún tipo.

—Mi hermano lo tiene todo. Les facilitarán nuevas identidades con los correspondientes documentos, incluidas unas tarjetas de crédito. Está todo a punto.

—¿Dos años? —preguntó Spicer mientras Yarber lo miraba como si hubiera perdido el juicio.

—Exactamente. Dos años. Forma parte del trato. ¿De acuerdo?

—Pues no sé —contestó Spicer con voz trémula. Jamás había salido de Estados Unidos.

—No seas tonto —le dijo secamente Yarber—. Un indulto total y un millón de dólares al año a cambio de vivir dos años en el extranjero. Pues claro que aceptamos el trato.

Una repentina llamada a la puerta los sobresaltó. Dos guardias miraron hacia el interior de la estancia. Argrow tomó las copias de los indultos y se las guardó en el bolsillo.

—¿Cerramos el trato, señores?

Los tres asintieron con un gesto y le estrecharon la mano.

—Muy bien —concluyó Argrow—. No lo olviden, finjan sorprenderse.

Siguieron a los guardias hasta el despacho del director, donde les presentaron a dos hombres muy serios de Washington, uno del Departamento de Justicia y otro de la Dirección de Prisiones. El director hizo las ceremoniosas presentaciones sin confundir ningún nombre y después entregó a cada uno de ellos un documento tamaño folio. Eran los originales de las copias que Argrow les acababa de mostrar.

—Señores —anunció el director, echando al asunto el mayor teatro posible—, acaban de ser ustedes indultados por el presidente de Estados Unidos.

Dicho lo cual, esbozó una radiante sonrisa como si él fuera el artífice de aquella buena nueva.

Los tres ex jueces contemplaron los documentos del indulto, todavía pasmados y aturdidos por mil preguntas, la más importante de las cuales era cómo demonios había podido Argrow adelantarse al director de la prisión y mostrarles primero los documentos.

—No sé qué decir —consiguió balbucir Spicer.

Los otros dos soltaron incongruencias por el estilo.

—El presidente ha examinado sus casos y piensa que ya han cumplido suficiente condena —dijo el representante del Departamento de Justicia—. Está profundamente convencido de que ustedes tendrán mucho más que ofrecer a su país y a sus comunidades si se convierten de nuevo en ciudadanos de provecho.

Los tres se quedaron mirándolo con cara de bobos. ¿Acaso aquel necio no sabía que estaban a punto de asumir unas nuevas identidades y huir del país y de sus co-

451

munidades durante un mínimo de dos años? ¿Quién estaba allí en qué lado?

¿Y por qué motivo les concedía el presidente el indulto, si ellos tenían en su poder mierda suficiente como para destruir a Aaron Lake, el hombre que estaba a punto de derrotar al vicepresidente? El que tenía interés en que cerraran el pico era Lake y no el presidente, ¿verdad?

¿Cómo había podido Lake convencer al presidente de que les concediera el indulto?

¿Cómo hubiera conseguido Lake convencer al presidente de que hiciera algo semejante a aquellas alturas de la campaña?

Los tres asieron con fuerza los documentos de su indulto con el rostro en tensión mientras las preguntas les martilleaban la cabeza.

—Deberían sentirse ustedes muy honrados —dijo el representante de la Dirección de Prisiones—. La concesión de un indulto es un hecho muy poco frecuente.

Yarber contestó con una rápida inclinación de la cabeza mientras pensaba: ¿Quién nos espera ahí fuera?

—Creo que estamos aturdidos —dijo Beech.

Era la primera vez que Trumble acogía a unos reclusos tan ilustres como para que el presidente decidiera concederles el indulto. El director se enorgullecía enormemente de los tres, pero no sabía muy bien cómo celebrar el acontecimiento.

—¿Cuándo desean ustedes marcharse? —les preguntó como si pensara que quizá les apetecería quedarse para asistir a una fiesta.

—Inmediatamente —contestó Spicer.

—Muy bien. Los acompañaremos a Jacksonville.

—No, gracias. Pediremos que alguien venga a recogernos.

—De acuerdo pues; bueno, hay que hacer un poco de papeleo.

—Dése prisa —indicó Spicer.

Les dieron a cada uno unos petates para que recogieran sus pertenencias. Mientras cruzaban rápidamente el recinto todavía muy juntos y en perfecta sincronía, seguidos por un guardia, Beech preguntó en voz baja:

—Bueno pues, ¿quién nos ha conseguido el maldito indulto?

—No ha sido Lake —contestó Yarber en un susurro apenas audible.

—Por supuesto que no —intervino Beech—. El presidente no movería un dedo por Aaron Lake.

Apuraron el paso.

—¿Qué importa eso? —dijo Spicer.

—Es absurdo —insistió Yarber.

—¿Y qué piensas hacer, Finn? —preguntó Spicer sin mirar a su compañero—. ¿Quedarte aquí unos días para examinar la situación? ¿Y después, cuando descubras quién es el responsable del indulto, no aceptarlo? No entiendo nada.

—Hay alguien más detrás de todo esto —dijo Beech.

—Pues, mira, yo siento una enorme simpatía por este alguien más —soltó Spicer—. No pienso perder el tiempo haciendo preguntas por ahí.

Revolvieron rápidamente sus celdas y no se molestaron en despedirse de nadie. De todos modos, casi todos sus amigos estaban desperdigados por el campamento.

Tenían que darse prisa antes de que se desvaneciera aquel sueño, antes de que el presidente cambiara de opinión.

A las once y cuarto los tres cruzaron la puerta principal del edificio de administración, la misma por la que habían entrado años atrás, y esperaron el vehículo en la cálida acera. Ninguno de los tres volvió la cabeza para mirar atrás.

Conducían la furgoneta Wes y Chap, aunque ellos facilitaron otros nombres de los muchos que utilizaban.

Joe Roy Spicer se tumbó en el asiento de atrás y se cubrió los ojos con el antebrazo para no ver nada hasta que estuviera muy lejos. Sentía deseos de llorar y de gritar, pero la euforia lo había dejado sin habla: una pura, absoluta y descarada euforia.

Cerró los ojos y esbozó una estúpida sonrisa. Le apetecía una cerveza y una mujer, a ser posible la suya. No tardaría en llamarla. Ahora la furgoneta ya se había puesto en marcha.

El carácter repentino de su puesta en libertad los había desconcertado. Casi todos los reclusos contaban los días que les quedaban para salir y, de esta manera, sabían con bastante precisión cuándo llegaría el momento. Y sabían adónde irían y quién los esperaría.

En cambio, los miembros de la Hermandad apenas sabían nada. Y lo poco que sabían no se lo acababan de creer. Los indultos eran falsos. El dinero no había sido más que un cebo. Se los estaban llevando lejos para matarlos como al pobre Trevor. La furgoneta se detendría en cualquier momento y los dos sicarios del asiento delantero registrarían los petates, encontrarían sus carpetas y los asesinarían al borde de un camino.

Tal vez. Pero, de momento, no echaban de menos la seguridad de Trumble.

Finn Yarber, sentado detrás del conductor, contemplaba la carretera. Sostenía el indulto en la mano para mostrárselo a cualquier persona que pudiera detenerlos y decirles que el sueño había terminado. A su lado se sentaba Hatlee Beech, que, cuando apenas llevaban unos minutos en la carretera, se había echado a llorar con los ojos fuertemente cerrados y los labios temblorosos.

Beech tenía motivos más que sobrados para llorar. Con los casi ocho años y medio que le quedaban, el indulto significaba para él mucho más que para sus dos compañeros juntos.

No pronunciaron ni una sola palabra durante el trayecto entre Trumble y Jacksonville. Cerca ya de la ciudad, cuando las carreteras se ensancharon y el tráfico se intensificó, los tres contemplaron el paisaje con gran curiosidad. La gente conducía automóviles y andaba de acá para allá. Había aviones en el cielo. Embarcaciones en los ríos. Todo había vuelto a la normalidad.

Circularon muy despacio en medio del tráfico de Atlantic Boulevard, disfrutando con toda su alma de los embotellamientos. Hacía mucho calor, había turistas por todas partes y las señoras lucían sus largas y bronceadas piernas. Vieron muchos restaurantes y bares especializados en cocina marinera, cuyos rótulos anunciaban cerveza fría y ostras baratas. Terminó la calle, empezó la playa y el vehículo se detuvo bajo la marquesina del Sea Turtle. Siguieron a uno de sus escoltas y cruzaron el vestíbulo, donde atrajeron un par de miradas pues todavía iban vestidos con el uniforme del centro penitenciario. Subieron al quinto piso y salieron del ascensor.

—Sus habitaciones están aquí mismo, son estas tres —anunció Chap, señalando hacia el fondo del pasillo—. El señor Argrow quisiera verlos lo antes posible.

—¿Dónde está?

Chap se lo volvió a indicar con la mano.

—Allí, en la suite de la esquina. Los está esperando.

—Vamos —indicó Spicer.

Siguieron a Chap hasta la esquina, con los petates chocando entre sí.

Jack Argrow no se parecía a su hermano. Era mucho más bajo y tenía el cabello rubio y ondulado, a diferencia de Wilson, que lo tenía moreno y ralo. Fue una observación sin importancia, pero los tres repararon en ello y más tarde lo comentaron. Les estrechó rápidamente la mano, más que nada por simple educación. Parecía nervioso y hablaba muy rápido.

—¿Cómo se encuentra mi hermano? —preguntó.

—Muy bien —contestó Beech.

—Quiero que salga de la cárcel —dijo secamente Jack, como si ellos fueran los responsables de su encierro—. Por eso he accedido a intervenir en este asunto, ¿saben? Conseguiré que saquen a mi hermano de la cárcel.

Ellos se miraron entre sí; no podían decir nada.

—Siéntense —ordenó Argrow—. Miren, no sé cómo ni por qué estoy metido en todo esto, ¿comprenden? Me pone muy nervioso. Estoy aquí en nombre del señor Lake, un hombre que en mi opinión resultará elegido y se convertirá en un gran presidente. Supongo que entonces podré sacar a mi hermano de la cárcel. En cualquier caso, yo no conozco personalmente al señor Lake. Unos colaboradores suyos vinieron a verme hace aproximadamente una semana y me pidieron que interviniera en un asunto muy secreto y delicado. Por eso estoy aquí. Es un favor, ¿comprenden?

Las frases eran secas y cortantes. Gesticulaba mucho al hablar, como si no pudiera estarse quieto.

Los miembros de la Hermandad no contestaron, aunque tampoco se esperaba que lo hicieran.

Dos cámaras ocultas grababan la escena y la transmitían inmediatamente a Langley, donde Teddy, York y Deville la veían en una pantalla gigante del búnker. Los ex jueces y ahora ex reclusos parecían unos prisioneros de guerra recién liberados, aturdidos y silenciosos, todavía con el uniforme puesto y sin poderlo creer. Permanecieron sentados los tres juntos mientras el agente Lyter interpretaba espléndidamente su papel.

Tras haberse pasado tres meses tratando de neutralizar sus pensamientos y maniobras, el hecho de verlos finalmente los fascinaba. Teddy estudió sus rostros y reconoció a regañadientes su admiración. Habían tenido la astucia y la suerte de atrapar a la víctima apropiada; ahora eran libres y estaban a punto de ser recompensados por su ingenio.

—Bueno, miren, lo primero es el dinero —le espetó Argrow—. Dos millones para cada uno. ¿Dónde lo quieren ustedes?

No era una pregunta con la que estuvieran demasiado familiarizados.

—¿Qué opciones tenemos? —preguntó Spicer.

—Tienen que transferirlo por giro telegráfico a algún sitio —contestó Argrow.

—¿Qué tal Londres? —preguntó Yarber.

—¿Londres?

—Nos gustaría que todo el dinero, los seis millones, se transfirieran de una sola vez y a una sola cuenta de un banco de Londres —dijo Yarber.

—Podemos transferirlo a cualquier sitio. ¿A qué banco?

—¿Podría usted echarnos una mano con los detalles? —preguntó Yarber.

—Me han dicho que haga todo lo que ustedes quieran. Tendré que efectuar unas cuantas llamadas. ¿Por qué no se retiran a sus habitaciones, se duchan y se cambian de ropa? Denme quince minutos.

—No tenemos ropa —señaló Beech.

—Les han dejado unas cuantas cosas en sus habitaciones.

Chap los acompañó por el pasillo y les entregó las llaves.

Spicer se tumbó en la enorme cama y contempló el techo. Beech se acercó a la ventana de su habitación y miró hacia el norte.

La playa se extendía a lo largo de varios kilómetros y las azules aguas besaban suavemente la blanca arena. Los niños jugaban cerca de sus madres. Las parejas paseaban tomadas de la mano.

Una embarcación de pesca surcaba lentamente el agua en el horizonte. Por fin libre, pensó. Por fin.

Yarber se tomó una prolongada ducha caliente... en absoluta intimidad, sin limitación de tiempo, con todo el jabón que quiso y con unas suaves toallas para secarse. Alguien había colocado una selección de artículos de aseo en el tocador: desodorante, crema de afeitar, maquinillas, dentífrico, cepillo de dientes, hilo dental. Se lo tomó con calma y después se puso unos pantalones bermudas, unas sandalias y una camiseta blanca.

Sería el primero en marcharse y tenía que buscar una tienda de ropa.

Veinte minutos después volvieron a reunirse en la suite de Argrow con toda su colección de carpetas cuidadosamente envueltas en una funda de almohada. Argrow estaba tan nervioso como antes.

—En Londres hay un banco muy importante llamado Metropolitan Trust. Podemos enviar el dinero allí para que después hagan ustedes con él lo que deseen.

—Muy bien —intervino Yarber—. La cuenta irá sólo a mi nombre.

Argrow miró a Beech y a Spicer y éstos asintieron con la cabeza.

—De acuerdo. Supongo que ya habrán elaborado ustedes algún plan.

—En efecto —convino Spicer—. El señor Yarber aquí presente viajará a Londres esta misma tarde y, cuando llegue, se dirigirá al banco y se encargará del dinero. Si todo va bien, nosotros le seguiremos de inmediato.

—Les aseguro que no habrá ningún problema.

—Y nosotros le creemos, pero preferimos actuar con cautela.

Argrow le entregó dos hojas de papel a Finn.

—Necesito su firma para efectuar el giro telegráfico y abrir la cuenta.

Yarber la garabateó.

—¿Ya han almorzado ustedes?

Los tres ex jueces denegaron con la cabeza. Habían pensado en el almuerzo, por supuesto, pero no sabían muy bien adónde ir.

—Ahora son ustedes hombres libres. Hay unos restaurantes estupendos a pocas manzanas de aquí. Vayan a disfrutar un poco. Tardaré una hora en efectuar el giro telegráfico. Si les parece bien, nos reuniremos aquí a las dos y media.

Spicer, que sostenía la funda de almohada, hizo ademán de entregársela a Argrow.

—Aquí están las carpetas —dijo.

—Muy bien. Déjelas en aquel sofá de allí.

38

Abandonaron el hotel a pie, sin escolta y sin la menor limitación, pero con los documentos del indulto en el bolsillo, por si las moscas. A pesar de que el sol calentaba más cerca de la playa, la atmósfera les parecía más ligera, y el cielo más despejado. El mundo volvía a ser hermoso. La esperanza llenaba el aire. Sonreían y se reían con casi todo. Pasearon por Atlantic Boulevard mezclándose sin dificultad con los turistas.

El almuerzo consistió en un bistec y una cerveza en la terraza de un café bajo una sombrilla, desde donde contemplaron a los viandantes. Apenas hablaron mientras comían y bebían, pero se fijaron en todo, especialmente en las señoritas ataviadas con pantalones cortos y minúsculos tops. La cárcel los había convertido en unos ancianos y ahora experimentaban el impulso de celebrar su suerte.

Sobre todo Hatlee Beech. Había disfrutado de riqueza, elevado nivel social y, en su calidad de juez federal, de algo que era imposible perder: un cargo vitalicio. Había caído muy bajo, lo había perdido todo, y había vivido sus dos primeros años en Trumble en un estado de depresión permanente. Había aceptado el hecho de que moriría allí e incluso había acariciado la idea del suicidio. En ese momento, a los cincuenta y seis años, estaba saliendo de la oscuridad a lo grande. Pesaba seis kilos menos, lucía un espléndido bronceado, gozaba de buena salud, se había divorciado de una mujer que tenía dinero pero apenas nada más que ofrecer, y estaba a punto de entrar en posesión de una fortuna. Su mediana edad no estaba nada mal, pensó. Echaba de menos a sus hijos, pero éstos habían tomado partido por el dinero y lo habían olvidado.

Hatlee Beech estaba deseando divertirse.

Spicer también quería celebrar su suerte, a ser posible en un casino. Su mujer no tenía pasaporte, por lo que tardaría unas cuantas semanas en reunirse con él en Londres o dondequiera que se encontrara. ¿Habría casinos en Europa? Beech creía que sí. Yarber no tenía idea y en realidad le traía sin cuidado.

Finn era el más reservado de los tres. Bebió soda en lugar de cerveza y no mostró demasiado interés por las chicas que pasaban. Finn ya estaba en Europa. Jamás se iría de allí, jamás regresaría a su país natal. Tenía sesenta años, se encontraba en plena forma, era propietario de una gran suma de dinero y pensaba pasarse los diez años siguientes recorriendo Italia y Grecia.

En una pequeña librería de la acera de enfrente compraron varios libros de viajes y en una tienda especializada en artículos de playa encontraron justo las gafas de sol que ellos querían. Al final, llegó el momento de volver a reunirse con Jack Argrow y terminar el trato.

Klockner y compañía los vieron regresar dando un paseo al Sea Turtle. Klockner y compañía estaban hartos de Neptune Beach, del Pete's, del Sea Turtle y de la casa de alquiler donde tan apretujados se sentían. Seis agentes, entre ellos Wes y Chap, se encontraban todavía allí, todos ellos deseosos de que les encomendaran cuanto antes otra misión. El equipo había descubierto a la Hermandad, había sacado a sus miembros de Trumble y los había llevado a la playa, y ahora lo que todos ansiaban era que los tres viejos se largaran del país de una vez.

Jack Argrow no había tocado las carpetas o, por lo menos, eso parecía. Estaban todavía exactamente en el mismo lugar donde Spicer las había dejado, envueltas en la funda de almohada.

—El giro telegráfico ya está en marcha —les comunicó Argrow mientras ellos se acomodaban en la suite.

Teddy lo seguía contemplando todo desde Langley. Ahora los tres ex reclusos iban vestidos con ropa playera. Yarber lucía una gorra de pescador con una visera de quince centímetros. Spicer llevaba un sombrero de paja y una especie de camiseta amarilla. Beech, el republicano, se había puesto unos pantalones cortos caqui, un jersey de punto y una gorra de golf.

Sobre la mesa del comedor descansaban tres sobres de gran tamaño. Argrow entregó uno a cada miembro de la Hermandad.

—Dentro encontrarán sus nuevas identidades. Certificados de nacimiento, tarjetas de crédito, cartillas de la Seguridad Social.

—¿Y los pasaportes? —preguntó Yarber.

—Tenemos una cámara preparada en la habitación de al lado. Es preciso sacar fotografías para los pasaportes y los permisos de conducir. Tardaremos media hora. En aquellos sobrecitos de allí hay también cinco mil dólares en efectivo.

—¿Yo soy Harvey Moss? —preguntó Spicer, echando un vistazo a su certificado de nacimiento.

—Sí. ¿No le gusta el nombre de Harvey?

—Creo que ahora sí.

—Tienes cara de Harvey —comentó Beech.

—Y tú, ¿quién eres?

—Pues yo soy James Nunley.

—Encantado de conocerte, James.

Argrow no sonrió ni se relajó un solo instante.

—Debo conocer sus planes de viaje. La gente de Washington quiere que abandonen ustedes el país.

—Necesito ver qué vuelos hay a Londres —dijo Yarber.

—De eso ya nos hemos encargado nosotros. Dentro de un par de horas sale de Jacksonville un vuelo con destino a Atlanta. A las siete y diez de esta noche parte un vuelo con destino al aeropuerto de Heathrow de Londres. Llegará allí a primera hora de la mañana.

—¿Puede reservarme plaza?

—Ya está hecho. En primera clase.

Finn cerró los ojos con una sonrisa.

—¿Y ustedes? —preguntó Argrow, mirando a los otros dos.

—Yo preferiría quedarme —dijo Spicer.

—Lo siento. Hemos hecho un trato.

—Tomaremos los mismos vuelos mañana por la tarde —intervino Beech—. Suponiendo que todo le vaya bien al señor Yarber.

—¿Quieren que nos encarguemos de las reservas?

—Sí, por favor.

Chap entró silenciosamente en la estancia, tomó la funda de almohada del sofá y se retiró con las carpetas.

—Vamos a hacer las fotografías —indicó Argrow.

Finn Yarber, que ahora viajaba bajo el nombre de William McCoy de San José, California, voló a Atlanta sin ningún contratiempo. Se pasó una hora recorriendo las instalaciones del aeropuerto, viajó en los vagones del metro lanzadera y disfrutó enormemente con el frenesí y el caos de encontrarse entre un millón de personas que se afanaban de acá para allá.

Su asiento de primera clase era un mullido sillón reclinable de cuero. Tras tomarse dos copas de champán, empezó a flotar y a soñar. No se atrevía a dormir porque temía despertar. Estaba seguro de que se hubiera despertado de nuevo en su litera de arriba, contemplando el techo y contando otro día en Trumble.

Desde un teléfono público situado al lado del Beach Java, Joe Roy consiguió ponerse finalmente en contacto con su mujer. Al principio ella creyó que la llamada era una broma y se negó a aceptar el cobro revertido.

—¿Quién es? —preguntó.

—Soy yo, cariño. Ya no estoy en la cárcel.

—¿Joe Roy?

—Sí, escúchame bien. Acabo de salir de la prisión, ¿sabes? ¿Estás ahí?

—Creo que sí. ¿Dónde estás tú?

—En un hotel cerca de Jacksonville, Florida. Esta mañana me han puesto en libertad.

—¿Que te han puesto en libertad? Pero ¿cómo...?

—No hagas preguntas. Te lo explicaré todo más tarde. Mañana me voy a Londres. Quiero que mañana a primera hora vayas a la oficina de correos y pidas un impreso de solicitud de pasaporte.

—¿A Londres? ¿Has dicho Londres?

—Sí.

—¿Inglaterra?

—Sí, eso es. Tendré que pasar algún tiempo allí. Forma parte del trato.

—¿Durante cuánto tiempo?

—Un par de años. Mira, ya sé que cuesta creerlo, pero soy libre y vamos a vivir un par de años en el extranjero.

—¿Qué clase de trato? ¿Te has fugado, Joe Roy? Dijiste que era muy fácil.

—No. Me han puesto en libertad.

—Pero si te quedaban todavía veinte meses.

—Ya no. Mira, pide el impreso de la solicitud de pasaporte y sigue las instrucciones.

—¿Y para qué necesito yo un pasaporte?

—Para que podamos reunirnos en Europa.

—¿Y vivir dos años allí?

—Sí, eso es.

—Pero es que mi madre está enferma. No puedo largarme y dejarla sin más.

Joe Roy pensó en todo lo que hubiera querido decir acerca de su suegra, pero lo dejó correr.

Lanzó un profundo suspiro y miró hacia la calle.

—Yo me voy —dijo—. No tengo elección.

—Ven a casa.

—No puedo. Te lo explicaré más tarde.

—No estaría de más una explicación.

—Te llamaré mañana.

Beech y Spicer comieron marisco en un restaurante lleno de clientes más jóvenes. Pasearon por las aceras y, al final, fueron a parar al Pete's Bar and Grill, donde vieron en la televisión a los Braves y disfrutaron de la animación.

Finn ya estaba sobrevolando el Atlántico, en pos del dinero.

El funcionario de aduanas de Heathrow apenas echó un vistazo al pasaporte de Finn, un auténtico prodigio de la falsificación. Estaba muy usado y había acompañado al señor William McCoy por todo el mundo. Aaron Lake debía de tener amigos muy poderosos.

Tomó un taxi hasta el Basil Street Hotel de Knightsbridge y pagó en efectivo la habitación más pequeña que había. Él y Beech habían elegido el hotel al azar en una guía de viajes. Era un anticuado establecimiento lleno de objetos antiguos y cada piso se había decorado siguiendo un estilo distinto. En el pequeño restaurante del piso de arriba desayunó a base de café, huevos y salchicha y después salió a dar un paseo. A las diez, su taxi se detuvo delante del Metropolitan Trust, en la City. A la recepcionista no le gustó demasiado su atuendo —pantalones vaqueros y jersey—, pero, al ver que era norteamericano, se encogió de hombros y pareció aceptarlo.

Le hicieron esperar una hora, pero no le importó en absoluto. Aunque estaba hecho un manojo de nervios, supo disimularlo. Hubiera sido capaz de esperar días, semanas y meses con tal de conseguir el dinero. Había aprendido a tener paciencia. El señor McGregor, que se encargaba del giro telegráfico, salió finalmente para atenderlo. El dinero acababa de llegar, le pedía disculpas por el retraso. Los seis millones de dólares habían cruzado el Atlántico sanos y salvos y en esos momentos se encontraban en suelo británico.

Aunque no por mucho tiempo.

—Quisiera enviarlo por giro telegráfico a Suiza —dijo Finn, haciendo alarde de la adecuada dosis de confianza y experiencia.

Aquella tarde, Beech y Spicer volaron a Atlanta. Como Yarber, vagaron por el aeropuerto con entera libertad mientras esperaban el vuelo de Londres. Se sentaron juntos en primera clase, se pasaron horas comiendo y bebiendo, vieron películas e intentaron dormir mientras sobrevolaban el océano. Para su sorpresa, Yarber los estaba esperando cuando salieron del control de aduanas de Heathrow. Éste les comunicó la venturosa noticia de la llegada y partida del dinero, que en esos instantes se hallaba a buen recaudo en Suiza. Los volvió a sorprender con la idea de abandonar inmediatamente el país.

—Saben que estamos aquí —les dijo mientras los tres se tomaban un café en un bar del aeropuerto—. Vamos a asustarlos un poco.

—¿Crees que nos siguen? —preguntó Beech.

—Supongamos que sí.

—Pero ¿por qué? —preguntó Spicer.

Se pasaron media hora analizando la situación y después empezaron a buscar vuelos. Uno de Alitalia a Roma les llamó la atención. En primera, por supuesto.

—¿Hablan inglés en Roma? —les preguntó Spicer mientras subían a bordo.

—En realidad, hablan italiano —contestó Yarber.

—¿Crees que el papa nos recibirá?

—Probablemente estará ocupado.

39

Buster se pasó varios días viajando en zigzag hacia el oeste hasta que su autocar se detuvo finalmente en San Diego. El océano lo atraía, era la primera vez que veía el mar en varios meses. Paseó por el muelle buscando trabajo y hablando con la gente. El patrón de un barco lo contrató como chico para todo hasta Los Cabos, México, en la punta meridional de Baja California. El puerto de allí estaba lleno de caras embarcaciones de pesca, mucho más bonitas que aquellas con las que él y su padre solían hacer negocio. Conoció a unos cuantos patrones y, en dos días, consiguió trabajo como marinero de cubierta. Los clientes eran acaudalados norteamericanos de Tejas y California que se pasaban más tiempo bebiendo que pescando. No le pagaban ningún sueldo, pero trabajaba a cambio de las propinas que ganaba, tanto más generosas cuanto más bebían los clientes. Un día más bien flojo le reportaba doscientos dólares netos; y en una jornada buena llegaba a ganar quinientos, todo en efectivo. Vivía en un motel barato y, a los pocos días, dejó de inquietarse por todo. Los Cabos se convirtió rápidamente en su hogar.

Wilson Argrow fue súbitamente trasladado de Trumble a una casa de acogida de Milwaukee, donde permaneció exactamente una noche, antes de largarse.

Como no existía, no lo podían encontrar. Jack Argrow se reunió con él en el aeropuerto con los billetes y juntos volaron al distrito de Columbia. Dos días después de haber abandonado Florida, los hermanos Argrow, Kenny Sands y Roger Lyter, se presentaron en Langley para su nueva misión.

Tres días antes de su prevista partida del distrito de Columbia para participar en la convención de Denver, Aaron Lake acudió a Langley para almorzar con el director. Iba a ser un gozoso acontecimiento, en el que el candidato triunfador daría una vez más las gracias al genio que le había pedido que se presentara. Ya tenía redactado el discurso de aceptación desde hacía un mes, pero Teddy quería estudiar con él unas cuantas sugerencias.

Lo escoltaron hasta el despacho de Teddy, donde el anciano esperaba como siempre bajo su manta. Qué aspecto tan pálido y cansado ofrecía, pensó Lake. Los ayudantes se retiraron, la puerta se cerró y Lake observó que no se había preparado ninguna mesa. Se sentaron lejos del escritorio, el uno frente al otro y muy cerca el uno del otro.

El discurso fue del agrado de Teddy y éste se limitó a hacer unos cuantos comentarios.

—Sus discursos son cada vez más largos —señaló en voz baja.

Por lo visto Lake tenía muchas cosas que decir.

—Aún lo estamos corrigiendo —dijo éste.

—Esta elección le pertenece, señor Lake —dijo Teddy con un hililo de voz.

—Estoy tranquilo, pero la pelea será muy reñida —le contestó éste.

—Ganará usted por quince puntos.

Al oírlo, la sonrisa de Lake se borró.

—Es... un margen muy amplio.

—Marcha usted ligeramente en cabeza en las encuestas. El mes que viene, el vicepresidente subirá unos puntos. Los puntos fluctuarán hasta mediados de octubre. Entonces se producirá una explosión nuclear que aterrorizará al mundo. Y usted, señor Lake, se convertirá en el mesías.

La perspectiva asustó incluso al mesías.

—¿Una guerra? —preguntó Lake en voz baja.

—No. Habrá bajas, pero no serán norteamericanas. Natty Chenkov será el culpable y los buenos votantes de este país acudirán en masa a las urnas. Podría usted ganar por una diferencia de hasta veinte puntos.

Lake respiró hondo. Hubiera deseado hacer más preguntas y tal vez incluso poner reparos al derramamiento de sangre, pero hubiera sido en vano. Cualquier horror que Teddy hubiera planificado para el mes de octubre ya estaba en marcha.

Lake no se encontraba en disposición de decir o hacer nada por impedirlo.

—Siga insistiendo en lo mismo, señor Lake. El mismo mensaje. El mundo está a punto de volverse mucho más loco y nosotros tenemos que mantenernos firmes para proteger nuestro estilo de vida.

—El mensaje ha dado muy buen resultado hasta ahora.

—Su contrincante se desesperará. Lo atacará en el frente del tema único y protestará por el dinero. Lo derrotará momentáneamente y se apuntará unos tantos. No se asuste. El mundo se trastornará en octubre, créame.

—Le creo.

—Lo tiene usted ganado, señor Lake. Siga predicando el mismo mensaje.

—Lo haré, descuide.

—Muy bien —dijo Teddy, cerrando momentáneamente los ojos como si necesitara echar una rápida siesta. Después los volvió a abrir y añadió—: Ahora pasemos a una cuestión completamente distinta. Siento cierta curiosidad por sus planes en cuanto llegue a la Casa Blanca.

El rostro de Lake reflejó su desconcierto.

Teddy siguió adelante con su encerrona.

—Necesita a una compañera, señor Lake, una primera dama, alguien que honre la Casa Blanca con su presencia. Alguien que ofrezca fiestas y sea un adorno, una hermosa mujer que pueda darle hijos. Hace mucho tiempo que no tenemos niños en la Casa Blanca.

—Supongo que está usted bromeando —dijo Lake, mirando al director boquiabierto de asombro.

—Me gusta esta tal Jayne Cordell de su equipo de colaboradores. Tiene treinta y ocho años, es inteligente, se expresa muy bien y es bastante bonita, aunque convendría que adelgazara unos siete kilos. Su divorcio ocurrió hace doce años y ya está olvidado. Creo que sería una excelente primera dama.

Lake ladeó la cabeza y se enfureció repentinamente. Hubiera querido replicar a Teddy, pero de pronto le faltaban las palabras.

—¿Acaso ha perdido usted el juicio? —consiguió preguntar en un susurro.

—Estamos al corriente de lo de Ricky —soltó fríamente Teddy, fulminando a Lake con la mirada.

Lake se quedó sin aliento.

—Oh, Dios mío —exclamó con un profundo suspiro.

Se examinó un momento los zapatos mientras se le paralizaba el cuerpo a causa del sobresalto.

Para empeorar las cosas, Teddy le entregó una hoja de papel.

Lake la tomó e inmediatamente comprendió que era una copia de su última carta a Ricky:

> Querido Ricky,
> Creo que es mejor que demos por terminada nuestra correspondencia. Te deseo éxito en tu desintoxicación.
> Sinceramente,
>
> Al

Lake estuvo a punto de decir que podía explicarlo; que aquello no era lo que parecía. Pero decidió no decir nada, por lo menos, de momento. Las preguntas se agolparon en su mente... ¿Cuánto saben? ¿Cómo demonios han interceptado la correspondencia? ¿Quién más está al corriente?

Teddy lo dejó sufrir en silencio. No tenía prisa.

Cuando consiguió despejarse un poco, afloró a la superficie el político que Aaron Lake llevaba dentro. Teddy le estaba ofreciendo una salida. Teddy le estaba diciendo: «Tú juega a la pelota conmigo, hijo mío, y todo irá bien. Hazlo como yo te digo.»

Así pues, Lake tragó saliva y dijo:

—En realidad, me gusta esa mujer.

—Pues claro que le gusta. Es ideal para el puesto.

—Sí. Es una persona muy fiel.

—¿Se acuesta usted con ella?

—No. Todavía no.

—No tarde en hacerlo. Tome su mano durante la convención. Deje que empiecen a circular rumores, deje que la naturaleza siga su curso. Una semana antes de la elección, anuncie su boda para Navidad.

—¿Fastuosa o sencilla?

—Por todo lo alto. El acontecimiento social del año en Washington.

—Me encanta.

—Déjela embarazada enseguida. Poco antes de la inauguración de su mandato, anuncie que la primera dama se encuentra en estado. Será una historia maravillosa. Y resultará encantador volver a ver niños en la Casa Blanca.

Lake sonrió, asintió con un gesto y pareció que le complacía la idea. De repente frunció el ceño.

—¿Alguien sabrá alguna vez lo de Ricky? —preguntó.

—No. Ha sido neutralizado.

—¿Neutralizado?

—Jamás volverá a escribir otra carta, señor Lake. Y usted estará tan ocupado jugando con sus hijitos que no tendrá tiempo de pensar en personas como Ricky.

—¿Ricky quién?

—Así me gusta, buen chico. Así me gusta.

—Lo siento mucho, señor Maynard. Lo siento muchísimo. No volverá a ocurrir.

—Por supuesto que no. Yo controlo el juego, señor Lake. Recuérdelo siempre.

Teddy empezó a apartarse con su silla de ruedas como si la reunión ya hubiera terminado.

—Fue un momento de debilidad —dijo Lake.

—No se preocupe, Lake. Cuide de Jayne. Cómprele un nuevo vestuario. Trabaja demasiado y se la ve cansada. Líbrela un poco de sus obligaciones. Será una primera dama maravillosa.

—Sí, señor.

Teddy lo acompañó a la puerta.

—No más sorpresas, Lake.

—No, señor.

Teddy abrió la puerta y se alejó en su silla de ruedas.

A finales de noviembre ya se habían instalado en Montecarlo, debido sobre todo a la belleza del paisaje y a la bondad de su clima, pero también porque allí se hablaba mucho en inglés.

Además había casinos, una auténtica necesidad para Spicer. Ni Beech ni Yarber sabían si perdía o ganaba, pero no cabía duda de que se lo pasaba en grande. Su mujer seguía cuidando de su madre, que todavía no había muerto. La situación entre ambos era un poco tensa porque Joe Roy no podía regresar a casa y ella no quería abandonar Misisipí.

Los tres se alojaban en un pequeño pero excelente hotel en las afueras de la ciudad y solían desayunar juntos un par de veces por semana antes de irse cada cual por su lado.

Con el paso de los meses se fueron acostumbrando a su nueva vida y se vieron cada vez menos. Tenían aficiones muy distintas. Spicer quería jugar, beber y pasar el rato con las señoras. Beech prefería el mar y disfrutaba mucho con la pesca. Yarber viajaba y estudiaba la historia del sur de Francia y del norte de Italia.

Sin embargo, cada uno de ellos sabía siempre dónde se encontraban los otros dos. Si uno desaparecía, los otros dos querían saberlo.

No habían leído nada acerca de sus indultos. Beech y Yarber se habían pasado muchas horas en la Biblioteca de Roma, leyendo periódicos norteamericanos inmediatamente después de su partida. Ni una sola palabra acerca del tema. No mantenían contacto con nadie de su país.

La mujer de Spicer aseguraba no haber contado a nadie que él había salido de la cárcel. Seguía pensando que se había fugado.

El Día de Acción de Gracias, Finn Yarber estaba disfrutando de un café en un establecimiento del centro de Montecarlo. Era un día caluroso y soleado, y casi no se acordaba de que era una fiesta muy importante en su país. Le daba igual porque no pensaba regresar jamás. Beech estaba durmiendo en su habitación del hotel. Spicer se encontraba en un casino a tres manzanas de distancia de allí. Un rostro vagamente familiar apareció como llovido del cielo. El hombre se sentó bruscamente frente a Yarber.

—Hola, Finn. ¿Se acuerda de mí? —espetó.

Yarber tomó tranquilamente un sorbo de café y estudió su rostro. Lo había visto por última vez en Trumble.

—Wilson Argrow, el de la prisión —dijo el hombre y entonces Yarber posó la taza para que no se le cayera de la mano.

—Buenos días, señor Argrow —respondió lenta y serenamente Finn, a pesar de que hubiera querido decir otras muchas cosas.

—Creo que se sorprende de verme.

—Pues la verdad es que sí.

—¿No le pareció emocionante la noticia de la aplastante victoria de Aaron Lake?

—Supongo que sí. ¿Puedo ayudarlo en algo?

—Simplemente quiero que sepan ustedes que siempre andamos cerca, por si alguna vez nos necesitan.

Finn Yarber se rió.

—No es muy probable —observó.

Habían transcurrido cinco meses desde su puesta en libertad. Habían viajado de país en país, de Grecia a Suecia, de Polonia a Portugal, dirigiéndose lentamente al sur a medida que el tiempo iba cambiando. ¿Cómo demonios les habían seguido la pista?

Era imposible.

Argrow se sacó una revista del bolsillo interior de la chaqueta.

—Lo vi casualmente la semana pasada —dijo, entregándosela.

La revista estaba doblada por una página de la parte posterior, en la que un anuncio personal aparecía rodeado por un círculo trazado con un rotulador rojo:

Veinteañero blanco, soltero,
busca amable y discreto caballero norteamericano
entre 40 y 50 años, para correspondencia.

Yarber lo había visto en otras ocasiones, pero se encogió de hombros como si no supiera lo que era.

—Le suena, ¿verdad? —preguntó Argrow.

—Para mí todos son iguales —contestó Finn, arrojando la revista sobre la mesa.

Era la edición europea de *Out and About*.

—Le seguimos la pista y localizamos la dirección en la oficina de correos de aquí, en Montecarlo —prosiguió Argrow—. Un apartado de correos recién alquilado, con nombre falso y demás. Qué casualidad, ¿verdad?

—Mire, yo no sé para quién trabaja usted, pero tengo la vaga sospecha de que estamos fuera de su jurisdicción. No hemos quebrantado ninguna ley. ¿Por qué no se larga de una vez?

—Por supuesto que sí, Finn, pero ¿acaso dos millones no son suficiente?

Finn esbozó una sonrisa y miró a su alrededor en la terraza del acogedor café. Tomó un sorbo de café y contestó:

—En algo tiene uno que entretenerse.

—Nos vemos —dijo Argrow, levantándose de golpe y desapareciendo sin más.

Yarber se terminó el café como si nada hubiera ocurrido. Se pasó un rato contemplando la calle y el tráfico, y después fue a reunirse con sus compañeros.